沈曾植著作集

海日樓題跋集

沈曾植 著
許全勝 整理

中華書局

圖書在版編目(CIP)數據

海日樓題跋集/沈曾植著;許全勝整理. —北京:中華書局,2022.3(2024.5重印)
(沈曾植著作集)
ISBN 978-7-101-15642-3

Ⅰ.海… Ⅱ.①沈…②許… Ⅲ.題跋-作品集-中國-近代 Ⅳ.I265.2

中國版本圖書館 CIP 數據核字(2022)第 026542 號

書　　名	海日樓題跋集
著　　者	沈曾植
整 理 者	許全勝
叢 書 名	沈曾植著作集
責任編輯	杜艷茹
責任印製	陳麗娜
出版發行	中華書局 (北京市豐臺區太平橋西里 38 號　100073) http://www.zhbc.com.cn E-mail:zhbc@zhbc.com.cn
印　　刷	三河市航遠印刷有限公司
版　　次	2022 年 3 月第 1 版 2024 年 5 月第 2 次印刷
規　　格	開本/920×1250 毫米　1/32 印張 15　插頁 8　字數 300 千字
印　　數	1501-2000 册
國際書號	ISBN 978-7-101-15642-3
定　　價	88.00 元

記先太夫人手書日用賬册手稿（一）

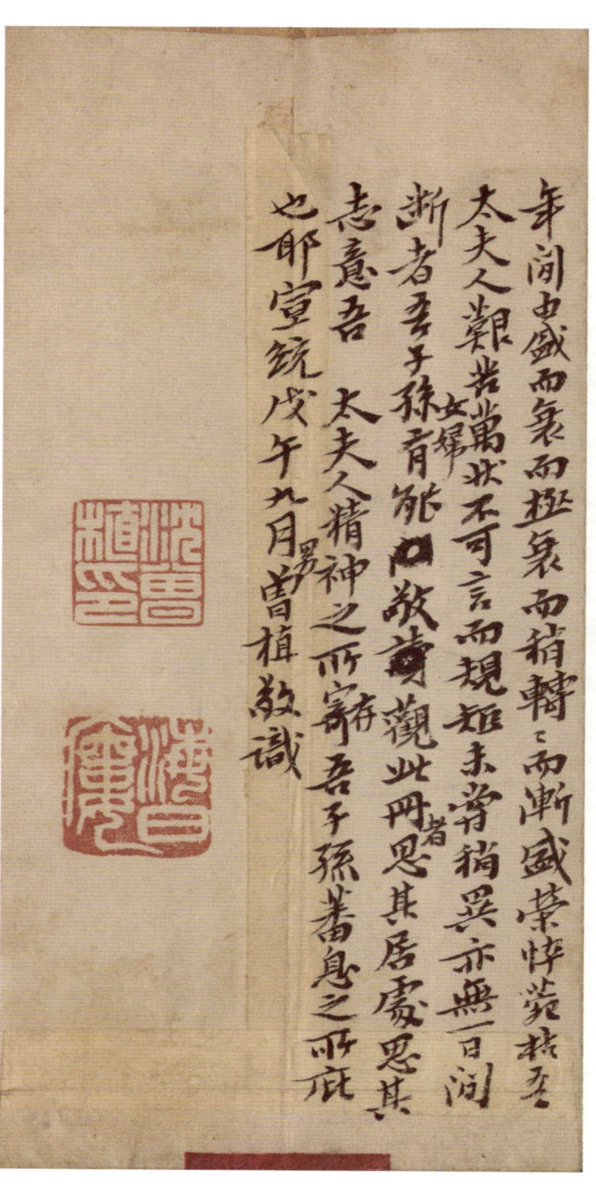

年間由盛而衰而極衰而稍轉〻而漸盛榮悴菀枯至
太夫人艱苦萬狀不可言而規矩未嘗稍異亦無一日間
斷者吾子孫女婦育能□敬□觀此冊者思其居處思其
志意吾　太夫人精神之所存寄吾子孫蕃息之所庇
也耶宣統戊午九月男曾植敬識

記先太夫人手書日用賬册手稿（二）

録之限又准天后聖曆二年勑其有學三階者唯得
乞食長齋絶穀持戒坐禪此外輙行皆是違法違我
開元神武皇帝聖德光被普洽黎元聖日麗天無幽
不燭知彼反真構妄出制斷之開元十三年乙丑歲
六月三日勑諸寺三階院並令除去隔障使與大院
相通衆僧錯居不得别住所行集録悉禁斷除毁若
綱維縱其行化誘人而不糺者勒還俗幸承明旨使
革往非不敢妄編在於正録並從刊削以示將來 其廣
畧七階佛依經集出雖無異義即是信行
集録之數明制除廢不敢輙存故載斯録

開元録禁斷嚴勑如此而貞元續録中卷有大唐
再修隨僧法高僧信行禪師塔碑表集五卷次於肅
宗制旨碑表集代宗制旨碑表集不空三藏表
集之後翻經大德乘如集前所述之四者五部一十
七卷並於佛法宏護義深事出一時利益永
代我録表上違我制不施行主聖臣忠匡持像
教詳其語意必禁斷之後未發開禁也寳刻
類編輯釋本下有再修隋信行禪師塔碑于益撰
張楚非行書釋未蒙竊大歷六年閏三月建其
即開禁時僧違欽信行之教禁於隨開於唐之
禁於聖曆而開於神龍 此碑立於神龍二年八月類編所録尚有張庭珪八分一
碑當亦同時 又禁於開元而開於大歷屢禁屢起終不
受邪僧之教誑惑其教者亦可謂强立不變者矣
三階僧以苦行矯俗見憎道宣論信行之學褒多貶
少其法苑公論哉

書開元釋教録三階法部後手稿

魚玄機詩集跋手稿

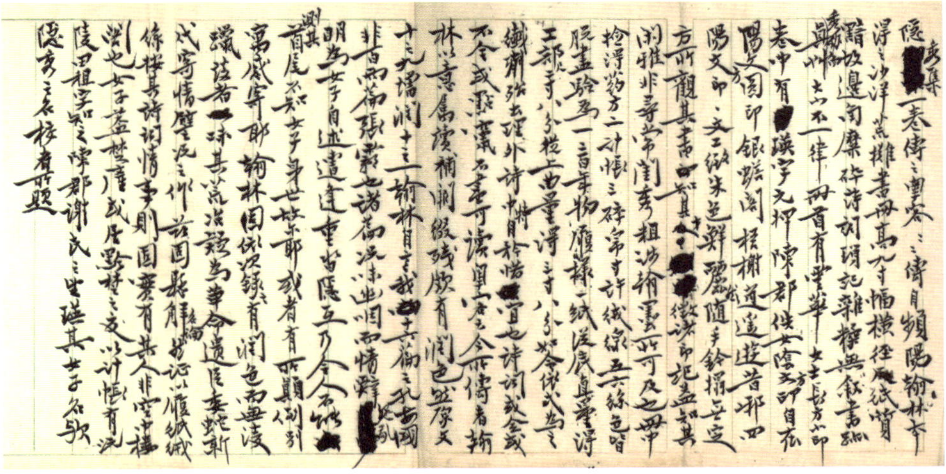

記隱秀集手稿

垂裕無疆

大唐開元廿年歲次壬申十二月辛丑朔七日丁未書

闕特勤碑跋手稿

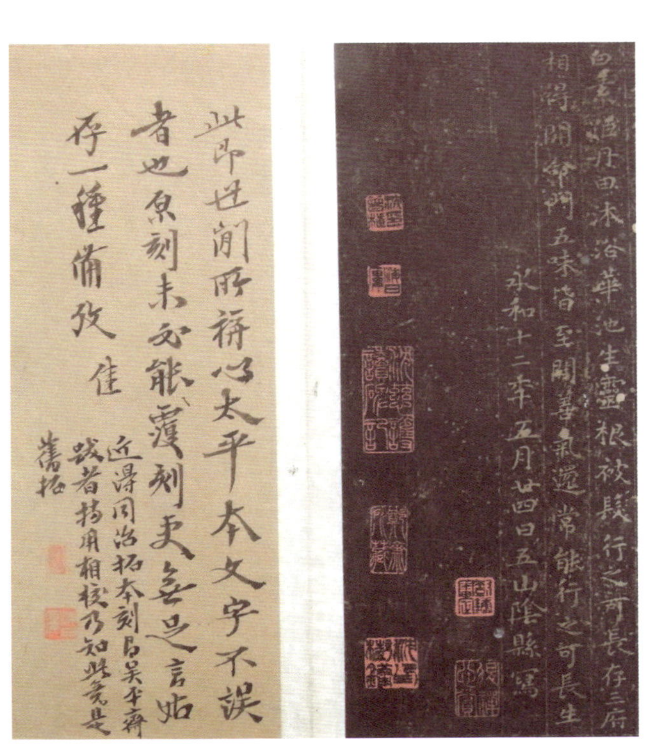

心太平本黃庭經跋

唐文皇鶺不佳帖裹鮓帖皆非大觀
固有翁學士說如是亦執前人大觀
太無翻刻之說耳其實大觀正自不
少徐壇長述所見有六本就余所見亦
已有五本而尚未得見梁茝林所謂巖
本薛本者因此以愚書之冤所謂大觀

大觀帖跋手稿（一）

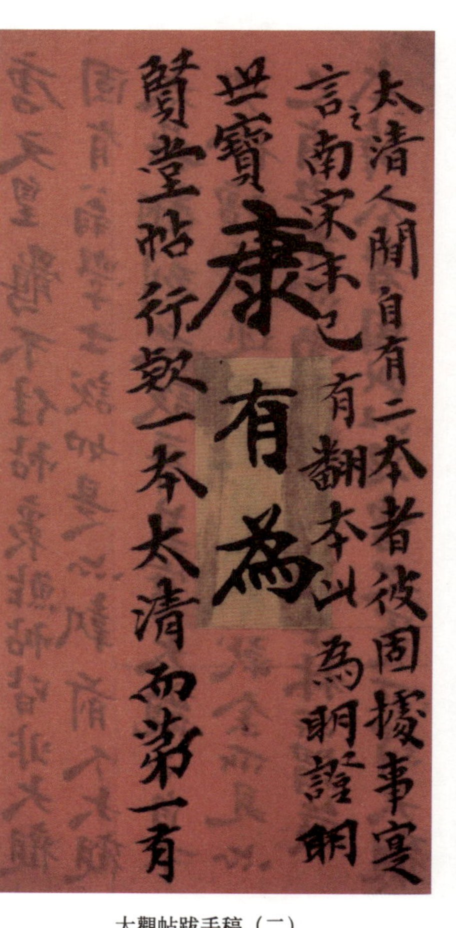
太清人間自有二本者彼固據事寔
言之南宋末已有翻本此為明證明
世寶
賢堂帖行款一本太清而第一有

康有為

大觀帖跋手稿（二）

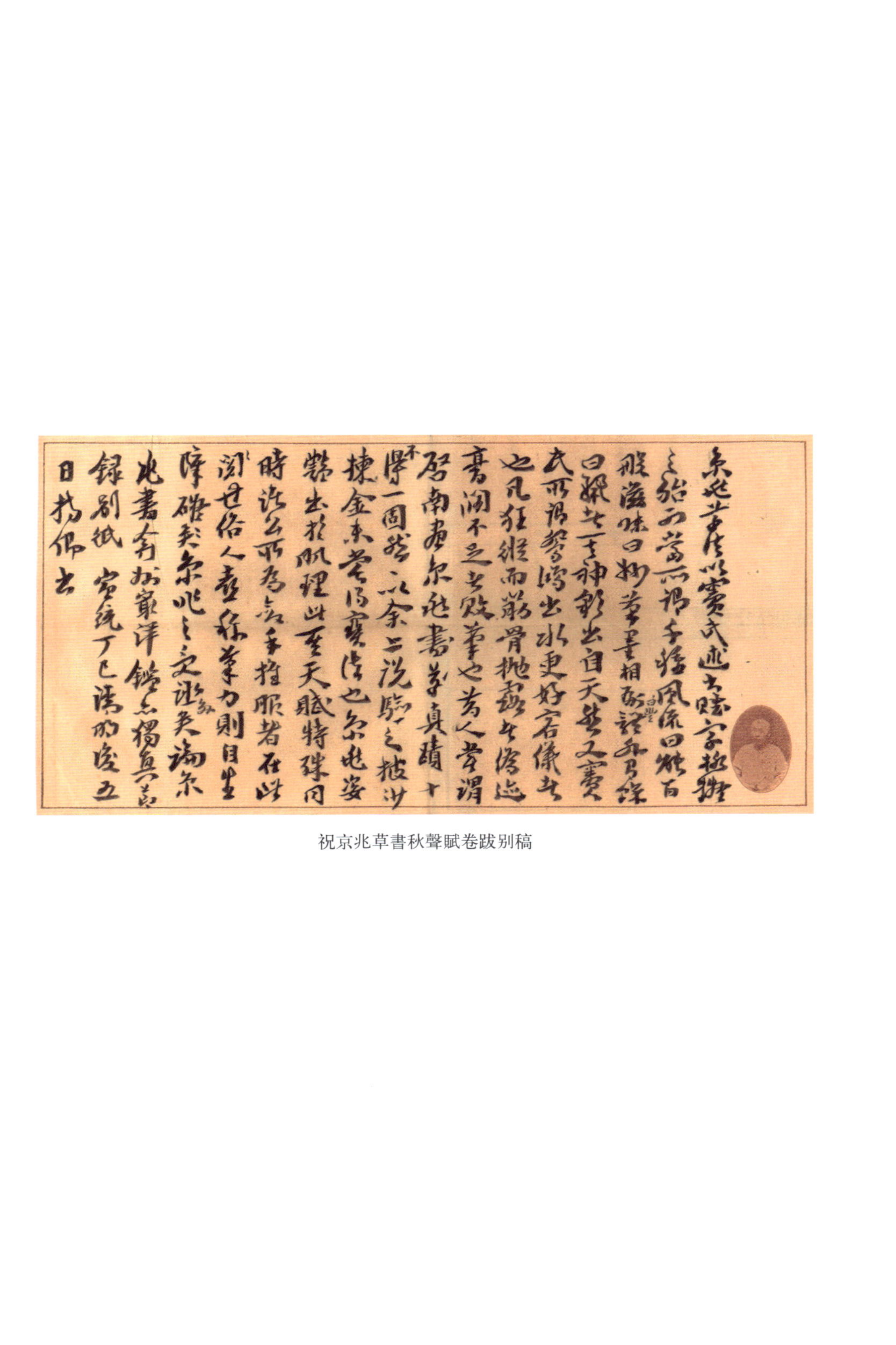

祝京兆草書秋聲賦卷跋别稿

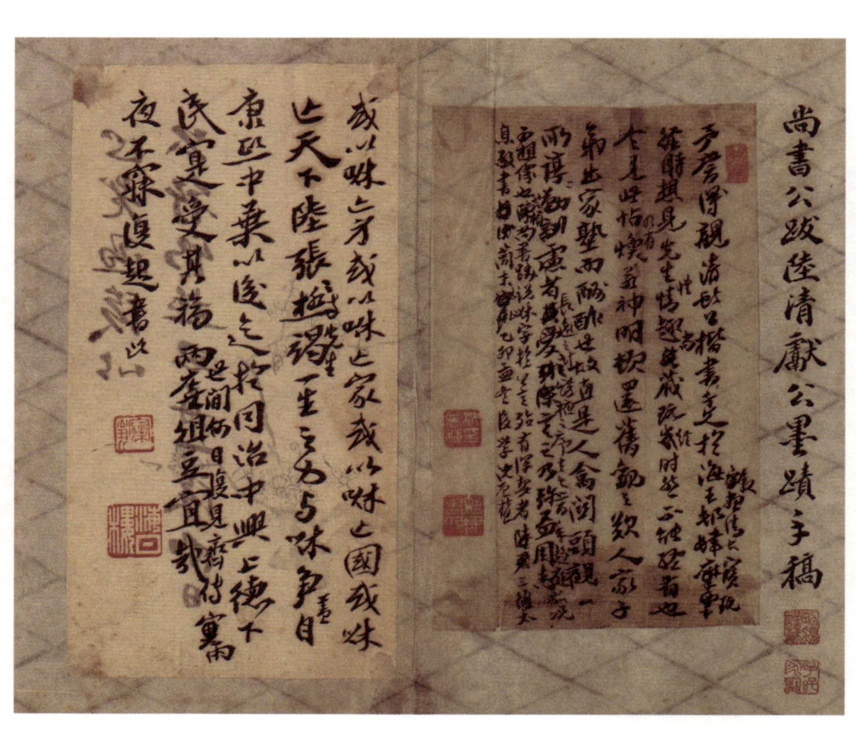

陸清獻公家書跋初稿

拔納拔西尊者像全圖

永田翁能畫佛且能畫人物顧吾鄉流傳極少獨徵諸圖色精意識所自言耳此幅當亦摹古之作用意高雅未肯涉近代吳丁蹊逕也

宣統丙辰六月 姚埭老民識

張浦山繪拔納拔西尊者像跋

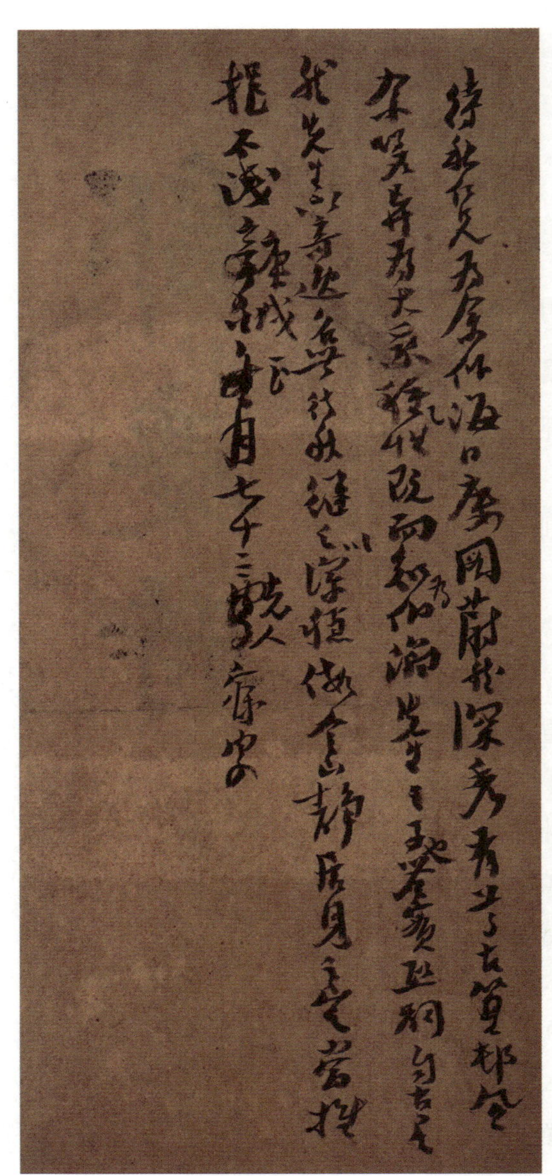

吴待秋海日樓圖跋手稿

目　録

整理説明 …… 1

海日樓羣書題跋

卷一　經部 …… 3

易類 …… 3

宋刻周易王氏注跋 …… 3

詩類 …… 3

明豐人翁坊魯詩世學手稿跋 …… 3

禮類 …… 4

明覆宋嚴州本儀禮跋 …… 4

春秋類 …… 5

明翻北宋本陸文通春秋二書跋 …… 5

四書類 …… 5

唐寫本論語鄭氏注跋 …… 5

宋本論語集註跋 …… 7

宋刊八行本孟子註疏書録 …… 7

宋本四書纂疏書録 …… 8

小學類 …… 8

明本説文解字題記 …… 8

北宋刻巾箱本廣韻跋 …… 8

宋大中祥符本廣韻書録 …… 9
宋本韻補題記 …… 9
書司馬温公切韻指掌圖後 …… 10
翁氏抄紫雲增修校正禮部韻略釋疑跋 …… 11
宋慶元刊本輶軒使者絶代語釋别國方言跋 …… 11
釋名跋 …… 12
音韻清濁鑑跋 …… 12
卷二　史部 …… 14
紀傳類 …… 14
北宋監本史記集解跋二篇 …… 14
南監本史記集解跋二篇 …… 16
蜀大字本史記題記 …… 17
史記跋 …… 17
元大德本漢書題記 …… 18
殘宋本後漢書跋 …… 18
明正統本後漢書題記 …… 18
宋刻隋書跋 …… 19
雜史類 …… 19
抄本黑韃事略跋 …… 19
元朝秘史跋 …… 20
聖武親征録校本跋 …… 22
蒙古源流事證跋 …… 24
載記類 …… 24
蠻書校本跋 …… 24
傳記類 …… 27

宋本五朝名臣言行録三朝名臣言行録跋 …………… 27
抄本明季諸賢列傳跋 …………………………… 29
吴氏安危注跋 …………………………………… 31
政書類 …………………………………………… 32
宋本通典跋二篇 ………………………………… 32
留真譜宋本通典題記 …………………………… 33
元刻通志題記 …………………………………… 34
明正德本文獻通考題記 ………………………… 34
馮天馭刻文獻通考題記 ………………………… 34
東漢會要題記 …………………………………… 34
東朝崇養録題記 ………………………………… 34
書道光乙酉科福建明經通譜後 ………………… 35
季漢官爵考補漢兵志今水經跋 ………………… 36
唐六典題記 ……………………………………… 36
影宋本重詳定刑統跋 …………………………… 37
宋元檢驗三録跋 ………………………………… 43
朝野類要題記 …………………………………… 45
記先太夫人手書日用帳册 ……………………… 46
地理類 …………………………………………… 47
明板吴地記跋 …………………………………… 47
徐靈府天台山記書後 …………………………… 48
東京夢華録跋 …………………………………… 49
水經注跋 ………………………………………… 50
明嘉靖本水經注題記 …………………………… 50
校宋刻水經注記 ………………………………… 50

經世大典西北地圖書後 …… 52
秦邊紀略書後 …… 53
書西域水道記卷四後 …… 59
知服齋叢書本島夷志略跋 …… 61
譯刻中亞洲俄屬游記跋 …… 61
目録類 …… 62
蕭敬孚手抄四庫簡明目録跋 …… 62
書開元釋教録三階法部後 …… 62
書道藏目録太平部後 …… 64
金石類 …… 65
歷代鐘鼎彝器款識法帖題記 …… 65
卷三　子部 …… 66
諸子類 …… 66
王弼注老子道德經跋四篇 …… 66
宋本老子道德經古本集註直解跋 …… 67
抄本憨山道德經發隱題記 …… 68
元刻莊子跋 …… 68
道藏本管子跋 …… 68
明萬曆本墨子跋 …… 69
孫淵如校跋舊抄本墨子跋 …… 69
明抄本鬼谷子跋 …… 70
吕氏春秋跋 …… 70
醫家類 …… 71
宋刻傷寒明理論題記 …… 71
抄本産寶跋 …… 71

影宋抄本類證普濟本事方題記 …… 71
曆算類 …… 72
宋抄景祐乾象新書跋 …… 72
順治三年官板時憲書跋 …… 72
藝術類 …… 73
東觀餘論跋五篇 …… 73
明抄書苑菁華題記 …… 77
石印本淳熙秘閣續法帖跋 …… 77
雜家類 …… 77
宋板程史跋 …… 77
麈史跋 …… 78
明抄本雲麓漫鈔跋 …… 78
明刊經鉏堂雜誌題記 …… 79
殘宋本黄氏日抄跋 …… 79
元刻本慈溪黄氏日抄分類跋 …… 80
類書類 …… 80
明程本漢魏叢書 …… 80
明萬曆陳禹謨本北堂書鈔跋 …… 81
影宋鈔本北堂書鈔跋 …… 81
元本藝文類聚跋 …… 82
明仿宋抄本事類賦跋 …… 82
會通館活字本錦繡萬花谷跋 …… 83
元本新編事文類聚翰墨大全題記 …… 83
元刻事文類聚題記 …… 83
明板五雜組跋 …… 83

小説類 …… 84
穆天子傳書後 …… 84
明天啟本穆天子傳題記 …… 88
明萬曆本世説新語題記 …… 88
道教類 …… 88
明抄修真書十二種跋 …… 88
明板金丹正理大全跋 …… 89
釋家類 …… 90
佛説月明菩薩經跋 …… 90
佛説賢首經跋三篇 …… 90
唐人寫經集錦册跋 …… 91
後晉歸義軍節度使曹元忠雕印大聖毗沙門天王像跋 …… 92
宋刻入楞伽經殘本題記 …… 93
宋刻大般若經殘本題記 …… 93
明永樂本壇經跋 …… 94
明崇禎巾箱本壇經跋 …… 94
明建文本心經跋 …… 95
影印弘法大師心經墨蹟跋 …… 96
唐寫本四分律殘卷跋 …… 96
記大智度論後 …… 96
報恩論跋 …… 97
記説無垢稱經後 …… 97
宋咸淳本佛祖統紀跋二篇 …… 98
傳法正宗記跋 …… 100

書止觀科節後 …… 102
書悉曇字記後 …… 102
朝鮮刊廬山蓮宗復教集跋 …… 104
卷四　集部 …… 106
別集類 …… 106
唐 …… 106
題杜工部集 …… 106
明鈔本杜工部詩趙次公注殘卷跋 …… 106
孟東野詩集跋 …… 107
明徐文山大令手抄賈浪仙長江集跋 …… 107
明板賈浪仙長江集跋 …… 108
歐陽行周集跋 …… 108
魚玄機詩集跋 …… 109
北宋 …… 110
河東先生集跋 …… 110
宋本歐陽文忠公集題記 …… 111
新校正老泉先生文集跋 …… 111
伊川擊壤集跋 …… 112
明板伐檀集跋 …… 112
宋刻王狀元百家注蘇詩題記 …… 113
明嘉靖本豫章黄先生文集跋 …… 114
嘉靖本山谷集跋二篇 …… 114
明萬曆方沆重刻黄文節山谷先生文集跋 …… 115
明萬曆李友梅重刻黄文節山谷先生

別集附年譜跋二篇 …… 116
山谷外集跋二篇 …… 117
殘宋本豫章黄先生文集外集跋二篇 …… 119
宋刻山谷黄先生大全詩注跋 …… 120
山谷老人刀筆跋 …… 121
豫章先生遺文跋二篇 …… 122
明嘉靖本後山詩注跋 …… 122
南宋 …… 123
明寶文堂初印本具茨集晁氏客語跋 …… 123
宋刻東萊先生詩集跋 …… 124
影元本簡齋詩集跋 …… 124
宋本放翁先生劍南詩稿跋 …… 127
明正德本渭南文集題記 …… 128
晦庵先生朱文公文集跋 …… 129
明正統黎諒刊本水心先生文集跋 …… 129
明末刊本水心文集跋二篇 …… 130
元至正本方是閑居士小稿跋 …… 131
明岳元聲刊本玉楮詩稿跋二篇 …… 131
晞髮集跋 …… 132
抄本熊勿軒先生文集題記 …… 133
金 …… 134
明弘治本遺山先生文集跋 …… 134
金刻本磻溪集跋二篇 …… 135
元 …… 136
元至正本新編翰林珠玉跋 …… 136

明刻倪雲林先生詩集跋二篇 …… 138
陳剛中詩集跋 …… 138
抄本龜巢稿題記 …… 139
明 …… 139
抄本張來儀文集跋 …… 139
陶元暉中丞遺集題辭 …… 140
明登萊巡撫陶公遺集跋 …… 140
投筆集跋 …… 142
清 …… 143
胡石莊先生詩集書後 …… 143
東川公手録評本漁洋山人精華録跋 …… 146
惜抱軒詩集跋二篇 …… 148
丁辛老屋集跋 …… 149
記隱秀集 …… 149
抄本徵賢堂詩集跋 …… 150
書龔定庵文集後 …… 151
記先府君手寫課藝後 …… 152
題方倫叔網舊聞齋調刁集二篇 …… 153
瞿止菴詩稿跋 …… 153
沈觀齋詩跋三篇 …… 154
苓隈游仙詩跋 …… 154
海雲樓文集題記 …… 155
日本 …… 155
書鈴木豹軒詩後 …… 155
書近重物庵頑石行詩後 …… 156

總集類 …… 156
明汪刻文選跋二篇 …… 156
文選各家詩集跋 …… 158
玉臺新詠跋 …… 158
元刻樂府詩集跋 …… 159
元刊本文章正宗題記 …… 160
宋本新刊諸儒批點古文集成題記 …… 160
王壬秋選八代詩選跋二篇 …… 160
汲古閣本河嶽英靈集題記 …… 161
明刻河嶽英靈集跋 …… 161
明刻中興間氣集題記 …… 162
吴都文粹題記 …… 163
詞曲類 …… 163
手校傳鈔本江南圖書館舊藏山谷詞跋五篇 …… 163
白石道人歌曲跋 …… 166
宋刻花間集跋 …… 166
碧雞漫志跋 …… 167

海日樓金石題跋

卷一 金跋 …… 171
盂鼎跋二篇 …… 171
卷二 碑跋 …… 172
東漢 …… 172
三老碑題記 …… 172
嵩山三闕銘題記 …… 172

景君碑跋 …… 172
石門頌跋二篇 …… 173
禮器碑跋二篇 …… 174
明拓禮器碑跋 …… 174
漢孟廣碑跋 …… 175
孔彪碑題記 …… 176
殘本婁壽碑跋 …… 176
校官碑跋 …… 176
書白石神君碑後 …… 177
劉熊碑陰殘石跋 …… 178
竇應畫像跋 …… 178
漢碑跋 …… 179
三國　魏 …… 179
上尊號碑跋二篇 …… 179
三國　吴 …… 180
葛祚碑跋 …… 180
晉 …… 180
桓儀長子墓磚跋 …… 180
苻秦 …… 181
鄧太尉祠碑跋 …… 181
北魏 …… 182
崔敬邕墓誌跋二篇 …… 182
劉健之本崔敬邕墓誌跋 …… 182
刁遵墓誌跋 …… 183
舊拓刁遵墓誌跋八篇 …… 184

賈使君碑跋 …… 185
魏李璧墓誌跋 …… 186
張猛龍碑跋五篇 …… 188
馬鳴寺根法師碑跋 …… 189
高貞碑跋二篇 …… 189
張黑女墓誌跋二篇 …… 190
太昌造像碑跋 …… 190
東魏 …… 191
高湛墓誌跋 …… 191
敬使君碑跋六篇 …… 191
東魏廉富造天宫像碑跋 …… 192
北齊 …… 193
北齊標異鄉義慈惠石柱頌跋 …… 193
北周 …… 199
曹恪碑跋 …… 199
北周碑刻跋 …… 200
新羅 …… 200
黄草嶺新羅真興王巡狩碑跋 …… 200
隋 …… 204
隋趙芬碑跋 …… 204
隋張通妻陶貴墓誌跋 …… 206
甯贙碑跋 …… 207
唐 …… 207
明拓昭仁寺碑跋二篇 …… 207
化度寺邕禪師塔銘跋 …… 208

九成宫醴泉銘跋 …… 210
張通墓誌跋 …… 210
房玄齡碑跋 …… 210
明拓衛景武公碑跋 …… 211
聖教序跋 …… 212
聖教序跋爲謝復園題 …… 212
宋拓聖教序跋 …… 212
宋翻宋拓壽光本聖教序跋二篇 …… 213
南宋拓本聖教序跋四篇 …… 213
舊拓聖教序跋四篇 …… 215
萬年宫銘跋 …… 216
唐故竹夫人妙墓誌跋 …… 216
康氏墓誌跋 …… 217
唐故文林郎爨君墓誌跋 …… 217
同州聖教序跋 …… 218
同州聖教序跋二篇 …… 218
王徵君口授銘跋三篇 …… 219
唐薛稷杳冥君銘跋 …… 219
唐熊津都督帶方郡王扶餘隆墓誌跋 …… 220
阿羅憾墓誌跋 …… 221
姚文獻公懿碑跋二篇 …… 222
净域寺故大德法藏禪師塔銘跋 …… 222
唐興聖寺尼法澄塔銘跋 …… 223
宋拓李思訓碑跋 …… 224
岳麓寺碑跋 …… 225

支提龕銘跋 …… 225
闕特勤碑跋 …… 226
闕特勤碑釋文跋 …… 229
唐代國長公主碑跋 …… 229
突厥苾伽可汗碑跋 …… 230
無畏不空禪師塔記跋 …… 233
唐玉真公主昭應記跋 …… 233
多寶塔碑跋爲謝復園題 …… 237
義琬禪師墓誌跋 …… 237
大證禪師碑跋 …… 238
景昭法師碑跋 …… 239
唐九姓迴鶻愛登里囉汨没密施合
毗伽可汗聖文神武碑跋 …… 239
龍宫寺碑跋 …… 245
濟安侯廟碑跋 …… 245
大理 …… 246
大理國淵公塔碑銘跋 …… 246
大理國淵公塔銘第二跋 …… 247
金 …… 249
元拓足本金普照寺碑跋 …… 249
卷三　帖跋 …… 250
單帖 …… 250
薦季直表宣示表跋 …… 250
賈刻本宣示表跋 …… 250
寶晉舊刻本宣示表跋 …… 251

玉煙堂本宣示表跋 …… 251
明拓急就章跋四篇 …… 251
曹娥碑跋 …… 253
初拓墨池堂右軍書像讃跋三篇 …… 253
右軍書道德經跋二篇 …… 254
誓墓文跋 …… 254
宋拓秘閣本蘭亭跋 …… 255
舊刻秘閣續帖本蘭亭叙跋二篇 …… 256
東陽宋拓本蘭亭叙跋 …… 256
東陽本蘭亭帖跋四篇 …… 257
東陽本蘭亭叙跋二篇 …… 258
黄氏覆刻東陽本蘭亭敘跋 …… 259
宋拓絳帖本蘭亭叙跋二篇 …… 259
宋拓禊帖九種跋二篇 …… 259
舊拓開皇本蘭亭跋 …… 260
太清開皇本蘭亭叙跋 …… 260
宋拓鼎帖本蘭亭敘跋 …… 261
鼎帖本蘭亭跋 …… 261
鼎帖覆定武蘭亭跋 …… 261
舊拓會字不全本蘭亭叙跋 …… 262
舊拓定武蘭亭跋二篇 …… 262
孫退谷藏定武蘭亭瘦本跋 …… 263
樵刻定武瘦本蘭亭叙跋 …… 263
國學本定武蘭亭跋三篇 …… 264
天一閣神龍蘭亭跋 …… 264

天一閣神龍蘭亭豐坊臨本跋 …………………… 265
玉枕蘭亭跋 …………………………………… 265
明刻褚摸蘭亭領字從山鑿損本跋 ……………… 266
明拓國學本明刻褚臨本蘭亭敘跋三篇 ………… 267
褚臨本蘭亭跋 ………………………………… 268
蘭亭敘褚臨本跋 ……………………………… 269
張金界奴本蘭亭跋 …………………………… 269
唐模賜本蘭亭跋二篇 ………………………… 269
潘貴妃本蘭亭跋二篇 ………………………… 270
上海顧氏刻本蘭亭敘跋二篇 ………………… 273
戲鴻堂法書本蘭亭跋 ………………………… 273
明翻潁上蘭亭跋 ……………………………… 274
程孟陽本蘭亭跋 ……………………………… 274
渤海藏真刻蘭亭領字從山本跋六篇 ………… 275
三希堂本蘭亭敘跋 …………………………… 277
代州馮氏刻宋拓定武蘭亭跋 ………………… 277
舊拓蘭亭敘跋 ………………………………… 277
舊拓蘭亭跋 …………………………………… 278
蘭亭集珍七種跋四篇 ………………………… 278
明刻蘭亭四種跋 ……………………………… 280
蘭亭四種合册題記 …………………………… 280
舊拓蘭亭三種跋三篇 ………………………… 281
蘭亭三種跋七篇 ……………………………… 282
明刻蘭亭十三跋跋四篇 ……………………… 283
霜松雪柏之軒藏明刻蘭亭十三跋跋二篇 …… 284

硃搨快雪堂蘭亭十三跋跋 …………………… 285
快雪堂本蘭亭十三跋跋 …………………… 285
北宋拓樂毅論三篇 …………………… 285
晋唐小字卷樂毅論洛神賦跋 …………………… 288
餘清齋刻梁模樂毅論跋 …………………… 288
鬱岡齋墨妙本樂毅論跋二篇 …………………… 288
樂毅論跋 …………………… 289
魏泰本十七帖跋 …………………… 289
馬莊父本十七帖跋 …………………… 290
宋拓十七帖跋二篇 …………………… 290
宋拓十七帖跋 …………………… 291
潭本十七帖跋二篇 …………………… 291
宋拓修内司本十七帖跋二篇 …………………… 292
劉聚卿藏宋拓十七帖跋 …………………… 292
寶晉齋帖本十七帖跋 …………………… 293
鬱岡齋模太清樓續帖本十七帖跋 …………………… 293
玉泓館本十七帖跋三篇 …………………… 293
玉泓館十七帖跋二篇 …………………… 294
十七帖跋 …………………… 295
十七帖跋 …………………… 295
北宋刻黄庭經跋二篇 …………………… 296
星鳳樓祖本黄庭經跋 …………………… 296
寶晋齋舊刻本黄庭經跋 …………………… 297
明拓思古齋黄庭經跋 …………………… 297
覆刻潁上本黄庭蘭亭跋十一篇 …………………… 297

鬱岡齋墨妙本右軍黄庭經跋 …………………… 302
墨池堂本黄庭經跋 ………………………………… 302
覆宋拓本黄庭經跋 ………………………………… 303
心太平本黄庭經跋 ………………………………… 303
心太平本黄庭經跋 ………………………………… 303
宋拓黄庭經跋 ……………………………………… 304
黄庭經跋 …………………………………………… 304
文選樓宋拓十三行跋二篇 ………………………… 305
曼陀羅室藏宋拓十三行跋五篇 …………………… 306
元宴刻本十三行跋 ………………………………… 307
欺字不全本十三行跋 ……………………………… 308
王篛林重摹唐荆川家本十三行跋 ………………… 308
十三行跋二篇 ……………………………………… 308
十三行跋 …………………………………………… 309
鬱岡齋墨妙蕭子雲書月儀帖跋七篇 ……………… 309
智永禪師真草千文跋 ……………………………… 311
歐陽率更草書千字跋 ……………………………… 312
宋拓褚登善哀册跋 ………………………………… 312
唐人真蹟卷本書譜跋 ……………………………… 312
宋拓書譜跋 ………………………………………… 313
顧汝和藏宋拓書譜跋 ……………………………… 313
宋刻書譜跋 ………………………………………… 314
覆刻安本書譜跋二篇 ……………………………… 314
明初拓靈飛經跋三篇 ……………………………… 315
懋勤殿李邕法帖跋 ………………………………… 316

小字麻姑仙壇記跋 …… 316
九疑山碑袁生帖陰符經三帖跋 …… 316
叢帖 …… 317
宋拓閣帖跋二篇 …… 317
宋拓閣帖殘本跋三篇 …… 318
殘宋拓本閣帖跋 …… 319
袁本閣帖跋二篇 …… 319
顧氏玉泓館淳化閣帖跋 …… 321
潘氏本閣帖跋 …… 321
潘允諒本淳化閣帖跋 …… 322
肅府本閣帖跋 …… 322
明拓肅府本閣帖跋 …… 323
淳化閣帖跋 …… 324
閣帖跋 …… 325
閣帖題記 …… 325
宋拓祖石絳帖跋三篇 …… 325
宋拓絳帖跋 …… 327
絳帖題記 …… 327
嶽雪樓舊藏絳帖跋 …… 328
戲魚堂帖跋四篇 …… 328
記宋拓秘閣續帖 …… 329
北宋拓大觀帖跋 …… 331
南宋覆刻大觀帖跋三篇 …… 332
宋拓盱眙本大觀帖跋三篇 …… 332
李筠庵藏大觀帖跋 …… 333

甘氏所藏大觀帖跋 …………………………… 334
大觀帖跋 …………………………………… 335
大觀帖跋 …………………………………… 335
明拓殘本大觀帖跋 ……………………………… 336
大觀帖跋 …………………………………… 336
太清樓帖翻刻本跋五篇 ………………………… 336
舊拓太清樓帖跋 ………………………………… 338
泉帖跋二篇 ………………………………………… 338
宋拓泉帖跋六篇 ………………………………… 339
星鳳樓帖跋二篇 ………………………………… 341
星鳳樓帖跋 ……………………………………… 341
宋拓姑孰帖跋二篇 ……………………………… 343
博古堂帖三種跋二篇 …………………………… 344
寶晋齋法帖跋四篇 ……………………………… 345
寶晋齋法帖跋四篇 ……………………………… 346
寶晋齋法帖跋 …………………………………… 347
宋拓澄清堂帖跋六篇 …………………………… 348
宋拓海陵帖跋 …………………………………… 350
明許靈長模刻澄清堂帖跋二篇 ………………… 350
來禽館模刻澄清堂帖跋二篇 …………………… 351
宋拓悦生堂石刻跋 ……………………………… 352
宋拓小楷四種跋 ………………………………… 352
宋拓二王小楷三種跋 …………………………… 353
明拓寶賢堂集古法帖跋 ………………………… 353
真賞齋法帖跋 …………………………………… 354

翻刻本真賞齋帖跋 …… 354
停雲館初拓晋唐小字帖跋四篇 …… 354
停雲館晋唐小字帖卷跋 …… 355
停雲館翻刻晉唐小字卷跋二篇 …… 355
覆刻停雲館本晉唐小字帖跋二十一篇 …… 356
墨池堂選帖跋 …… 361
明拓鬱岡齋墨妙跋二篇 …… 362
秀餐軒法帖跋十二篇 …… 362
潑墨齋法帖跋 …… 365
墨池玉屑本跋六種 …… 366
至寶齋法帖跋七篇 …… 368
快雪堂法書跋八篇 …… 370
式古堂法書跋三篇 …… 372
三希堂法帖跋 …… 373
玉虹樓法帖張文敏臨古法帖跋 …… 374
宋四家法帖跋二篇 …… 374
卷四　雜器跋 …… 376
元梵經石硯拓本跋 …… 376
記藏舍利之蠟石壺 …… 377

海日樓書畫題跋

卷一　書跋 …… 383
唐 …… 383
賢首國師致新羅義湘法師書墨蹟跋二篇 …… 383
宋 …… 385

山谷書東坡馬券帖後贈李方叔卷跋 …………… 385
米元章行書唐人賦得初日照鳳樓大字長卷跋 … 385
明 …………………………………………… 386
祝京兆草書秋聲賦卷跋 ……………………… 386
文待詔書湯碩人六十壽序卷跋 ……………… 388
文衡山草書千文卷跋 ………………………… 388
文衡山詩册跋 ………………………………… 389
穴研齋藏王雅宜小楷千文真蹟册後 ………… 389
豐存禮小楷普門品跋 ………………………… 389
周公瑕幽蘭賦真蹟卷跋 ……………………… 389
董文敏詩卷跋 ………………………………… 390
董文敏楷書誥命卷跋 ………………………… 390
清 …………………………………………… 391
陸清獻公隴其家書跋二篇 …………………… 391
金冬心自書詩卷跋 …………………………… 392
劉文清公行書詩卷跋 ………………………… 392
劉文清公小楷心經卷跋 ……………………… 393
莫氏藏劉石菴翁覃溪小楷合册跋 …………… 393
王夢樓秋日登文遊臺詩卷跋 ………………… 393
元趙文敏三札卷翁覃溪跋跋 ………………… 394
鄧木齋書册跋 ………………………………… 395
徐籀莊同柏鐘鼎書楹聯跋 …………………… 396
林文忠公上先司空公手翰册跋 ……………… 396
陳官焌隸書册跋 ……………………………… 396
顧文治書先司空公撰陳君家傳册跋 ………… 397

洪琴西先生汝奎手札跋……397
朱强甫遺墨跋……397
于次棠公蔭霖書卷跋……398
劉雲樵先生草書册書後……398
題潘若海詩柬……400
李梅庵玉梅花盦臨古册跋……400
蔣厚民遺命卷跋……401
□□主人書帖跋……402
書成唯識論跋……403
臨爨龍顔碑跋……403
臨劉懷民墓誌跋……403
臨古詩帖跋……403
書少陵夔州詩後……404
書杜詩遺王静安跋……404
題自書集句聯……405
卷二　畫跋……406
宋……406
李咸熙煙峰行旅圖跋……406
高益畫跋……406
宋畫花卉卷跋……406
李迪長卷跋……407
劉松年香山九老圖卷跋……408
劉松年明皇按樂圖跋……409
元……409
錢雪川選版築圖卷跋……409

趙松雪畫馬長卷跋 …………………………… 410
曹雲西知白山水卷跋 …………………………… 410
陳仲美琳金山勝槩圖卷跋 ………………………… 411
劉貫道畫金顯宗西泠探梅圖軸跋 ………………… 412
明 ……………………………………………… 413
劉完菴珏山水卷跋 ……………………………… 413
姚公綬文飲卷跋 ………………………………… 413
沈石田山水卷跋 ………………………………… 414
沈石田山水長卷跋 ……………………………… 414
唐六如梅谷圖卷跋 ……………………………… 415
唐六如江天漁父圖卷跋 ………………………… 416
文璧畫九天司命真君像軸跋 …………………… 416
文衡山養鶴種松圖卷跋 ………………………… 416
文待詔仿一峰老人山水真蹟卷跋 ……………… 417
文衡山書畫册跋 ………………………………… 417
仇實甫桃源圖卷跋四篇 ………………………… 418
謝樗仙時臣山水卷跋 …………………………… 420
王西室穀祥花卉卷跋 …………………………… 420
龍江山人沈碩雲溪圖卷跋 ……………………… 421
明王子幻題元人畫十六開士相真蹟神品卷跋 … 421
孫雪居克弘長林石几圖卷跋二篇 ……………… 421
陸澄湖士仁九老圖卷跋 ………………………… 422
董華亭畫跋 ……………………………………… 423
董文敏公山水册跋二篇 ………………………… 423
董思翁畫册跋 …………………………………… 424

李檀園流芳雁宕觀瀑圖卷跋 …… 424
范文貞公景文溪山風雨圖軸跋 …… 424
明吴肖僊世恩畫羅漢軸跋 …… 425
趙文度左倣趙大年山水卷跋二篇 …… 425
陳老蓮畫册跋 …… 427
清 …… 427
項易菴聖謨花卉册跋 …… 427
徐湘蘋燦畫觀音像册跋 …… 427
程端伯江山卧游圖卷跋 …… 428
劉叔憲度山水册跋 …… 429
鄒方魯喆歸山圖卷跋 …… 429
王司農嚴灘釣臺立軸跋 …… 429
李稔鄉宗渭叱犢歸耕圖卷跋 …… 430
張浦山庚繪拔納拔西尊者像跋 …… 430
晚翠老人張翀東谷山水真蹟卷跋 …… 431
李毅齋世倬霑岳松岡圖逸品跋 …… 431
石星原海山水畫册跋 …… 432
沈雲渡海達摩像跋 …… 432
黎二樵山水册跋 …… 433
宋芝山葆淳晴江列岫卷跋三篇 …… 433
張夕庵崟山水卷跋三篇 …… 434
謝退谷觀生山林卷跋三篇 …… 436
姚石甫瑩談藝圖跋 …… 437
李子健修易山水横幅跋 …… 438
李乾齋畫跋 …… 439

趙疏盦太守于密畫册跋 …… 439
俞策臣先生功懋畫册跋 …… 440
胡小玉大令寶仁同年畫梅册跋 …… 441
汪鷗客洛年山水軸跋 …… 441
潘雅聲摹竹垞圖卷跋 …… 441
吴待秋海日樓圖跋 …… 442
郭起庭蘭枝山水評 …… 443
王藜盦彦威藏畫跋 …… 444
山水畫册跋 …… 444
聖德太子像跋 …… 444
後 記 …… 446

整理説明

一　本編據沈曾植題跋原件或真蹟影印本整理。若無真蹟，則據沈跋抄本、排印本及其他文獻所著録者。兹録主要文獻如下。

（一）沈曾植手書題跋真蹟或影印本

1. 古籍、碑帖、書畫原件所見沈曾植題跋真蹟。

2. 海日樓叢稿，上海圖書館藏沈曾植手稿本。

3. 寐叟題跋，民國十五年（1926）上海商務印書館據手蹟石印本。

4. 海日樓遺墨，民國石印本。

5. "國立中央"圖書館特藏組纂輯：國立中央圖書館善本題跋真蹟，臺灣"國立中央"圖書館 1982 年版。

6. 上海市書法家協會編：沈曾植，海派代表書法家系列作品集，上海書畫出版社 2006 年版。

7. 湯蔓媛纂輯：傅斯年圖書館善本古籍題跋輯録第二、三册圖版上下，臺北"中央研究院"歷史語言研究所 2008 年版。

8. 上海圖書館編：上海圖書館善本題跋真蹟，上海辭書出版社 2013 年版。

9. 仲威：善本碑帖过眼録续编，文物出版社 2017 年版。

10. 浙江省博物館編、桑椹主編：金石書畫第三卷，浙江人民美術出版社 2018 年版。

11. 劉叢編著:沈曾植題海日樓藏碑拓集,浙江攝影出版社 2021 年版。

12. 劉叢編著:沈曾植題海日樓藏刻帖集(上下册),浙江攝影出版社 2021 年版。

13. 北京泰和嘉成拍賣有限公司編:海日流光——澹隱山房藏沈曾植遺墨專場圖録,2021 年 6 月版。

14. 其他沈氏題跋真蹟影印本。

(二)沈曾植題跋鈔本、排印本及其他文献资料所著录者

1. 釋持(沈曾植),闕特勤碑跋,和林三唐碑跋之一,亞洲學術雜誌第一卷第二期,上海亞洲學術研究會 1921 年 12 月。

2. 釋持(沈曾植),突厥苾伽可汗碑跋,和林三唐碑跋之一,亞洲學術雜誌第一卷第二期,上海亞洲學術研究會 1921 年 12 月。

3. 釋持(沈曾植),唐□姓迴鶻受登里囉汨没密施合毗伽可汗聖文神武碑跋,和林三唐碑跋之一,亞洲學術雜誌第一卷第二期,上海亞洲學術研究會 1921 年 12 月。

4. 釋持(沈曾植),穆天子傳書後,亞洲學術雜誌第一卷第三期,上海亞洲學術研究會 1922 年 4 月。

5. 釋持(沈曾植),書司馬温公切韻指南後,亞洲學術雜誌第一卷第四期,上海亞洲學術研究會 1922 年 9 月。

6. 沈頲校録:海日樓羣書題跋,同聲月刊第三卷第四號,民國三十二年(1943)六月十五日版。

7. 沈曾植:海日樓書畫題跋,同聲月刊第三卷第十號、第十一號,民國三十三年(1944)三月五日、四月五日版。

8. 沈曾植:海日樓碑帖題跋,同聲月刊第三卷第十二號,民國三十三年(1944)六月十五日版。

9. 沈曾植:秦邊紀略書後,學海月刊第一卷第一册,民國三十三年(1944)七月十五日版。

10. 沈曾植:西域水道記跋,學海月刊第一卷第三册,民國三十三年(1944)九月十五日版。

11. 沈曾植:跋投筆集,學海月刊第二卷第一册,民國三十四年(1945)一月版。

12. 錢仲聯輯:海日樓題跋,中華書局 1962 年版。

13. 錢仲聯輯録:沈曾植海日樓文鈔佚跋(一)至(七),文獻 1991 年 3—4 期、1992 年 1—4 期、1993 年 1 期。

14. 錢仲聯編校:海日樓文集,廣東教育出版社 2019 年版。

15. 傅增湘:藏園羣書經眼録,中華書局 1983 年版。

16. 傅增湘:藏園羣書題記,上海古籍出版社 1989 年版。

17. "國立中央"圖書館特藏組纂輯:標點善本題跋集録,臺灣"國立中央"圖書館 1992 年版。

18. 湯蔓媛纂輯:傅斯年圖書館善本古籍題跋輯録第一册釋文,臺北"中央研究院"歷史語言研究所 2008 年版。

19. 柳岳梅整理:海日樓書録,歷史文獻第十六輯,上海古籍出版社 2012 年版。

20. 戴家妙:寐叟題跋研究,中國美術學院出版社 2015

年版。

21. 陳先行、郭立暄編著:上海圖書館善本題跋輯録,上海辭書出版社2017年版。

22. 其他鈔本及文獻著録之沈氏題跋。

二　本編在前人基礎上廣爲搜羅,得羣書題跋193首(225篇),金石題跋254首(458篇),書畫題跋104首(118篇),凡551首(合計題内分篇,共801篇)。

三　寐叟題跋有少數題跋中某篇爲沈曾植鈔録前人著作,不能視爲沈氏之作,則入該跋“【附録】”中以資參考。

四　極個别題跋全録他人著作,則不予收録。如抄本元和郡縣圖志跋,全文過録持静齋書目内容,沈頲校録海日樓羣書題跋、錢仲聯輯海日樓題跋皆以爲沈氏自跋,今不録。

五　海日樓羣書題跋按四部分類法分别部居,每大類中又按小類及時代先後排列。

六　海日樓金石題跋中,碑跋按碑刻時代先後排序。帖跋分單貼與叢帖,單帖按書人時代先後爲序,叢帖則按法帖刊刻先後爲序。

七　海日樓書畫題跋按書畫作者時代或作品先後排序。

八　題跋皆酌加案語,説明該跋出處。題跋有鈐印者,亦加以著録。間或指出所跋古籍、碑帖、書畫之著録及今藏情況。

九　題跋所引古籍,盡可能核對原書,其訛誤者則於案語中説明。1962年版錢仲聯輯海日樓題跋,因故多將沈跋署款年號等加以删改,其釋文亦有訛誤脱漏處,并於案語中説明之。

十　題跋按通行古籍整理方法標點,并加專名線。其中譌字用(　)括出,改字用〔　〕標於其後;補字用[　],衍文用〈　〉標明。

海日樓羣書題跋

卷一　經部

易類

宋刻周易王氏注跋

宋刻周易王氏注，每半葉十行，行十六字。注文小字，每行二十四五字不等。版心高廣、行數、字數，均與撫州本禮記同。板心刻工名字，亦有一二同者，定爲撫州所刻。禮記刻於淳熙四年丁酉，此周易後卷已闕，無官吏銜名可按，刊刻歲月不可知，而板心有記“開禧乙丑换”者，有記“壬戌刊”者，有記“壬申重刊”者。壬戌爲嘉泰（三）〔二〕年，在開禧前；壬申嘉定五年，在開禧後，上去淳熙丁酉僅三十年，而板已壞爛，以刊换之多，足以知其刷印［之］多也。

【案】此據歷史文獻第十六輯海日樓書録。

詩類

明豐人翁坊魯詩世學手稿跋

豐人翁經學博辨不減毛西河，西河仲氏易實襲人翁故智，世人尊西河而絀人（學）〔翁〕，甚可恠也。書則弇州、月峰以來久經定論，世無異詞，而真蹟乃至罕見。此魯詩世學四册，數十萬言，十之八爲翁手寫，懸腕雙鉤，愈草草愈見腕力之妙。去月見楓林黄氏所藏文衡山所書一年詩草，功力相等，而神骨不及此也。左季新得此，持（此）〔以〕見示，借題數語，爲翁稍抒鬱抑。丙辰秋季，寐叟。

【案】此書今藏上海圖書館（索書號爲 838085-88），跋首鈐“曼佗羅室”陰文印，末鈐“植”陽文印。參觀寐叟題跋、文獻 1992 年第 4 期沈曾植海日樓文鈔佚跋（六）、錢仲聯編校海日樓文集 165 頁、上海圖書館善本題跋真蹟第二册 153—154 頁。標題“豐人翁”，錢輯本作“豐人季”。按，豐坊字人叔，更字人翁。“季”是“叔”之誤記。

禮類

明覆宋嚴州本儀禮跋

聊城楊氏藏宋刻嚴州本儀禮，行數字數，首行次行題目，卷末經注若干字，與此一一皆同，則此本是覆宋嚴州本也。

丁氏善本書目，首以宋刻周易，亦半頁八行，行十七字，云字體圓美，避諱至“慎”字，當是乾道、淳熙時刻。

丁氏以此本避諱止“敬”字，不避“徵”、“讓”字，疑其祖本尚在天聖以前，謂在嚴州本上。

【案】此據沈頻校録海日樓群書題跋（同聲月刊第三卷第四號，民國三十二年六月二十五日版），又見錢編本海日樓題跋。海日樓藏書目載："儀禮注疏十七卷　漢鄭玄注唐賈公彦疏　明覆宋嚴州本　六本。儀禮注疏　板本同前　尚書公跋　殘本　缺卷六卷七卷兩卷　五本。"

春秋類

明翻北宋本陸文通春秋二書跋

近代通行經苑本、古經解彙函本，皆從龔氏玉玲瓏山館本出。龔出元刻本，頗多脱錯。若行款宜大字，訛作小字，引穀梁傳誤作公羊之類，昔人頗以爲病。然龔本流傳至今，亦頗難得矣。此明翻慶曆本，遠在元本以前。藏書志之明影宋鈔，其實即從此出耳。圖書館藏有纂例無辨疑，二書具全，益爲難得。久未購書，偶破戒，挼摩竟日，興會乃亦復不淺也。

愛日精廬所録，亦抄本，亦僅有纂例。

【案】此據寐叟題跋，末鈐"灊庯"陽文印。海日樓藏書目載："春秋啖趙二先生集傳辨疑十卷纂例十卷［唐陸淳輯］　尚書公跋　明翻北宋本　盧氏抱經樓藏書　六本"此書今藏臺灣"國家圖書館"（索書號爲 106.4 00675）。

四書類

唐寫本論語鄭氏注跋

論語鄭氏注述而至鄉黨凡四篇，唐人寫本，出於燉煌石室，法蘭西人得之，羅君叔言得其景本後，以珂羅版印行，爲跋以識其後，據證致詳，而深以卷題孔氏本，與何、皇所稱就魯論爲注之説違異爲疑。余以釋文所稱鄭本校之，則陸所據與今合者，葸、絞、愿、今也純、韞、匵、山梁凡七條。其不合者，“子疾病”，陸稱“鄭本無‘病’字”，今有“病”字；“陳司敗”，陸稱“鄭以司敗爲人名，齊大夫”，今此作“陳司敗，齊大夫，蓋名御寇”，則固不以司敗爲名；“叩其兩端”，陸稱“鄭云‘末也’”，今無此文，且注言“動發本末”，則固不專釋端爲末；“下如授”，陸稱“魯讀下爲趨，今從古”；“瓜祭”，稱“魯讀瓜爲必，今從古”；“鄉人儺”，稱“魯讀爲獻，今從古”；“車中不内顧”，稱“魯讀車中内顧，今從古”。此數事皆鄭所改正，犖犖大者，今本皆無之，則陸所見本，非此本也。

又集解所引鄭説，與此本義同而文有詳略者，不具論。其義解絶異者，若“富而可求”章注，“於我如浮雲”注，“子路使門人爲臣”注，旨意迴殊，不可和合，則何平叔所采，疑亦非從此本出者。又隋志稱梁、陳之時，唯鄭玄、何晏立於國學，則皇氏不見鄭注之説，疑或未然。而義疏對上異同，略無一語；“怪力亂神”疏引或通及李充説，與鄭義同，而疏不言鄭；“三以天下讓”范甯第二釋同鄭，“羔裘”、“麑裘”、“狐裘”疏説同鄭，而皆無一言及鄭。然則此鄭注，决爲皇氏所未見，非梁、陳立於國學之鄭注，又可斷言也。

愚按鄭氏論語注，見隋志凡三本：其一題“論語十卷，鄭玄注”，一本題“論語九卷，鄭玄注，晉散騎常侍虞喜讚”，一本題“古文論語十卷，鄭玄注，梁有隋亡”，詳此三本相連著録，決非重複。然則何氏、陸氏所見者，爲隋志著録第一本，爲張侯本，此卷則梁録所載古文論語注本，爲孔氏本，截然兩書。知其一不知其二，披卷參讎，牴牾交錯，宜已。

此書梁有隋亡，毋煚開元書録亦不載。而此卷避唐諱，固唐初人所手寫，秘書内庫所佚遺，而西州有之。代越千年，炳然著見，孔壁真本，獨存天壤，豈非儒林奇瑞邪？至陸氏所謂鄭以齊古讀正五十事，大都以古正魯，固宜著之魯本，不見於此本也。

【案】此據文獻1991年3期錢仲聯輯録沈曾植海日樓文鈔佚跋（一）、錢仲聯編校海日樓文集77—78頁，原題作“論語孔氏本鄭注跋”，兹據文意改作此題。

宋本論語集註跋

宋本論語集註，每半頁七行，行大十二、小十六字，不避諱。紙墨似閩中刻，楮墨精絶，殆初印者。瞿氏藏書志所校宋本經注勝處，此皆有之。然與瞿所藏兩本行款皆不同，蓋宋刻之希見者。

【案】此據歷史文獻第十六輯海日樓書録。

宋刊八行本孟子註疏書録

宋刊八行本孟子註疏，每半頁八行，行大十六字，小二十二字。第一行題“孟子註疏解經卷第上下”。第二行頂格“△篇章句上下”，下小字側注“凡△章”，下第十二格起大字“孫奭疏”。第三行低一格大字標“趙氏註”，釋篇名。次行頂格黑地白書“疏”字，釋篇名。白口，單邊，板心下寫刻工名。幅高營造尺六寸八分,每頁闊五寸四分。"擴"字缺末筆,"廓"字亦然。

【案】此據歷史文獻第十六輯海日樓書録。

宋本四書纂疏書録

趙順孫四書纂疏,宋本,半頁九行,行大二十字,注文小字同,魚尾上記字數,毛氏藏印。

【案】此據歷史文獻第十六輯海日樓書録。

小學類

明本説文解字題記

宋本大小字數,或在上魚尾上,或在頁數下。板心或記刻工名,或無。

【案】此書今藏臺灣"國家圖書館",索書號爲 110.21 00932。此題記書於卷首書眉,末鈐"子培"陽文小印。海日樓藏書目載:"説文解字十二卷　漢許慎撰宋徐鉉等補注補音並增加新附字　明黑口板大字本　尚書公跋並校　十二本。"

北宋刻巾箱本廣韻跋

北宋刻巾箱本廣韻,每半頁十行,行大十二、小二十四字。幅高營造尺四寸三分,廣三寸四分。前無文牒、序文。各韻蟬聯而下,界以黑魚尾,不提行,略如曹刻同用之式,第曹氏限於同用，此各韻皆然耳。避諱不及英宗"曙"、神宗"頊"，爲北宋仁宗時刻無疑，然"昚"字缺筆，而"慎"字不缺，爲不可解耳。

【案】此據歷史文獻第十六輯海日樓書録。

宋大中祥符本廣韻書録

沅叔所得祥符本廣韻，上魚尾不記字數，下魚尾下刻工名字，與張本無一同者，曾爲陸費丹叔家藏，有印記。國初則毛、季二氏所藏也。紙每頁有"程氏"古篆陰文長圓記。刻工名記於下：徐（果）〔杲〕、余永、余竑、姚臻、徐顔、王珍、丁珪、陳錫、包正、孫勉、朱琰、阮于、徐茂、徐昇、徐高、徐竑、毛諒、吴亮、顧忠、許明、梁濟、朱亮、陳（訓）〔詢〕、陳（用□）〔明忠〕、徐政。

【案】此據歷史文獻第十六輯海日樓書録。此書爲傅增湘所藏，見藏園群書經眼録（143—144頁）。

宋本韻補題記

吴才老韻補，宋本，半頁十行，行大字不可計，約當二十字，小二十四字。有"菉竹堂藏書"長方章，約徑寸餘。"汲古"、子晋父子印、"宋本"印、"甲"字印，又有朱文仿秋璽"長"字。魚尾上記大小字數。

【案】此據歷史文獻第十六輯海日樓書録。此書今藏中國國家圖書館。

書司馬温公切韻指掌圖後

此爲汲古閣所傳宋本石印者,與四庫所録元邵光祖本不同。光祖本圖二卷、檢例一卷,此不分卷,而檢例七頁列在圖前。其辨分韻等第歌"端透定泥居兩邊,知徹澄娘中心納",又云"中間照審義幽玄,精清兩頭爲真的"者,皆指等韻二十五行圖言之,與本書三十六行圖灼然不合。則光祖所謂舊有檢例一卷,全背圖旨,斷非光祖作者,即指此七頁檢例言也。其類隔音和圖説,與提要所稱邵氏説不殊。

據公自序:治平四年,繼纂集韻。"討究之暇,科別清濁,爲□□[廿圖],以三十六字母列其上,推四聲相生之□[法],從衡上下,旁通曲暢,最爲捷徑,名之曰切韻指掌圖。"則圖爲公所作。此圖公爲集韻作,以唐人等韻字母統古韻書音切,是公討究之旨也。檢例或公録舊文而未加考正,或後人因公書而爲之,皆不可知。潘次耕極詆等韻二十五行圖之謬,惜其未見公書也。宋藝文志:"司馬光切韻指(南)〔掌圖〕一卷。"又志載邱雍有韻源一卷,夏竦有聲韻圖一卷,郭忠恕有辨字(論)〔圖〕四卷、歸字圖一卷。宋初諸公治小學者皆及等韻,温公沿其風習也。

【案】此跋見手稿,據筆跡當作於民國七年戊午(1918)。又見亞洲學術雜誌第一卷第四期、文獻1991年第3期錢仲聯輯録沈曾植海日樓文鈔佚跋(一)、錢仲聯編校海日樓文集79—80頁。按跋文原注"司馬光切韻指南一卷"不確,按宋史藝文志作"司馬光切韻指掌圖一卷"。跋文原題作"書司馬温公切韻指南後"不確,切韻指南(全名經史正音切韻指南)爲元人劉鑑所撰,因改作今題。

手稿、雜誌“與四庫所録元邵光祖本不同”皆脱“光”字；諸本“斷非光祖作者”皆脱“祖”字；“本書”、“考正”，文獻作“今本”、“考證”；“即指此七頁檢例言也”，文獻脱“例”字；“爲□□”，按今切韻指掌圖敘作“爲二十圖”，疑當作“爲廿圖”；“推四聲相生之□”所缺字爲“法”；“辨字圖”之“圖”，諸本皆作“論”，據宋史藝文志改。

翁氏抄紫雲增修校正禮部韻略釋疑跋

翁氏抄紫雲增修校正禮部韻略釋疑，似影宋本，每半頁十二行，大字不可計，小字二十九、三十不等，與楝亭所刻非一書也。而前郭序行數、字數、缺字數並同，殊不可解。卷前貢舉令式，比曹本多“校正條例曰”、“韻字沿革”，文句與曹本不同，蓋踵其後而加詳者。曹本理宗爲“今上”，此本度宗爲“今上”，頗疑袁文焴、郭守正皆此書之序，非曹氏所應有，而曹刻之有此叙者，得非好事者誤仞二書爲一，抄此序以冠彼書耶？當考。

【案】此據歷史文獻第十六輯海日樓書録。此書原爲傅增湘所藏（參觀藏園羣書經眼録155頁），今藏中國國家圖書館。

宋慶元刊本輶軒使者絶代語釋别國方言跋

意園得此書時，曾爲余舉宋刻勝景宋本數事，許之借校。從公鮮暇，願未果也。人天永隔，復見此書，老淚滂沱，乃不勝如菴春露之痛。沅叔欲重刻傳之，此固意園有志而未竟者也。壬子十月，姚埭老民植書。

【案】此書今藏北京中國國家圖書館，參觀李致忠宋版書敘録(北京圖書館出版社 1994 年版,264 頁)。又見傅增湘藏園群書題記卷一宋刊本方言跋所附諸家題跋(上海古籍出版社 1989 年版,50 頁)。

釋名跋

釋名以音言義,先輩之意多以爲不足依據者。然此例自古有之,如祖之爲言且也、庠者養也之類,鄭君注經多用之。此書尤足考漢魏舊音,詁訓之支流,古音之淵藪,不可忽也。

【案】此據寐叟題跋,末鈐“沈曾植印”陰文印。據筆蹟蓋作於 1880 年代。海日樓藏書目載:“釋名四卷　尚書公批校本　二本。”此書今藏浙江省博物館,爲明萬曆何允中刻廣漢魏叢書本。

音韻清濁鑑跋

昔讀等韻,於所云“偈門”、“廣門”、“内轉”、“外傳”者,展卷芒然,不省爲何等語。及見此書,乃懎然疑解,知善讀書者,殘編剩[簡],要亦不可忽視也。切韻指南今日殆成希有,章氏韻學集成今非寒[士]所能得。玩此一編,猶可窺劉氏書崖略,(與)〔於〕審音不爲無補。第恨不見劉書,終無一考其全否耳。

【案】此跋見 2021 泰和嘉成春拍 Lot 1089 號拍品澹隱山房藏沈頖鈔本,原題作“跋音韻清濁鑑”,題下注“海日樓集”,兹改作此題。音韻清濁鑑,即清王祚禎撰善樂堂音韻清濁鑑,有康熙六十年(1722)善樂堂刻本。該書卷前所附玉鑰匙門法，在通廣門第十一、侷狹門第十二、内外門第十三中解釋何爲通門、廣門、侷門、狹門、内轉、外轉。"劉氏書"即元劉鑑經史正音切韻指南。"章氏"即明章黼。鈔本"剩"後脱一字，蓋"簡"字；"寒"後脱一字，蓋"士"字；"於審音"之"於"譌作"與"。

卷二　史部

紀傳類

北宋監本史記集解跋二篇

此爲北宋最初監本無疑，而或以避諱至仁宗，疑爲景祐本；又以老子昇列傳首，仞爲大觀以後本，其實不然。檢全書刓字刓行修改極多，若景德、景祐校後重刊，不應有此痕蹟。據玉海"淳化校三史"條，具列淳化分校、咸平覆校、景德刊誤、景祐校正諸詔令，而標題曰"淳化校三史"，後注云"今所行止淳化中定本"；"景德群書漆板"條云"太宗朝摹印司馬、班、范諸史"。然則此爲淳化監本，屢經刊正後之印本，即世所稱景祐本。漢書亦是淳化監本之經修改者，景祐詔明言改舊摹板，不言重刻。若咸平重校四經，則直言重刻矣。又以南監所存南宋本集解照之，不惟行字數同，幅之高廣，字之結構，無不同者，直是翻雕此本。南監本是南宋監本，玉海謂之"今所行"者也。向讀玉海此條，頗有蓄疑，見此刻本，涣然冰釋，古本可貴在此。曾植記。

【案】跋末鈐"沈"陽文小圓印。此史記一百三十卷四十册，爲北宋刊南宋遞修本配補南宋黄善夫本及元饒州路儒學本,原爲傅增湘所藏(參觀藏園羣書經眼録 159—160 頁),今藏臺北"中研院"歷史語言研究所傅斯年圖書館(參觀傅斯年圖書館善本古籍題跋輯録,臺北"中研院"歷史語言研究所 2008 年版,第二册 64 頁)。

此跋與文獻 1991 年第 3 期錢仲聯輯録沈曾植海日樓文鈔佚跋(一)、錢仲聯編校海日樓文集(80 頁)之宋本史記跋頗有出入,兹録錢輯本如下,以便參考:

此本爲北宋最初監本無疑。而避諱至仁宗,或疑爲嘉祐本;老子升列傳首,或定傳爲大觀本。檢全本刓字刓行修改極多,若爲景德、景祐校後重刻,不應有此痕跡。玉海稱淳化校三史條,具列淳化分校、咸平復校、景德刊誤、景祐校正詔命,而標題曰"淳化校三史",注曰"今所行止淳化中定本"。景德群書漆板云:"太宗摹印司馬、班、范諸史。"然則此爲淳化監本,景祐詔明言改舊摹板,不言重刻。若咸平重校四經,則直言重刻板本。又以南監所存南宋本集解照之,不惟行字數同,幅之高廣,字之結體,無不同者,直是復雕此本。南監本是南宋監本,玉海所謂今行者也。向讀玉海此條,頗有蓄疑,見此刻本,乃大悟,舊本之可貴如此。

北宋監本史記集解,每半頁十行,行十九字,注二十六七字。避諱至"恒"字、"貞"字,而"貞"字似有刊改之蹟。殷本紀"炮烙"作"炮格",然"格"字較上下字略瘦,疑亦經刊改。傅言此本行款字體均與士禮居藏景祐本漢書同。内府有宋景德刊本漢書,此本避真宗諱,不避仁宗諱,題景德爲是。配元刻,有索隱本,每葉十行,行二十二字,大小同。魚尾上有"饒學"、"饒路學"、"饒泮"字。

【案】此據歷史文獻第十六輯海日樓書録。

南監本史記集解跋二篇

南監集解向來校刊家不甚注意,余獨重視之,而苦無佳印本。今日與淳化本并几同觀,乃知此是淳化嫡子也。紹興九年詔下諸郡,索國子監元頒善本校對重刊,此其是歟?元統重修銜名亦有關考證者。寐翁。

【案】此據藏園群書經眼録(163 頁)。跋後有傅增湘按語云:"淳化本史記,即余所藏景祐本,此本行款正同,而'桓'字已缺末筆,則沈寐叟所定爲紹興重刊殆無疑義矣。乙丑正月藏園主人記。"藏園羣書題記卷二題百衲本史記中亦附録此跋(66—67 頁),而傅跋則云:"南監本余先後收得五十二卷,沈乙盦極重視之,謂此乃北宋監本之遺,雖元統、弘治迭經修補,版入南雍,或者以爲習見,然自嘉靖張邦奇重刻後,此版久絶,傳本無多,故特取以彌其缺,或不致貽梟脛狗尾之譏乎?"(68 頁),可參觀。

南監史記集解,每半(集)〔葉〕十行,行十九字,補板止宏治。檢南監行款、字數,並同景祐,蓋用景祐翻雕者。目録後有"元統三年刊補完成"一行,後"儒司該吏"一行,"監工鎮江路丹徒縣儒學教諭"一行,"江浙儒學副提舉陳旅、正余謙"二行,字形亦相承不改。惟五帝紀有數頁,行款皆改,且注多不全。

【案】此據歷史文獻第十六輯海日樓書録。據藏園群書經眼録(163 頁)、藏園羣書題記(66 頁),此書目録後元代刊補官銜名尚有"江浙等處儒學提舉司吏目阿里仁美"一行。

蜀大字本史記題記

蜀大字本史記，每半頁九行，行十六字，注二十字。補板不一，原板不記字數，補者記字數於魚尾上，或總計，或大小分計，字體不盡同。有記工名於上魚尾者，有不記工名者。原刻無下魚尾，補板有之，有數葉圓熟如元刻者。王敬美藏書，今在益陽周氏，與劉氏本較，似居其上。此書歸甘翰臣。

【案】此據歷史文獻第十六輯海日樓書録。

史記跋

宋板史記，每半板十行，每行二十一字。字大小數，或記於上魚尾上，或記於下魚尾下，亦有不記者。紙色似建本，刻印俱精。惜殘闕不完，僅十一本，全書四分之下，又無首册，無從知爲何氏所刻。然固可存備考核。價昂不能得，悵然還之。

【案】海日樓藏書目載："史記　尚書公跋　殘宋板　存卷二至卷六　卷四至卷四七　卷五十至卷五十四　卷六六至六七　卷九二至九四　卷九七至卷一〇四　卷一一一至一一二　凡廿七卷　半頁十行行廿一字　十一本。"此書實爲元前至元二十五年吉州安福彭寅翁刊本（參觀藏園羣書經眼録171頁），今藏臺灣"國家圖書館"（索書號爲201.1 01297），參觀"國立中央"圖書館善本題跋真蹟（310—311頁）、標點善本題跋集録（57頁）。末鈐"曾植"陽文印、"海日樓"陰文印，據筆蹟當作於癸丑（1913）。又見寐叟題跋。

元大德本漢書題記

大德本漢書，每半頁十行，行大十九字、小二十五六字。高帝紀首行“高紀第一上”，小字師古注，下空一格“班固”，空一格“漢書一”，空一格“顔師古注”。次行“鎮守福建都知監少監括蒼馮讓宗和重脩”。

【案】此據歷史文獻第十六輯海日樓書録。

殘宋本後漢書跋

殘宋本漢書每頁二十行，行十八字。楮墨精絶，世所稱慶元本，建安黄宗仁善夫所刻也。黄氏刻史記、前後漢書，其史記爲王延喆本之祖，正義最完。其兩漢書爲武英殿官本之祖，三劉考異亦最完。今以殿本考證“正予樂”卷三、“朕且權”卷四兩條覈之，所稱宋本，皆與此合，知所據即此本矣。積餘藏書至富，而珍此殘本，是真所謂閲千劍而知劍者。宣統五年三月，嘉興沈曾植記。

【案】此書原爲徐乃昌舊藏，今藏上海圖書館（索書號爲791415）。參觀上海圖書館善本題跋真蹟（第四册105頁）、徐乃昌積學齋藏書記（李萬健、鄧詠秋編清代私家藏書目録題跋叢刊第20册，國家圖書館出版社2010年版，214頁）。

明正統本後漢書題記

正統本後漢書，字行同大德，首行“帝紀第一上”，空一格“范曄”，空一格“後漢書一”。另行“唐章懷太子賢注”。

【案】此據歷史文獻第十六輯海日樓書録。此書即藏園羣書經眼録(198頁)所著録明正統八年至十一年間刊本。

宋刻隋書跋

宋刻隨書,每半頁十四行,行廿五字。板心高下與閩刻舊唐書同,特舊唐十四行行廿六字耳。似北宋監本。幅高工部尺六寸八分,廣四寸七分。

北宋刻小字十四行史書,自史、漢、三國、晋、唐,皆見箸録,獨隨書無有。沅[叔]得此,真(精)〔驚〕人秘笈也。小字本所從來,或疑尚在大字前,此極有味問題,今尚未能决定。

【案】此據歷史文獻第十六輯海日樓書録。此書避諱至"構"字止,爲南宋初刊本,原爲傅增湘舊藏(參觀藏園群書經眼録212—213頁),今藏中國國家圖書館。

雜史類

抄本黑韃事略跋

此本借抄於繆小山編脩,編脩歸自江南,新得書也。李詹事春間從廠肆得一舊抄本,復借之校一過。繆本勝李本,然所出之源不同。繆本誤脱而李本是者,亦若干條,此書大略可讀矣。乙盦識。

【案】此據上海圖書館藏清抄本黑韃事略(索書號爲861175)。此跋作於光緒十六年庚寅(1890),參觀許全勝黑韃事略校注,蘭州大學出版社2014年版,234—235頁。

元朝秘史跋

幼時讀潛研堂集元秘史跋，恨無從得其書，尋知楊氏已刻入連筠簃叢書中，然全帙昂貴，無力致之也。此單行本偶從廠市得之，驗其紙墨，猶是楊氏書初出時所印者，展卷快讀，頗有得荆州之喜。楊氏刻西遊記後附程、沈、董三釋，讀者瞭然於古今地名譯音同異，此獨闕如，殊以爲恨。今以視記所及，略識一二，張石洲蒙古遊牧記中屢引此書，多有詮釋，亦匯録之。不知蓋闕，聊備異時之忘失焉。

不兒罕山者，今之巴爾哈也山，胡刻地圖有此山，在巴爾哈河之源，李、鄒二刻無之。據都蛙［鎖豁］兒上不兒罕山望見統格黎水，而不忽合塔吉順斡難河行至統格黎河邊，知不兒罕山在斡難河源之東甚近。太祖初起之時，周旋於敖嫩、克魯倫二原之間，東不能至呼倫貝爾，西不能過土剌［河］、不兒罕山，是其根本，王汗方强，豈能雀巢鳩據乎？故知張氏謂不兒罕即今之汗山非也。

乞沐兒合河者，今之齊母爾哈河。據秘史云：西通斡難河。按之今圖，地理吻合。札木合所居之豁剌豁納主兒不，蓋即第厶卷之阿亦(惕)〔勒〕合剌合納，在乞沐兒合小河，然則札木合所居在今齊母爾哈河也。據秘史稱，帖木真即札木合分離自阿亦(惕)〔勒〕合剌合納起，知非二地矣。主兒不疑即遼史阻卜部，據皮被河即琵琶川，又即契丹所居之白貔河。白貔河或謂白狼河，舊指爲老哈，張氏有辨甚確。愚謂白狼河自是大淩河，白貔河自是老哈河，準其地望，晝然有别。白狼河定爲大淩,不能再指白貔河爲大淩也。據遼史皮被河城南距上京千五百里,而自齊母爾哈至多倫貝爾,相去亦不過如此。阻卜之爲主兒不,情事可信,但單文孤證,一時不能定耳。譯文多(上)〔少〕不同,蓋全不全之别,亦或倒字,或系異名。額亦惕合剌合納者,殆猶今之華額爾齊斯汗騰格里耳,疑未能定。下有訶闊兒秃主兒不,知豁剌豁納爲系主兒不合名矣。

札木合、泰赤烏所居,蓋皆在敖嫩河、克魯倫河上流内外,當與太祖雜處,故太祖自齊母爾喀至僧庫爾,而泰赤烏驚起其東。烏爾匝河、鄂爾順河,則皆塔塔里所居。浯兒札河者,烏爾匝也。兀(夫兒)〔兒失〕温河者,鄂爾順也。捕魚兒海,今之貝爾池,貝爾今譯或作布伊爾。闊連(呼)〔海〕子者,今之呼倫池,呼倫今譯一作枯倫,對音皆相合也。此已入今東三省地,故金人征塔塔里矣。塔塔里與達達,自是二種,書中分晰昭然。當時書如蒙韃備録、金國南遷録,亦自分曉,後人或乃不知矣。

【案】此文據文獻 1991 年 3 期錢仲聯輯録沈曾植海日樓文鈔佚跋(一)、錢仲聯編校海日樓文集 85—87 頁。原題作"讀元秘史後記",文獻錢仲聯按云:"寐叟有元秘史箋注十五卷,聞曾由陶葆廉、孫德謙、張爾田三先生同校,未見其書,蓋已佚矣。此後記當是箋注之噶矢。"案錢説不確,寐叟此書名元朝秘史補注,收入敬躋堂叢書,民國三十四年(1945)出版。

"豁剌豁納主兒不",秘史作"豁兒豁納黑主不兒"。"浯兒札河",秘史作"浯泐札河"。

聖武親征録校本跋

某始爲蒙古地理學，在光緒乙亥、丙子之間，始得張氏蒙古遊牧記單本、沈氏落帆樓文稿，以校鄂刻皇輿圖、李氏八排圖，稍稍識東三省、内外蒙古、新疆、西藏山水脈絡。家貧苦無書，無師友請問，獨以二先生所稱述爲指南。秘史刻在連筠簃叢書中，時賈十二兩，非寒儒所能購讀。一日以京蚨四千得單印本於廠肆，挾之歸，如得奇珍，嚴寒挑燈，夜漏盡，不覺也。

庚辰會試第五策問北徼事，罄所知答焉。卷不足，則删節前四篇以容之。日下稷，清場而後交卷。歸家自憙曰："此其中式乎？"長沙王益吾先生、會稽朱肯甫先生分校闈中，榜發，語人曰："闈中以沈、李經策冠場，常熟尚書尤重沈卷爲通人。顧李蒓客負盛名，而沈無知者。"某君曰："嘉興沈氏，其小湖侍郎裔乎？"尚書於謁見時特加獎借。而兩先生之言傳諸學者，蒓老相見，亦虚心推挹。於是於此學稍稍自信。

而此書乃轉展傳鈔得之，於是乃知元史本紀所從來，知作此書人曾見秘史，而修元史人未曾見秘史也，互相印證，識語眉上，所得滋多。爽秋爲洪文卿侍郎搜訪元地理書，假余鈔本傳録，遂並眉端識語録以去。侍郎後自歐洲歸，先訪予研究元史諸疑誤前賢未定者，舉予校語。余請曰："單文孤證，得無鑿空譏乎？"侍郎笑曰："金楷理謂所考皆至確。"金楷理者，英博士而充使館繙譯，地理歷史學號最精，助侍郎譯述拉施特、多桑、貝勒津諸書者也。李仲約侍郎自粤反都，亦折節下交相諏問。顧予於此書所未瞭者，先生亦引以爲憾，而無他本校之。蓋先生所據亦何氏校本，與此本同出一源也。間屬友人訪諸日本，亦無他本。廢然太息。

丙申歲，李侍郎卒。丁酉，予丁太夫人艱，銜恤南歸。及庚子而抄本及積年所搜集諸書留在京邸者並爐於拳焰，斬然衰絰，兹業遂廢，於今二十年矣。

丁巳冬，書賈以明抄雲麓漫鈔來，僞書也，實殘本説郛之改名，而中有聖武親征録，取與此刻本校，則異同滋夥。研討浹旬，其可以佐庀今本者，悉剌入之。雖未敢遽稱塙詁，較之張、何所見者，則勝之已。

【案】此據王蘧常撰沈寐叟年譜附録沈子培先生著述目之"皇元聖武親征録校注一卷"條，王氏案略云："公校注，遺書目未載……尋得見公聖武親征録校本跋，知已燬於拳匪之亂。跋云(略)。據此可見公蒙古地理學致力之始末及本書大概云。洪文卿曾有録本，則此書或尚在人間也，丁巳校本已刻入知服齋叢書中。"而王氏書附録海日樓文集目中又題作"元聖武親征録校本敍"，不作跋。案，沈曾植校注本聖武親征録實未燬，今藏芷蘭齋。刻本見知服齋叢書第三集，題爲元親征録，何秋濤校正，李文田、沈曾植校注。此跋又見文獻 1991 年第 3 期錢仲聯輯録沈曾植海日樓文鈔佚跋(一)、錢仲聯編校海日樓文集 62—63 頁，文集改題作"元聖武親征録校本序"，兹仍作跋。"某始爲蒙古地理學"之"某"，文集作"曾植"。

蒙古源流事證跋

此書自四庫著録,爲卻特史學者視之,與脱必察顔聲價等。顧自嘉定錢先生以來,徐龔張何以及近時李洪諸家,於秘史、聖武親征録,穿穴疏通,詳前人所未詳,發前人所未發,各已成一家言。獨此書廑各就可資證佐者,摘取斷章,未有綜其全書而理董其緒者。今略就所知者箋之。癸丑用王氏抄本校一過,朱筆諸氏本從滿蒙漢三文合刊本録出,又勝王氏,今多從之。

【案】此據王蘧常撰沈寐叟年譜附録沈子培先生著述目之"蒙古源流箋證八卷"條。王氏案略云:"此書公原名事證,由張孟劬校補,並采海寧王静安説,寫定刻行,改題箋證。公自跋云(略)。"跋文又見錢仲聯編校海日樓文集 87 頁,"廑"作"僅","今多從之"之"今"作"又"。

載記類

蠻書校本跋

唐書驃國傳稱南詔以驃兵强地接,常羈制之。據貞元中南詔朝貢挾驃使以俱來,而尋閣勸自稱"驃信苴","信苴"蠻語爲"主",則尋閣勸自以爲兼王驃國也。開南、安西所部,遠皆達於南海。以地理志所記通天竺路互證,知非誇辭不實者。蓋驃之屬國,皆爲南詔屬國矣。

驃即常璩華陽國志永昌所通之僄越,今之緬甸,理可不疑。依此書以三大水分畫緬境：

蘭滄江流爲一部，其西岸爲驃地，東岸當是河蠻，又東即車里十二板納，後漢書所謂撣國者，唐世或爲獨錦蠻。書中於此，殊不詳晰。

麗水即今怒江爲一部，其東岸爲驃地，西岸之西北則撲子蠻、望苴子、外喻部落，次爲茫蠻，次南驃地，極南至於兜彌伽柵。彌臣、怒江入海之口，東西漾貢，即此書之大銀孔也。西岸曰巴桑，或譯巴新，即此書之彌臣也。

彌諾江流爲一部，即今圖邁立開河，東岸爲驃，西岸彌諾，即圖蒙尼瓦，嶺外代答所謂黑水淤泥河，本書于泥禮，今圖爲烏曩河者，皆在此流域中。越絨麻山而至阿剌干，疑亦彌諾國地，故通天竺路，經彌諾、麗水而西至大秦婆羅門也。

以元史地理志金齒六路約之，柔遠、茫施二路，當在北緬怒江兩岸，自茶山、里麻以至繆江流域。望苴子即今老卡子，外喻即猓獊，野人、茫施在此書施蠻諸部中，蓋統今猛拱、猛養、猛密、繆江以西諸部，皆唐茫蠻所居也。

其柔遠路西云鎮西，似即蒙氏安西故地，已在怒江西邁立開江之外。鎮康在柔遠南，非騰東南道之鎮康也。鎮康之西爲建寧，當已入唐世彌諾北界。其平緬路在柔遠南，所屬曰驃睒，曰羅必四莊，曰小沙摩弄，曰驃睒頭，爲驃故地，即今緬都一帶無疑。麓川在茫施東，最近騰邊，殆此書唐封川、茫天連、越睒及開南城所屬諸部也。

元世疆理滇南，仍以段氏爲總管。信苴日在至元之世，主滇事者二十餘年，不惟滇州縣悉沿南詔舊名，即徼外諸夷,襲舊名與此書同名者,亦仍不少。金齒、驃、黑爨、茫施、徙麼徒,皆唐世舊稱,州部曰瞼睒,亦舊俗也。史地志叙金齒以西土蠻八種,云異牟尋盡破群蠻,徙其民而取其地,南至青石山,與緬爲界。及段氏時,白夷諸蠻,漸復故地。是後金齒諸蠻漸盛,蒙氏安西、開南城戍,殆皆廢棄於是時。然其地爲南詔舊域,十一總管固知之,故元世建茶罕章以統滇之西邊,其戎索當及阿薩密;建八路以統南邊,其戎索包有北緬怒江以西諸部之地,幾盡得蒙氏舊疆,非若明人畫於麓川而止也。元世所謂白夷,頗疑即是彌諾種民。此書所謂彌諾面白而長者,與黑爨有別,與金齒亦有別也。南詔界南至青石山,明人無言及者,遂泯然不可復考矣。

【案】此據王蘧常沈寐叟年譜附録沈子培先生著述目“蠻書校注十卷”條,王氏案略云:“海日樓文集卷上有樊綽蠻書校本跋云(下略)……題下自注云:‘或添二三節作序録’,即謂本書之序録。今聞由錢塘張孟劬太守爾田校改,題曰斠補。”跋文又見向達蠻書校注附録一(中華書局 1962 年版,273—275 頁)、文獻 1991 年第 3 期錢仲聯輯録沈曾植海日樓文鈔佚跋(一)、錢仲聯編校海日樓文集 84 頁。向書删撰者“樊綽”二字,改題作“蠻書校本跋”,兹從之。

“又東即車里十二板納”之“十二”,原作“十三”不確,十二板納即西雙版納,向達本已改正。跋所謂“尋閤勸自稱‘驃信苴’,‘信苴’蠻語爲‘主’”,可參觀錢仲聯編海日樓札叢卷二“驃信苴”條。

傳記類

宋本五朝名臣言行録三朝名臣言行録跋

宋大字本五朝名臣言行録十卷，三朝名臣言行録十四卷，每半頁十行，每行十七字。其目次與洪本不同，如第一卷自趙普至張齊賢七人，趙普題"一之一"、張齊賢題"一之七"，皆另板另起，不相接續，如子卷。然洪本每人仕履止數語，如趙普題曰"趙普"，下曰"韓國忠獻王"，次行"字則平"云云，不過數語。宋本第一行曰"五朝名臣言行録卷第一之一"，次行低四格"中書令韓國趙忠獻王"，三行低二格"王名普字則平"云云，凡十三行，小傳極詳。曹彬録，第一行低三格書"一之二"，次行低四格"樞密使濟陽曹武惠王"，第三行低二格"王名彬字國華"云云小傳，凡十五行，餘皆仿此。趙普録中第二條"收兵權事"下有夾注王沂公別録云云，又程氏遺書云云，共八行餘，洪刻李居安本均删去。第三條"太祖寵待韓王"前有"太祖初登極杜太后"云云四十餘字，李均删去。"祖吉典郡"前删"盧多遜貶朱崖"一條，其他删削者，幾於頁頁有之。然則李居安所序者，乃李衡删改之本，與朱子原本固截然不同。居安序所稱"始初正本固詳贍矣，而統紀漫漶"者，正指此大字本也。三朝録一之一韓魏公録後有坿録二頁，云："王巖叟編魏公別録。提行。公嘗言天下事不能必如人望。提行。仁宗時，王隨陳堯佐爲輔相，皆老病而不和，中書事多不決，韓億、石中立往往以私害公。公時爲諫官，屢疏不納，後物議益喧，公復上章乞廷辨，上迫於正論，遂罷四人者。當時天下望在王沂公、吕申公、杜祁公、范希文，而公亦引薦之。及宣麻日，乃張士遜昭文、章得象集賢，宋庠、晁宗慤參政，天下失望。公曰：'事固不可知，如此人意不能必。'提行。李燾續資治通鑑長編提行。案，王巖叟此録謬誤。宋庠參政在寶元二年十一月，晁宗慤參政在康定元年九月，不與士遜、得象同入中書明甚。宗慤此時在翰苑才二年，庠實初除翰苑，然提行。上意本用庠，偶以讒止，更一年卒用之。或傳聞疑似致此。而范仲淹二年前權知開封府，坐讒落天章閣待制，去冬補外，自饒徙潤，猶未復職，驟遷政府，恐亦無此例。韓琦自言必不差，巖叟聽之不審，又不加參政，遽筆之於書耳。"又另行低二格晁子闔記云："子闔竊考提行。國史，寶元元年三月，魏忠獻公以右司諫論罷宰執四人，遂拜張文懿昭文、章文簡集賢，同日參大政者，乃王忠穆、李康靖也。子闔五世祖文莊公，時在北門，後又知開封府。康定元年五月，魏公爲樞密直學士、陝西經略安撫副使，文莊公以翰林學士兼龍圖閣學士使陝右，會魏公與夏英公議攻守策，九月使還道拜參知政事，與宋宣獻同制，亦非宋元憲。先是，康靖以大資政罷，文懿已去位，再相吕申公，距寶元之初僅三歲，河内王公别録所記舛誤，李貳卿續通鑑論之詳矣。淳熙五年五月十二日，朝奉郎新通判廬州軍州事賜緋魚袋晁子闔謹題。"此坿録極見當時紀載謹慎詳審之意，李衡均削之，可謂朱子之罪人。而李居安毅然指初本爲漫漶無統，是直以詳備爲漫漶，妄人之言。非今日見此本宋刻原本，無由知朱子書經點竄失真至此，此宋本乃真爲可貴也。趙普録“弭德超”作“彌德超”。

【案】此據歷史文獻第十六輯海日樓書録。

抄本明季諸賢列傳跋

此書朱墨塗竄，審視皆出一手。其列傳子目，多剜去不補，未必皆有所畏避，殆作者草創之稾耳。眉上別有一人書，絶似吾鄉張叔未解元筆，稱“張、吴二鈔本，徐小湖”云云。今書中無徐小湖，則當時尚有傳寫別本也。

作者不署名，僅於小集楊廷麟傳後及副葉鍛亭詩集序草，知其名祥。大集楊廷樞傳後論云：“余嘗過泗州寺；土人皆能指楊解元赴義處，在寺橋北丈許野田中，得之父老傳説。”又云：“先虞部隱湖外史、甲行日注二書，皆備録解元捕戮時事。”考甲行日注爲吴江葉紹袁著，今通行荆駝逸史中有不全刊本，則作者爲紹袁後人無疑。紹袁之子有燮，孫有舒崇，皆知名國初。燮，字星期，一字已畦，康熙庚戌進士，官寶應知縣，晚歲居横山教授，爲學者所宗，沈歸愚爲之傳。有孫（一作“燮子”）曰敨祥，以能古文名，蓋即作此書人也。序稱“先子爲詩，舉少陵、昌黎、眉山三家爲△”，自注：此字不可識。與沈傳言“已畦論詩以少陵、昌黎、眉山爲宗”語合；又稱“裒門下士詩寄呈新城尚書”，與別裁集所云“鍛亭爲横山入室弟子，新城比之韓門張籍”語合。據沈傳，已畦卒於壬午。祥序文紀年庚申，文中云：“先子捐館舍三十九年。”壬午至庚申，適卅九年，歲月相合，尤確據也。

葉氏七葉進士，爲吴江鉅族。午夢堂集，豔稱詞林。紹袁垂老披緇，棄家遁跡於荒江野寺之中，寒餓以没身，無愧昔友楊維斗、華鳳超、顧端木、包鷺鷥諸人。燮之兄廷僩，字開期，與族人桓奏結鷩隱詩社於邑中，歲以五日祀三閭，九日祭淵明。同志若顧䆵人、歸元恭、潘力田檉章、吴東籬宗潛、[吴]西山宗泌、王寅旭錫闡、戴耘野笠，皆桑海遺民，終身高蹈者。

啟祥家庭聞見，具有淵源，故其論述激昂，言皆可取。文筆雖弱，而紆徐委備，亦具有堯峰體度，沈氏所謂能古文者也。書中諸邊將傳，取之明史稟者爲多，餘若漁洋、竹垞、堯峰集中之文，亦多採録，其隱逸一傳，頗疑即以戴笠之高蹈傳爲本。張鍛亭者，名景崧，江南吴縣人。康熙己丑進士，官樂亭知縣。見國朝詩別裁集。

書中尚有殘稾兩紙，一紙云：“康熙辛酉，從兄裴玉四月二十四日兀坐齋中，四望蕭然，口占一絶云：‘詩思自注：此下一字不可識。春去，閒愁逐地來。梅花開自注：下一字不可識。月，自注：下一字不可識。事又黄梅。’時次妹臨窗刺繡，倚和云：‘簾底薰風至，簾前燕子來。晝閒人意静，繡出轉枝梅。’次妹後，鄉城長妹和二首云：‘洗頭天氣，自注：下一字不可識。情緒困人來。擕得鵝溪絹，描他墨自注：下一字不可識。梅。’‘春光九十去，夏日正初來。鳥唤如煙雨，香風半熟梅。’長妹名蘂。”

一紙云：“又有浣溪紗一闋云：‘八月秋心水不如，△尋佳句作詩餘。架前繙閲△△書。　　金鳳花殘纖月後，木魚聲響妙香初。心情約略是蕭疏。'時寓圓通庵中。并繪芙蓉荷花小△，亦嫣然有佳致。"

按辛酉爲康熙二十年，已畦已罷官歸矣。此兩紙書跡稍異。所謂從兄裴玉、長妹蘂、次妹蕙，不知從啟祥言之，抑從已畦言之？詞致柔令，午夢風流，久而未沫，可想也。

【案】此據澹隱山房藏手稿。録文又見文獻 1991 年第 4 期錢仲聯輯録沈曾植海日樓文鈔佚跋（二）、錢仲聯編校海日樓文集 102—104 頁。錢編本題下有自注："芍翁新得書，屬爲考證。"

手稿"與別裁集所云'鍛亭爲横山人室弟子，新城比之韓門張籍'語合"處，頁眉自注："鍛亭名景崧，吴縣人。康熙己丑進士，官樂亭知縣。見國朝詩別裁中。"其頁邊亦注："國朝詩別裁集：'張景崧字岳維，江南吴縣人。康熙己丑進士，官樂亭知縣。有鍛亭詩稿。鍛亭受業横山門下，稱入室弟子。論詩以鮮新明麗爲主，謂與爲假王孟，不如真温李。新城尚比之韓門張籍，人服。'"

"同志若顧甯人"之"同志"，錢編本無。"不知從啟祥言之，抑從已畦言之"，手稿作"不知從啟祥言之歟？抑已畦之姊妹歟"；"詞致柔令，午夢風流，久而未沫，可想也"，手稿無，皆據錢編本。

吴氏安危注跋

安危注四卷，明大學士鹿友吴甡撰，取陸賈"天不安，注意相；天下危，注意將；將相調和士豫坿"義。自漢張良至宋文天祥，節録傳文，加以論斷。專愚（子）〔氏〕者，甡自稱也。

甡在明季諸相内,號有才知名。孫白谷敗後,以閣臣奉命督師,無兵不能行,而周延儒敗。甡與延儒同相,且本爲延儒援引,思宗意恨之,欲文致其罪,褫職下獄遣戍。明史與楊嗣昌同傳,所謂“功罪淆於愛憎,機宜失於遥制”,固不專爲嗣昌發也。

書中論周亞夫曰:“亞夫之以梁委吴、楚也,固自請上矣,非不奉詔也。不三月而吴、楚破平,亞夫何負於梁哉!梁王掎齕於外,太后浸潤於内,雖以亞夫之功,上親假便宜,即有罪,可十世宥者,卒中讒以死。人臣處任事之地難哉!”其言深痛,亦似隱爲嗣昌哀,非但自慨者。書前喬可聘、李清二序,皆議論透切,而可聘尤於所謂“士豫附”者三致意焉,可以見明季封疆臣臨事衷隱也。

【案】此據手稿,據筆跡當作於民國七年戊午(1918)。又見文獻 1991 年第 4 期錢仲聯輯録沈曾植海日樓文鈔佚跋(二)、錢仲聯編校海日樓文集 104—105 頁。“人臣處任事之地難哉”,康熙刻本安危注(見四庫全書存目叢書第 110 册)作“以此知人臣居功之難”。

政書類

宋本通典跋二篇

北宋刻通典,小字每半頁十五行,行廿六七八字不等。缺諱至真宗,而補板極多,半幅挖補、數行挖補皆有。昔遊東瀛,於其内府圖書館見所得朝鮮國庫所藏北宋板通典,有大遼統和△年貢使購得題字者，與此正同，第彼無補板耳。有“薛玄卿印”、“朝陽”印、“洞玄沖虛崇教真人”印，朱文。幅高工部尺七寸四分，廣五寸二分。揭曼碩集有送道士薛元卿歸江東詩。

【案】此據歷史文獻第十六輯海日樓書録。此書實爲紹興刊本，原爲傅增湘舊藏（參觀藏園羣書經眼録470—472頁，藏園羣書題記254—255頁），今藏中國國家圖書館。“洞玄沖虛崇教真人”印，藏園羣書經眼録（471頁）著録作“洞玄沖靖崇教真人”。

光緒乙巳冬，見朝鮮國庫所藏有大遼統和二十□年使臣購入題字者於東瀛，當時默有神劍歸吴之祝。越今十有六年，焕若神明，頓還舊觀，則又不無延津重合願也。餘齋老人觀記，庚申五月晦日。

【案】此據傅增湘藏園羣書經眼録（471頁）。歷史文獻第十六輯海日樓書録作：“光緒乙巳，見朝鮮△［國庫所藏北宋板通典］於東瀛，當時默有神劍歸吴之祝。越今十六年，而復見此，焕若神明，頓還舊觀，又有延津重合祝也。”

留真譜宋本通典題記

留真譜宋本通典序，凡三頁。第一頁進通典表，校傅本幅高多一分，“貞”字不闕末筆，他字體亦不盡同。第二頁李翰序，傅本每行廿七字，譜每行僅廿六字，行款大異。惟第三頁與傅本吻合無差，審非二板，疑譜所據本首二頁是補刻也。瞿氏藏書志言，一百五、六、八、九卷末有“鹽官縣雕”字。

【案】此據歷史文獻第十六輯海日樓書録。

元刻通志題記

元刻通志,每半頁九行,行廿一字,幅高營造尺九寸五分,似宋刻而元明補者。

【案】此據歷史文獻第十六輯海日樓書録。

明正德本文獻通考題記

慎獨齋刻本,池北書庫舊藏。光緒丙午乙盦得之京師隆福寺。

【案】此書今藏臺灣"國家圖書館"(索書號爲 213.1 04475),參觀標點善本題跋集録(181 頁)。

馮天馭刻文獻通考題記

馮天馭刻文獻通考,前有至大戊申七月既望番陽公門下士李謹思養吾叙,檢慎獨本有。

【案】此據歷史文獻第十六輯海日樓書録。

東漢會要題記

東漢會要,每半頁十一行,行廿字。幅高營造尺七寸二分,廣五寸二分。闕卷皆全。古栝葉時序稱刻在郡齋。

【案】此據歷史文獻第十六輯海日樓書録。

東朝崇養録題記

東朝崇養録一册,徐星伯從宮史及敬事房檔册録出。

乾隆十六年、二十六年、三十六年，慈甯太后萬壽，高宗恭進九九典福帙。十六［年］恭進壽禮九九，凡五日。二十六年，凡十一日。三十六年，凡三十三日。

【案】此據歷史文獻第十六輯海日樓書録。

書道光乙酉科福建明經通譜後

右道光乙酉科福建明經通譜，是當時坊間所刻。眉間墨筆，先司空公手蹟也。光緒丁丑在粤，與六弟檢書舊篋得之，乞於先叔父連州公，攜以歸。南北宦遊，經今四十年，幾不復省憶。今春偶得林文忠與司空公書牘數通，吾宗濤園中丞爲作跋，鉤稽年月，推求詳核，因爲述文忠遺事，又述在閩所聞某老人説司空公在閩遺愛聲蹟，言張亨甫得罪於某公，騰書制府，扼其應試，司空公卒拔取之，大得士林稱頌。植生晚，未能溯家世舊聞，顧竊意秋闈糊名易書，闈中固無由知孰爲亨甫，雖有忌者，技無所施。顧既言之鑿鑿，事必有緒。及繙此册，乃知亨甫爲是科明經，非孝廉，孝廉卷無由知明經卷校等第，考聲實，忌者蓋以是中之。是時督閩者孫平叔先生，魄力宏大，而司空公衡鑒至公，不爲形勢所摇，宜其事爲藝林所記。先君子都水公與叔父編次年譜，於在閩會考選拔獨詳，而於紳士贈行，刊爲輶軒鼓吹集四卷，注中録其序文，有"至於造舉拔萃，益勵夙心，蓋近溯百年之貢太學，無如此一時之多寒畯"云云，語意與老人言至相近。其中自必有事在，或當時且不止一亨甫，未可知也。

濤園又述老人言，謂光緒中閩人士曾議建三沈公祠，謂乾隆中督學沈椒園先生，道光中督學先司空公，光緒中督學沈叔眉侍郎，皆浙籍也。已而中格，獨建叔眉侍郎祠。意當時耆舊尚多，必尚有能記其他遺聞軼事者。曾植生晚，不及多見長者，不獲遍諏度以裨家世舊聞，愚固之愧，内省滋疚也已。

【案】此據文獻1991年4期錢仲聯輯録沈曾植海日樓文鈔佚跋(二)、錢仲聯編校海日樓文集101頁。

季漢官爵考補漢兵志今水經跋

右三書，庚子歲三月過廣陵得之，皆舊鈔。季漢官爵考爲松靄先生稿本，卷中塗注皆親筆。補漢兵志爲歷城周書昌先生借書園本，面頁題字，是桂味谷真蹟，皆可喜也。今水經末原闕數葉。是歲六月復至廣陵，檢理行篋，因記篇末。姚埭癯禪沈曾植。

【案】此據寐叟題跋，末鈐"癯禪"陰文印。海日樓藏書目載："補漢兵志一卷　錢白石撰　桂未谷題簽　周書昌借書園本。季漢官爵考三卷　海寧周廣業耕厓撰　稿本　卷中塗注皆其親筆。今水經表一卷　黄宗羲撰　尚書公跋　抄本　三本。"其中今水經今藏南京圖書館。

唐六典題記

辛酉歲冬至前四日，沈曾植敬觀於海日樓。於是世間唐六典遂無闕文，甚難得也。

【案】此據宋本大唐六典(中華書局1991年版，455頁)。

此書爲南宋紹興四年温州州學刊本,今藏中國國家圖書館(參觀中國國家圖書館古籍珍本圖録,北京圖書館出版社 1999 年版,18 頁)。

影宋本重詳定刑統跋

標題重詳定刑統。考宋藝文志著録刑統二種:其一曰張昭顯德刑統二十卷,爲周刑統;其一曰竇儀重詳定刑統三十卷,爲宋刑統,即此本也。晁、陳所録,皆此本。陳記范質建議始末。周刑統行於顯德五年,宋刑統成於建隆四年,皆在質爲相時。然則主其事者實魯公,成其書者,法官蘇曉、奚嶼、張希護等,儀特以判大理寺專其名耳。

此書除天一閣藏本外,諸家目絶無著録,雖中秘亦無之。此本即天一閣藏,今歸南潯劉氏,可謂海内孤本。然檢明文淵閣目,有唐刑統一部,三册,闕。宋刑統一部,十册,闕。宋詳定刑統一部,八册,闕。則閣中存本尚多,何以明人私録閣本,范氏外,他家竟略不留意,豈刑法類書,不爲藏書家重耶?

書爲影宋鈔,"徵"字缺筆,刻本蓋已在仁宗以後。每半頁九行,行大小字皆十八,條内文句同,按之唐律,有移易者,有增加者。如卷第十唐律題"職制"中旁注曰:"一十九條。"刑統則首行署"卷第十",旁注:"職制律。"第二行大字書"八門",小注云:"律條十八并疏,令條一。"所謂"律條十八"者,唐律"制書誤輒改定"一條,今移在第九卷内。"令條一"者,新增准公式令"諸寫經史群書及撰録舊事,其文有犯國諱者,皆爲字不成"一條也。

翰怡京卿刻入叢書,稍變其體,余爲校其異同,附記於後,爰識其大略如此。壬戌九月,嘉興沈曾植。

卷十　八門

誤犯宗廟諱奏事及餘文書誤　應奏不奏　代官司署判

唐律四條上書奏事犯諱　上書奏事誤　事應奏不奏　事直代判署

出使不返制命

唐律受制不返

匿哀聽樂從吉　冒榮居官　委親之官　冒哀求仕　父母被囚禁作樂

唐律匿父母夫喪　府號官稱犯名

指斥乘輿

唐律同

驛使稽程驛使以所齎文書寄人　文書遣律　乘驛馬

唐律驛使稽程　驛使以書寄人　文書應遣驛　驛使不依題署　增乘驛馬　乘驛馬枉道　乘驛馬齎私物

在外長官使人有犯

唐律長官使人有犯

輸納符節遲留

唐律用符節事訖

公事稽程及誤題署

唐律公事應行稽留

卷十一　六門律條十七并疏　格敕條八　起請條一

奉使部送雇人寄人

唐律奉使部送雇寄人

長吏立碑

唐律長吏輒立碑

請求公事曲法受財請求

唐律有所請求　受人財請求　有事以財請求

枉法贓不枉法贓强率斂　此率斂是敕文

唐律監主受財枉法　有事先不許財

受所監臨贓乞取强乞取贓　監臨内受饋遺　監臨内借貸役使買賣　遊客乞索

唐律受所監臨財物　因使受送饋　貸所監臨財物　役使所監臨　監臨受供饋　率斂監臨財物　監臨家人乞借　去官受舊官屬　挾勢乞索

律令式不(使)〔便〕於事

唐律稱律令式

卷十二　十門律條十四并疏　令式敕條十五　起請條一

脱漏增減户口疾老丁中小

唐律脱户　里正不覺脱漏　州縣不覺脱漏　里正官司妄脱漏

僧道私入道

唐律私入道

父母在及居喪别籍異財居喪生子

唐律子孫不得别籍　居父母喪生子

養子立嫡

唐律養子舍去　立嫡違法　養雜户爲子孫

放良壓爲賤

唐律放部曲爲良

相冒合户

唐律同

卑幼私用財分異財産　別宅異居男女

唐律卑幼私擅用財

户絶資産

唐律無

死商錢物諸蕃人及波斯坿

唐律無

賣口分及永業田

唐律賣口分田

檢"户絶資産"及"死商錢物"二條，一准喪葬令，坿以敕條起請；一准主客式，坿以敕條起請，並非律文。刑統與律文並列爲十門，非也。然元本唐律疏議後坿釋文，出"覬望"二字，實釋户絶條開成敕"如有心懷覬望"。又出"埋瘞"字，則釋死商條户部奏請量事破錢物埋瘞之文。豈此山貫冶子釋文所據之本，唐律已與刑統淆耶？王元亮表，無此二條。

卷十三　九門律條十八并疏　令敕條七　起請條五

占盜侵奪公田

唐律占田過限　盜耕種公私田　妄認盜賣公私田　在官侵奪私田　盜耕人墓田

典賣指當論競物業

唐律無

婚田入務

唐律無

按，刑統二條皆雜令，非律文，亦不應列爲二門。

旱澇霜雹蟲蝗部内田疇荒蕪

唐律部内旱澇霜雹　部内田畝荒蕪

課農桑

唐律里正授田課農桑

給復除

唐律應復除不給

差科賦役不均平及擅賦斂加益輸稅違期

唐律差科賦役違法　輸課稅物違期

婚嫁妄冒離之正之

唐律爲婚女家妄冒　有妻更娶　以妻爲妾

居喪嫁娶

唐律居父母喪嫁娶　父母囚禁嫁娶　居父母喪主婚

唐律元本，律文頂格，次行低一格，冠以“疏議曰”三字，黑地白字，以下爲疏議。此刑統律文亦頂格，次行亦低一格，而析疏議爲二，如“奉使部送雇人寄人”條，律文“諸奉使有所部送而雇人寄人者”至“仍以綱爲首典爲從”。凡律文，頂格四行，次低一字，黑匡白文，“疏”字下云：“諸奉使有所部從而雇人寄人者杖壹百，闕事者徒壹年，受寄雇者減壹等。”全録律文。其下接以黑匡白文“議曰”字，其下雙行小字，則唐律疏議文也。無增減異同。此節凡五行，其下提行，仍低一格，大字書。又曰：“即綱典自相放代者笞伍拾，取財者坐贓論，闕事者依寄雇闕事法，仍以綱爲首，典爲從。”律文下接黑地白字“議曰”，以下雙行小字，亦即唐律之“疏議曰”文也。驟視之，若疏、議爲二，其實“疏”字下文，即諸經疏之某某至某某之標目，“議曰”如諸經疏之“正義曰”。諸經疏黑地白文，“疏”字作大字居中，某某至某某及“正義曰”皆爲雙行小字，眉目較清。刑統標目，大字録全文，“議”作雙行小字，若二事然，不及經疏眉目清晰也。其目下所謂令敕格者，如准某某令，准某年敕，某年敕格者，皆低一字書之。所謂起請者，令敕後低三字書“臣等參詳請”云云，即竇氏所詳定矣。

考南雍志書板：“唐刑統三十卷，存八十六面。”是南雍板題作唐刑統。文淵閣書目：“唐刑統一部，三册，闕。”蓋即南雍本。唐無刑統，頗疑南雍本亦元人所刻，誤加“唐”字，如元刻疏議稱故唐律也。此本題“重詳定”，自是宋世舊題。閣第三本，當與此同。然第十二卷至十三卷六頁，板心獨有刑統卷十二三字，魚尾上有字數，魚尾有刻工姓名，第十三卷後半及十卷、十一卷、十四、五卷皆無之。今刻本皆去之。范所影鈔，蓋非一本。

【案】此據民國十一年(1922)嘉業堂刊本重詳定刑統。又見上海圖書館藏初稿本，據筆跡當作於民國戊午(1918)。初稿録文又見文獻1991年4期錢仲聯輯録沈曾植海日樓文鈔佚跋(二)、錢仲聯編校海日樓文集95—100頁。

“每半頁九行”之“九”，錢編本作“五”。“條内文句同，按之唐律，有移易者，有增加者”，錢編本作“條内文句，同唐律門，則間有全條删去者。原稿有某氏朱筆旁注云：‘此非删去，移在上卷耳。’”“唐律‘制書誤輒改定’一條，今移在第九卷内”，錢編本作“删去唐律‘制書誤輒改定’一條。原稿某氏注云：‘刑統此條在卷第九内。’”“翰怡京卿(刻本誤作“京師”)刻入叢書，稍變其體，余爲校其異同，附記於後，爰識其大略如此。壬戌九月，嘉興沈曾植”一節，錢編本無，僅作“八門者，合十九條。原稿某氏注：‘當作十八條’。爲列表如左：刑統目在上，唐律目在下”。

刑統與唐律對勘異同部分,“卷十二”、“卷十三”,手稿、錢編本作“卷十二户婚律”、“卷十三户婚律”。

文中所引唐律目與今本唐律疏議目參觀劉俊文唐律疏議箋解,中華書局1996年版。對照如下:

卷十“受制不返”,即唐律疏議“受制出使輒干他事”。“府號官稱犯名”,即“府號官稱犯父祖名”。“文書應遣驛”,即“文書應遣驛不遣”。“長官使人有犯”,即“長官及使人有犯”。“用符節事訖”,即“用符節稽留不輸”。

卷十一“受人財請求”、“有事以財請求”,即“受人財爲請求”、“有事以財行求”。“有事先不許財”,即“事後受財”。“因使受送饋”、“率斂監臨財物”、“監臨家人乞借”、“去官受舊官屬”,即“因使受送遺”、“率斂所監臨財物”、“監臨之官家人有犯”、“受舊官屬士庶饋與”。“律令式”,即“律令式不便輒奏改行”。

卷十二“脱户”、“里正官司妄脱漏”,即“脱漏户口增減年狀”、“里正官司妄脱漏增減”。“子孫不得别籍”,即“子孫别籍異財”。“養雜户爲子孫”,即“養雜户男爲子孫”。“放部曲爲良”,即“放部曲奴婢還壓”。“卑幼私擅用財”,即“同居卑幼私輒用財”。

卷十三“部内旱澇霜雹”,即“不言及妄言旱澇霜蟲”。“里正授田課農桑”,即“給授田課農桑違法”。“爲婚女家妄冒”,即“爲婚妄冒”。“父母囚禁嫁娶”,即“父母被囚禁嫁娶”。

宋元檢驗三録跋

光緒庚子六月,廣陵嘉興會館南軒雨中,以純常所得東瀛覆刻朝鮮本校一過。此刻本即徐午生所收鈔本之祖,行款同,譌字亦同,而鈔本多一謄迻,舛失滋甚。如前叙刻本是柳義孫,鈔本譌義贇,其一端也。曾植記。

東瀛鈔新注無冤録二卷,前有至大改元長至日東甌王與自叙,次臨川羊角山叟序,次正統三年十一月朝鮮中訓大夫集賢殿直提舉知制教經筵侍讀官柳義贇奉教叙;後有庚申春通政大夫江原道觀察黜陟使兼兵馬節度使兼監倉安集轉輸勸農管學事提調刑獄公事知招討崔萬理跋。蓋朝鮮莊獻王裪得中朝元代刻本,命其臣吏曹參議崔致雲、判承文院李世衡、藝文館直提學卞孝文、承文院校理金滉等爲之音注,而刻於江原道者。義贇序作注之事,萬理序刻書事也。無冤録舊刻於胡文焕格致叢書中,其本世不多見。嘉慶以來,孫淵如、顧千里始爲表章,於是吴山尊刻之檢驗三録中,韓氏刻諸玉雨堂叢書中。兩本所出不同,而皆未得見王氏自序,故平冤録爲趙逸齋所訂,明見於王氏叙中,而自來著録家皆不知也。新注意存通俗,無大發明。其叙目先後,則與吴、韓兩本迥異,其上卷爲吴本無冤録之下卷,而吴本上卷"(古今)〔今古〕驗法不同"以下十三則,列於卷首,不入目次之中;其下卷即吴刻之平冤録,諸吴本條下注出洗冤録者,或注"出洗冤録",或注"平冤、洗冤録同",諸條下無注者,皆注出平冤録。據平冤録多引據結案式,而無冤録首條王氏自言,今檢驗多取洗冤、平冤二録,不參考結案式,此無冤録之所由作。然則平冤録舊本必無有結案式錯出其中。元代上司所降,趙氏宋人,無由見之,及王氏乃考詳加入。今平冤乃王氏增損之本,非趙氏原本顯然矣。王氏本以此爲無冤録之下卷,不知何時乃復析爲二書,於王書爲不完,於趙書已非舊，殆明世建陽書肆率爾改題。如平冤録自縊［死］條“自縊活套”注“平冤録作縚字”，今本平改［洗］；又“單繫十字”注“平冤録作十字挂”，今本亦改平爲洗，檢洗冤，初無作縚、作十字挂者，皆點竄有蹟可見者。（叉）〔又〕刃傷死條“（内）〔肉〕痕齊截之説，與今之考試相違，前論已及之”，前論者，即無冤録首古今檢驗不同論也。若趙氏書，豈得王氏論哉。

【案】此據沈頲校録海日樓群書題跋（同聲月刊第三卷第四號），又見錢編本海日樓題跋。海日樓藏書目載：“宋元檢驗三録　尚書公長跋　嘉慶十七年全椒吴氏刊巾箱本。”此書今藏浙江省博物館。

“今檢驗多取洗冤、平冤二録，不參考結案式，此無冤録之所由作”，見無冤録（參觀叢書集成續編史部第44册影印枕碧樓叢書本）卷首“今古驗法不同”條，原文作：“今檢驗屍傷，往往取則于洗冤、平冤二録。至若上司降下結案程式，則失於參考，此無冤録之所以編也。”“平冤録自縊條”，“自縊”原書作“自縊死”；“自縊活套”作“自縊有活套”；“平冤録作十字挂”作“平冤録云十字挂”。

朝野類要題記

知不足齋所刻爲武英殿本。此本蓋亦從宋本迻録者，所出不同，文句閒有勝處，本豐順丁氏藏書也。

【案】此據寐叟題跋，末鈐“沴壽光”陽文印、“谷神越章”陰文印。據筆蹟，當作於壬子年（1912）。海日樓藏書目載：“朝野類要五卷　宋趙昇集録　尚書公跋　抄宋本　豐順丁氏藏本一本。”此書今藏臺灣“國家圖書館”（索書號爲308 07140），參觀標點善本題跋集録(324 頁)。

丁氏持静齋藏書,宣統壬子季秋,滬上購入。

【案】此題記僅見標點善本題跋集録(324 頁)。丁日昌持静齋書目卷三載:"朝野類要五卷聚珍板本。又舊抄本,有'朱高濬字麗中一字桐盧'印 宋趙昇撰。"(上海古籍出版社 2008 年版,326 頁)可參觀。

記先太夫人手書日用帳册

日用帳册△△本,起於道光戊申,迄光緒丁酉,前後五十年,中闕失者若干年,存若干年。吾妻收集積聚盈一簏,皆先太夫人手澤也。

京師語,凡簿記出入之册,通曰帳本。帳本有大小,大者幅廣七八寸,高六七寸,形略近正方。小者幅廣或及五寸,高三四寸,形爲横方。大事用大者,細事用小者。人家火食帳,唐人謂食帳,宋人謂日曆者也。吾家數世通用小者,太夫人常以朏明起,盥漱畢,坐南榮前,數錢買點心,預計是日應行事,審飭辦具。進極濃紅茶一巨杯,點心進油浴麻花一,蓮子或扁豆、薏仁、百合或燕窩一甌,恒用毛燕,不恒進官燕。食畢,即自磨墨寫帳,筆用王名通狼毫下者。書甚速,筆下若有颯颯聲。時略佇思,復疾書,食頃而畢,中饋一日事竣矣,而家人尚未起也。曾植以趨署早起,獨得見之,今恍恍在目也。嗚呼!

帳式上下爲兩列,各列物名於上,價於下,每日有總結。銀錢出入提行列後,兑銀價詳具之。五十年來,上列之物,變易無多。下列之價,則咸豐鑄當十百千錢一大變,鈔票行及廢一大變，同治初年官號四恒票廢一大變。凡經變物價增倍者，及復，往往不過半，一錢之物尤甚，積小以成大，五十年變易，有不可比例者矣。

後此三十年，有爲食貨志學者，得見此書，將持爲枕秘。抑此五十年間，由盛而衰，而極衰，而稍轉，轉而漸盛，榮悴菀枯，吾太夫人艱苦萬狀不可言，而規矩未嘗稍異，亦無一日間斷者。吾子孫女婦，有能敬觀此册者，思其居處，思其志意，吾太夫人精神之所存，吾子孫蕃息之所庇也耶？告慈護輩識之。宣統戊午九月，男曾植敬識。

【案】此據澹隱山房藏手稿，末鈐"沈曾植印"、"海日樓"二陰文印。録文又見文獻1992年第4期錢仲聯輯録沈曾植海日樓文鈔佚跋(六)、錢仲聯編校海日樓文集173—174頁。

"大者幅廣七八寸"後，錢編本無"高六七寸"四字。"横方"，錢編本作"椭方"。"唐人謂食帳"，手稿"謂"前"所"字已圈去，錢編本作"所謂"。"伫思"，文獻脱"伫"字。"而家人尚未起也"，錢編本脱"而"字。"曾植以趨署早起"之"曾植"，手稿原作"△"，據錢編本補。"往往不過半"之"往往"，錢編本作"率"。"也耶"，錢編本作"者邪"。"也耶"後錢編本有"告慈護輩識之"一句，手稿無，據補。

地理類

明板吴地記跋

唐世嘉興屬蘇州，此爲吾禾地志最先本已。七縣之賦,嘉興最重,事理之不可解者。卷尾徐興公、林鹿原題記,皆真蹟。此書廿五頁,以拾壹元得之,可謂奇貴。寐叟,臘月望前二日。

【案】海日樓藏書目載:"吴地記一卷 唐陸廣微撰 徐興公林鹿原題記 尚書公跋 明萬曆本 一本。"此據寐叟題跋,末鈐"植"陽文印。錢編本"拾壹"作"十一",脱末署款"寐叟,臘月望前二日"。

徐靈府天台山記書後

遵義黎氏所刻日本舊鈔卷子本,詳其字體,雖草草,猶有唐經生筆意,殆日本人唐世書也。

志叙柳使君紫霄山居,謂"憲宗十三年,自復州石門山徵授台州刺史,不至郡,便止山下,領務備藥,後渾家於丹霞洞隱仙也。"柳使君即柳泌,爲皇甫鎛、李道古所引,憲宗服所鍊金丹躁渴日甚者。舊紀詔付京兆杖死,而此云隱仙,與紀不合。而於詔中所稱"自知虚誕,仍即遁逃"者合,則泌固幸逃國憲。抑憲宗晏駕多諱詞,泌之免,或庇之歟?書家傳白雲先生授右軍書訣,此以白雲先生即司馬承禎,述其授受甚詳,可謂奇誕。靈府略知今古,爲此説,可怪也。劉晨、阮肇夏禹時人,亦異聞。書劉晨爲劉日成,則誤析晟字爲二耳。

【案】此跋見上海圖書館藏稿本,録文見文獻1991年第3期錢仲聯輯録沈曾植海日樓文鈔佚跋(一)、錢仲聯編校海日樓文集87—88頁。原題作"徐靈府天台山志書後",按徐著原名"天台山記"(見黎庶昌輯古逸叢書42册),據改。舊唐書卷十五憲宗紀元和十三年十一月條:“丁亥,以山人柳泌爲台州刺史,爲上於天台山採藥故也。制下,諫官論之,不納。”又十四年十一月條:“上服方士柳泌金丹藥,起居舍人裴潾上表切諫,以‘金石含酷烈之性,加燒鍊則火毒難制。若金丹已成,且令方士自服一年,觀其效用,則進御可也。’上怒。己亥,貶裴潾爲江陵令。”十五年正月條:“甲戌朔,上以餌金丹小不豫,罷元會。……上自服藥不佳,數不視朝……庚子……是夕,上崩於大明宫之中和殿,享年四十三。”卷十六穆宗紀元和十五年正月條:“詔曰:‘山人柳泌輕懷左道,上惑先朝。固求牧人,貴欲疑衆,自知虚誕,仍更遁逃。僧大通醫方不精,藥術皆妄。既延禍釁,俱是姦邪。邦國固有常刑,人神所宜共棄,付京兆府决杖處死。’金吾將軍李道古貶循州司馬。憲宗末年,鋭於服餌,皇甫鎛與李道古薦術人柳泌、僧大通待詔翰林。泌於台州爲上鍊神丹,上服之,日加躁渴,遽棄萬國。”俱可參觀。

東京夢華録跋

此即儀顧堂題跋所謂元(慙)〔槧〕東京夢華録也。末頁賈宗跋,爲陸氏、黄氏所未見,蓋經書賈割去,故二君仞爲元槧。而陸氏所舉優於張刻諸條,一一於此本合。儀顧堂集此跋,譌字甚多,不見此本,不知彼語何指也。南廱志:“夢華録十卷,存者四十九面,半損四面。”檢此板數適合,則此是覆宋刻。庚申二月花朝日,餘翁。

【案】此據寐叟題跋,末鈐“植”陽文印。海日樓藏書目載:“東京夢華録　弘治癸亥古汴賈宗刊黑口本　尚書公跋　一本。”此書今藏中國國家圖書館。

水經注跋

此書庋雙花王閣架上，久未檢閲，偶爾觸目，稍加繙視，則蟲蝕糜碎矣。寒女著簪，潸焉心痛。庚戌春王，熊乙園孝廉爲余手加裝治，復爲完書，其功豈直補黥完刖而已。秋暮歸禾，檢書記此。乙園試令嶺南，久無音問，念之不能去懷。十月望越二日，遯叟記於海影東樓。

【案】此據寐叟題跋，末鈐"茗香病叟"陰文印。海日樓藏書目載："水經注四十卷　尚書公跋　武英殿聚珍板原本巾箱本十六本。"

明嘉靖本水經注題記

宋本每半頁十一行，行二十字，亦有廿一字、廿二字者。避諱"敬"、"殷"、"朗"、"鏡"等，皆北宋，不及南宋。存十六至十九，又三十九、四十兩卷，上角大半殘闕。十七卷末有"東坡居士"白文印。

【案】海日樓藏書目載："水經注四十卷　漢桑欽撰　後魏酈道元注　批校本　王静庵校　尚書公手校並跋　明嘉靖本　八本。"此書今藏臺灣"國家圖書館"(索書號 210.531 03955)，參觀國立中央圖書館善本題跋真蹟(822 頁)，末鈐"植"陽文印、"子培"陽文印。又見標點善本題跋集録(168 頁)。

校宋刻水經注記

吴縣曹君直中翰藏有殘本宋刻水經注，聞之久矣。丙辰三月，傅沅叔攜以見示，沅叔次日即北行，盡一夕之力，校此卅九、四十兩卷一册。老眼麻茶，燈下眵昏。宋刻凡四册，尚有十六、七、八、九，二十一、二，三册六卷，不能復校矣。宋刻每頁十二行，行二十字，或二十一、二字，多少不定。

【案】此篇據澹隱山房藏沈頲鈔本。此殘本宋刻水經注，後爲傅增湘所藏。藏園羣書經眼録卷五(442 頁)宋刊本水經注四十卷存五至八、十六至十九、三十四至四十，共十二卷，内卷五缺前二十六葉，卷十八祇前五葉條。略云："此書源出清内閣大庫，清末流出，吴縣曹元忠、寶應劉啟瑞各得其半，曹本後歸袁寒雲，輾轉數家，乃爲余所得，復請於劉君，遂爲延津之合。"藏園羣書題記卷三(234—238 頁)宋刊殘本水經注書後略云："此宋刊本水經注，余於丙辰春見數卷於袁抱存公子許，其後展轉竟以歸余。嗣又得數卷於淮南舊家，遂合而裝之，通存卷十有二。其卷次爲卷五至八，卷十六至十九，卷三十四至四十。惟卷五缺前二十六葉，卷十八祇前五葉耳。"

按，傅氏録跋所云"卷三十四至四十"有七卷，合其他八卷，共十五卷，顯爲誤記。王國維觀堂集林卷十二宋刊水經注殘本跋作"卷三十四，卷三十八至四十"(中華書局 1959 年影印本，562—563 頁)，是也。又王跋略云："此十一卷半，當原書四册許，乃江安傅沅叔集諸家所藏殘本而成，其十六至卷十九、卷三十九之後半及四十，出於吴縣曹氏，餘出於寶應劉氏。……先是曹氏書出，嘉興沈乙庵先生以一(昔)〔夕〕之力校出卷三十九之半及卷四十，余從之傳校。"(563—564 頁)可與沈跋參觀，惟沈跋所謂"二十一、二"兩卷，不在傅藏本中，不知何故。

經世大典西北地圖書後

元經世大典西北地圖，在永樂大典中，魏默深得之，傅於海國圖志，而譏其方向差殊，不可信用。植以元史、明史、邱處機、劉郁、陳誠所記驗之，地名方位，往往合符，知此圖實可依據。圖志後刻本去之，殆因月祖伯分地圖中最略，不可考俄羅斯沿革故耳。未可以其一失，廢其它善也。此圖與元史地理志西北［地］附録，文字一同，知附録所據爲原本者即此。而志於諸王分地，標目有訛文，可藉圖正之。亦有志有其地而圖無之者，圖既屢經摹寫，輾轉脱失，又當以志補之也。圖之最異而不可通者，置四正於四隅，然古者周髀之法，以笠寫地，至今繪地圖猶用之。設自北極抵赤道爲平圖，北宗北極，南以赤道爲界，命阿羅思爲北極之下，則自此下引，第一綫爲中綫，南北直行，以次而東，則以次斜迤，而自北極所出南北直行之綫，其方向皆漸變從西北而抵東南，去第一綫愈遠，則其西北東南愈甚，而居此綫左右者，東亦移向於東北，西亦移向於西南矣。皇輿圖之天度斜綫，即是此法，而仍有方里直格，與之並行。乾隆中滿漢字地圖，則天度用直綫，無方里直格。疑此圖本法，亦如皇輿圖，有斜綫，有直格，摹者不解其意，留直而去斜，又不解南北易向之由，仍存其四隅之舊識。據直格以觀斜綫之向，又不能得斜綫之中綫果在何方，則其向易迷紊，端緒不可尋，固所宜矣。

元代地圖，多出西域。據河源附録，知朱思本之圖，本於帝師家之梵字圖書，而周達觀真臘風土記言聖朝據西番經，名真臘曰澉浦只。所謂西番經者，殆亦圖經之類。是朝廷詔命且用之。大典之圖，北不及海都所封，東盡沙州，西北月祖伯封地闕略，而獨詳於回回故地篤來帖木兒、不賽因二人所封，其必爲回回人所繪無疑也。

西域爲自古中國戎索所漸被，而漢、唐舊圖，泯無遺跡。獨辨機西域記圖，存於佛祖統紀中，亦出後人繪補，非其本製。此圖遠有本原，與史籍相應，而不賽因所封，即今波斯地，其詳數倍於利瑪竇、南懷仁之圖，偶以微疵，屏不見省，不亦惜乎！今條其可考之跡，參互群書，證以今地，方域城邑，炳然可觀，誠不敢自謂創通，擁篲清塵，以睎來者，將於通敏有厚望焉。光緒丁亥仲冬研圖注篆之廬書。

【案】此據文獻 1991 年第 3 期錢仲聯輯録沈曾植海日樓文鈔佚跋(一)、錢仲聯編校海日樓文集 88—89 頁。

秦邊紀略書後

此書記載詳密，所言皆得之親歷，爲地理家有用可據之書。祝囊懷阿兒理之徒，後皆革面懷音，世世保邊，戢我戎索。當康熙三十年以前，三藩未戡，噶爾丹未翦，諸夷部落繁多，雜處近塞之間，積薪厝火之慮，不獨西邊諸帥心危，觀當時聖祖諭旨，亦未嘗不内紆神算也。談掌故者，溯西邊舊事，至烏闌布通而止。豈知賀蘭、青海之間，夷情尚有如此曲折。微此書覼縷記述，不獨當時情勢不彰，亦何據以窺詔旨之微意哉。

作書之人，不自署名，四庫著録，已不能考其時代名氏。吴氏刻本,蓋與閣本同。吾友李越縵御史,得一鈔本,卷端署灰畫集,有李恕谷之弟李培益谿自叙,稱從博野令趙君所,得見江右黄君所集秦邊紀略三卷,於西秦恢復驅逐之策,若數一二而道黑白,抄坿于所集萬季野經濟説九邊、王崑繩輿圖指掌論之後,爲灰畫集之第十九、二十、二十一卷。其書首署江右黄君親睹閲歷,亦不著黄君名。蓋培亦不能確知爲何人。書中有劉繼莊語。李仲約學士疑爲明世之遺民。記一書言是彭躬庵輩所爲,躬庵嘗游秦中,然著書無明證。吾弟子封據廣陽雜記,以爲此即梁質人之西陲今略也。記言:

"梁質人留心邊事,遼人王定山,名燕贊,爲河西靖逆侯張勇中軍,與質人相善,質人因之得盡歷河西地,著其山川險要,部落遊牧,强弱多寡離合之數,洞若觀火,爲一書,凡數十卷,曰西陲今略。在都門見其書,而未及抄,每與宗夏言以爲憾。壬申春,與質人遇於星沙,夜以繼日,了此一願,書凡五册,凡五百餘紙,節繁撮要,亦不敢太略,計蠅頭小草,一紙可括其三四紙,二十餘日而畢。近疆夷地,及諸夷小傳,皆録畢矣。尚有一册,乃西域諸遠國及籌邊方略,皆質人未定稿也。此則俟之異日。縱有餘力,亦不必寫,而予書已成完璧。"

又一條云:"料理秦邊九衛圖,著色畢,丹碧燦然,亦可喜也。雖未盡余胸中境界,然山川之阨塞險要,驛站之遠近迂直,兵將之所駐札,外夷之所游牧,已纖悉備具矣。"據繼莊所稱,近疆夷地,諸夷小傳,全與此書體例合符,而所謂尚有未抄一册,乃西域諸遠國者,正指今吴氏刻本卷尾之西域土地人物略一篇。據提要，閣本亦有之。而李本獨無，此可徵李氏所傳即劉氏手鈔之本，彰彰不疑矣。而所謂江右黄君者，即梁質人之轉展傳訛，黄、梁音近致訛，張靖逆幕客、秦督佛公幕客，事近致訛。抑其中資質人遊歷者，本有王燕贇其人，而劉繼莊之弟子黄宗夏，或亦參預抄書之事，由斯致誤，亦未可知。

姚椿通藝閣文集顧祖禹傳云："魏禧弟子梁份傳禧學，爲秦邊紀略，有書無圖。劉湘煃嘗得一圖，與份書宛合，而與方輿紀要圖多牴牾，湘煃合訂爲秦邊紀略方輿紀要圖考一卷。"姚氏謂此書爲份撰，其言當有所受之。湘煃所得之圖，疑即繼莊書中之秦邊九衛圖也。雜記本排日記纂之書，其料理九衛圖一條，適在抄西陲今略條後，而九衛云者，又與紀略篇首"全秦邊衛"之名相涉，則紀略本有圖，可意得也。

梁質人本韓非有幕客，嘗爲使吴三桂乞師，其後隱約終身。劉繼莊之爲人，謝山亦有隱名避讎之疑。康熙朝文網闊疏，朝廷賓禮遺民，諸公咸趺宕京師，王公等迎爲上客。及雍正後，文字之獄數興，而著書傳書之人，多湮没其蹟，前賢名氏皦於狐貉者多矣。因吾弟之言，冬夜排尋鉤稽得此，似可爲定論也。

【案】海日樓藏書目載："秦邊紀畧六卷　尚書公批校本　半畝園刊本　二本。"此據學海第一卷第一册，民國三十三年(1944)七月十五日版。又參考文獻 1991 年第 4 期錢仲聯輯録沈曾植海日樓文鈔佚跋(二)、錢仲聯編校海日樓文集 91—95 頁，錢仲聯據别稿校勘，寫有案語。兹將諸本異文録之如次。

○“所言皆得之親歷”,案云“别一稿無此句”。○“祝囊”,案云“别稿無此二字”。○“世世保邊”,學海本無“世世”二字,兹據錢輯本。○“ 戢我戎索”之“戢”,案云“别稿作‘守’”。○“當”,案云“别稿‘當’上有‘然’字”。○“康熙三十年以前”,案云“别稿無此七字”。○“諸夷部落”,案云“别稿無‘諸’‘部’二字”。○“雜處近塞之間,積薪厝火之慮”,案云“别稿作‘雜處近塞厝火積薪之慮’”。○“觀當時聖祖諭旨”之“諭”,案云“别稿作‘詔’”。○“豈知賀蘭、青海之間”之“豈”,案云“别稿作‘詎’”。○“夷情尚有如此曲折”,案云“别稿作‘反側子正不少’”。又“夷情”之“夷”,學海本作“彝”,兹據錢輯本改。○“微此書覼縷記述”,案云“别稿作‘微此書紀述之詳’”。○“不獨當時情勢不彰”,案云“别稿作‘不獨事蹟闕然’”。○“亦何據以窺詔旨之微意哉”,案云“别稿作‘亦何由窺詔旨招懷微意哉’”。學海本無“亦”字,此從錢輯本。○“不自書名,四庫著録”,案云“别稿作‘不署名,自四庫著録’”。○“已不能考其時代名氏”,案云“别稿作‘已不能考其本末’”。○“吾友李越縵御史”之“御史”,案云“别稿作‘侍御’”。○“有李恕谷之弟李培益谿自叙”,學海本無“益谿”二字,此從錢輯本。○“王崑繩輿地圖掌論”之“圖”,錢輯本作“地”,不確。

○“蓋培亦不能確知爲何人”句下,案云:“别稿在‘卷端署灰畫集’後,文字與此大異。其文云:‘有李培自叙云:“江右黄君所著秦邊紀略,於西秦恢復驅逐之策,若數一二而道黑白。恕谷兄從博野令趙君得之,培因鈔附於所集萬季野、王崑繩書後,爲灰畫集之第十九、二十、二十一卷。”書首有全秦邊衛叙一篇,不著名,疑即作者所自爲。有趙用熙識語,有耐安氏識語。耐安氏之言曰："秦邊紀略者，江右黄君所集也。黄君忘其名，久居秦督佛公幕府，【輯者按：清史稿疆臣年表：'康熙三十一年壬申十月甲申，佛倫繼葛思泰爲川陝總督。三十三年三月乙卯遷。'】請于秦督，親巡歷視，期年而匯成書。乙亥歲，劉繼莊先生攜是書來，姜子發録出，癸未歲復從鈔之。"考乙亥爲康熙三十四年，癸未爲四十二年，灰畫集序則成于雍正六年。李培得書於趙用熙，趙得自耐安，耐安得之祝棠村、姜子發，而祝、姜所録本出劉繼莊。作者名隱不傳。'"

○"書中有劉繼莊語"，案云"别稿無此句"。○"李仲約學士"，案云"别稿下有'嘗'字"。○"躬庵嘗游秦中"，案云"别稿無'中'字"。○"然著書無明證"，案云"别稿作'其著書則無左證'"。○"據廣陽雜記"，案云"别稿作'嘗據劉繼莊廣陽雜記'"。○"著其山川險要"，錢輯本無"著其"二字。"著"，廣陽雜記原作"悉"。○"强弱多寡離合之數"之"數"，錢輯本作"故"，廣陽雜記原作"情"。○"爲一書"，錢輯本作"作一書"。

○"在都門見其書，而未及抄，每與宗夏言以爲憾。壬申春，與質人遇於星沙，夜以繼日，了此一願，書凡五册，凡五百餘紙，節繁撮要，亦不敢太略，計蠅頭小草，一紙可括其三四紙，二十餘日而後畢"，錢輯本作"辛未二月，與質人遇于星沙，借鈔其書，以小草一紙，括其三四紙，原本凡五册，五百餘紙，節繁撮要，亦不敢太略，凡二十餘日而後畢"。○"皆質人未定稿也"，案云"别稿作'乃質人未定稿'"。○"此則俟之異日"，"之"字錢輯本作"諸"，案云"别稿無此句。輯者按：無此句是"。○"而予書已成完壁"之"予"，錢輯本作"余"。

○"著色"，案云"别稿無此二字"。○"亦可喜也"，案云"别稿無此句"。"驛站"，錢輯本作"馹站"。○"而所謂尚有未抄一册”之“尚有”,案云“别稿無此二字”。○“據提要,閣本亦有之”,案云“别稿無‘據提要’三字,作‘此篇閣本亦有之’”。○“而李本獨無,此可徵李氏所傳即劉氏手鈔之本,彰彰不疑矣”,案云“别稿‘獨無’下作‘然則李氏所傳之本,即劉氏手節之本。改題曰秦邊紀略,疑即劉氏爲之’”。○“而所謂江右黄君者,即梁質人之轉展傳訛”,案云“别稿‘黄君者’下作‘其人實是梁質人’”。○“張靖逆幕客”,案云“别稿‘客’下有‘與’字”。○“而劉繼莊之弟子”,案云“别稿作‘繼莊弟子’”。○“黄宗夏,或亦參預抄書之事,由斯致誤,亦未可知”,案云“别稿作‘黄宗夏預録西陲今略事,口耳相傳,緣斯誤認,亦未可知也。’”

○“姚椿通藝閣文集顧祖禹傳云:‘魏禧弟子梁份傳禧學,爲秦邊紀略,有書無圖。劉湘煃嘗得一圖,與份書宛合,而與方輿紀要圖多牴牾,湘煃合訂爲秦邊紀略方輿紀要圖考一卷’”,“方輿紀要圖”,錢輯本無“圖”字,案云“别稿作‘姚春木通藝閣文集顧祖禹傳後附記梁份、劉湘煃事云:“份,魏禧弟子,傳禧學,著秦邊紀略,有書無圖。湘煃得以校梁書宛合,而與方輿紀要多牴牾,乃合訂爲秦邊紀略方輿紀要圖考一卷”’”。○“姚氏謂此書爲份撰,其言當有所受之”,案云“别稿作‘然則此爲質人著,昔人固有知之者’”。○“湘煃所得之圖”之“圖”,學海本作“書”,據錢輯本改。○“疑即繼莊書中之秦邊九衛圖也”,案云“别稿無‘也’字”。○“其料理九衛圖一條”之“其”,案云“别稿無此字”。○“則紀略本有圖”之“本”,案云“别稿無此字”。

○“梁質人本韓非有幕客”之“幕”,案云“别稿無此字”。○“隱名避讎”,案云“别稿作‘避人亡命’”。○“謝山亦有隱名避讎之疑”,案云“别稿此下有‘其人綜蹟,皆卓詭不可測’十字”。○“前賢”,案云“别稿無此二字”。○“前賢名氏暾於狐貉者多矣”下，案云“‘康熙朝’至此，别稿作‘康熙間朝廷優禮佚民，諸人偃然爲王公上客，無所疑忌。其後文字之獄數起，而著書傳書者多隱没其蹟以避禍矣’”。○“因吾弟之言，冬夜排尋鉤稽得此，似可爲定論也”，案云“别稿作‘閣本無卷首諸人識語，當即由采進時删去之。顧其書名重人間，故鈔傳獨夥。由是言之，提要所謂不知作者，未必其真不知也’”。

書西域水道記卷四後

西域水道記四巴勒喀什淖爾所受水篇云：“科河在阿里瑪圖溝西十五里，南有回部王吐呼嚕克土木勒罕墓。回人庫魯安書云：‘其部初有女子，曰阿郎固庫（魯勒）〔勒魯〕者，天帝使一丈夫向女郎吹嘘白氣，感而有身，生子曰麻木哈伊項，爲回部王。傳至三世，司蒙古法。又傳十四世，爲吐呼魯克吐木勒罕，年二十二，嗣爲國主。後二歲，獵於阿克蘇，遇回人授派噶木巴爾法。返伊犁，又有回民七人者，來教其部衆，遂盡返舊俗。在位十年卒。有滿克國回部長，以四十橐駝負滿克國土，爲建此塚，刻墓門，記營造之年。’”徐氏以回回術上推之，當元順帝至正二十年庚子歲。

植按水道記云：“回人史書曰陀犁克，字書曰阿里卜，醫書曰愓普奇塔普，農書曰哩薩拉，占候書曰魯斯納默，梵書曰庫魯安。”庫魯安書，謨罕默德所造回教之聖書，海國圖志所謂可蘭經，近西人譯謨罕默德事，所謂咕嘞經者是也。麻木哈伊項，或疑爲謨罕默德之異文。謨罕默德，或作馬哈木，而“伊項”近“可汗”轉音，故云。然西人譯謨罕默德事，神奇甚多,絶未及其降生一字,而庫魯安既謨罕默德所造,亦不容紀及元時。蒙古無教法,所云傳三世而習蒙古法者,語蓋無當。三世而接蒙古,十四世而至元末,則所謂麻木哈伊項者,至遠不過南宋世,其去謨罕默德世遠矣,非一人必也。欽定西域圖志回部世系,其始祖第一世青吉斯汗,第二世察罕岱。青吉斯即成吉斯,察罕岱即察阿歹。魏源所言,事證明顯。其三世以下,于元史宗室世系表無可徵,然回部舊傳,自當可信。元史諸王,見本紀者,表多不具。肅州文殊寺碑紀嗣叉合歹位諸王五世,檢表無一人,於此正同一例。圖志世系内第十世爲特木爾圖胡魯克,與庫魯安書之吐呼嚕克吐木嘞罕,蓋即一人。"吐呼嚕克"即"圖胡魯克","吐木嘞"即"特木爾","特木爾"爲嘉語,繫之於下,或繫諸上,蓋蒙語回語之不同。此人既元代宗王,則彼書之阿郎固庫魯克,即秘史阿闌豁阿,人名事蹟,一一相合,蓋無疑也。阿闌豁阿,史本紀作"阿蘭果火",譯改"阿蘭果斡",源流作"阿掄郭斡"。

愚嘗謂黄帝之後爲鮮卑、匈奴,淳維夏后苗裔,允姓之戎西徙爲月氏,崑崙以東,其它白狄、犬戎、氐、羌,溯厥初生,蓋無非炎黄之胄。世本亡而中國史官不能紀,遠失其系世者多矣。徵信譯鞮,越哉!蒙古之先,蓋亦匈奴同族,史所謂時小時大、别散分離者,徒以資文字於西方,服其教,遂至忘其祖而謂它人祖。喇嘛奠以爲鶻窣里勃野系,阿渾奠以爲摩訶末系,曾不能自申其脱卜赤顔之説以折之。可喟也夫!

【案】此據學海第一卷第三册,民國三十三年(1944)九月十五日版，又參考文獻 1991 年 3 期錢仲聯輯録沈曾植海日樓文鈔佚跋(一)、錢仲聯編校海日樓文集 89—90 頁。末“愚謂”一段，學海本無，則據錢輯本補。

○“阿郎固庫魯勒”，下文又作“阿郎固庫魯克”，西域水道記原作“阿郎固庫勒魯”。○“四十槖駝”，原書作“槖駝四十”。○“刻墓門，記營造之年。”，錢輯本作“刻墓門記。營造之年”，不確。○“植按水道記云”，錢輯本脱“植”字。○“字書曰阿里卜，醫書曰惕普奇塔普”，錢輯本“卜”字屬下讀，不確。

知服齋叢書本島夷志略跋

此書思之有年，而不可得見，舊歲始得此新刻本，訛脱至甚，不能讀也。

【案】此據上海圖書館藏光緒十八年(1892)知服齋叢書本島夷志略沈氏批註稿本，此跋當作於光緒十九年(1893)。

譯刻中亞洲俄屬游記跋

曾植始於癸巳春見此書於順德李侍郎齋中，侍郎以批本見示，屬爲詳考。因籤記數事於卷中，未能盡意也。其秋從事譯署，奉南海公命，校刻是書，排比衆説，愚管亦附存焉。凡簡端所録，皆順德侍郎説；書中夾註者，朱孝廉説；加“按”字者，曾植當時所籤記也。書中輿地古事别有考，兹不羼入。光緒甲午孟夏，嘉興沈曾植記。

【案】此據光緒二十年(1894)刻本英蘭士德著、莫鎮藩譯中亞洲俄屬游記。又見文獻 1991 年第 4 期錢仲聯輯録沈曾植海日樓文鈔佚跋(二)、錢仲聯編校海日樓文集95頁。

目録類

蕭敬孚手抄四庫簡明目録跋

老友敬孚先生手蹟，丙午臘尾，令子幼孚持以見贈。追憶汽船相遇，於今三十一年矣。撫卷慨然，不知何世！

【案】此據寐叟題跋，末鈐"植印"陰文印。海日樓藏書目載："欽定四庫全書簡明目録十九卷　尚書公跋　蕭敬孚穆手抄本　四本。"此書今藏上海圖書館。

書開元釋教録三階法部後

開元録禁斷嚴勑如此，而貞元續録中卷有大唐再修隨傳法高僧信行禪師塔碑表集五卷，次於肅宗制旨碑表集、代宗制旨碑表集、不空三藏[碑]表集之後，翻經大德乘如集前。仍述之曰："右五部一十七卷，並於佛法宏護義深，事出一時，利益永代。或録表上達，或制下施行，主聖臣忠，匡持像教。"詳其語意，必禁斷之後未幾開禁也。

寶刻叢編韓擇木下有再修隋信行禪師塔碑，于益撰，張楚昭行書，擇木篆額。大歷六年閏三月建，在京兆。其即開禁時修建歟？信行之教禁於隨開於唐，又禁於聖厤而開於神龍，此碑立於神龍二年八月。類編所録，尚有張庭珪八分一碑，當亦同時。又禁於開元而開於大厤，屢仆屢起，終不受邪僞之誣服其教者，亦可謂强立不變者矣。三堦僧以苦行矯俗見憎道宣,論信行之學,褒多貶少,其法苑公論哉!

【案】此據滄隱山房藏手稿,按其筆跡當作於民國戊午(1918)。原無題,書於開元釋教録卷十八别録中僞妄亂真録第七三階教著作目録案語之後,因擬此題。"不空三藏[碑]表集"、"翻經大德乘如集",開元録原作"贈司空大辯正廣智不空三藏碑表集"、"翻經臨壇大德西明安國兩寺上座乘如集"。道宣續高僧傳卷第十六隋京師真寂寺釋信行傳(裴玄證撰)略云:"初信行勃興異跡,時成致譏。通論所詳,未須甄别。但奉行克峭,偏薄不倫。……開皇末歲,敕斷不行,想同箴勖之也。"可參觀。

原稿所録開元録部分爲他人抄本,僅存"録之限"之後文字,今據原書補足前文,附録於此,以便參考。

[右三階法及雜集録,總三十五部四十四卷,隋真寂寺沙門信行撰。長房録云總三十五卷,内典録云都四十卷。大周僞録但載二十二部二十九卷,並收不盡。其三階興教碑云四十餘卷,而不别列部卷篇目,今細搜括,具件如上。

信行所撰,雖引經文,皆黨其偏見,妄生穿鑿。既乖反聖旨,復冒真宗。開皇二十年,有勅禁斷,不聽傳行。而其徒既衆,蔓莚彌廣。同習相黨,朋援繁多。即以信行爲教主,别行異法,似同天授,立邪三寶。隋文雖斷流行,不能杜其根本。我唐天后證聖之元,有制令定僞經及雜符録,遣送祠部集内。前件教門,既違背佛意,别稱異端。即是僞雜符]録之限。又准天后聖曆二年勅:其有學三階者,唯得乞食、長齋、絶穀、持戒、坐禪,此外輒行,皆是違法。逮我開元神武皇帝,聖德光被,普洽黎元。聖日麗天,無幽不燭。知彼反真構妄,出制斷之。開元十三年乙丑歲六月三日,勅諸寺三階院,並令除去隔障,使與大院相通,衆僧錯居,不得别住。所行集録,悉禁斷除毁。若綱維縱其行化誘人,而不糺者,勒還俗。幸承明旨,使革往非。不敢妄編,在於正録,並從刊削,以示將來。其廣略七階,但依經集出,雖無異義,即是信行集録之數。明制除廢,不敢輒存,故載斯録。

書道藏目録太平部後

道家三洞四輔之説,自唐李渤已言之。疑陳、隨諸師説,陶隱居時尚未著也。四輔以太平輔洞玄,洞玄爲靈寶君所説,則太平宜亦以靈寶爲宗主。此太平經一百(十七)〔七十〕卷,凡外、受、傅、訓、入五號,歷代相傳,在道藏中,爲道家最古之書,顧自唐道士閭邱方遠曾詮其樞要爲三十卷外,他道士絶無肄業及之者。而閭邱之書,亦不見録於今道藏,甚可惜也。

于吉、宫崇琅琊人,襄楷平原人,琅琊、平原皆齊地。而前漢李尋傳:"齊人甘忠可詐造天官曆、包元太平經十二卷,以教重平夏賀良、容邱丁廣世、東海郭昌等。"其書言"漢家當更受命於天,天使赤精子下教我此道","宜急改元易號,乃得皇子生,災[異]息。"所言與襄楷稱"宫崇所獻神書,奉天地,順五行,有興國廣嗣之術",指趣略同,而忠可等亦皆齊人,得非包元太平即太平清領之萌芽乎?

忠可之書,見斥於向、歆父子。崇、吉神書,有司亦奏謂妖妄不經,而張角頗有其書。則當時流傳已廣,特葛、陶諸人,不相祖述,故不若正一之盛耳。

【案】此據上海圖書館藏海日樓叢稿,又見澹隱山房藏鈔本二份。録文見文獻1991年4期錢仲聯輯録沈曾植海日樓文鈔佚跋(二)、錢仲聯編校海日樓文集105頁。"太平經一百十七卷"之"十七"當爲"七十"之倒。

金石類

歷代鐘鼎彝器款識法帖題記

庚申五月,曾植觀。

【案】此帖存一卷一册,宋拓本,今藏臺北"中研院"歷史語言研究所傅斯年圖書館(參觀傅斯年圖書館古籍善本題跋輯要,臺北"中研院"歷史語言研究所2008年版,第二册272頁)。

卷三　子部

諸子類

王弼注老子道德經跋四篇

此書明代曾有刻本，藏書家罕有著録者，蓋人間幾絶響矣。聚珍板獨浙本最工整可愛。舊有一本初印者，留之粤東叔父處。年來復購二本，皆蘇本也。一以自隨，一與五弟藏之。老子宋後注家甚多，古注獨罕傳者，讀者所宜寶愛，不可動以清言詆王氏也。

書此在高郵舟中。後八日，得明刻王注於廣陵書肆，信所見之不博。抑所欲隨心，固天所以慰其窮阨耶？辛巳正月六日記。

【案】此據寐叟題跋，末鈐"沈曾植印"陰文印。海日樓藏書目載："老子道德經二卷　尚書公跋　武英殿聚珍板原本巾箱本　二本。"

古人著書無無爲而作者。王氏於静躁語默之間，三致意焉，蓋有慨於泰初平叔、叔夜之事也。憂患之言，其歸乃往往近於平實。徒以詞筆簡雋，讀者遂以郭象注莊一例視之，郭豈得與輔嗣比哉！

【案】此據寐叟題跋，末鈐"乙盦"陽文印。

老子文體,實宋人語録先河,分章實難。因分章而牽合説之,彌多困躓矣。惜抱有此論,惜所著章義尚未得讀也。

【案】此篇見錢仲聯編校海日樓文集 79 頁,題作"跋王弼注老子",共三篇,前兩篇即見揭寐叟題跋兩篇。

隋書經籍志:老子節解二卷、老子章門一卷,無撰人,梁有。老子序次一卷,葛仙公撰。此皆説老子章義者,不知其解釋開析者若何。

河上公之前,尚有戰國時河上丈人,亦注老子二卷,其書梁有隋亡,亦見志。

老子雜論一卷,何、王等注。老子玄示一卷,韓壯撰。老子玄譜一卷,劉遺民撰。老子玄機三卷,宗塞撰。老子幽易五卷,又老子志一卷,山琮撰。並梁有隋亡。味其題目,足發思古之情。

傅氏經説三十七篇,獨多鄰、徐,疑即分章之數矣。古師三家,遂無傳者,即漢長老毋邱望之之注,出於六朝間者,亦無一字之存,而僞河上公獨垂久遠,可怪也。

【案】此跋據上海圖書館藏沈頲鈔件。"鄰、徐"指"老子鄰氏經傳四篇"、"老子徐氏經説六篇",見漢書藝文志。"漢長老",隋志原作"漢長陵三老"。

宋本老子道德經古本集註直解跋

此書道藏不收,焦氏老子翼采摭亦不及,真道家佚典矣。范應元無可考,褚伯秀南華義海所録諸家有范無隱者,或即此人,沅叔更詳考之。乙盦。

【案】此據藏園群書經眼録(898 頁),傅氏按語略云:"沈乙盦曾植初見此本，告予曰：'卷中"治大國若烹小鮮"，此本作"小鱗"，注"小鱗者，小魚也"，其義新而確。又城中四大作人大道亦大，引案，當作道大人亦大。不作"王"字，於義亦長，盍詳校，宜有勝處。'……余偶閲莊子翼，則范氏適在焉。范字善甫，蜀之順慶人，蓋其人於老莊皆有著述，而此書久佚，故老子翼失采也。"可參觀。此書今藏中國國家圖書館，跋末鈐"吴興"陰文印，參觀中國國家圖書館古籍珍本圖録（北京圖書館出版社 1999 年版）。

抄本憨山道德經發隱題記

抄本憨山道德經發隱，"安樂堂藏"印，又有"御賜介景堂"印。

【案】此據歷史文獻第十六輯海日樓書録。

元刻莊子跋

元刻莊子，實宋本而元、明補者也，定府藏本不如余所得遠甚。

【案】此據歷史文獻第十六輯海日樓書録。海日樓藏書目載："莊子南華真經十卷　宋板　半頁十一行　行大廿一字小廿五字　八本。"疑即此本。

道藏本管子跋

此書得之龍舒，以校明刻注本及瞿翻宋本，時有異文，足資研味。後檢莫氏經眼録，有此本，郘亭定爲元、明間刻，亦爲朧統語耳。頃見楊惺吾所藏道藏本韓非子，匡闌行字，與此一同,乃知此是道藏本也。宣統五年仲春,植記。

【案】此據寐叟題跋,末鈐"曾植"陽文印,"海日樓"陰文印。海日樓藏書目載:"管子二十四卷　尚書公跋　明道藏本　八本。"此書今藏臺灣"國家圖書館"(索書號爲 303 05787),參觀"國立中央"圖書館善本題跋真蹟(1122—1123 頁)、標點善本題跋集録(248 頁)。"宣統五年",錢編本改作"癸丑"。莫友芝宋元舊本經眼録卷二"管子無注本"條云:"半葉十行,行二十一字,似元、明間刻。"(中華書局 2008 年版,76 頁)可參觀。

明萬曆本墨子跋

此亦戊戌年廣陵所購,書估云文選樓書,剜處皆阮氏印記也。楊惺吾盛稱此爲墨子善本;王捍鄭借校畢本,亦謂爲佳。予篋中有畢刻,有綿眇閣本,匆匆竟未能校也。光緒庚子六月,曾植。

【案】此據寐叟題跋,末鈐"癯禪"陰文印。海日樓藏書目載:"墨子六卷　尚書公跋　明刊善本　六本。"尚書公手書書目載:"(一號)墨子　明茅坤刻本。"此書今藏臺灣"國家圖書館"(索書號爲 308 06925)。參觀"國立中央"圖書館善本題跋真蹟(1335—1336 頁)、標點善本題跋集録(304 頁)。錢編本題作"明板墨子跋"。

孫淵如校跋舊抄本墨子跋

按年譜,甲辰先生三十二歲,曾植今年亦三十二歲,得此於廣陵市上。自惟聲名官職皆不足幾先生,獨圖籍之緣良亦不薄,書用自慶幸已。

【案】海日樓藏書目載:"墨子十五卷　孫淵如先生手校本

陳龍巖跋　尚書公跋　抄本　二本。”尚書公手書書目載：“（三號）墨子二册晏子一册　均孫淵如手稿。”此書今藏臺灣“國家圖書館”（索書號爲 308 06927），參觀標點善本題跋集録（305 頁）。

明抄本鬼谷子跋

菊裳侍講謂此是王履吉手書。履吉卒於嘉靖癸巳，在乙巳前，自不得以此屬之。同時學履吉書者，王禄之、金元用、章仲玉皆得其仿佛，不能懸定，然決爲三吴名筆無疑。

【案】此據寐叟題跋，末鈐“沈曾植印”陰文印。海日樓藏書目載：“鬼谷子三卷　盧抱經、徐北溟、嚴修能、勞權手校本　尚書公跋　明書家手抄本　三本。”此書今藏臺灣“國家圖書館”（索書號 308 06937），原書有明無名氏題記：“嘉靖乙巳三月九日辛卯録畢。此本原係蘇州文氏所藏，祝枝山小草，予從俞質甫借抄。今刊行者無註，且多訛誤。”沈曾植注云：“乙巳爲嘉靖二十四年。質甫，俞仲蔚允文字也。”見標點善本題跋集録（306 頁）。

吕氏春秋跋

宣統壬子於滬上見元嘉興路刊本，補板甚多譌闕斷爛，疑自儆庵識所謂雍板者，即是嘉興板，非二刻也。此本自首頁外，行款字數，板心尺寸，均與嘉興本同，蓋即以元本覆刻者。遜齋居士識。

【案】海日樓藏書目載：“吕氏春秋二十六卷　秦吕不韋撰　尚書公跋　萬曆覆元本　五本。”此據寐叟題跋，末鈐“井谷山房”。據筆蹟，蓋作於己未（1919）。錢編本脱“宣統”二字。

醫家類

宋刻傷寒明理論題記

宋刻傷寒明理論，每半頁十行，行二十字，印甚精，疑非宋。

【案】此據歷史文獻第十六輯海日樓書録。

抄本産寶跋

文化癸酉，當中國嘉慶十八年。丹波醫家鉅子，此其手蹟，可珍愛也。李鄉農記。宣統四年歲在壬子臘月。

【案】海日樓藏書目載："産寶三卷　尚書公題字　文化癸酉丹波鈔本　缺卷下後半一本　文化癸酉當我嘉慶十八年　丹波乃醫家鉅子　一本。"此據沈頲校録海日樓羣書題跋(同聲月刊第三卷第四號)。錢編本脱"宣統四年"四字。

影宋抄本類證普濟本事方題記

影宋乾道本普濟本事方一册。

【案】此書今藏臺灣"國家圖書館"(索書號 304.4 06157)，參觀標點善本題跋集録(259 頁)。海日樓藏書目載："類症普濟本事方十卷　宋許叔微撰　震澤王氏舊藏　舊鈔本　一本。類症普濟本事方後集十卷　許學遠校本　楊惺吾舊藏　景宋鈔本。"沈氏所藏類證普濟本事方後集爲日本影鈔宋建安余唐卿刊本，今亦在臺灣"國家圖書館"(索書號 304.4 06161)。

曆算類

宋抄景祐乾象新書跋

宋抄景祐乾象新書,每半頁八行,行十九字,存八册,皆蝴蝶裝。第三、四卷爲一册,五、六卷爲一册,十二、十三卷爲一册,十六卷爲一册,十七卷爲一册,十八卷爲一册,十九卷爲一册,二十七卷、二十八卷爲一册,共存十二卷。第十三卷元人抄補。宋寫筆意間架,居然猶存虞體唐石經風;元抄潦草,不如遠矣。考宋史藝文志天文類:"楊(維)〔惟〕德[乾象新書]三十卷。"文獻通考:"景祐乾象新書三十卷。陳氏云:'司天正楊(維)〔惟〕德等撰。以歷代占書及春秋至五代諸史采摭撰集。元年七月書成,賜名,仍御製序。'鼂氏曰:'今惟三卷。'"

【案】此據歷史文獻第十六輯海日樓書録。楊維德之"維",宋史、陳振孫直齋書録解題皆作"惟"。

順治三年官板時憲書跋

此順治三年丙戌時憲書,即楊光先不得已所據以攻湯若望者也。光先言:"定曆法,每月一節氣,一中氣。而順治三年十一月大,初一大雪,十五日冬至,三十日小寒,是一月中有兩月之節氣,指爲十謬之一。"檢此本,正相符。光先又言:"若望於順治三年時憲書面書'依西洋新法'五字，爲暗竊正朔之權”云云。此本絹面朱書“大清順治三年時憲曆”，實無“依西洋新法”五字，光先不能憑虚訐若望，官板時憲書册面不應刻字，此原籤不存，或有意去之歟？後銜博士李祖白，即著天學（學）〔傳〕概康熙初正法監臣五人之一，後以南懷仁訟寃昭雪者也。

【案】此據寐叟題跋，末鈐“寐翁”陽文印。此書今藏中國國家圖書館。“天學學概”爲“天學傳概”之誤。

藝術類

東觀餘論跋五篇

壬子仲冬，假涵芬樓項本一過。項本“玄”、“貞”、“桓”字皆缺筆，又多提行空格處，字體方正，蓋覆刻嘉定本者。東觀餘論善本，自當以項刻爲主。自毛氏已言勿廣流布，二百餘年，今益難得，固其宜也。然毛謂項氏重刻川本，語乃大謬。項本摹樓氏跋於末，川本固遠在（婁）〔樓〕本前。據黄訒書後川本云云觀之，川本不獨在（婁）〔樓〕氏前，或竟在黄訒本前未可知。但據異苑一條爲（婁）〔樓〕氏校語，又（婁）〔樓〕跋再爲詳校，正其點畫云云，及序後識語校示字數，則書中校語，川本異同，恐皆出攻媿手。而嘉定刻本，殆即莊子禮所刻也。項本脱跋後識語，此本並川本一條失之，遂令讀本迷瞢，無從推測矣。

【案】此據寐叟題跋，末鈐“寐叟”長橢圓陽文印。海日樓藏書目載：“東觀餘論二卷　宋黄伯思撰　尚書公校跋並補録數頁

照曠閣學津討源本　四本。”此書今藏浙江省博物館。

抄本卷第文字，與項本大致同，則行款不同，獨多跋後識語，是最可貴者。首頁有“竹泉珍秘圖籍”印，“謏聞齋”印，“宋本”印，又有“乾隆己卯，用宋抄本校一過，善病沈郎識”一行，不知爲何人也。

【案】此據寐叟題跋，末鈐“植”陽文印、“海日廔”陰文印。

宣統癸丑臘月，傅沅未以所得宋本殘帙見示，每半頁十行，行二十字，錢牧齋以墨筆校於眉間。勞季言跋云：“黄長睿父東觀餘論，紹興丁卯，其子訒刊於建安漕司。嘉定間，攻媿樓氏復以川本參校，即今所傳本也。此書曩得於蘇州，作一卷，不分上下，初爲錫山華氏故物，有‘真賞’、‘華夏’二印，所據前帙宋槧，曾經以樓本校勘，係蒙叟手蹟，審定爲紹興初刻之本。今無訒跋，殆脱去之。訒跋所云十卷者，蓋指東觀文集中卷第而言之，而兩卷者，則攻媿校定本也。此本雖不如攻媿重校之精宷，顧亦有勝處及可兩存者。惜闕後衺，影寫補全，乃絳雲燼餘殘帙，首尾已有滄葦印記，其補鈔當在歸季之前。檢延令宋板書目，所藏有二，其一不著卷數者即此本，但不著完缺耳。咸豐丁巳，仁和勞權畀卿書於丹鉛精舍。”書中宋諱闕筆至“桓”、“構”而止，北宋諱闕，孝宗諱不闕。譌字頗多，每半頁十行，行二十字。

【案】此據寐叟題跋，末鈐“乙盦”陽文印。錢編本脱“宣統”二字。沈跋所録勞權跋，“所據前帙宋槧”，原無“所據”二字；“曾經以樓本校勘”之“校勘”，原作“勘校”；“但不著完缺耳”之“著”原作“註”，此句後尚有一段未録；“咸豐丁巳”，原作“咸豐丁巳九月二十一日立冬”（參觀藏園群書經眼録

734—735 頁)。

項本自前明時,書估以贋宋本,故多去其序跋。天禄琳琅所收二部,一無黄訒跋,一有跋。而項篤壽校、萬卷堂諸記,皆剜去。季滄葦且誤仞爲宋本,他可知也。儀顧堂續跋,有跋項本一篇,亦以學津本校,甚詳核。陸記所見本川本一條,在樓跋之後,其後尚有莊夏一跋,跋缺一葉,僅存"莊夏書於籌思堂"一行。而"是書刊於庚午"云云,乃在莊跋之後。陸據川本云云,書法與攻媿(跋)〔序〕相似,疑亦攻媿語。而"刊於庚午"云云,爲莊氏識語。因謂以川本校補,併黄訒之十卷爲二卷,皆攻媿所爲,而以莊跋文缺,未敢肊决。所見極是。其考莊夏仕履尤詳,録之於左:

莊夏,字子禮,泉州永春人。淳熙八年進士,知興國縣。開禧三年,除秘書郎。嘉定元年,除著作佐郎。四月,爲江東提舉。二年,除江東運判。四年,除尚右郎。官至兵部侍郎、敷文閣待制。見中興館閣録、景定建康志、福建通志。攻媿所謂"著作莊子(夏)〔禮〕欲求善本傳後"者也。庚午爲嘉定三年,子禮時爲江東運判。景定建康志書板門,有東觀餘論二百一十板,當即莊所刻也。

【案】此據寐叟題跋,前有"海日廔"陰文印,末鈐"沈曾植印"陰文印、"寐翁"陽文印。檢沈氏所引陸心源儀顧堂續跋卷十明仿宋槧東觀餘論跋,"書法與攻媿跋相似"之"跋"字當作"序",而"著作莊子夏欲求善本傳後"之"莊子夏"當作"莊子禮"。

澹隱山房藏此篇稿本,至"録之於左"爲止,文字多有不同:

項本自前明書估多去其序跋,以充宋本。天禄琳琅所收二本皆不完,而有季滄葦"宋本"印,可知當[時]收藏家具受愚矣。儀顧堂續跋,有跋項本一篇,亦以學津對校,甚詳核。陸記所見本川本云云,在樓跋之後,其後尚有莊夏一跋,跋缺一頁,僅存"莊夏書於籌思堂"一行。所謂"是書刊於庚午"云云,乃在莊跋之後。陸據川本云云,書法與攻媿相似,疑亦攻媿語。而"刊於庚午"云云,爲莊氏識語。因謂以川本校補,併黄訒之十卷爲二卷,皆攻媿所定,而以莊跋缺葉,未敢肊定。所見極是。其考莊夏仕履尤詳,録之於左。

陳懋泉南雝志:"今之泉帖,據沈源釋文序,乃莊少師家重摹。少師名夏,官侍郎,封永春縣開國男,卒贈少師。有文名。"然則莊子禮風流習尚,固與黄氏相同,其刻此書,用心懇至,宜矣。

【案】此據沈熲校録海日樓群書題跋(同聲月刊第三卷第四號)。

【附録】

"川本去三十一篇,皆在可删之域。若跋師春書後一篇後,已有校定師春書序。又跋干禄碑後,及跋鍾虞二帖後,皆是重出,當删。其餘二十八篇,不若存之,以完其書。"此條在訒書後,兩本同,疑亦訒記。

項本附録篇次,記之如左。然無附録標目,杜集序直接校定師春書序而下,不作區别也。

太傅大丞相李公序校定杜工部集

觀文節使葉公題跋索靖章草急就章

樞密資政許公翰祭文

讀許太史祭黄長睿文承奉郎尚書考功員外郎翁挺　川本無

左朝奉郎行秘書省秘書郎贈左朝請郎黄公墓志銘具

官云云李綱撰

邵資政考次瘗鶴銘文

東觀餘論下

訒紹興至訒書

川本至其書

雲林子至媿齋　　行書

是書刊於云云至後云項本無，抄本在樓跋後

【案】此據沈熲校録海日樓群書題跋（同聲月刊第三卷第四號）。

明抄書苑菁華題記

明抄書苑菁華，每葉十一行，行二十字，款式似仿宋，"趙頤光印"、"大興朱氏"印。

【案】此據歷史文獻第十六輯海日樓書録。

石印本淳熙秘閣續法帖跋

此帖諸書自枯樹賦外，他皆淳熙前帖，非續帖也。蓋宋亡後，秘府貞珉散落民間，或有集合拓之者，與翁氏所稱僞絳帖同源，但不能概指爲碑估僞作耳。

【案】此書今藏浙江省博物館。録文見寐叟題跋研究84頁。

雜家類

宋板桯史跋

田福侯所得殘宋本桯史，日本島田翰藏書也。白棉紙印,點畫略清晰。中間下記刻工、上記字數諸頁,猶略見宋刻圭角,然所多不過三四頁耳。第七、八卷,彼以明本配入,每半頁十行,行廿字。記昔見陳文東手寫入梓本,顔體精絶,板心高下略相等,或即從彼出,未可知。

【案】此據寐叟題跋,末鈐"植"陽文印。海日樓藏書目載:"桯史十五卷　尚書公跋　宋板　八本。"此書今藏南京圖書館。

麈史跋

光緒庚子十月,以知不足齋本勘一過,文字異同,得三十餘條,大都此本爲勝。青要山農記。

【案】此據沈頲校録海日樓羣書題跋(同聲月刊第三卷第四號)。海日樓藏書目載:"麈史三卷　嘉慶庚午晚聞居士校於十萬卷樓　光緒庚子尚書公校知不足齋本　校勘三紙並跋　舊精抄本　蔣香生舊藏　一本。"

明抄本雲麓漫鈔跋

雲麓漫鈔二十二卷,正二十,續二。陳仲漁、鮑渌飲、錢晦之曾藏,明人舊抄本。晦之有跋,引直齋解題爲證,然直齋明言續一爲中庸説,續二爲定安公(本)〔補〕紀。此卷之續上爲酒,卷之續下曰馬圖紅,曰安雅堂。馬圖紅即打馬圖譜,安(節)〔雅〕堂爲酒令,固已與陳氏所録大不合矣。聖武親征録、真臘風土記皆元人所作,景安紹熙中刻本,安得而鈔之?其前有景安自叙,題曰"皇朝雲麓漫鈔叙",中云:"余僑寓銀,居多暇日,因集皇朝百家小史、雜語怪異之説,采摭事實,編纂成書,分正續二十二卷,曰雲麓漫鈔"云云。此序與十五卷本無一字同者,彼自著此抄纂也。目録後有"皇朝紹熙庚申年九月麻沙書肆刊於建安堂"字,十四卷末有"説郛卷第三十六"字。景安固有此書耶? 或書估雜抄説郛,改題名字耶? 皆不可知。卷中書大抵説郛所有,删節草草無意緒,獨聖武親征録本致佳,惜止半部耳。

【案】此據歷史文獻第十六輯海日樓書録。此舊鈔本未見記載,是書十卷本刊於嘉泰間(1201—1204),十五卷本刊於開禧二年(1206),二十二卷本何得刊於紹熙間(1190—1194)? 且紹熙并無庚申年。其續書既與直齋書録解題不合(跋所謂"安定公本紀"之"本紀"當作"補紀"),又收元人著作,顯爲明人僞託無疑(參觀傅根清點校雲麓漫鈔附録三雲麓漫鈔版本源流考證、附録四諸書題跋,中華書局 1996 年版)。

明刊經鉏堂雜誌題記

檇李沈氏續藏書。子培手記。

【案】海日樓藏書目載:"經鉏堂雜誌八卷　宋倪思撰　明金有華校刊本　尚書公題簽　二本。"此書今藏臺灣"國家圖書館"(索書號爲 308 07011),卷首鈐沈氏藏印二枚:"荇婁庭"陰陽文印、"癯禪"陰文印。參觀標點善本題跋集録(313 頁)。

殘宋本黄氏日抄跋

殘宋本黄氏日抄二卷,卷十四、卷十五。[涵]芬樓所藏。每半頁十行,行二十字,與至元本同,蓋元本即以宋本覆雕者。宋本上魚尾上記字數,元本無;宋本字體方整,元本較細瘦矣。或據沈序,疑至元是脩補宋板,殆不然。

【案】此據歷史文獻第十六輯海日樓書録。

元刻本慈溪黄氏日抄分類跋

慈溪黄氏日抄分類,元刻本,每半頁十行,行二十字。單邊,有圈點。版心下記工名。魚尾或刻日抄卷幾,或刻讀厶書公文卷幾,或刻書文記文卷幾。宋元之際,刻書者重批抹,不講行款,皆建陽書坊習氣也。第九十六、七兩卷抄補,闕八十一、八十九兩卷,與通行本同。前[　　]年沈序。

【案】此題記據上海圖書館藏海日樓叢稿,據字體當作光緒辛丑、壬寅間(1901—1902)。此書海日樓藏書目不載,然經藏園羣書經眼録(561 頁)著録。傅增湘記云:“慈溪黄氏日抄分類九十七卷宋黄震撰殘本,存十五册。元至元沈逵刊本,十行二十字,白口,四周雙闌,版心魚尾下方記人名。其八十九、九十二卷目録均空白,則兩卷固原缺也。(沈曾植藏,癸丑。)”可參觀。

類書類

明程本漢魏叢書

白紙初印程本漢魏叢書十四種,皆陳石甫先生書也。予家舊貧,力不能致叢書鉅帙,陸續零收,積年略備,頗費心力。閱石甫先生書亦然。晴窗披閲,听然有會。先生有靈,當爲掀髯一笑。壬子七月,遜翁。

【案】此據寐叟題跋，末鈐“東軒”陽文印。海日樓藏書目載：“漢魏叢書　陳碩甫先生舊藏　尚書公跋　明新安程榮校刊　白紙初印本。”

明萬曆陳禹謨本北堂書鈔跋

嚴鐵橋言，嘉慶中，孫淵如約王伯申略校書鈔，伯申約錢既勤同校，僅二十許葉而輟業。此本所校不止廿餘葉，然審是尚書手蹟，則鐵橋之説是誤記也。所據影宋本，蓋即淵如藏本。宣統壬子祀竈前一日，遜齋記。

【案】此據寐叟題跋，末鈐“植”陽文印、“海日廔”陰文印。海日樓藏書目載：“北堂書鈔一百六十卷　唐虞世南撰　明陳禹謨校並補注　王伯申錢既勤同校景宋本　尚書公跋　明萬曆本　十四本。”此書今藏臺灣“國家圖書館”（索書號爲 309 07767），參觀“國立中央”圖書館善本題跋真蹟（1599—1600 頁）、標點善本題跋集録（365—366 頁）。錢編本脱末署“宣統”二字。

影宋鈔本北堂書鈔跋

壬子冬日，在滬上見高郵王氏所藏陳禹謨本，用影宋本校者，首葉眉間記云：“影宋本每半頁十二行，每行十八字。”卷一第一頁校云：“總載一”空二格，“誕載三”下空四格。卷二第一頁校云：“徵應五”下空四格。核與此行款同，後各卷所校皆同，然則此本亦影宋抄也。

【案】海日樓藏書目載：“北堂書鈔一百六十卷　唐虞世南撰　尚書公跋　影宋抄本　十四本。”此據寐叟題跋，末鈐“寐叟”長槠圓陽文印、“海日廔”陰文印。所引陳禹謨本校記“‘總載一'空二格,'誕載三'下空四格",参觀"國立中央"圖書館善本題跋真蹟(1599 頁)圖版。

元本藝文類聚跋

此即儀顧堂題跋之至順本藝文類聚也。末卷殘損,脱去無名氏跋。玆録陸氏跋於左:"元槧藝文類聚,每葉二十八行,每行二十八字。明嘉靖陸采本,行款皆同,疑即從此本出。後有無名氏跋云:'書坊宗文堂購得此書,即命工栞行,溥傳海内,售播四方賢哲士大夫,以廣斯文,幸甚。'愚按:元刻劉静修集卷一後有墨記云'至順庚午宗文堂刊'木記。則宗文堂必元代麻沙書坊,此書亦至順中刻本也。"云云。

【案】此跋見民國石印本海日樓遺墨,據筆跡蓋作於民國二年癸丑(1913)。又見沈頲校録海日樓羣書題跋(同聲月刊第三卷第四號)、錢仲聯輯海日樓題跋。海日樓藏書目載:"藝文類聚一百卷　唐歐陽詢撰　尚書公跋　元至順本　鈔補八卷　二本。"陸心源題跋見儀顧堂續跋卷十,沈跋所録"書坊宗文堂購得此書"前脱"今"字,"即命工栞行"之"即"後脱"便"字,"幸甚"當作"幸鑒"。"'至順庚午宗文堂刊'木記",錢編本誤作"至順庚午,宗文堂刊本記"。

明仿宋抄本事類賦跋

明抄仿宋本事類賦三十卷,半頁八行,大十八、小二十四字。首進書表,次接寫目録。書中宋諱及"構"字、"慎"字,或避或不避。冉彤編修自識云:"校坊刻,每句或增多數注，不僅字句之異也。”

【案】此據歷史文獻第十六輯海日樓書録。此書曾爲黄國瑾再彤所藏，乃明影寫宋紹興十六年兩浙東路茶鹽司刊本（參觀藏園羣書經眼録809頁）。

會通館活字本錦繡萬花谷跋

會通館活字本錦繡萬花谷，上魚尾上有“弘治歲在玄黓困敦”八字，下魚尾下有“會通館活字銅板印“八字。每半葉界格九行，書名類目每格單行，正文則每格雙行，爲十八行，與蘭雪堂白集同。

【案】此據歷史文獻第十六輯海日樓書録。

元本新編事文類聚翰墨大全題記

天禄琳瑯續集著録元板二部，一麻沙巾箱本，一另一板刻。此即所謂另一板刻者。

【案】此據沈熲校録海日樓群書題跋（同聲月刊第三卷第四號）。海日樓藏書目載：“新編事文類聚翰墨大全一百卅四卷　尚書公跋　元黑口板　缺甲集卷一　廿九本。”

元刻事文類聚題記

元刻事文類聚，每半頁十四行，行約二十五、六字，幅高營造尺六寸二分，刻印頗精。

【案】此據歷史文獻第十六輯海日樓書録。

明板五雜組跋

光緒己亥，蘖宧在禾中得此書，甚忻喜，而闕一册以爲恨。逾年,余復得此本,紙墨均不及蘗宧所得,喜其完全無損耳。北事方亟,蘗宧在圍城中,音問斷絶。今日六壬占得脱難課,檢書得此,其吾蘗宧脱難全身、藏書無損之兆耶? 庚子六月,乙僧記於耀珉旅館。

【案】此據寐叟題跋,末鈐"瘫禪"陰文印。海日樓藏書目載:"五雜組十六卷　陳留謝肇淛撰　尚書公跋　明板　慈溪耕餘樓舊藏　八本。"此書今藏臺灣"國家圖書館"(索書號爲311.107455)。參觀"國立中央"圖書館善本題跋真蹟(1540—1541頁)、標點善本題跋集録(351頁)。

小説類

穆天子傳書後

穆天子傳多古文奇字,多闕字,疏釋者稀,尚不若山海經、竹書紀年爲地理家、古史家所引用。郝氏以道藏本粗校文字,亦不能有所發明也。然第四卷末里西土之數,固與漢西域傳、魏書西域傳大略相符。周尺短於後代,所謂自宗周至於西北大曠原萬四千里,固當以里法折減算之。大曠原蓋當今裏海、鹹海間之大沙漠,迤北以至烏拉山東吉里吉思高原。昆侖之邱,西王母之邦在其東,當今蔥嶺東西,蔥嶺南北,新疆内外諸回部。西夏氏邦次東,當今之青海。河宗又在其東,則今甯夏,迤及河套諸部矣。

穆王之行,頗若有探尋河源之意者。卷一發軔漳水,絶鈃山而北,循滹沱。晉人將有事於河,必先有事於滹沱,此其始耶？河宗之部三：曰鄘人，河宗之子孫；曰陽紆之山，河伯無夷之所都；曰温谷樂都，河宗氏之所游居，東西亘且千餘里，所謂“天子飲於河水之阿”者，其君子津歟？鄘邦蓋跨河東西，漢雲中、五原諸郡地，已涉今河套東部。陽紆之山，蓋包有今賀蘭山北高地及南低地。所謂温谷樂都者，甘、涼南境歟？西夏蓋即王會大夏之西部所居，蓋漢以前月氏故地。此書無月氏，伊尹獻令大夏、月氏，皆在正北方，其後積漸西徙，得非爲月氏所逼歟？匈奴、月氏、大夏，皆北方種族，躡跡西徙，大夏開其先，月氏繼之，而後匈奴繼之。獨此書紀大夏未入西域以前故地，此爲地理學者最可寶貴之典證已。

自黑水南行而東還，行程曰文山，曰巨蒐，皆去時所未經。文山即禹貢岷山，巨蒐即禹貢渠搜，已涉於河首之南，梁州之北，今青海、西藏交界之番地。東南還，復至於陽紆之東尾，約其地望，當在今甯夏之南，慶陽之北，近於宋人所稱横山，元人所謂六盤者。從此東南反宗周，於道徑直，而天子必仍沿河而行，反於鄘人，觴於河水之所南旋。𪚷多之汭，其地望蓋近今之包頭。從此升長松之隥，至於雷首，雷首與壺口山脈相接，蓋觀禹跡於孟門也。從此升太行，南濟於河，反於宗周。萬里之行，以黄河、崑崙爲終始，而河宗柏夭，實兼懷訓鞮譯之司。兹傳之作，意其柏夭説之，造父、鄒父受之，太史書之而藏之者耶？明其義例，則此書與禹貢可相發，不爲荒誕也。

其屬辭之例：若曰“珠澤之藪方三十里”，曰“舂山是惟天下之高山”云云，曰“赤烏氏”云云，曰“羣玉田山”云云，曰“智氏”云云，曰“枝斯璿瑰琅玕”云云者，蓋河宗柏夭數典之言。若“西膜之所謂茂苑”、“西膜之所謂木禾”云云,則柏夭譯西膜之語。河宗氏語固應與諸夏殊,西膜言又異河宗,其諸柏夭譯西膜,造父譯河宗耶?西膜音絶近須彌,或釋岷山爲須彌北麓,説自可通。愚意梵語雪山曰“醯那跋多”,雪山下曰“呬摩怛那”,“醯摩”、“呬摩”音皆與“西膜”切合,而括地志稱雪山爲析羅漫山,“羅”是半音,“析漫”亦與“西膜”音合,則西膜者,雪山之國民,而漢西南夷之冉駹,亦即此“西膜”之同音異字歟?河宗有河典,群玉之山有策府,是其國皆有文字,其諸佛本行集經六十四種書之須彌北鬱多羅拘羅書、須彌東逋婁婆毗提訶書之流類,而大唐西域記素葉特書、吐火羅書之椎輪歟?吐火羅爲大夏,大夏已見周書王會、商書獻令,其通中國,在穆王前。粟特漢人稱“俵”,即王會之“數楚”,則謂穆王時已有素葉特書,非無稽已。

書中尤可注意者,“封膜晝於河水之陽,以爲殷人主”,是積石之西有殷民。“赤烏氏先出自周宗”,是春山有周民。西夏、大夏不見禹貢、夏書,而見於商書、周書,皆與匈奴相次。匈奴且爲夏后氏裔,則大夏、西夏之爲夏民,豈待言哉!明於此,則拓跋之出於黄帝,安息之出於昌意,唐宗室世系表。以宋、明經生目光視爲荒誕無稽者,由疏通知遠者觀之,固尋常事也。“天子封□於崑崙,以守黄帝之宫”,“封長肱於黑水之西河,是惟鴻鷺之上,以爲周室主”,赤烏氏亦爲周室主。此即秦人以鄭爲東道主,行李往來,供其困乏之例。以此可見穆王雄略,與漢武開西域用意略同。吾嘗謂齊景公“吾何修而比於先王觀”,所謂先王者,即指穆王。其言至秦政實行之。而秦政由會稽溯江以至洞庭，亦似有志於濫觴岷源，師穆王而不克至者。以後準前，古今人意度，固不甚相遠爾。

【案】此跋見亞洲學術雜誌第一卷第三期，又見文獻 1991 年第 3 期錢仲聯輯録沈曾植海日樓文鈔佚跋(一)、錢仲聯編校海日樓文集 81—83 頁。兩者文字各有不同，參互校正如下：

"新疆内外諸回部"，雜誌作"漢西域諸國"。"其君子津歟？鄘邦"，錢編本作"其君子津與鄘邦"，不確。"漢雲中、五原諸郡地"，雜誌無"諸"字。"蓋包有今賀蘭山北高地及南低地"，雜誌作"蓋今賀蘭山"。"甘、涼南境歟"之"歟"，錢編本作"與"。"積漸西徙"之"徙"，雜誌作"涉"。"爲月氏所逼歟"之"歟"，錢編本作"與"。"而後匈奴繼之"，雜誌無。

"南旋"之"旋"，錢編本據傳改作"還"。"覅"字，雜誌作"□"，錢編本據傳補。"今之包頭"前雜誌有"古之君子津"，錢編本云沈氏自校乙去。"天下之高山"，雜誌脱"下"字。"枝斯璿瑰琅玕"，雜誌脱"琅"字。

"雪山曰'醯那跋多'"，"醯那跋多"當作"醯摩跋陀"，翻梵語卷七"醯摩跋陀"條注："應云醯摩鉢婆多，亦云醯魔波泜，譯曰雪山。""雪山下曰'呬摩怛那'"，"呬摩怛那"當作"呬摩呾羅"，大唐西域記卷三"呬摩呾羅王"下注："唐言雪山下。""'醯摩'、'呬摩'"之"醯摩"，雜誌不誤，錢編本改作"醯那"，不確。

"析羅漫山"、"析漫"之"析"，雜誌作"折"。析羅漫山，古書亦作"折羅漫山"。"雪山之國民，而漢西南夷之冉駹"，錢編本"而"作"與"，斷句爲"雪山之國民與？漢西南夷之冉駹"。"同音異字歟"、"椎輪歟"之"歟"，錢編本皆作"與"。

"漢武開西域"，雜誌作"漢人"。"以至洞庭"，雜誌無

"以"字。"亦似有志於濫觴岷源,師穆王而不克至者",錢編本作"亦似有濫觴岷源志,將師穆王而行不逮者"。"固不甚相遠爾"之"爾",錢編本作"也"。

明天啟本穆天子傳題記

眉上細字,碩甫先生筆也。植記。

【案】海日樓藏書目載:"穆天子傳六卷　陳碩甫先生奂批本　尚書公題字　明板　一本。"此書今藏臺灣"國家圖書館"(索書號爲 310.22 08483),卷首頁鈐"海日樓"陰文印,同頁題記末鈐"曾植"陽文印。參觀標點善本題跋集録(403 頁)。

明萬曆本世説新語題記

平津館藏書記所謂"正文與注,特爲完善,未經删落"者即此本。

【案】海日樓藏書目載:"世説新語三卷　宋臨川王劉義慶撰　尚書公跋　萬曆刊完善本　六本。"此書今藏臺灣"國家圖書館"(索書號爲 310.21 08243),參觀標點善本題跋集録(381 頁)。

又按平津館鑒藏書籍記卷二世説新語條云:"此書世無完本。張懋辰刻,正文與注,俱多删落,唯此本特爲完善。每葉廿行,行廿字。"可參觀。

道教類

明抄修真書十二種跋

此道書十册,乙卯四月得之武林,(以十干爲次,蓋尚闕壬癸二册也。)檢閱所録各種,皆南宗師說,與明藏所收修真十書頗相近,而叙次不甚合。殆此所從出是閩書坊本,非藏本也。卷首有惠定宇印,則猶是明抄可信,或意是天一閣散出書。

菉竹堂書目録此,九種相次,獨無盤山語録耳。

【案】海日樓藏書目載:"道書十二種　尚書公跋　明鈔本十本。鍾吕二先生修真傳道集三卷　清虚雜著修真捷徑七卷　瓊琯白玉蟾武夷集六卷　白先生集雜著指玄篇八卷　瓊琯白玉蟾上清集八卷　盤山棲雲大師語録一卷　張平叔悟真篇集注五卷　瓊琯白先生玉隆集六卷　黄庭内景五藏六腑圖一卷　太上黄庭内景玉經一卷　太上黄庭外景經三卷　金丹大成集五卷。"此跋據錢編本海日樓題跋、標點善本題跋集録(426 頁)。此書今藏臺灣"國家圖書館"(索書號爲 261 09240),參覯"國立中央"圖書館善本題跋真蹟(1834—1835 頁),末鈐"顯發如來方便密教"陰文印、"耄遜"陽文印,惟未見"菉竹堂書目録此,九種相次,獨無盤山語録耳"一句。寐叟題跋題作"道書十二種跋",錢編本題作"明抄道書十一種跋","國立中央"圖書館善本題跋真蹟、標點善本題跋集録作"明抄修真十書跋"。

明板金丹正理大全跋

文淵閣書目:"海客論一部一册。"

郡齋讀書志:"還丹歌一卷,元陽子撰。次序雜亂,非完書也。李氏書目云:海客李(光元)〔元光〕遇元壽先生於中岳授此。未知元光是何代人。"植按:如晁所說,似所録還丹歌與此海客論,即是一書。又未知陶埴真人還丹歌與晁所録爲一爲二也?

【案】此據寐叟題跋,末鈐"寐翁"陽文印。海日樓藏書目載:"金丹正理大全　尚書公跋　明板　十五本。金丹大要十卷　金碧古文龍虎上經三卷　周易參同契通真義三卷　周易參同契解三篇　周易參同契分章註三篇　元學正宗二卷　丹書一卷　悟真篇註疏三卷　悟真篇註疏直指詳説三乘秘要二十章　諸真元奥集成九卷　群仙珠玉集成四卷。"此書今藏臺灣"國家圖書館"(索書號爲 31209229),參觀"國立中央"圖書館善本題跋真蹟(1832—1833 頁)、標點善本題跋集録(426 頁)。"又未知陶埴真人還丹歌與晁所録"之"與晁"二字原書已殘。

釋家類

佛説月明菩薩經跋

雲麓漫鈔:釋氏寫經,每行以十七字爲準。故國朝試童行誦經,計其紙數,以十七字爲行,二十五行爲一紙。册面籤題,相傳是孫北海書。丙辰五月記。

【案】此據寐叟題跋,末鈐"沈曾植印"陰文印、"乙盦"陰文印。此篇即錢編本唐人寫經跋四篇之第一篇,篇題經名據同聲月刊第三卷第十號海日樓書畫題跋 99 頁。

佛説賢首經跋三篇

金粟山藏經紙,阮文達言元人多有用之者,意其由來已古,然亦不能定爲何代製品。此唐人寫經,即用金粟山紙,則先唐製品無疑,當時所謂硬黄者也。

【案】此據寐叟題跋,末鈐"植印"陰文印。據筆蹟,當作於丁未(1907)。海日樓藏書目載:"唐人寫經　尚書公跋　殘本　一本。"此佛經跋三篇,又見同聲月刊第三卷第十號海日樓書畫題跋98—99頁,即錢編本唐人寫經跋四篇之第二、三、四篇。

滋蕙堂刻唐人書大般若波羅蜜多經,前記曰:海鹽金粟山廣惠禪院大藏地一十七紙。即此同種散出者。曾氏跋云:"顆顆明珠,行行朗玉,具多寶之莊嚴,發靈飛之冥幻,於唐賢中當與顏清臣、鍾可大相伯仲。"推崇如此,然所得僅殘字四(伯)〔百〕餘耳。余乃頓得完經九種,能不自詫奇遇。光緒丁未,乙盦題記於盛唐學署持明窔中。

【案】此據寐叟題跋,末鈐"子培"陽文印。

姚士粦見只編:"金粟寺有藏經千軸,用硬黄繭紙,内外皆蠟摩光瑩,以紅絲闌界之。書法端楷而肥,卷卷如出一手,墨尤黝澤,如髹漆可鑒。紙背每幅有紅印,曰'金粟山藏經紙'。後好事者剥取爲裝潢之用,稱爲宋牋,遍行宇内,所存無幾。有言此紙當是唐紙,蓋以其製測之,然據董穀以爲紙上間有元豐年號,其爲宋藏無疑也。"植案,此藏經書爲唐法,紙同唐製,以賞鑒論,謂之唐蹟,理在不疑。然就此數卷校之,筆意肥瘦,頗有不同,似未必出於一時之手。據至元嘉禾志稱,廣惠禪院在海鹽縣金粟山,宋開寶己巳錢武肅王施茶院,祥符元年改今名云云。

【案】此據寐叟題跋,末鈐"曾植"陽文印、"雙花王閣"陽文印。據字體當作於丁未(1907)。

唐人寫經集錦册跋

丁巳六月,寓五弟南半截衚齋中。王跛持此册來,言是圖書館某君所綴緝，蓋自甘肅解館時竹頭木屑也。

【案】此據上海工美2012年秋季拍賣會圖録Lot160號拍品，末鈐“曾植”陽文印、“海日廔”陰文印。跋文又見同聲月刊第三卷第十號海日樓書畫題跋99頁。

後晉歸義軍節度使曹元忠雕印大聖毗沙門天王像跋

毗沙門事實，曹君自跋至詳確，仍令余稽釋典證之，久而未有以報也。北方毗沙門經軌，大抵出自不空，不空所出凡五〈部〉種：曰北方毗沙門天王經、曰別行法、曰隨軍護法真全，有二本，一主毗沙門、一主那吒太子，曰毗沙門儀軌。惟儀軌載天寶元載壬午，明皇請不空禱兵事於道場，及安西奏天王見於北方城樓卻大食兵事甚具，且圖天王神樣以進，奉勑宣付十道節度所在軍領，令置形像，祈禱供養。此即佛祖統紀、至順鎮江志諸書所本，諸軍州天王堂之始。此畫像其歸義軍所置供養者歟？其形像殆即安西所進天王神樣歟？毘沙門眷屬有吉祥天女、有八兄弟、五太子、二十八使者，此像天王之右爲吉祥天女無疑。天王左之蒙全虎皮壯士，當是八兄弟夜叉大將之一。上方小兒蓋五太子之一，〈或〉密家指爲禪膩師，儀軌盛稱獨健，真言稱那吒，無顯證以定之矣。擎小兒者，當是二十八使者之一，小兒作騰踊向塔勢，或即儀軌所謂每月二十一日那吒與天王交塔之象歟？宣和畫譜隨展子虔有授塔天王圖，惜無由見而證之。此圖與不空所説不盡同，彼云左手拄腰而此托塔，彼云脚下二鬼而此則一女人，不空又不言有佩刀。世間所傳天王像蓋五六種，與不空不盡同，亦與此不盡同。

惟所謂根本毗沙門堂像者,戴寶冠,左塔右鉾,帶腰刀立天女上,天女安坐以兩手捧天王雙足,與此相合。所謂毗沙門堂者,即諸軍州天王堂,故知此是安西神樣,非不空神樣也。天王有護國之願,又有卻病功能,曹君供養齋中,熾盛塔光、吉祥雲氣周圍擁護,杜陵〈愛〉報國之忱、思邈長年之術,有不隨求如願者乎?辛酉臘後五日,曾植題記於海日樓中。

【案】此跋見2016年香港蘇富比春拍Lot0365號拍品,原爲蔣氏密韻樓舊藏,今在枫江書屋。參觀敏行與迪哲——宋元書畫私藏集萃,上海書畫出版社2016年。跋末鈐"寐叟"(橢圓陽文印)、"海日廔"(陰文印)。"部"、"或"、"愛"三字原文加點,當是衍文。

宋刻入楞伽經殘本題記

此題三行,妙有米法,亦宋人墨蹟佳者。寐叟。

【案】入楞伽經十卷,此本殘存卷九、卷十,今藏上海圖書館(索書號爲798207-08)。此題記書於卷十末,鈐"寐叟"陽文印、"沈曾植印"陽文印。

宋刻大般若經殘本題記

宋刻大般若經第三百二十一卷。梵持題記。

【案】海日樓藏書目:"大般若波羅密多經　尚書公題記　羅叔蘊贈　宋板　殘存第三百二十一　一本。"此書今藏上海圖書館(索書號爲798210)。此爲題簽,鈐"沈曾植印"陽文印、"海日樓"陰文印。

宣統丙辰夏月叔韞寄贈。

【案】此書於封面,鈐"寐叟"楕圓陽文印、"海日樓"陰文印。

植按,參政太師王公者,王次翁也。次翁仕至參知政事,身後追贈太師。三子,伯庠、伯序、伯廱。伯序,紹興進士第五人。見寶慶四明志。

【案】此書於卷末王伯序印經跋前,末鈐"寐叟"楕圓陽文印。參觀上海圖書館善本題跋真蹟第十册58—59頁。

明永樂本壇經跋

舊刻壇經二册,昔年得之廠肆者。校藏本,題篇不同,分篇亦異,文句異同滋夥。藏本至元廿七年古竺比邱德異叙,壇經爲後人節略,得古本於通上人云云。此無節略,而無後諸附録,豈即德異所稱古本,抑曹溪三本之一耶? 記此待考。植記。

【案】此據寐叟題跋,末鈐"海日廔"陰文印。又有"沈頴之印"陰文印、"慈護"陽文印。海日樓藏書目載:"六祖大師法寶壇經　尚書公跋　何義門先生舊藏　明黑口板　一本。"此書今藏臺灣"國家圖書館"(索書號爲311.1 08921)。參觀"國立中央"圖書館善本題跋真蹟(1782—1783頁)、標點善本題跋集録(415頁)。

明崇禎巾箱本壇經跋

篇中無相頌三。般若篇頌,無相解也;疑問篇頌,無相行也;懺悔篇頌,無相解脱也。大師傳佛心印,度無量衆,宗風峻絶,讀者每苦無可持循,若守三頌,以爲歸依之門,固不患流入豁達狂禪,招災致禍。而日用常行,皆成無相,世出世法,非有而有,亦不煩向外求玄矣。余涉此經有年,今兹徹讀二過,心中乃似略有所會者,爰記於此,以待再參。

抑我佛垂訓之净三業也,綜其要爲貪、嗔、癡,而大師爲衆懺悔,演佛旨也,綜其要則曰愚迷、曰憍誑、曰嫉妬。其訓弟子也,一則曰不輕於人,再則曰無諍上下中根,普皆攝折。嗚呼！末劫衆生,業因深重,菩薩大慈,所曲垂拯導者,簡明至此,而百劫來讀此經者,於祖意蒙然若無睹也。噫！光緒戊戌十一月記於鄂州官閣。

【案】此據寐叟題跋,前有"癸庭"陽文印,末鈐"沈曾植印"陰文印。海日樓藏書目載:"六祖大師法寶壇經　尚書公跋　明刊巾箱本　一本。"此書今藏臺灣"國家圖書館"(索書號爲311.1 08922)。參觀"國立中央"圖書館善本題跋真蹟(1784—1786頁)、標點善本題跋集録(415—416頁)。

明建文本心經跋

建文爲革除年號,明刻書中特爲希見。昆邱疑滇中地,其紙墨亦似滇、黔中物。記考。

【案】此據寐叟題跋,末鈐"沈曾植印"陰文小印,"海日廔"陰文印。海日樓藏書目載:"心經一卷　無垢子解注　尚書公跋　明建文刊本　一本。"此書今藏臺灣"國家圖書館"(索書號爲331.1 08841),有建文三年六月朔日昆丘靈通子序。參觀"國立中央"圖書館善本題跋真蹟(1780—1781頁)、標點善本題跋集録(414—415頁)。

影印弘法大師心經墨蹟跋

此亦羅叔韞影拓。空海書見東瀛所刻,及楊惺吾所模者,皆雄縱大書,有會稽、長沙風氣。此小書乃猶帶初唐構法,寫經自有體耳。屋漏霑漬,曝竟識此。

【案】此據寐叟題跋,末鈐"東州旅逸"陰文印。據字體當作於光緒庚子(1900)。

唐寫本四分律殘卷跋

此殘頁爲四分律卷一文,校今藏本字句皆同,惟"如所尖漂","漂"字藏本作"標"耳;其金輪新字,"𤯔"即"人"字;"𠡦"即"初"字,皆唐碑常見者。書習褚體,有殷令名、王知敬風,甚可愛也。丁巳三月,寐叟記。

【案】此跋末鈐"植"陽文印。此殘卷爲唐武則天時烏絲欄黄麻紙寫卷,今藏臺北"中研院"傅斯年圖書館,參觀傅斯年圖書館古籍善本題跋輯要(臺北"中研院"歷史語言研究所 2008 年版,第三册 541 頁)、鄭阿財臺北中研院傅斯年圖書館藏敦煌卷子題記(吴其昱先生八秩華誕敦煌學特刊,文津出版社 2000 年版,355—402 頁)。

記大智度論後

梁高僧傳鳩摩羅什傳言"什雅好大乘,志在敷廣,常歎曰:吾若著筆作大乘阿毗曇,非迦旃[延子]比也。今在秦地,深識者寡,折翮於此,將何所論。悽然而止"云云。按無著造大乘阿毘曇集論,安慧糅之爲雜集論,成書在羅什前。而羅什有此歎言，得非以無著宗有，此論著龍樹宗尚無之爲憾耶？無著大乘阿毘曇，以瑜伽師地論爲正依，則依智度論以繼羅什之志，後之學者所當致意也。

【案】此據上海圖書館藏稿本，録文見文獻 1991 年第 4 期錢仲聯輯録沈曾植海日樓文鈔佚跋（二）、錢仲聯編校海日樓文集 108 頁。"迦旃"，高僧傳原文作"迦旃延子"。

報恩論跋

光緒庚子四月，見覺塵於潘師孺巷中，縱談兩夕，出此以贈常惺居士。又詒日東人所爲真宗教旨，舟中三日，粗盡其指，姑記時日。立夏日。

【案】此據寐叟題跋，末鈐"植"陽文印。錢編本脱末"立夏日"三字。海日樓藏書目載："報恩論　桐鄉沈善登述　尚書公跋　豫恕堂刊本　二本。"

記説無垢稱經後

經言釋迦如來隱覆無量尊貴，爲欲度此下劣人故，是故現此雜穢土耳。寒夜讀此，憬然悲悟。老、莊不得已而示現真人，荀、董不得已而示現令相，武侯不得已而示現刑名，謝安石不得已示現清談，李衛公不得已示現會昌，司馬温公不得已示現元祐，皆所謂雜穢土者耶？

以世俗論之，道家爲虛誕，儒者爲迂闊，刑名爲雜霸，清談爲廢務，會昌、元祐均不免於朋黨，其有傷諸公尊貴多矣。非道家無以啓文、景之治績，非荀、董無以啓漢武之崇儒，非武侯無以知亂國可治，非安石無以知弱國可强，非衛公不知長慶、開成之養癰，非温公不知熙甯之召亂，其所度不亦昭昭在世耶？然而老子猶龍，獨我孔子稱之。武侯不死，禮樂可興，獨王通言之。温公爲内聖外王之學，朱子雖推崇，後世卒未盡信也。大悲度世，難哉！抑隱覆者菩薩本願，法身無相，常寂光中，固非肉眼所能見夫。

【案】此據上海圖書館藏稿本，録文見文獻1992年第1期錢仲聯輯録沈曾植海日樓文鈔佚跋（三）、錢仲聯編校海日樓文集108—109頁。説無垢稱經卷一序品云："爾時世尊告舍利子：'汝見如是衆德莊嚴淨佛土不？'舍利子言：'唯然世尊。本所不見，本所不聞。今此佛土，嚴淨悉現。'告舍利子：'我佛國土，常淨若此。爲欲成熟，下劣有情。是故示現無量過失雜穢土耳。"卷五香臺佛品云："時彼上方諸來菩薩，聞是説已，得未曾有。皆作是言，甚奇世尊釋迦牟尼，能爲難事。隱覆無量尊貴功德，示現如是調伏方便，成熟下劣貧匱有情。以種種門，調伏攝益。"可參觀。

宋咸淳本佛祖統紀跋二篇

宋刻佛祖統紀五十五卷，闕法運通塞志十五卷。沅未學使得之都門，持以示余。留置齋頭十餘日，以藏本校之，目録微有不同。如藏本諸師雜傳爲二十一卷，而此本爲第二十二卷。藏本本紀一之一、一之二，列傳六之一、六之二等，此本止作一、二、三、四，標卷目而不標類目。諸師列傳第二十卷目録下，藏本有識語云"諸師列傳，統紀原文止有十卷，而目録通例均編爲十一，此述者之誤，故卷卷排去目録有五十五，而統紀止有五十四，今改正"云云。今此本通例正作諸師列傳十一卷，目録正作第二十一卷諸師列傳十一，與識語所稱合。又，名文光教志目下藏本有識語云："自天台禪林寺碑至與喻貢元書十七篇，南藏目録以第五十卷收之。始終心要至宗門尊祖議七篇，以第五十一卷收之。今改依本紀，以四十九卷收前十七篇，以五十卷收後七篇。"今此本卷第雖經剜改，而前卷十（一）〔七〕篇、後卷七篇，亦與識語所稱同。而卷中篇類，乃仍與目録相應。以是推之，此刻當爲明刻南藏祖本，而南藏本殆又經竄亂者也。明世別有單刻本，余家有之，與此不同。宣統五年臘月，乙盦識。

【案】此書今藏中國國家圖書館。此跋手蹟見中國國家圖書館、中國國家古籍保護中心編第四批國家珍貴古籍名録圖録（編號 09967，國家圖書出版社 2014 年，152 頁），末鈐"華亭"陽文印。"前卷十一篇、後卷七篇"之"十一"，當是"十七"之譌。

録文又見藏園羣書經眼録（890—891 頁），但頗有訛脱。"諸師列傳第二十卷目録下"脱"下"字；"卷卷排去"譌作"卷一排去"；"南藏目録以第五十卷收之。始終心要至宗門尊祖議七篇，以第五十一卷收之"，脱"第五十卷收之始終心要至宗門尊祖議七篇以"十九字；删"宣統五年臘月"六字。傅增湘按語云："此書癸丑夏得之隆福寺聚珍堂劉估，云一寺僧攜來者。沈乙盦見之，爲考訂卷次，定爲明時南藏所刻之祖本，且爲書跋語。惜友人攜之日本，又留廠市者一年，遺失本紀一卷，爲可惜耳。"

此跋又見文獻 1991 年第 4 期錢仲聯輯録沈曾植海日樓文鈔佚跋（二）、錢仲聯編校海日樓文集 106 頁，題作"跋佛祖統

紀”,與原書上題跋有異,當是初稿,兹録於下:

宋刻佛祖統紀五十四卷,闕法運通塞志十五卷。以行篋藏本目録中,如藏本所題本紀一之一、一之二、三、四,列傳六之一至六之十等,此本止作一、二、三、四,標卷目,不標類目。藏本第二十卷諸師列傳目下有記語云:“諸師列傳,統紀原文止有十卷,而目録並通例,均編爲十一,(以)此述者之誤,故卷卷排去,目録有五十五,而統紀止有五十四,今改正。”今此本通例正作諸師列傳十一卷,目録亦有“第二十(二)〔一〕卷(□)〔諸師列傳十〕一”之文。又第四十九卷名文光教志目下有記語云:“自天台禪林寺碑至〔與〕喻(黄)〔貢〕元書十七篇,南藏目録以第五十卷收之。始終心要至宗門尊祖議七篇,以第五十一卷收之。今依〈統〉本紀改正,以四十九卷收前十(一)〔七〕篇,以五十卷收〔後〕(十三)〔七〕篇。”今此本卷第雖經剜改,而前卷十七篇,後卷七篇,正與所稱南藏本同。第卷中篇數,與目相符,不知記語所謂“今依本紀”者語作何解耳。此本(□)〔楮〕墨並精,爲晚宋刊本佳者。或疑爲明刻,明刻余齋有之,面目絶殊,不能相混也。

傳法正宗記跋

嵩師此書,因“唐高僧神清,不喜禪者,自尊其宗,著書抑之曰:‘其傳法賢聖,間以聲聞如迦葉等,雖則迴心,尚爲小智,豈能傳佛心印乎?’引付法藏傳商那和修告優波毱多曰:佛之三昧,辟支不知;辟支三昧,聲聞不知;諸大聲聞三昧,餘聲不知’”。又據付法藏傳“師子尊者逝後相傳法人於此便絶”之言,以難禪宗,謂“達摩所承,非正出於師子尊者”云云。較論三教,熒惑世俗。而寶林、聖冑諸編,皆禪宗之言，不足與義家相抗。乃據律宗僧祐出三藏(集記)〔記集〕薩婆多部記師宗相承略傳，證師子以後至於達摩，正傳旁出系統，師承未嘗絶。又得衆賢所道祖宗之事十家，列爲宗證傳。又作傳法正宗定祖圖(十)〔一〕卷，其言甚辨博。其文集收入四庫，提要劇稱之，宋初緇徒卓卓者也。

余嘗據薩婆多記及遠、觀二師禪經序文，謂禪家先後有兩達摩。鐔津亦據此二證，而謂先後止是一達摩，而傳禪經時，達摩不過二十餘歲。説固新異，而以佛大先事證之，不應兩達摩、兩佛大先、兩不若多羅，燈録所叙，與部記符合若此。鐔津之説，良有通識。龍樹壽數百歲，其弟子亦數百歲，則達摩壽二百歲，亦無足異。禪宗初來東土，與律宗相依。三種律儀，禪居其一。律無大小乘别，禪亦無大小乘别。律宗師承，即禪宗師承。西域固然，入中土後，乃漸相離異耳。

神清者，梓州慧義寺僧，宋僧傳在義解中，著書甚多，有北山參(元)〔玄〕語録十卷，最爲南北鴻儒名僧高士所披翫，號爲北山統三教玄旨。贊甯論之曰："觀清述作，少分明二權一實之經旨，大分明小乘律論之深奥。"蓋亦抑之。其書見唐志、崇文目、鄭樵通志，宋代猶存，而不收入藏，嵩師排擯之力歟？

【案】此據上海圖書館藏海日樓叢稿，又見澹隱山房藏鈔本兩份。録文見文獻1991年第4期錢仲聯輯録沈曾植海日樓文鈔佚跋(二)、錢仲聯編校海日樓文集107—108頁。

文獻篇題"傳法正宗記跋"之"記"誤作"紀"。"引付法藏傳商那和修告優波毱多曰”，傳法正宗記卷二原文作“即引付法藏傳曰昔商那和修告優波毱多曰”。“又作傳法正宗定祖圖十卷”之“作”，錢編本作“爲”；“其書見唐志、崇文目、鄭樵通志”，一鈔本、錢編本脱“唐志、崇文目”五字；“歟”，錢編本作“與”。

書止觀科節後

此書在日本續藏經，題曰唐法藏撰，據卷後大中年間日本僧記也。書中引道邃和尚説，兼多釋輔行記義。賢首卒於先天元年，荆溪生景雲二年，時方二歲，輔行記書，安得見之？道邃大曆中從學荆溪，更在其後，不必論矣。竊意此爲日本僧從道邃之徒問而記之者，題大中年記一行是一人，“義海是法藏所作”兩行後署永仁六年者另是一人。永仁六年當吾華元大德二年，其人去唐遠矣。即明言書是賢首作，尚不足據，况僅言義海是法藏作，並未言此書是賢首作耶？作者不可知，但可題唐大中年間人撰耳。

【案】此據上海圖書館藏稿本，録文見文獻1992年第1期錢仲聯輯録沈曾植海日樓文鈔佚跋（三）、錢仲聯編校海日樓文集109頁。

書悉曇字記後

此書分章十八，同文韻統、天竺字源，分譜十二，綱骨大同，而運用别異。則韻統傳自西番阿努，阿努傳自中天，而悉曇是智廣受之般若菩提，傳自南天故也。韻統第一譜與此十八章之初章同，其第二、三、四、五章，以祇耶囉攞嚩合於初章諸字之下，祇耶即遍口音十字中第一耶字，則此四章，即韻統所謂翻切三十三字，各繫以鴉喇拉斡者，韻統合爲一，此分爲四，其别異者一。第六章以麼字合諸字下，韻統所無，别異者二。第七章以曩字合諸字之下，即韻統配焉因。之第十一譜，配陽英。之第十二韻，韻統分二，此合在一章，别異者三。此書之例，初七章爲一界，次七章爲一界，後三章爲一界，韻統無此例，别異者四。第八章至第十四章，各以囉字加前七章諸字之上，即韻統第六譜，三十四字上各加喇字，韻統譜一，此書章七，别異者五。第十五章以迦遮吒多波等句末之第五字，各加於當句前四字之上，與韻統第四譜同，而以初句末字加末耶等九字之上。所謂異章者，韻統無之，别異者六。自十六至十八章，與韻統無相當之譜，而釋字記者，諸家之説，亦復參差，有可和會者，有不可和會者，則别異者七也。此運用之因地異者也。

其悉曇十二字，與韻統十六字相準，二阿二伊同，二甌當二烏，二藹當二厄，二奥當二鄂，短暗即昂字，痾即阿斯字，韻統之唎、唎伊、利、利伊，當悉曇除去之紇里、紇梨、里、梨四界畔字，亦即文殊問之唱唱力嚧，金剛頂之哩梨力廬也。此韻字之異而不異者。遍口聲十字，除濫字外，餘與韻統翻切後九字次叙皆同。文殊問、金剛頂亦無濫字，則亦異而不異者。此綱骨之不以地異之説也。中天雜龍宫文，音讀本與南天有異。西番接近北天，或且雜喜多迦文，亦未可定。觀其會通，將在達者乎？

景祐天竺字源分十二番，其條例較智廣簡整，説亦分明。第一番至第六番，與此第一章至第六章全同。第七番倪,八番拏,九番那,即此第七章囊而分爲三番。第十番羅字,即此第八章至十四章囉字,合七爲一,與韻統同。第十一番以末五字加前,與此第十五章同。其第十二番以薩設沙薩加諸字上,於此諸章無相當者,而與韻統第五以拉沙卡薩四字加諸字上運用略同。景祐爲中天音,其與西番所傳天竺音韻同祖乎?景祐説紇里四文之除去,謂準天竺聲明,字源此四聲已在第三第四聲中收訖。又向下生字別無裝戴去處,所以不用,又以耶羅以下九字爲融轉喉舌音,以五類末字屬鼻音呼,皆學説之準繩,學者所當信守。其十二番外,别有一類上下裝二羅字,則悉曇、韻統兩系皆無,而惟净亦謂經典所罕用,故不列番。亦可見天竺字説解多途,蕃變異致矣。然則悉曇梵字,從上言之,有(魔醯)〔摩醯〕首羅、龍猛、龍宫、釋迦、大日之異;從後言之,有中天、北天、南天、胡地之殊;古之異者,爲婆藍摩爲喜多迦;今之異者,爲散斯克爲巴利。根本殊而枝葉益分,理固難以畫一。抑聲音之理,常有其不齊者溢於所齊之外,各國皆然。則夫字記後三章,韻統第七、第八、第九、第十諸譜,景祐十二番外之餘番,理董之功,固猶有待或無待耶?

【案】此據文獻1992年第1期錢仲聯輯録沈曾植海日樓文鈔佚跋(三)、錢仲聯編校海日樓文集110—111頁。

朝鮮刊廬山蓮宗復教集跋

普度爲净土大師,蓮宗寶鑑明藏有之,此復教集世間乃罕傳本,當收入藏,以備廬山掌故。元刻孤本,可貴也。植。

【案】此據廬山蓮宗復教集民國珂羅版影印本,末鈐"海日樓”陰文印，據筆跡當作於民國壬子(1912)。傅增湘藏園羣書經眼録(879 頁)題作“廬山蓮宗復教録”，過録沈跋及楊守敬跋，“集”字皆改作“録”。

【附録】

余在日本收羅古經爲佛藏所未載者，自僧一行以下凡百餘種。此廬山(佛)〔復〕教集亦未見。壬子仲冬記於上海，楊守敬。

【案】此跋末鈐“鄰蘇老人”陽文印。“復教集”，原文譌作“佛教集”。

元(正)〔至〕大間，廬山東林寺僧普度上書於朝，并進蓮宗寶鑑一部。宣政院以朝旨榜行。原書絫數千言，脩浄業比丘果滿合同時讚頌諸作，編輯廬山復教〈教〉録上下卷。西蜀四川成都金堂縣三學山萬佛庵釋子洪福，又募緣重刻蓮宗寶鑑、復教録集、白蓮清規等，印施四方。今蓮宗寶鑑已入明藏，獨此元槧元印佛復教集僅存孤本。增湘昔以蜀中舊帙鄭重收之，鄰蘇老人與寐叟皆極稱賞，謂宜補收入藏，以備廬山掌故。

叔弢三兄精擘大乘，會賢耦妙顔夫人示疾，發願以尤所珍愛之宋槧諸史提要、莊子口義二書易資，以流通經典。既歸吾齋，因檢此帙奉貽，冀選工摹勒，以備一種。今中閨安隱，福因圓滿，善緣感應，良非偶然。承屬題記，復書其略於後。戊午仲冬，江安傅增湘。

【案】此跋藏園羣書題跋未載。正大爲金哀宗年號，元無正大，跋文爲“至大”之誤。藏園羣書經眼録(879 頁)著録此書，亦譌作“正大”。

卷四　集部

别集類

唐

題杜工部集

檍菴行篋閲本，三載以來，不離左右。而生情觸思，日異月殊，語所謂文生情耶，情生文耶？秋日滿庭，老淚濡臆。

【案】此據文獻 1993 年第 1 期錢仲聯輯録沈曾植海日樓文鈔佚跋（七）、錢仲聯編校海日樓文集 158 頁，原題下注："此爲致一齋校刊玉句草堂本。"海日樓藏書目載："杜工部集二十卷　尚書公跋　同治壬申致一齋校刊玉勾草堂巾箱本　十本。"

明鈔本杜工部詩趙次公注殘卷跋

趙次公杜詩注五十九卷，獨著録於晁氏郡齋讀書志中，直齋書録無之，宋史亦無之。雖其説散見於蔡夢弼、黄鶴、郭知達書中，而本書則明以來罕有見者。錢受之評宋代諸家註云："趙次公以箋釋文句爲事，邊幅單窘，少所發明，其失也短；蔡夢弼捃摭子傳，失之雜；黄鶴考訂史鑑，失之愚”云云。語若曾見次公書者，然檢絳雲書目無之，而逸詩附録且沿舊本之誤，書趙次公爲趙次翁，則受之固未見也。次公此註於歲月先後、字義援據，研究積年，用思精密。其説繁而不殺，諸家節取數語往往失其本旨，後人據以糾駁，次公受枉多矣。要就全書論之，自當位在蔡、黄之上。薶沈七佰年復見於世，沅叔其亟圖鼎鐫，毋令黎氏草堂專美也。丙辰三月寐叟記。

【案】此書今藏中國國家圖書館，原書名“新定杜工部古詩近體詩先後并解”。此據傅增湘藏園群書經眼録（1025 頁）。

孟東野詩集跋

劉須溪所評唐、宋人集，大都舊本。近校出陳簡齋集，勝四庫官書遠甚。此孟集亦舊本，惜長吉集不得見耳。

【案】此據錢編本海日樓題跋。海日樓藏書目載：“孟東野詩集十卷　尚書公跋　劉須溪評本　四本。”

明徐文山大令手抄賈浪仙長江集跋

光緒丙子，子封遊東省歸，余始聞二李、晚唐之説。後因求張、賈集善本藏之。今張集已燼劫灰，賈集偶隨行笈，得以無恙，將非劫木菴道人默爲（抲）〔呵〕護耶？余平生多得道人書，觀其圖記，輒如覿面相與，似有前緣也。

【案】海日樓藏書目載：“賈浪仙長江集十卷　劫木庵文無道士舊藏並跋　尹燿宗跋　尚書公跋　明嘉靖徐文山大令亮手寫本一本。”此書爲 2010 年中國嘉德國際拍賣公司春拍 Lot8386 號拍品，今藏上海圖書館（索書號爲 863896，參觀上海圖書館善本題跋真蹟第十一册 248 頁）。卷末有明嘉靖甲辰（1544）文山徐亮識語，卷首有清道光乙未（1835）劫木庵文無道士（又號際衍，有“劫木庵道士際衍”陽文印）跋，封面有丁巳（1857）尹燿宗子焜氏題記及沈跋。

此跋又見寐叟題跋，末鈐“植”陽文印。“抲護”之“抲”，沈頲校録本、錢編本徑改爲“呵”。據筆蹟，此跋當作於光緒庚子（1900）。

明板賈浪仙長江集跋

長江集通行十卷，此獨七卷，自非唐本之舊。然以明仿宋本相校，異同夥多。而此本與彼所注一作△字，合者十得八九，然則此爲長江集别本，宋世固兩刻並行也。此天一閣書，得諸滬上。宣統十年正月，寐叟檢書記。

【案】海日樓藏書目載：“賈浪仙長江集七卷　唐賈島撰　尚書公跋　天一閣舊藏　明仿宋本　二本。”此書今藏上海圖書館（索書號爲 835124－25）。參觀上海圖書館善本題跋真蹟（第十一册 258 頁）、寐叟題跋。跋末鈐“曾植”陽文印、“海日廔”陰文印。“宣統十年”四字，錢編本改作“戊午”。

歐陽行周集跋

此鈔本所從出甚舊，然是歐陽行周集，非皇甫持正集也。何人作此狡獪，收藏家乃有受其愚者，甚可笑也。唐彦謙詩集用戴帥初詩充卷，正同一例。

【案】此據寐叟題跋，末鈐“寐翁”陽文印。“甚可笑也”之

"笑"草書,錢編本誤釋作"嘆"。海日樓藏書目載:"歐陽行周集六卷　尚書公跋　抄本　原題皇甫持正集誤　六本。"此書今藏臺灣"國家圖書館"(索書號爲402.42 09785)。參觀"國立中央"圖書館善本題跋真蹟(1983—1984頁)、標點善本題跋集録(463頁)。

魚玄機詩集跋

玄機從冠帔於咸宜觀。考長安志,朱雀街東第三街親仁坊西南隅咸宜女冠觀,睿宗在藩之邸,明皇升極於此。開元置昭成、肅明二皇后廟,謂之儀神廟。二后遷祔爲肅明觀。寶應元年,咸宜公主入道换名焉。以唐書公主傳核之,咸宜公主爲明皇二十一女,武惠妃所生。史不言其入道,自是闕文。而宋高僧傳金剛智傳中,有明皇所愛第二十五公主久病不救,移卧於咸宜外館,智以密呪追魂事,事在天寶中,則院之立名,不始寶應也。二十五公主爲太華公主,與咸宜同爲武惠妃生。

南部新書戊:"長安戲場多集於慈恩,小者在青龍,其次在薦福、永壽,尼講盛於高唐,名德聚之安國,士大夫之家入道多在咸宜。"然則咸宜固元壇中赫赫者,既多衣冠眷屬,復接禁籞風聲,元機多與朝官進士酬唱,又暱飛卿,宜爲都人指目。温璋酷吏,戮以立名,可哀也已。

長安志無高唐尼寺,高唐亦不似尼寺之名。檢慈恩寺下,會昌六年詔書,崇敬尼寺改爲唐昌寺,法雲尼寺改爲唐安寺,萬善尼寺改爲延唐寺,三寺名皆有唐字,未知高唐何者誤也?會昌毁佛,大中抑道,其不敢廢道者,以元元爲聖祖耳。唐語林七:

“宣宗微行,至德觀有女道士盛服濃妝者。歸宫立召左街功德使,令盡逐去,別選男子住持其觀。”

【案】此據手稿,據筆跡當作於民國七年戊午(1918)。又見文獻 1992 年第 1 期錢仲聯輯録沈曾植海日樓文鈔佚跋(三)、錢仲聯編校海日樓文集 159 頁。諸本原題皆作“跋魚玄機詩集”,兹改。跋中“尼講盛於高唐”之“高唐”,南部新書實作“保唐”(參觀中華書局 2002 年版,67 頁)。

元壇、元機、元元,文獻改爲“玄壇”、“玄機”、“玄玄”,文集惟“元壇”不改。按,唐尊李耳爲“太上玄元皇帝”,“元元”實即“玄元”,非“玄玄”,今悉依手稿。

北宋

河東先生集跋

河東先生集,近歲粤中有刻本,工既不緻,校亦不精,僅足充書帕用耳。宣統壬子,羈旅滬瀆,丁氏持静堂散出,有舊抄本河東集甚精雅,以其爲涉園張氏藏書,讓菊生得之。尋乃復見此本,取菊生本校之,文字頗有異同,皆此本爲勝。菊生本十六卷,張景撰行狀,別爲一卷。此本十五卷,行狀坿卷後,不別爲卷,與宋史、文獻通考合。行款皆影摹宋槧,審其字畫,當是明隆、萬以前人手蹟。又有玉雨堂印,爲小亭母舅家藏故物,酬以三十番,亦已侈矣。臘後六日,巽齋老人記。

【案】此據寐叟題跋,末鈐“植”陽文印、“海日廔”陰文印。

海日樓藏書目載:"河東集十五卷　(唐)〔宋〕柳開撰　玉雨堂舊藏　尚書公跋　結一廬賜書樓舊藏　明抄本　四本。"錢編本脱"宣統"二字。

宋本歐陽文忠公集題記

宋本居士集,小題在上,大題在下。上題"居士集卷△",下題"歐陽文忠公集△"。每半頁十行,行十六字。每卷後皆記"熙寧五年秋七月男發等編定"一行,"紹熙二年三月(鄉)〔郡〕人孫謙益校正"一行。

【案】此據歷史文獻第十六輯海日樓書録。此書爲宋慶元二年周必大刊本,傅增湘舊藏(參觀藏園羣書經眼録1149—1150頁),今在中國國家圖書館。

新校正老泉先生文集跋

新校正老泉先生文集十二卷,次行署"東萊呂祖謙伯恭編注",目録有長方木記云:"先生父子文體不同,世多混亂無別,書肆久亡善本,前後編節刊行,非繁簡失宜,則取舍不當"云云。"頃在上庠得呂東萊手抄五百餘篇,皆可誦習爲矜式者,因與同舍校刊訛謬,析爲三集,逐篇指點關鍵標題,以發明主意,其有事蹟隱晦,又從而注釋之"云云。"鼎新作大字鋟木,與天下共之,收書賢士,伏幸垂鑒。紹熙癸丑八月既望,從事郎桂陽軍軍學教授吴炎濟之咨。"每半頁十四行,行二十五字。紙墨類建陽。木記云"大字",而此爲小字,疑覆吴氏本。

【案】此據歷史文獻第十六輯海日樓書録。此書爲傅增湘舊藏（參觀藏園羣書經眼録1154—1155頁），今在中國國家圖書館。

伊川擊壤集跋

伊川擊壤集二十卷，僅有自叙，無他叙，無無名公傳，與天禄琳琅著録本同。板式類經藏，然非道藏本。丁氏藏書所舉四本，紀述甚詳，皆與此本不同。據百宋一廛賦注：宋本伊川擊壤集，每半頁十行，每行廿字。此本行款正同，則猶未改宋板形式也。宣統庚戌十月，語溪北館檢書題記，曾植。

【案】此據寐叟題跋，首鈐"宣統二年"陽文印，末鈐"宛委使者章"陽文印、"嬰寧簃"陰文印。海日樓藏書目載："伊川擊壤集二十卷　尚書公跋　明板　六本。"錢編本脱"宣統"二字。

明板伐檀集跋

山谷文集，四庫未著録，世以詈漏病館臣，要其豫章本，則以自國初來，藏書家固皆留意於詩注，罕致詳於文集也。文集之刻，在本朝備於宋氏，而編次之改舊，亦甚於宋氏。宋氏凡例之言曰："公集宋、元本不可見，今但見前明嘉靖、萬曆二刻。嘉靖多照宋板，萬曆刻並以義類稍爲訂正。外集、别集，究與嘉靖無異，今重加核訂"云云。然則改舊次始於萬曆方氏，成於宋氏。而山谷所自訂，洪玉父、朱、李所編，黄罃所輯，及是蕩然，乃泯滅無可尋案。錢遵王所謂刻古書而古書亡，不亦惜乎！明代所刻山谷文集，傳本亦稀。余既得宋刻豫章黄先生集，欲求嘉靖徐本一校之，經歲不可得。僑寓滬上，乃介傅君沅叔購此伐檀集，書賈居奇謂元板，核以徐氏之序，則爲嘉靖刻本不疑。又周季鳳嘉靖丁亥刻黄先生全書序云："抄之内閣，有正集、外集、别集、書簡、年譜諸集，凡九十七卷，乃宋蜀人所獻者，以屬葉君天爵梓行。憂去寢，板本兩歸殘逸。復抄之，挾以游四方，垂二十年，遇徐公而流布。"檢宋氏首卷注輯云："葉天爵，字良貴，婺源人。宏治十六年癸亥知寧州事。周寓惠屬刻山谷全書，方半而以憂去，未竟。"又云："喬遷，字叔之，九溪人。嘉靖丙戌莅寧州，前牧葉修公集未竟，喬乃獨肩其任，今所存嘉靖本是也。又證以徐序，訪全書於寧，得故刻之半"云云，則嘉靖刻本成於喬者半，成於葉者半，喬刻於嘉靖，葉刻於宏治也。首頁兩行，葉曰刊行，喬曰訂補。則此伐檀集，猶自徐序所謂故刻者。他日求得嘉靖本，更詳宷之。

【案】此據沈頲校録海日樓群書題跋(同聲月刊第三卷第四號)，又見錢編本海日樓題跋。海日樓藏書目載："伐檀集二卷　宋黄庶撰　尚書公跋　吴興朱士元録　明嘉靖本　四本。"錢編本"乃泯滅無可尋案"之"案"作"按"，然誤屬下讀；"憂去寢"之"寢"，亦誤與下"板"字連讀；"宏治"則改作"弘治"。

宋刻王狀元百家注蘇詩題記

宋刻王狀元百家注蘇詩二十五卷，每半頁十一行，行十九字，建安虞平齋務本書堂刊，首王序，次增刊校正王狀元集注分類東坡先生詩姓氏，次東坡紀年録，次當爲分類目録，僅見目録。黄子壽先生所藏，有咸豐八年在陽曲西校尉營題記，蓋得晉中。有“函雅堂藏書印”長方印，下有長方記，細楷顔氏家訓“借人典籍”一節。

【案】此據歷史文獻第十六輯海日樓書録。

明嘉靖本豫章黄先生文集跋

宣統癸丑八月，藝風以吴氏所藏校本見示，吴云墨筆録何小山校本，朱筆據琴趣校，不知何時人所爲，山谷琴趣，楝亭書目亦有之云云，余因假歸傳録一過。據朱筆南鄉子“畫出西樓一幀秋”，“幀”字闕末筆，知所校琴趣碻爲宋本，第文字異同各有勝處，所出蓋不同源，未必宋本是而集本非，而詞中難字奥語乃因彼此互證，遂有通解之望。校罷殊覺有味。乙盦老人記。

【案】此書今藏臺灣“國家圖書館”（索書號 402.52 10248），跋作於山谷詞卷末，參觀標點善本題跋集録（518—519 頁）。海日樓藏書目載：“山谷全集　宋黄庭堅撰　尚書公批校並跋　明嘉靖本　二十本　文集三十卷外集十四卷别集二十卷詞一卷簡尺二卷　伐檀集二卷　宋黄庶撰　年譜三十卷。”

嘉靖本山谷集跋二篇

此藝風藏書記著録本也。壬子春，余從假讀，乃遂見歸。報以百元，可云倍稱。先是筱珊於都肆見一本，酬以百金不可得，則此已爲貶價矣。退聽堂中香火因緣，誼固有不容已者。而旅橐空虚，爲之躊躇累月。遜齋記。

【案】此據寐叟題跋，末鈐“植”陽文印。“可云倍稱”之“云”，錢編本誤作“以”。

宣統戊午小寒食日，用宋大字本粗校一過，僅及雜文。老眼暗鈍，極吃力，不能及詩矣。據黄氏日抄所評録，正集、外集、别集、書簡，次叙先後，並與此同。而此正集又與宋大字全同。足知宋世通行山谷集，此爲正本。昭文張氏所收類編大全集，乃閩書坊本耳。又案，直齋書録解題所録山谷集、外集、别集，正與此同，而稱爲江西詩派本。别集乃慶元中黄汝嘉增刻。今觀此刻，行款頗與韓、晁二集相近，得非即詩派本耶？

【案】此據寐叟題跋，末鈐"寐叟"長橢圓陽文印、"海日廔"陰文印。錢編本脱"宣統"二字，"足知"誤作"是知"。

明萬曆方沆重刻黄文節山谷先生文集跋

此爲莆田方子及改編重刻本。義例三頁，自述改編之意，屢稱建炎本。不知當時真見洪玉父本耶？意摭他書所稱，發意改訂耶？光啓堂本依此重刻，流通甚廣。然既删取去義例，又不刻方序而刻徐序，若以方沆本冒徐岱本者。自此山谷集舊本改編本源流沿革，涇渭不分矣。方氏獨刻正集，歲在癸卯，爲萬曆三十一年。越十一年甲寅，滇南李友梅知甯州，復刻外集、别集。乾隆乙酉祠堂刻本所稱萬曆重刻三集者也。而祠堂本於方本復有改定，見緝香堂凡例中。宣統甲寅小寒節後二日，李鄉農記。

【案】海日樓藏書目載："山谷正集三十卷　尚書公跋　明萬曆莆田方子及沆改編重刊本　六本。"此書今藏臺灣"國家圖書館"(索書號爲402.52 10259)，參觀"國立中央"圖書館善本題跋真蹟(2181—2183頁)。跋末鈐"爲化現身"陰文印。又見寐叟題跋、標點善本題跋集録(519—520頁)。錢編本題作"山谷正集跋",脱末"宣統"二字。

明萬曆李友梅重刻黄文節山谷先生別集附年譜跋二篇

黄集嘉靖黑口本,收藏家重價收取,非復寒儒所能窺見。萬曆本雖經方沆移動,然三集具存,兼有年譜,雖爲祠堂本祖,勝祠堂本多矣。海日樓藏方刻正集初印本,近復得此李友梅續刻別集,尚闕外集,衰年餘願,庶幾遇之。

【案】此據寐叟題跋,末鈐"寐翁"陽文印。"嘉靖",錢編本誤作"嘉祐"。海日樓藏書目載:"山谷別集二十卷年譜十五卷 尚書公跋 明萬曆李友梅續刊本 六本。"此書今藏臺灣"國家圖書館"(索書號爲402.52 10261),然此跋未見"國立中央"圖書館善本題跋真蹟、標點善本題跋集録著録。

年譜原本三十卷,陳氏併爲十四卷。又言"此直詩文目耳,欲取故實覈者,係以年月,別爲一綱"云云。則改編之議,實始陳氏。乾隆中緝香堂刻本,徐名世別爲年譜,猶陳氏意也。自是以後,子耕之譜,遂不行於世。而黄集洪、李異同,諸本編次,無可據以資考證。余每惜之。然陳氏雖約併卷數,文字尚無删減,此爲年譜最後刻本,著録家亦不多見。後之讀者,毋以其板刻之劣棄之。宣統戊午伏日,巽齋。

【案】此據寐叟題跋,末鈐"沈"陽文印。參觀"國立中央"圖書館善本題跋真蹟(2184—2185頁)、標點善本題跋集録(520頁)。錢編本脱"宣統"二字。

山谷外集跋二篇

此山谷外集史注，屬菊生代購。書賈居奇，以九十元得之。與六十元之精華録，皆海日廔奢侈品已。菊生以其宋諱闕筆，神廟、哲廟等皆空格提行，疑爲宋本。余以九行十九字與張元禎本行款同，仞爲宏治本，藏書家所稱明初本者耳。旋假得王西莊先生所藏影抄宏治本，前張序、後楊廉序俱全。先生以硃筆用宋本校過者，彼此對勘，乃知此爲宏治祖刻，彼行款字數幅徑，與此均同，甚至别字壞字，亦相沿襲，而筆畫之間，更增譌舛，翻雕痕蹟顯然。凡張元禎叙刻山谷書，若大全集，若刀筆，工皆不精，但其不改宋本面目爲可貴耳。卷五和東坡粲字韻詩，彼闕八行，此本亦闕。而卷八泊大雷詩注老杜“老困撥[書眠]”五字，石牛谿旁大石詩注“題詩石上”一行十四字，卷十四詠清水巖詩注之“文出山”一行十九字，張本皆空闕，西莊據宋本補之者，此固完然與宋本同。而粲字韻詩闕文，此本所無，西莊所據宋本亦無從補，然則此本與張本異，乃與西莊所稱宋本同。菊生所見，固與前人闇合。第余終覺其字體鐫工，與天水末葉不類，姑記此疑，以待他證。宣統甲寅七月，姚埭老民記於滬上寓廬。

【案】此書今藏上海圖書館（索書號爲833901－12），爲明弘治九年陳沛刻本，參觀上海圖書館善本題跋真蹟（第十二册159—163頁）。跋又見寐叟題跋，末鈐“植”陽文印。錢編本脱末“宣統”二字。海日樓藏書目載：“山谷外集詩注十七卷　尚書公跋　宋淳祐閩憲本黑口　匣十二本。”定宋本不確。

此跋初稿書於數條題籤之空白處，題籤有篆書、楷書題“元板山谷外集”，隸書題“元板山谷外集注”，楷書題“元板山谷外集詩”、“元板山谷外集詩註”。跋文稍異，茲録於下：

此書屬菊生代購。菊生以其宋諱闕筆，神廟、哲廟等皆空格提行，疑爲宋刻。余止仞爲宏治本，藏書家所謂明初本耳。旋假得王西莊所藏影抄宏治刻，先生硃筆以宋本校者，彼此對勘，乃知此本爲宏治本祖刻，彼行款字數與此悉同，甚至别字壞字亦相沿襲，而筆畫更增譌舛，翻雕痕跡顯然。凡張元禎敘刻山谷諸書，江西雕印並不工，但取其不失宋代面目爲可貴耳。卷五和東坡粲字韻詩，彼闕八行，因於此闕。而卷八泊大雷詩注老杜“老困撥”五字，書石牛溪旁大石詩注“題詩石上”一行十四字，卷十四詠清水巖注之“文出山”一行十九字，張本空闕，西莊據宋本補之者，此固完然與宋本同。而粲字韻詩闕文，西莊所據宋[本]亦闕，不能補，然則此本與張本異，與西莊本所稱宋本同。菊(本)〔生〕所見，乃與前人闇合。第字體鐫工終非天水末葉風氣，正當渥温代鐫刻品耳。

莫氏經眼録一山谷外集宋淳祐閩憲司刊本：“半葉九行，行大小均十九字，烏程蔣氏瑞松堂所藏。同治丙寅秋，在滬假讀於海珊，遂留行篋中。戊辰莫春，來吴門書局，始取校嘉靖刊全本，資是正不少。其中間先後脱五葉，皆已鈔補，按之非史氏原文，乃昔藏者意綴，依謝蘊山刊翁覃溪校三注本别鈔易之。翁本第五卷和子瞻粲字韻詩闕注者數行，此本此數行適空木未刊，知翁本即從此本出也。”

莫氏所藏，今歸南潯劉氏，去月假以相校，與此政同。印刷墨色，似尚在此後也。寐叟。

【案】所引莫友芝宋元舊本書經眼録一段，末鈐“海日廔”

陰文印，據筆蹟當作於甲寅(1914)。“始取校嘉靖刊全本”之“全本”，當作“全集本”；“按之非史氏原文”之“原文”，當作“元文”。“莫氏所藏”云云一節，末鈐“灊庸”陽文印，據筆蹟蓋作於丁巳(1917)。

殘宋本豫章黃先生文集外集跋二篇

百宋一廛賦之殘本豫章黃先生文集、外集，今亦爲沅叔所得，攜以見示。文集即覆刻余所藏宋本者，而字畫疏瘦，宋諱皆不闕避，板心亦不寫刻工姓名矣。外集標題曰“豫章黃先生外集”，板心刻“後黃”卷幾，行款字畫、宋(款)〔諱〕避闕，均與家本同，刻工姓名亦同，則亦爲同時(同)〔所〕刊者。末有山房李彤跋，紀年爲紹興四年，則内集、外集皆紹興本也。山房跋見於史注及黃㽦譜中，明刻從江西詩派本出，故無之。黃氏記云李跋原在卷六末，今移於【下缺】山房本以“木之彬彬”爲詩篇之首，與洪玉父本以“古風二首”冠首者不同。詩派從玉父本覆刻，宋本從詩派本移刻古風於卷首，失山房編定意矣。外集卷前題目低二格，卷中題目低四格，行款與余本不同，而刻工名字多同，此不可解。十四卷殘頁題目低五格，則與余本同矣。

【案】此據歷史文獻第十六輯海日樓書録。傅增湘藏豫章黃先生文集、外集，參觀藏園羣書經眼録(1176—1177頁)。

此豫章黃先生文集、豫章黃先生外集，虽同爲宋本，而實非一刻。外集宋諱闕筆，板心記刻工姓名，文集不闕筆，無工名，字畫亦較疏瘦，其非一板顯然。又據史季蘊注黃子耕言，“李氏本卷一騷賦，卷二詩，以贈李次道爲首，與洪駒父所編不取騷賦,詩以古風上蘇子瞻爲首不同”云云。此本有騷賦,則非洪本,詩首古風,非李本,審矣。而卷中次敘,仍與李氏全同。得非後人重刻李本者,聞洪氏之説,改其原次耶?外集李氏跋,亦全載史注、黄譜中,覃溪、蘊山所稱引,皆據彼言之。明刻無此跋,有跋宋本,前人未有見者。

此殘葉最爲難得,而板心刻工姓名,與余家所藏内集宋本大同,字體肥瘦亦同。乃知内集、外集俱刻於紹興四年,實黄集第一刻本矣。洪氏本删除太多,疑當時編而未刊,或刊而未行。明刻本源出江西詩派,内集與此内集同,外集亦與此外集同,非二本也。此即顧氏百宋一廛賦所謂“攓三異於豫章”之二。顧言内集卷一有朱敦儒、李彤校正字,不知今尚在否?

黄集有洪本、李本之異,治黄學者苦其糾葛而無由分别久矣。不見李跋外集,無由證明余所藏内集之即李本,無由知李本本來面目。不見重翻李本,無由知李本詩冠古風所由來。此改刻之本,遂爲百代黄集之祖,李身而洪首,亦思誤之奇適也。

【案】此據文獻 1993 年第 1 期錢仲聯輯録沈曾植海日樓文鈔佚跋(七)、錢仲聯編校海日樓文集 160 頁,題作“宋殘本豫章黄先生文集外集跋”,“宋殘本”今改爲“殘宋本”。“攓三異於豫章”,百宋一廛賦原作“異三攓乎豫章”。

宋刻山谷黄先生大全詩注跋

百宋一廛賦:“異三攓於豫章”注:“任淵山谷黄先生大

全詩注，每半葉十一行，每行大廿字，小廿四字。”蓋千里所見即此本。特黄氏所藏，僅存卷一至八，非完帙耳。翁刻山谷詩，未見宋本。近代收藏家亦尠著録。陳氏覆刻大字本，亦明槧，非原宋槧。準是以談，此刻寶貴可知也。宣統庚戌九月晦日，書於禾郡新居之亀采閣，遜齋居士。

【案】此據寐叟題跋，首鈐梵字“朮”陽文印、“宛委使者章”陰文印，末鈐“散芝（宓）〔密〕主”陽文印。此書爲南宋建刊本，存二十卷八册，今藏臺灣“國家圖書館”（索書號爲 402.52 10262）。參觀“國立中央”圖書館善本題跋真蹟（2186—2189 頁）、標點善本題跋集録（520 頁）。錢編本脱“宣統”二字。

海日樓藏書目載：“山谷内集詩注二十卷　又名豫章後山詩解　尚書公跋　宋版　匣八本。”即此本。增訂四庫全書簡明標目卷十五邵章續録云：“沈子培藏宋刊本三十卷，題豫章黄先生文集，九行十八字，行款與百宋一廛殘本同，爲淳熙以來刊本。又藏山谷黄先生大全詩注二十卷，元刊本，十一行二十三字，小字二十四字。”（上海古籍出版社 1979 年版，704 頁）可參觀。

山谷老人刀筆跋

山谷簡牘，其後人收輯獨多，大全集既有簡尺二卷，而別集二十卷，書簡乃居其八卷。據黄子耕年譜序，稱悉收豫章文集、外集、别集、尺牘、遺文、家藏舊稿云云。

【案】此據寐叟題跋，末鈐“曾植”陽文印、“海日廔”陰文印。此書爲明巾箱本，今藏臺灣“國家圖書館”（索書號爲 404.1 14615）。參觀“國立中央”圖書館善本題跋真蹟（3056—3057 頁）、標點善本題跋集録（719 頁）。沈頲校録本注爲“元刊明補”本、錢編本題作“元刻”。

豫章先生遺文跋二篇

錢琴銅劍樓書目,有影宋抄豫章先生遺文十二卷,卷第篇數,與此一同。惟此每半(篇)〔葉〕九行,行十八字,彼半(篇)〔葉〕八行,行十五字,爲不同。蓋宋世有兩刻也。彼本嘉定戊辰曾孫銖後序,謂今所傳豫章文集多遺闕,持節東蜀,訪之耆耋,得諸黔、僰間,凡若干紙,别而爲二,曰遺文、曰刀筆。則當時與刀筆合刻者也。

植案,黄訒編别集,在咸淳己巳,後於嘉定戊辰正六十年。此十二卷中,詩文大較皆在别集中,則罃編别集,固以銖爲藍本矣。直齋解題以毁璧、承天塔記、黄給事行狀皆爲子耕所增。今塔記、行狀皆在卷中,疑直齋未見此也。費衮梁溪漫志"頃從維揚新刻山谷遺文中,得宜州家乘讀之"云云,是遺文即揚州刻本也。

【案】海日樓藏書目載:"豫章先生遺文十二卷　宋黄庭堅撰　尚書公跋　揚州覆刻嘉定本　八本。"此據寐叟題跋。錢編本徑改"半篇"之"篇"爲"葉"。

淳熙本正集,每頁行數字數,正與此同,板口尺寸亦合。惟卷中題目,此低三格,彼低四格,行款略不同耳。頗疑此嘗與彼同刻,或揚本正集覆淳熙,遺文覆嘉定乎?

【案】此據寐叟題跋,末鈐"乙盦"陽文印。

明嘉靖本後山詩注跋

此余京邸舊藏書,光緒辛巳得之廠肆書業堂。甲申歲,在珠巢街寓被竊失去,去今三十餘年。當時失書十許部,皆善本,懊憹情緒,猶在目前也。壬子冬,傅沅叔得之滬肆,持以見示,對之悵然。丙辰,沅叔以此及日本活字本山谷詩注,請易余所藏沁水李氏所刻遺山文集,許之,此書乃復歸於我。桑榆下稷,未知相聚復得幾年？書則有緣,而首頁所鈐"廣道意齋"印,今已失,不可尋矣！寐叟。

【案】此據寐叟題跋,末鈐"植"陽文印。海日樓藏書目載:"後山詩注十二卷　宋陳師道撰　尚書公跋　明嘉靖十年梅南書屋刊本　周氏藉書園藏書　六本。"此書今藏臺灣"國家圖書館"(索書號爲402.52 10284)。參觀"國立中央"圖書館善本題跋真蹟(2201—2202頁)、標點善本題跋集録(522頁)。沈頲校録本、錢編本皆脱"寐叟"二字。

南宋

明寶文堂初印本具茨集晁氏客語跋

具茨集一册,客語一册,同治甲戌薄遊太原所得,才制錢四百文爾。今宣統丙辰,盧氏抱經樓書出於滬上,目有晁氏三先生集,注云迥、悦之、沖之。亟遣佐季往眎,果寶文堂刻,襯紙爲六册,索值百元,折實爲七十元。太息而罷。

【案】此據寐叟題跋,末鈐"沈曾植印"陰文小印。海日樓藏書目載:"道院集要三卷　晁迥撰　晁氏寶文堂刊本　六本。具茨晁先生詩集一卷　晁沖之撰。　晁氏客語一卷　晁説之撰　尚書公跋　晁氏寶文堂初印本　二本。"沈頲校録本題作"明仿宋晁氏客語具茨集跋",錢編本作"明寶文堂初印本具茨集跋",據藏書目改爲此題。

宋刻東萊先生詩集跋

宋刻東萊詩二册，一册題"東萊先生詩集卷一二三"，前有曾幾序而無目録，卷題"一二三"皆係挖補。而外集三卷爲一册，目録具存，完全無闕，可正書録解[題]"外集二卷"之"二"爲"三"字之誤。世間流傳皆抄本，此爲江西詩派刻本，甚難得。每半頁十行，行二十字，與倚松集同。

【案】此據歷史文獻第十六輯海日樓書録。此書爲宋慶元五年黄汝嘉刻江西詩派本，傅增湘舊藏（參觀藏園羣書經眼録1222頁），今在中國國家圖書館。傅氏藏園羣書題記卷十四宋江西詩派本東萊先生詩集三卷外集三卷書後略云："余之獲此書也，在戊午之秋。……庚申春，南游申浦，攜示沈君乙盦，歡喜讚歎，謂余摭逸搜殘，有此奇遇，留觀几案者匝月，爲考訂源流，題古詩十二韻於簡末。兹録於别幅。"（724頁）沈詩"外集完然三誤二，陳録馬考訂譌字"自注："外集目録俱存，足證直齋解題'二卷'爲'三卷'之誤。經籍考、宋志皆沿陳氏之誤。"（725頁）可參觀。

影元本簡齋詩集跋

影元本簡齋詩集二册。

莊芝階先生舊藏，宣統壬子得之滬上，遜齋記。

【案】海日樓藏書目載："簡齋詩集十五卷　尚書公批校並跋　景宋鈔本　二本。"此書今藏臺灣"國家圖書館"（索書號爲402.53 10398）。參觀"國立中央"圖書館善本題跋真蹟

(2246—2250頁)、標點善本題跋集録(531—533頁),亦見寐叟題跋,跋末鈐"沈曾植印"陰文印。此題記錢編本未録。

舊抄簡齋集十五卷,第一卷賦,第二至十三詩,十四無住詞,十五外集。前有劉辰翁叙。卷中闕文壞字皆摹存,無住詞題書在上,調書在下。蓋影抄元本,僅存舊式者。雖經批抹,故是佳本,不可忽也。此集四庫著録本以五七言古律分卷,而宋刻胡穉箋注本編年,據第五卷冬至詩"不須行年紀,異代尋吾詩",則簡齋自定本係編年。宋人詩集,編年者多。其以五七言分編者,大都出明人之手。四庫本已經羼亂,賴此舊抄,猶存簡齋本來面目耳。宣統壬子孟冬之月,遜齋記于上海租界麥根路寓樓。

【案】此據寐叟題跋,末鈐"海日廔"陰文印。又見標點善本題跋集録。錢編本脱末"宣統"二字。

簡齋集,解題、史志皆作十卷,通考作陳參政簡齋集二十卷。頗疑通考所據是周葵刊本,書題卷數,即周本書題卷數也。胡箋本不録外集詩,瞿氏書目録舊抄單行本外集一卷,有元延祐七年錢良有疑良佑。題語云:"簡齋外集,罕見其本。錢唐王心田以余愛之,持以見贈"云云。證以通考周葵得其詩五百餘首刊之之説,檢今集中詩數,適得五百八十餘首。若益以外集之詩,則六百餘首矣。以此知胡本無外集,周本亦無外集,集中詩是簡齋自訂,外集詩則後人拾遺。蛛絲馬蹟,猶可尋蹤。四庫本分體合編,則無可研覈矣。是又此抄本可貴一事也。次日又書。遜齋。

【案】此據寐叟題跋、"國立中央"圖書館善本題跋真蹟,末鈐"曾植"陽文印。又見標點善本題跋集録。錢編本脱末"遜齋”二字。

今日校朝鮮本詩注,得周葵刻詩釐爲十卷之説,果與愚之臆測相合,爲之一快。

【案】此據寐叟題跋,末鈐“菌閣”陽文印。“國立中央”圖書館善本題跋真蹟未見“菌閣”印,不知何故。此節同上文皆爲壬子(1912)年書。

墨林快事:“宋刻陳簡齋集,是公自書上木,醇古豐圓,出自黄庭。”然則周葵所刻,非但爲公自訂本,且爲自書本也。

【案】此據寐叟題跋,末鈐“植”陽文印、“海日廔”陰文印。“國立中央”圖書館善本題跋真蹟未見鈐印。據筆蹟當作於乙卯、丁巳之際(1915—1917)。

【附録】

“覺心,汝州天甯老”,增注。案年譜,宣和四年汝州作。

【案】此據“國立中央”圖書館善本題跋真蹟(2246頁),批注於簡齋詩集卷一覺心畫山水賦題下。增注,指須溪先生評點簡齋集中之增注;年譜,即胡穉編簡齋先生年譜。參觀吴書蔭、金德厚點校陳與義集(中華書局1982年版,年譜第6頁,卷一第3頁增注)。

浙江圖書館書目:嘉慶道光魏塘人物記六卷,汪能肅撰,刻本。

仁和龔闇齋先生麗正,嘉慶十三年戊辰典試廣西,各房落卷,無不覆校,以汪能肅領解首。汪蓋知名士,於落卷中得之者也。定菴年譜。

【案】此書有汪能肅跋云："此明人鈔本，道光乙未冬得之魏塘，校讀一過，因記。山陰汪能肅。元亮天機，少陵風骨。如氣之秋，猶春於緑。"此兩則沈氏題記據"國立中央"圖書館善本題跋真蹟（2247—2248頁）、標點善本題跋集録（532頁）。

宋本放翁先生劍南詩稿跋

書録解題所録劍南詩稿二十卷、續稿六十（五）〔七〕卷，子遹所刻嚴州本也。汲古閣刻通爲八十五卷，子虡所刻江州本也。毛刻與陳録固（以）〔已〕不同，而子虡自跋尚有"遺詩七卷，在八十五卷之外"，合之當得九十二卷。汲古無遺稿，是所得江州本尚非完帙耳。又子虡稱翁自定戊申己酉後四十卷，題其籤曰劍南詩續集，則續集止四十卷，何以嚴州本爲六十七卷，江州本爲六十五卷？而鄭師尹序中，何以先有詩藁、續藁之目？宋藝文志所録續稿何以又有二十一卷之本？此皆疑不能定者。其樞紐全在鄭氏序闕字中剜换者，真可恨也。

此宋槧本，前刊"劍南詩稿"，後題曰"放翁劍南詩稿"，並無續集名目，恰與子虡跋中"通前後爲八十五卷名曰劍南詩稿"語合。然則劍南詩稿爲子虡改題，非毛氏改題。此之新刊劍南詩藁爲嚴州本，放翁劍南詩稿爲江州本，一爲子遹刻，一爲子虡刻，故前後紙墨不同，魚尾上一記字數，一不記字數也。其四十二、三、四卷，魚尾上别有廿三、四、五字，不知所記何數，疑子虡既通前續爲八十五卷，仍兼記其舊卷第者，而六十△卷又無之，此疑義之可思者。辛酉二月寐叟讀記。

【案】此據藏園羣書經眼録(1247—1248 頁)。此跋又見文獻 1993 年第 1 期錢仲聯輯録沈曾植沈曾植海日樓文鈔佚跋(七),題作"宋殘本劍南詩稿放翁詩稿跋",然文字有所不同,校記如下:

"續稿六十五卷",文獻作"續稿六十七卷",是。"汲古閣刻通爲八十五卷,子虡所刻江州本也。毛刻與陳録固以不同,而子虡自跋尚有'遺詩七卷,在八十五卷之外',合之當得九十二卷",作"汲古閣刻續稿六十五卷,子虡所刻江州本也。毛本與陳氏續稿,卷數固已不同,而子虡後跋稱'通前後八十五卷',又云'遺詩七卷,别爲遺稿',則合前八十五卷,應得九十二卷"。"是所得江州本尚非完帙耳"之"耳"作"矣"。"宋藝文志所録續稿何以又有二十一卷之本",作"宋志所録劍南續稿何以有二十一卷之本"。"此皆疑不能定者"之"定"作"决"。"其樞紐全在鄭氏序闕字中剜换者,真可恨也",作"其樞紐殆在鄭氏序中,剜損諸字皆要字,極可惜也"。"前刊'劍南詩稿',後題曰'放翁劍南詩稿'",作"前題曰'新刊劍南詩稿',後題曰'放翁劍南詩'"。無"然則劍南詩稿爲子簴改題,非毛氏改題"。"此之新刊劍南詩藁爲嚴州本,放翁劍南詩稿爲江州本,一爲子遹刻,一爲子簴刻",作"然則前劍南詩稿爲嚴州本,後之放翁劍南詩稿爲江州本,一爲子虡刻,一爲子遹刻"。"魚尾上别有廿三、四、五字"之"别有"作"陰文"。"疑子簴既通前續爲八十五卷,仍兼記其舊卷第者,而六十△卷又無之,此疑義之可思者",作"疑是記舊時卷第者,僅見一册,亦不能定"。無"辛酉二月寐叟讀記"。

明正德本渭南文集題記

右正德重刻本叙。本每半葉十行,行二十二字。諸札子年月在各卷題目下者，皆移注總目題目下。

【案】此書今藏上海圖書館，題於沈氏補録文集序後，鈐“沈曾植印”（陰文）、“寐翁”（陽文）。參觀上海圖書館善本題跋輯録589頁。

晦庵先生朱文公文集跋

宋刻建本晦菴先生文集。

宣統壬戌，得之滬上。共四册，計每册番銀七餅，於是不購舊板三年矣。衰病寡歡，聊藉此以償夙願。粗校嘉靖本一過，目昏甚。五月廿六日，明爲夏至，遜齋老人記。

【案】海日樓藏書目載：“朱文公集　殘宋刻建本　存卷六十二、六十三、六十四、九十二，凡四卷　一本　半頁十行行十八字　尚書公跋。”此書今藏臺灣“國家圖書館”（索書號爲402.53 10497），跋末鈐“海日樓”陰文印、“乙盦”陽文印，參觀“國立中央”圖書館善本題跋真蹟（2279—2280頁）、標點善本題跋集録（539頁）。

此書今臺灣“國家圖書館”藏存二册，即卷六十二及卷九十二，蓋爲書賈折分，其卷六十三、卷六十四已不知所在。又海日樓藏書目載：“朱文公集　尚書公題字　殘宋本　存卷八十七一卷　半頁十行行十八字　一本。”此本今藏復旦大學圖書館，卷末鈐“海日樓”陰文印，有沈氏題字一行：“宋刻十五頁，元補十九頁。”

明正統黎諒刊本水心先生文集跋

水心集二十八卷世久不存，景泰本遂爲最古，然亦罕覯，平生只兩見耳。明季有刻本，即從此出，雖文字小有出入,大體不異也。黎氏序中所稱文粹,余嘗見之,小字巾箱本,與陳同甫文同刻,曰二先生文粹,頗疑即提要所謂淮東本者。珍秘永存,勤者有獲,沅叔曷更訪之。丙辰三月寐叟借讀記。

【案】此據傅增湘藏園群書經眼録(1250—1251 頁)。傅氏案語云:"此集乃黎諒重編本,計搜集得八百餘篇,分爲二十九卷,葉集行世以此本爲最古矣。此本四明盧氏抱經樓藏書,余曾見之樓中,今雖剜去印記,尚可辨。余丙辰二月之滬上,時陳立炎購盧氏書事尚未定,不知何以先爲人盜出。沈乙盦曾植先生聞之,留觀半月,爲著數語於後。"

明末刊本水心文集跋二篇

此水心集,晚明刻本,流傳甚稀,其難得不亞正統本,惜前後無序跋,不能知何人所刻耳。先生文固鄙所平生服習者,滬上得此,歡忻數日。植記。

【案】海日樓藏書目載:"水心文集二十九卷　宋葉忠定公適撰　尚書公校跋　國初刊本　八本。"此書今藏臺灣"國家圖書館"(索書號爲 402.53 10589)。參觀"國立中央"圖書館善本題跋真蹟(2298—2299 頁)、標點善本題跋集録(545 頁)。又見寐叟題跋,末鈐梵字"𠑽"陽文印,跋前尚有"耄遜"陰文印、"海日樓"陰文印。據筆蹟,此跋當作於壬子(1912)。錢編本脱末"植記"二字。是書卷首葉有"壬子"陽文印、"植"陽文印、"壹庵長宜"陰文印、"霞飛景飛之室"陽文印。

宣統丙辰,沅叔自北來,得景泰本水心先生集於書肆,因從假校一過。景泰本每葉二十四行,行二十字,"陛下"、"景德"等字皆空格,前有總目一頁,而無此細目,此細目蓋從卷中鈔出者也。景泰本多墨釘，蓋敘所謂不敢僭補，姑虛以待者。此本闕處大同，亦閒有彼闕而此不闕者，或如文粹四種，刻書時猶及見之，據以校補，未可知，蓋其字非後人所能肊補耳。寐叟。

【案】此據"國立中央"圖書館善本題跋真蹟(2300頁)、標點善本題跋集録(545頁)。

元至正本方是閑居士小稿跋

平津館藏巾箱本，每葉廿行，行廿字。卷首有影摹"家住花溪石蕖南"圓印，"門無剥啄，松影參差，禽聲上下，午睡方足"方印，蓋宋本。而未見元本，不能定之。今此元板與四庫所録同。

【案】此書今藏臺灣"國家圖書館"(索書號爲402.53 10635)。參觀標點善本題跋集録(550頁)。海日樓藏書目載:"方是閑居士小藁二卷　元至正黑口板　一本。"

明岳元聲刊本玉楮詩稿跋二篇

岳氏家刻玉楮詩藁、愧剡録，約其時代，當在萬曆、天啓之間，前後無敘跋，無可攷也。玉楮詩，收藏家鈔本多而刻本少，王漁洋在國初未見此本，拜經樓藏書跋稱抱經未見刊本。

【案】海日樓藏書目載:"玉楮詩稿八卷　尚書公跋　陳曾壽補録　明萬曆本　四本。"此書今藏臺灣"國家圖書館"(索書號爲402.53 10678)。參觀"國立中央"圖書館善本題跋真蹟(2327—2328頁)、標點善本題跋集録(552頁)。據筆蹟，當作於癸丑(1913)。

此雖萬曆刻本,而流傳甚稀,自吴兔床已言其難得,岳氏子孫亦有未見者,意其板明季兵燹亡之,當時摹印不多耳。佐季善藏之。丙辰九月,寐叟。

【案】此據文獻1993年第1期錢仲聯輯録沈曾植海日樓文鈔佚跋(七)、錢仲聯編校海日樓文集162頁。又見標點善本題跋集録(552頁),陳曾壽過録此跋并記云:"右爲乙厂夫子跋周佐季藏本,癸亥秋八日,弟子陳曾壽移録。"陳氏過録本"亡之"作"亡",無"佐季善藏之丙辰九月寐叟"。另有胡嗣瑗觀款:"宣統癸亥秋八月朔又八日,胡嗣瑗獲觀,時移居五峯草堂之第一日也。"

晞髮集跋

晞髮集,鴛浮閣舊藏三本。一平湖陸氏本,四庫所録,收藏家所謂最全本也。一梁茝林家藏舊抄萬曆張氏本,而附以明末只園居士所刻天地間集、晞髮近稿,只園居士不知何人,其本稱陸五湖手抄,與陸本遺集上所載近稿小引語合,意即潘氏所刻,陸氏所未見也。其一大字本,明刻所謂歙本,陸氏大體所祖也。

愚於南宋詩人,最喜晞髮,睹異本即收。及今夏,乃得此本,是爲晞髮集第一刻本,天一閣藏書,陸氏所夢想而不得見者,藏書家亦罕著録。余乃無意得之,且與郊、島、賀舊本俱來,異已。先一月别得舊抄所南集,亦精美可喜。插架相望,秋魂鬼語,辮髮老人徘徊其下,援筆記之。乙翁。

【案】此跋沈氏手書於常熟周氏鴿峯草堂傳鈔明弘治本上，今藏臺灣"國家圖書館"（索書號爲 402.53 10740），參觀標點善本題跋集録（556 頁）。録文亦見於文獻 1993 年第 1 期錢仲聯輯録沈曾植海日樓文鈔佚跋（七）、錢仲聯編校海日樓文集 162 頁，題作"儲刻晞髮集跋"。

海日樓藏書目載："晞髮集十卷宋謝翱撰　尚書公跋　胡嗣瑗補書　明弘治黑口板第一刻本　一本。晞髮集坿明刊本天地間集一卷晞髮道人近稿一卷明抄本　汲古閣　梁茝林舊藏　一本。晞髮集平湖陸氏刊本　四本。"前二種今皆藏於臺灣"國家圖書館"，書目所記弘治刻本即跋所謂天一閣藏本（索書號爲 402.53 10739）、汲古閣舊藏明抄本即跋所謂舊抄萬曆張氏本（索書號爲 269 10742），參觀"國立中央"圖書館善本題跋真蹟（2345—2348 頁）、標點善本題跋集録（555—556 頁）。胡嗣瑗過録此跋於弘治刻本上，後有其題記云："宣統十五年八月八日，余新移家湖上五峯草堂，慈護自禾中來過，擕示此帙，並屬補録尊公原跋於卷耑。胡嗣瑗揃燭寫訖並記。"

抄本熊勿軒先生文集題記

植案，丁氏藏書志録成化本吴高尚序語"宋社既屋"云云，正與此序文同，則此序乃吴作，而結銜系之以許，譌謬已甚。四庫提要知許之誤，而不知爲吴氏之作也。

【案】此據寐叟題跋，末鈐"曾植"陽文印。此書今藏臺灣"國家圖書館"（索書號爲 402.53 10751）。此題記書於許衡款序葉書眉上，參觀"國立中央"圖書館善本題跋真蹟（2349—2350 頁）、標點善本題跋集録（556 頁）。

金

明弘治本遺山先生文集跋

此沁水李叔淵弘治戊午刻本也，其佳處具施北研元詩注中，惜前二十卷闕焉不完。辛亥之冬，書估有以詩集來者，刻印尚在此前，疑是汝州本或元刻。欲購以配，價昂不可得也。宣統丙辰，傅沅叔得潛采堂所藏李氏刻本前二十卷，舉以相示，紙色册裝，若合符節，蓋此即潛采堂藏書，不知何年分散，前後三十年，余在廠市得其半，而沅叔於滬市得其半也。他日當以歸傅，爲延津之合。相從歲久，顧未忍遽别耳。寐叟。

【案】此據傅增湘藏園羣書題記卷十五明弘治李瀚刊本遺山先生文集跋所附。傅氏跋略云："丙辰歲南游，晤沈乙盦於海日樓，語及此書，乙盦言篋中正有弘治殘本，未知其存卷能否相合。又數日，於書叢中掇拾而出，持以相示，不特缺卷可補，且紙幅印工宛然如一，蓋正是一帙而分析者。豐城劍合，樂昌鏡圓，相與歡欣歎異者久之。其後，余以梅南書屋本後山詩注、高麗本山谷外集與君易此書及萬曆洗墨池本薛濤詩而歸。此亦書林之一段公案也。乙盦於授書之日亦略誌其原委於卷末，兹並録於左方。"（766 頁）

此跋又見藏園羣書經眼録（1292 頁）著録，惟將"宣統"二字改作"歲"。傅氏按語云："此書前二十卷余得之滬賈陳立炎，丙辰春遊滬上，晤沈乙盦曾植，偶及此事，乙盦瞿然曰：'余亦有殘帙，未審可配否？'及持書出，則正所佚後二十卷原書耳。因以日本活字本山谷詩注二十卷、嘉靖本後山詩注十二卷爲贈，乙盦遂取此書後半部加跋以歸余。丙辰十一月初六日沅叔記。"可參觀。

金刻本磻溪集跋二篇

栖霞長春子邱神仙磻溪集　卷，大定丙午刻，真金本也。前有中條山玉峰老人胡光謙序，蓋亦道流。卷一有進呈世宗皇帝詩七絶一首，卷二有世宗皇帝挽詞一首。序稱："玉峰老人講經四十年。丙午春，演羲易於條峰之北。"又云："昔王官李樂然與玉峰同出於靳秀覺之門。"又云："昔在東庵與王風仙全真結緣，在長安與馬丹陽結緣。去秋，濬州人來，與譚仙結緣。惟邱公遠處隴上。是數者，皆風仙之徒，悉得結緣，非人力之所能爲也。"○詩中言："關中土民純質嚮善者甚衆，道門尚七，釋氏轉八，每至年交，各大集其徒，午後於聖前禮誦，謂之禮正，至一月。"可備當時風俗之考。所與還往之女直人，有嶺北西京留守夾谷清神、定海軍節度劉師魯、奉聖州節度移剌仲澤、萊州節度鄒應中、京兆統軍夾谷龍虎、曹王妃、休休道人。又讚丹陽長真悟道詩首句曰："馬氏譚君達聖朝。"蓋全真教在金已爲一時所重。○金劉祖謙終南山重陽祖師仙蹟記："有詩詞千餘篇，分有全真前後集。玉峰老人胡光謙爲之傳。"集中有聞詔起玉陽公戲作詩，玉陽疑即玉峰。又有承安丁巳時有事北邊詩，有泰和辛酉詩，大安己巳詩。七真中王處一號玉陽，世宗嘗遣使訪焉，亦見劉記。

【案】此據歷史文獻第十六輯海日樓書録。此書爲傅增湘舊藏(參觀藏園羣書經眼録1294頁),今在中國國家圖書館。

錢氏補藝文志:"道藏七千四百餘卷,披雲子刻於平陽府。"余嘗考披雲姓宋,爲長春弟子,而其刻在金元之間,實爲明藏祖本。沅叔方倡刻道藏,而得此金本磻溪集,爲道藏未收之本,應時而出,若俾增入藏中,仙緣爲不淺也。長春曾棲真關隴,故披雲後駐關中,蓋承磻溪之緒。詩中又有進呈世宗皇帝詩,則在金時已名動九重,可與史傳"宋金之季皆嘗遣使來召"語相證。錢志有磻溪集六卷。庚申二月寐叟借讀識。

【案】此據傅增湘藏園羣書題記卷十五金刊磻溪集跋所附。傅跋略云:"己未歲,忽出現於隆福寺帶經書坊,亟屬徐君森玉與江西詩派本東萊詩集同收得之。翌年庚申,攜至南中舉示寐叟。時方創議重刻正統道藏,時時詣長春故宫,訪觀主陳毓坤,籌商調取藏經、分期影出之策。而無意獲此孤本秘籍,寐叟遂謂此書應時而出,與君大有仙緣。雖一時興到之言,亦可云奇遇矣。"(770—771頁)可參觀。

元

元至正本新編翰林珠玉跋

道園遺稾虞勝伯叙云:"先叔祖學士公詩文,有道園學古録、翰林珠玉等編,已行於世。然竊讀之,每慮有所遺落。"楊椿子年敘云:"建甯板行學古録,而湖海好事者,復輯公詩别爲一編，然與録所載，時有得失。予於士友間見公詩文，往往二集所不載"云云。楊氏所謂湖海好事者，殆即指孫氏言之。學古録李敘稱至正元年，歐陽原功題至正六年，疑斡克莊刻而未竟，劉伯温乃竟其事。孫存吾元風雅刻於至正二年，此刻當亦與之前後，其於學古録刻行孰先孰後，未可知也。此集詩不見於學古録者數十篇，勝伯皆采入遺稿，然不免尚有所遺。黄氏士禮居蓄有鈔本，珍爲秘笈。箸録家近代亦未見刻本。余光緒己卯春得此廠肆荒攤，炎風見之，詫爲奇絶。其後毛蜀雲太令傳録一本，云將刻之川中，然卒未刻，豈以集中詩已具學古録、遺稾中，遂置之乎？山谷精華録，宋世與内外集並行。劉辰翁所選放翁詩，四庫與劍南稿一同箸録，况此書題目字句，與學古録、遺稾不同者甚夥，固可爲校讎之資，不僅舊刻可貴已也。光緒丁酉，乙菴識於校圖注篆之廬。

【案】此據民國石印本海日樓遺墨，首鈐"子培"陽文印，末鈐"曾植"陽文印。又見沈頲校録海日樓羣書題跋（同聲月刊第三卷第四號）、錢編本海日樓題跋。"孫存吾元風雅"，皆誤作"孫存皇元風雅"。

此書海日樓藏書目未見，今臺灣國家圖書館有沈氏藏新編翰林珠玉二册（索書號爲 402. 58 10916），著録爲元末覆元後至元間廬陵孫氏益友書堂刊本（版心黑口），卷首有沈氏"苻婁庭"陰陽文印，然未見題跋。而此跋沈頲校録本注云"元至正黑口本"，兩者不知是否即同一書。

毛蜀雲大令即毛澂（1844—1906），字稚澥，號菽畇、澍雲。四川仁壽人。光緒六年（1880），與沈曾植同榜進士。官泰安知縣,有聲於時。

明刻倪雲林先生詩集跋二篇

此刻殊不工,而書體絶佳。周南老言雲林所著,張天雨、俞紫芝愛之,爲書成帙,藏於家。豈此所從出耶?

【案】海日樓藏書目載:"倪雲林先生詩集六卷坿坿録　尚書公二跋　明天順刊　黑口板　此即汲古閣刻祖本　二本。"此書今藏上海圖書館(索書號爲829202-03)。參觀上海圖書館善本題跋真蹟(第十三册123—125頁)、寐叟題跋。此前跋末鈐"乙盦"陽文印。

此即汲古閣刻祖本也。毛氏於雲林若有異世同情之感,既梓雲林逸事(輯雜著爲坿録),又從墨蹟輯集外詩,用心亦已勤矣。顧所刻卷數次第雖同,而不存蹇氏編集之名,又無錢序,第一卷脱送吕養浩詩,第二卷脱汎滄浪詩。

此本諸墨釘,毛本皆爲空格;而卷一别鄭明德詩"□體保甯謚",毛本併"□謚"字;卷二快雪齋對月詩"心境快然同一潔",毛本脱"同"字,而加"□"於"潔"字下;其它譌脱不少,又似不出此本,而出於傳抄或重刻者,豈此本明季已罕流傳耶?得此逾年,頃乃見毛本,校其異同。宣統乙卯十一月,海日樓記,植。

【案】跋末鈐"子培父"陰文印。錢編本脱"宣統"二字。

陳剛中詩集跋

此亦天一閣書,觸手糜碎,不復可展視,爰付裝池,重加襯釘。沈琮,檢吴永祥志選舉表,爲宣德戊午舉人,正統壬戌進士，官知府，天順年間曾刻唐肅丹崖集於粤。其人蓋留意當代文獻者，志無傳。

【案】此據寐叟題跋，末鈐"乙盦"陰文印。據筆蹟，蓋作於甲寅(1914)。海日樓藏書目載："陳剛中詩集四卷元天台陳孚撰　尚書公跋　天一閣舊藏　明天順平湖沈琮刊黑口板　四本。"此書今藏臺灣"國家圖書館"(索書號402.58 10871)。

抄本龜巢稿題記

宣統庚戌九月，李畬曾太守寄贈。

【案】此書今藏臺灣"國家圖書館"(索書號爲402.58 11034)，參觀標點善本題跋集録(584頁)。

明

抄本張來儀文集跋

四庫録静居集，有詩無文。丁氏藏士禮居抄本張來儀先生文集，題目與此同，而殘缺已甚，竹深亭記脱文，至藉厲氏東城雜記填補之。今此本亭記無脱文，餘亦完善可讀，爲盧學士抱經廔藏書，卷中朱筆，皆其手蹟，可寶也。宣統壬子，李鄉農檢書記。

【案】此據寐叟題跋，末鈐"孺卿"陽文印、"宛委使者章"陰文印。錢編本脱"宣統"二字。海日樓藏書目載："張來儀文集一卷　張羽撰　盧學士手校本　抱經堂藏書　尚書公跋　舊抄本一本。"此書今藏臺灣"國家圖書館"(索書號爲402.6

11212)，參觀“國立中央”圖書館善本題跋真蹟(2558—2559頁)。“可寶”之“寶”原文作“珤”，標點善本題跋集録(601頁)誤爲“珍”字。

陶元暉中丞遺集題辭

猗嗟名兮美目清，胡眢眢兮凝其肓。退然若不勝衣而智周當世，皭然泥而不滓，乃卒賈於沸羹。後三百年發潛德，子子孫孫引無極。

宣統十年後學沈曾植敬題。

【案】此據上海圖書館藏沈氏真蹟，末鈐“海日樓”陽文印。又見明秀水陶元暉中丞遺集(民國九年排印本)卷首影印手蹟，“賈於沸羹”作“殞於蜩羹”；“宣統十年後學沈曾植敬題”，作“同郡後學沈曾植書”。末鈐“寐叟”陽文印、“植印”陰文印。

明登萊巡撫陶公遺集跋

中丞事不見明史，崇禎初贈恤又不及，世嘗以此爲疑，時有異論，若修史時有異論者。植以爲不必疑也，中丞出熊襄愍之門，周忠毅爲婚姻，高忠憲爲師友，楊忠烈知其才節，韓蒲州知其冤誣，諸公皆清議之宗，一時公論慮無不以爲圭臬者，固無容有異議。熊襄愍侵帑十七萬，周起元侵帑十餘萬，何士晋納賄十萬，孫文忠望重位尊，而臺中劾其侵冒者踵接，幸而得免，徒以去位時恩禮尚隆，諸小人未肆蹦藉耳。十二君子皆納賄，而熊、陶行賄，此正徐大化授奄秘策，當時人盡知之，豈能累諸君子清白哉！皇明通紀録中丞事，修史者固不容不見，譴逮詔旨，實録亦必有之，而方、朱文集未傳，家集殆亦未上，史館無所據以爲筆削，僅迻實録，轉不足以章事實而見是非。一字不見，意存蓋闕，理固有之。

明史於封疆任事獲咎諸臣，紀事詳而意恕，其義例略見梅、劉諸人傳贊中。夫既爲李若星、徐從治立專傳矣，中丞事豈不鉅大於徐、李？然則謂明史闕中丞傳可，非不立傳也。逮獄信訊疏所稱"今科臣薛國光時爲推官"者，以明史薛國觀傳證之，"光"爲"觀"之誤不疑。竊疑方傳所謂"有司受譴呵而列當途"者，即指國觀。國觀擢給事中在天啓四年，入都當在三年，傳稱其頗有建白，蓋亦嘗頡頏作氣勢者，然則非獨黄忠端以同臺誤信其言，即李忠毅論事疏所謂登萊增巡撫而侵冒百餘萬，增招練又侵冒十餘萬，蓋亦中國觀之萋菲。國觀死崇禎十四年，傳作於十五年，所謂誣公、殺公者，殺者崔呈秀，誣者則國觀。其詞喟息不舒，猶未敢斥其名字，殆當時黨猶盛故耳。以方藉國觀爲辯誣左證，甯知國觀即詬公誣公暗中播弄之人。此又疏中所謂"人方作舟中之敵國，尚認爲胡越之遇風；人已占風角而生心，尚認爲鬩墻之禦侮"者。自古勞臣志士，遘閔類然，乃其推誠又不得不然。循公之事以繹其語，豈不可爲流涕者哉！

方傳稱公辛酉計吏舉天下第一，蓋亦禍機所伏。史稱魏忠賢初止蓄恨楊、左，崔呈秀、徐大化等以京察、封疆入之，而清流之禍益烈。公舉天下第一，固張問達爲冢宰、趙忠毅掌風憲時所主持。三方布置，又與熊襄愍□事，計典、封疆兩局，身實兼之，其爲東林推崇，爲呈秀側目，固所謂遊於羿之轂中，而無可解免者矣。顧公自言孤立招謗，方傳亦稱公孤立不徇門户。今檢集中，惟答某光禄書，語意略涉黨局而書詞隱約，字句又經斷缺。某光禄不知爲何人，無從推其意向趨舍。公與周忠毅姻家，忠毅擊奄，而議論與東林時有出入，非偏袒一家者，公之志其猶忠毅之志歟？熊襄愍僅得歸葬，佟卜人知其冤，終無敢訟言於朝者。京察得伸，封疆不雪，奄黨雖敗而所借之題不廢，思宗宵旰憂勤，而終不能以亂爲治者，膏肓之疾蓋在此，其可慨也夫！

【案】此據沈熲校録海日樓羣書題跋（同聲月刊第三卷第四號）。陶公遺集即陶元暉中丞遺集，明秀水陶朗先撰。據上海博物館藏此跋手跡，當作於光緒二十六年庚子（1900）。

投筆集跋

蒙叟投筆集二卷，凡詩一百八首，題爲後秋興用杜韻者，十三疊一百四首，自題前後四首。前二疊國姓攻金陵時作，後七疊皆爲永明王作，中間三、四、五疊作於國姓兵敗後，情詞隱約，似身在事中者。其書晚出，流布市井，士大夫不樂觀，疑近人僞造。然以選詞用事察之，誠是叟筆，非他人所能爲也。

明季固多奇女子，沈雲英、畢著，武烈久著聞於世。黔有丁國祥，皖有黄夫人，浙海有阮姑娘，其事其人，皆卓犖可傳。而黄、阮二人，皆與柳如是通聲氣，蒙叟通海，蓋若柳主之者，異哉！

黄夫人見廣陽雜記，余别有考。阮姑娘見劫灰録云："甲午正月，張名振兵至京口，參將阮姑娘歿於陣。"此第三疊“娘子繡旗營壘倒”注云:“張定西謂阮姑娘,吾當使汝抱刀侍柳夫人,阮喜而受命。舟山之役,中流矢而殞,惜哉!”京口、舟山,殁地不同,當以詩爲得實。阮之官爲參將,正與沈雲英官游擊同,其稱曰姑娘,蓋女子未嫁者,亦與沈、畢同。張定西與蕩湖伯阮進合兵,姑娘其阮家屬歟?

詩又云:“破除服珥裝羅漢。”注云:“姚神武有先裝五百羅漢之議,内子盡橐以資之,始成一軍。”又云:“將軍鐵稍鼓音違。”注云:“乙未八月,神武血戰死崇明城下。”考徐氏小腆紀年:“順治癸巳三月,明定西侯張名振以朱成功之師入長江,破京口,截長江,駐崇明。平原將軍姚志倬、誠意伯劉孔昭以衆來依。甲午正月,名振復以朱成功之師入長江,祭孝陵。敗於崇明,仁武伯平原將軍姚志倬戰死。”詩注“神武”即“仁武”音譌。當時以姚、劉歸張,壯張軍勢。而姚軍藉柳如是橐資以成,如是所經營,不可謂小,定西欲令阮姑娘侍之,宜也。

【案】此據學海月刊第二卷第一册(民國三十四年[1945]一月版),又見文獻 1992 年第 1 輯錢仲聯輯録沈曾植海日樓文鈔佚跋(三)、錢仲聯編校海日樓文集 163—164 頁。“十三疊一百四首”,學海作“十三疊九十六首”,據錢輯本改。“姑娘其阮家屬歟”,錢輯本作“姑娘其蕩湖家屬與”。

清

胡石莊先生詩集書後

曾植常慕向胡石莊先生學術,蓋少日得諸先司空公年譜中。司空公視學楚皖，常勤於表章理學先儒遺箸，於皖則汪雙池先生，於楚則胡石莊先生。雙池書博且多，既已次第傳刻。石莊之繹志、讀書説，得之差晚，未及刻而去楚，則時時爲中朝士大夫誦説稱道之。道光季年，繹志刻於江南，讀書説刻於鄂，而唐氏學案小識且盡録繹志自敘入冀道學案中，吾司空公志也。然讀書説刻成，司空公既不及見，而所謂菊佳軒詩者，當時僅得李屺瞻一敘，集本謂已無傳。李申耆氏最爲崇仰先生者，並菊佳軒名且不聞，世固無復知先生爲詩家者已。

自繹志初刻之歲道光丁酉，越今且八十年，重更兵燹，陵遷谷變，孰意夫舊德未湮，幽光炳見，先生詩完然具出，不獨所謂菊佳軒，尚有青玉軒集、檄遊草、頤志堂集，總凡□□卷。昔人所慕思尋訪不可得者，吾儕乃一旦發袟而盡讀之。情文聲采之陰陽，與夫微顯志晦、抗墜倨句之節，意内言外，壹若與吾儕相對於一室而憂樂與偕者。文章顯晦，豈曰非時，抑方兹滄海横流，喬木世家蕭條併盡，而胡氏子孫猶保持其先人遺著，逾久而僅完，韜籍檢題，黯然故色，兹其遺澤，尤可念也。

先生之學有以矯晚明陸王流失而直而不有，未嘗爲嘆詬凌誶之詞。其詩意且起二袁鍾譚之衰而詰而不切，亦無奮末廣賁之弊。其文體類葛稚川，詩體乃類傅北地。泊園居士將刻此書，分二册屬余校閲，追昔家世舊聞，竊幸自坿於先生若世舊，而名章迥句湧現眼前，掩卷默存，曠然若聞猋氏之風，若商頌金石之殷乎戶牖。校既盡，識其年月，歲陽在閼〈焉〉逢、太陰攝提格，日短至節前一日，後學嘉興沈曾植記。

【案】此據胡承諾石莊先生詩集,民國五年(1916)周樹模沈觀齋重刻本。作於民國甲寅十一月六日(1914年12月22日)。太歲紀年,甲曰閼逢(爾雅),或曰焉逢(史記),無"閼焉逢"之名,刻本衍一字。

2021泰和嘉成春拍Lot1059號拍品爲此文初稿,文字多有不同,兹録於下:

厶知石莊先生學術,蓋少得之先司空公年譜中。司空公視學楚皖,亟亟表章先賢理學爲事,於皖則汪雙池先生,於楚則胡石莊先生。雙池書博且多,既已次第傳刻。石莊之繹志、讀書説,得之差晚,未及刻而去楚,時時爲中朝士大夫頌道稱説之。道光季年,繹志刻於江南,讀書説刻於鄂,而唐氏學案小識盡録自敍一篇入翼道學案中,司空公之志也。然讀書[説]刻成,則司空公已不及見。而所謂菊佳軒詩者,當時僅傳李屺瞻一序,集本謂已無傳。李申耆氏最爲崇仰先生者,於菊佳軒名且不聞。

自道光丁酉,越今且八十年,重更(氷)〔兵〕燹,陵谷變遷,孰意夫舊德未湮,幽光炳見,先生詩完然具出,不獨所謂菊佳軒集,尚有□□集、□□集,總凡□□卷。舉昔人所慕思尋訪不可得者,吾儕乃一旦發袟而盡讀之。文章顯晦,豈曰無時,抑方此滄海横流,喬木故[家]蕭條併盡,而胡氏子孫保持遺書,逾久而得存,韜袠線裝,黯然古色,兹猶吾儕所撫卷太息,長想徘徊而情不能已者也。

先生之學有以矯陸王流失,而不若孝感謑詬之風;先生之學有以挽鍾譚之末波,亦不若虞山之抑揚過當。諸李擬其文體於抱樸子，余論其詩體乃類傅休奕。尚想其人殆有無窮之思，而不凝滯於一時一事介其神明者。近歲湘中傳船山遺象，精神峻竦，肖所爲文字。吾意先生［情文聲采之陰陽，與夫微顯志晦、抗墜倨句之節，壹若與吾儕相對於一堂而憂樂與共者］。

泊園居士重刻此書，分二册俾余分校，綜薈前聞，竊幸自附於先生若世舊，而名章迥句湧現篇中，掩卷默存，曠然若聞猋氏之風、商頌之聲出金石。時歲在焉逢攝提格長至日。

【案】"尚有□□集、□□集，總凡□□卷"，"□□"爲原稿空缺。"諸李擬其文體於抱樸子，余論其詩體乃類傅休奕"，旁又書"文體類抱樸，詩品乃近傅休奕"。原稿"吾意先生"後空缺，"情文聲采之陰陽，與夫微顯志晦、抗墜倨句之節，壹若與吾儕相對於一堂而憂樂與共者"一節補書於文末"長至日"後，茲將此節綴合於"吾意先生"之後。

東川公手録評本漁洋山人精華録跋

此精華録殘本，眉間墨批爲先高叔祖東川公手蹟，所録爲杭堇浦先生評語，一云錢蘀石先生評語也。謹案先公所撰司空公年譜："嘉慶四年己未六［月］，曾叔祖東川公卒。"注云："東川公諱廷耀，書山公次子。先大父幼時從受業焉。先大父生十四而孤，就試授室，皆公以脩脯所入助之，故先大父事公如事父。"又按舊寫宗支圖，書山公有子四人：長我高祖榮禄映渠公；仲鳴岐公，諱廷耀，嘉庠生；叔麗成公，諱廷燦；季馭周公，諱廷傑。鳴岐蓋東川公字，而東川爲别號。此書端鈐名字上下二印,下印曰"明宇",則東川公又字明宇也。

東川公生於康熙五十二年癸巳,順數至嘉慶己未,壽蓋八十七歲,於我第[六]房諸祖中最享大年。而吾高祖映渠公,卒於乾隆庚辰,壽四十九歲。麗成公卒於乾隆庚午,壽三十六歲,先吾高祖者十年。馭周公卒於乾隆乙未,壽五十三,後吾高祖十五年。麗成、馭周二公皆未娶。東川配盛太夫人,卒于乾隆戊辰,東川公三十五歲,方在盛年,亦不續娶,又無簉室,當時情事無可考,則未知麗成、馭周二公不娶,貧故耶? 東川公不續娶,天性貞介然耶? 要其時四房共一子,門祚孤微,叔姪二人,相依爲命,葆持吾先世儒素之業,深根甯極,而益藴積之,畜極而通,熲光(睿)〔濬〕發,繄東川公數十年承啓之力,譜所謂榮禄公事公如父,吾世世子孫所當永念不忘者也。

東川公書,骨體雅健出自顔,而醖釀深厚,論者以爲在司勳公上。以此録及抄選竹垞五言排律推之,知平生詩學甚深。乃家中竟不存一字,頤綵集中亦未見有唱酬。豈所謂良賈若虚,吾先世抱樸避名,家風然耶?

此書凡六册,曾植自十二歲時受之於先太夫人,晨夕几案,未嘗離去。同治庚午,爲常州史閏生孝廉借去五册,迄竟未還。猶幸有大兄過録眉批於惠氏注本者爲副本,天壤茫茫,原本卒不可復覓,常以痛心。書此端末,以告慈護,其善守之。宣統丙辰二月二十九日。曾植謹記於滬瀆之海日樓。

【案】此據寐叟題跋,前有"海日廔"陰文印,末鈐"沈曾植印”陰文印。海日樓藏書目載:“漁洋山人精華録　先東川公手批本　尚書公跋　殘本存卷七八　二本。”又見澹隱山房藏鈔本。

文獻1992年第4期錢仲聯輯録沈曾植海日樓文鈔佚跋(六)、錢仲聯編校海日樓文集171—172頁題作“東川公手録評本精華録跋”,今改作是題。“於我第[六]房諸祖中最享大年”之“六”,原稿空闕,據錢編本補。“濬發”之“濬”,原稿作“睿”,鈔本、錢編本作“濬”,從之。“猶幸有大兄過録眉批於惠氏注本者爲副本”,手稿作“猶幸大兄過録眉批於惠氏注本”,據鈔本、錢編本改。

惜抱軒詩集跋二篇

惜抱選詩,暨與及門講授,一宗海峰家法,門庭堦闥,矩範秩然。乃其自得之旨,固有在語言文字聲音格律外者。愚嘗合先生詩與籜石齋集參互證成,私以爲經緯唐、宋,調適蘇、杜,正法眼藏,甚深妙諦,實參實悟,庶其在此。世方以桐城爲詬病,蓋聞而掩耳者皆是也。抱冰翁不喜惜抱文,而服其詩,此深於詩理,甘苦親喻者。太夷絶不言惜抱,吾以爲知惜抱者,莫此君若矣。

【案】此據寐叟題跋,末鈐“癯禪”陰文印。據筆蹟,此跋作於光緒庚子(1900)。海日樓藏書目載:“惜抱軒全集　尚書公跋　同治丙寅省心閣刊本　十四本。”

江西派人説黄、陳,桐城派人説方、姚,皆耳根上難消受事。然與詆江西詬桐城之言較其取舍,居然又有雅言傖音之感。三世長者知服食,子桓誠有見而言之。

【案】此據寐叟題跋,末鈐“乙盦”陽文印。據筆蹟,此跋作於光緒庚子(1900)。

丁辛老屋集跋

此穀原先生詩初刻本，籜石所議行款板式均不合法者也。續刻□卷，余昔有之，甲申歲以贈東瀛岡千仞。戊戌夏，在廣陵市上復收此。

【案】此據沈熲校録海日樓羣書題跋（同聲月刊第三卷第四號）。海日樓藏書目載："丁辛老屋集十二卷　秀水王又曾受銘撰　尚書公跋　乾隆刊本　二本。"

記隱秀集

隱秀集一卷，傳（之）〔自〕粤客，粤客傳自頻陽翰林，本得之沙洋荒攤。書册高九寸，幅横徑尺，紙質黯故，邊角麋碎。詩詞瑣記，雜糅無敘，書跡秀勁，而真艸大小不一律。册首有"雲華女士"長方小印，卷中有"瑛"字元押、"陳郡佚女"陰文方印、"自在"陽文圓印，"銀蟾閣"、"梧榭"、"逍遥遊"、"昔邪"四陽文印，印文工緻，朱色鮮麗，然隨手鈐搨，無定方所。觀其書，知其才，徵諸印記，益知其閑雅，非尋常閨秀粗涉翰墨所可及也。

册中檢得藥方二，計帳三，碎帛寸許，絨線五六，絲色皆脱盡，驗爲一二百年物。履樣一紙，從底直量，得工部尺二寸八分，從上曲量，得三寸八分。如令依式爲之，纖削殆出理外。詩中特自矜惜，宜也。

詩詞或全，或不全，或點竄，不盡可讀。粤客云今所傳者，翰林以意屬讀，補闕綴殘，頗有潤色。然原文十之九，增潤十之一，翰林自言"我十六篇之孔安國，非百兩篇［之］

張霸也”。諸篇況味幽咽,而情辭怨亂。明爲女子自述遭逢,重沓隱互,乃令人不能測其首尾,不知女子身世故爾耶?或者有所顛倒,别寓感寄耶?翰林固依次録之,有潤色而無淩躐。談者味其荒冶,疑爲革命遺臣委蛇新代寄情譬況之作,兹固懸解名論。然證以履紙絨絲,按其詩詞情事,則固實有其人,非空中樓閣也。女子蓋楚産,或居黔楚之交,以計帳有沅陵田租字知之。陳郡謝氏之望,瑛其女子名歟?隱秀之名,校者所題。

【案】此據澹隱山房藏手稿。據筆跡,蓋作於光緒壬寅(1902)。

抄本徵賢堂詩集跋

辛亥三月,卜鏡亭攜徵賢堂詩不分卷本四册過余,乃知此本是依黄霽園選本寫定者。早歲一、二卷詩,删去甚多,三卷指今卷第。後則存多删少矣。選出詩各以“尢叟”印其端,尚有“辛伯”小印,未審何人。第四册後黄題記云:“此後歷年之詩,應復不少,尚望録寄,俟一併選定,編次卷帙,方好付梓人也。安濤識。”卷尾又有聽溪程夢麟、胡元杲記,皆先生同時人。

【案】此據寐叟題跋,末鈐“沈曾植印”陰文印、“乙盦”陽文印。海日樓藏書目載:“徵賢堂詩集八卷　嘉興曹言純撰　尚書公跋　校本　舊抄本　二本。”此書今藏浙江省博物館。

曹言純,字絲贊,號古香,嘉興人。貢生。清嘉道間人。工詩畫,善倚聲。著有徵賢堂詩八卷、種水詞四卷。黄安濤,字霽青,嘉善人。程夢麟,字聽溪,德清舉人,嘉道間任嘉興訓導。胡元杲，錢塘舉人，道光中任嘉興教諭。俱見嘉興府志。跋文"黄霽園"似當作"黄霽青"。"胡元杲"之"杲"字下部稍殘，錢編本未釋，録作"胡元□"，今據補。

書龔定庵文集後

才非盛世之所有也，盛世之民，渾渾淳淳而已。中聲以爲言，中制以爲行，中氣以爲養。無過聽之聲，固無蕩心者以發其聲也；無眩視之色，固無有耀神者以發其色也。才之興，其於中古乎？智與愚角，智又與智角，尤智者又與群智角，其間有通天人、齊古今之智者出，則又與尤智者角，尤智者或抑首喙氣，不敢與角焉。於是才之量成，而才之事亦極。其聲非尋常之聲也，其色非尋常之色也，其回薄激宕，江海不足以爲深，山嶽不足以爲高。群天下魁儒、碩學、長德、偉人、大豪、大姦邪、大盜、大猾，震之、駭之、頌之、讚之、擯棄之、絶之，而其幽靈殊異之心，疏通知遠、體物無遺之智，如電入物，如水注地，積微造微，泯然藏密，不可思議。

嗚呼！古之狂者與？狂者不知□聲之□□如此否也。其亦所謂狷者與？其于世道，不爲有補，亦不與無益之秕言比。聖人不可作矣，斯人之才，吾不知居古者何等也。獨其受之吾心，若有充然滿志者。爰題其後，以訊世之知言者，以爲定庵之才數百年所僅有也。

【案】此據文獻1992年第1期錢仲聯輯録沈曾植海日樓文鈔佚跋(三)、錢仲聯編校海日樓文集164—165頁，文集題下錢氏按云："驗手稿字跡，爲公少作。""獨其受之吾心，若有充然滿志者"，文集作"吾心所獨，其受之，吾心若有充然滿志者”，按略云：“愚意‘吾心所’三字乙去，於文爲順。”兹從文獻句讀，徑删“吾心所”三字。跋末按云：“稿尾别有‘不足以殫其明屈拙，其威神也，世之見者’三句，不知應添於何處？姑附後待考。”按，疑“明”字上或下脱一字，“屈”屬下讀，“拙”爲衍文。

記先府君手寫課藝後

此四書義□□篇，先都水府君課藝手稿也。其字差大，每半頁六行，行二十字，如府縣試卷式者，爲在皖時窗課。評閲者爲今鳳石相國之祖陸方山先生。其每頁九行，行二十五字，如鄉試硃卷式者，大都在都中作。評閲者楊□□先生、家蓮溪先生也。

府君文初宗隆萬，後法天崇，始終不涉及乾嘉以還所誦習如所謂春霆集、聽雨軒者塗轍。蓋植嘗聞諸叔父連州公，言府君精熟諸史，顧不肯以史論入經義。所宗尚别擇，主李安溪，而於天崇諸名家，特好包長明、徐思曠，謂其不矜色意，聲思深遠，撫卷吟諷，蕭然玄會。蓮翁嘗病府君文字氣冷，謂不宜榮世，府君不以介意，率性無改也。叔父又言乾嘉程墨侈堆垛，而曾祖贈榮禄公獨嗜好金、項，道光程墨貴清臯，而府君獨嗜包、徐，蓋我先世性習，篤守自信，不詭隨於流俗風氣如此。贈公號守拙，而府君自署曰拙孫，有微尚焉。我沈後人其永念之。

【案】此據澹隱山房藏鈔本，又見文獻 1992 年第 4 期錢仲聯輯録沈曾植海日樓文鈔佚跋(六)、錢仲聯編校海日樓文集 172—173 頁。文獻題爲“記先府君手寫課藝跋”，兹從鈔本與文集。"行二十字"之"二十",鈔本空缺,據錢編本。"其永念",錢編本作"識"。

"家蓮溪先生"即沈濂,字景周,號蓮溪。秀水人。道光三年(1823)進士。沈鈞儒曾祖父。

題方倫叔綱舊聞齋調刁集二篇

托體韓蘇,是桐城先賢遺矩,而清心獨遠。澹句、峭句、理句、非理句,即境生心,動成妙諦,此後山所謂"正須賀中度世"者耶?假令翁逢惜抱,所造更當若何?

【案】此據2021泰和嘉成春拍Lot1086號拍品澹隱山房藏沈潁鈔本。此篇末注"癸丑",即作於民國二年(1913)。"正須賀中度世",見後山詩話,鈔本"須"字譌作"煩",兹徑改。

風逸煙高,鯤鯨噴薄,不可以句律繩之,而齗齗於句律者,乃無由諭其津涯、望其項背。劉彦和言:"辭譎義貞,魏之遺直。"三復斯作,累欷深之。

瞿止菴詩稿跋

近代詩家,風多雅少,得失譏之,小己世變,諷以性情,有介甫鍾山之閒適,尠子韶夢澤之纏綿。地冠群倫,音同正士。山澤間儀,雖云澹雅,訏謨深致,亦有間矣。公此詩篇,鬱大政之思,入述征之賦,言皆爲史,感不絶懷,當爲五帝遺音,豈止三閭嗣響。兹爲變雅,三復增欷。曾植讀畢敬識。

【案】此跋見2019廣東小雅齋秋拍Lot0246號、2020嘉德秋拍Lot1901號拍品瞿鴻禨詩稿。據筆跡,當作於民國四年乙卯(1915)。

沈觀齋詩跋三篇

佳句經樊山加墨，幾於明鏡，鑒無不盡。鄙人不善摘句，獨論其大體耳。三册次第卒業，思日深，骨日緊。與時俱進，掉臂獨行。此真元豐、元祐間宋詩，非西江所能限也。發興特似簡齋，樹骨儼然介甫，吾昔論王陳不二，於沈觀詩徵之。其信此言，當以諗天琴。戊午四月曾植識。

木相摩而火生，人相摩而智出。惟詩亦然，有逆緣而後有逆筆，胷中塊壘皆聲中金石也。棘栗蓬、金剛圈，皆以逆得之。順流而下，乃無物也。六月十三日，植讀。

鍾記室題品公幹曰："動多振絶。"余極愛"動多振絶"四字，心識其境，而言語不能形容也。讀泊園詩，時遇此境，然仍不能逐字逐句標出。志之所之，環中象外，當與元和、元祐諸賢論耳。戊午八月，植識。

【案】此跋見周樹模撰沈觀齋詩，民國二十二年（1933）據手稿影印本。

苓隄游仙詩跋

苓隄集多繚曲往復之音，古之傷心人别有懷抱。下字尤精絶，能以今事爲古事，今語爲古語，微此而已，於俗諦見真諦焉，於色相示空相焉。余嘗欲乞其丙丁閒稾刻之，苦執不可，今無從問矣。雙花王閣，相對吟懷，不勝人閒天上之感。

【案】此跋書於浙江省博物館藏思古齋黄庭經拓本册空白頁上，末鈐"植"陽文印。據筆跡，當作於民國十年辛酉

(1921)。跋前録詩一首:"寒女著簪絶可憐,青帬縞袂曉畦邊。玉句詞客雙卿葉,腸斷開光下教年。苓隈游仙詩。"參觀金石書畫第三卷44頁、沈曾植題海日樓藏刻帖集160—161頁。

海雲樓文集題記

遠韻有惜抱風。寐。

【案】此題記見陳曾則海雲樓文集,民國十四年(1925)鉛印本。據筆跡,蓋作於民國六年丁巳(1917)。

日本

書鈴木豹軒詩後

兩章純粹唐音而寓興深微,能令讀者無端感慨,假令漁洋老人見之,定當擊節。

【案】此據浙江省博物館藏鈴木虎雄詩札手跡(見附録),沈跋即題於詩後空白處,末鈐"寐翁"陽文印。又見2021上海陽明春拍Lot2671號拍品沈頴鈔本,題作"書日人豹軒虎詩後",人名不確,兹改爲此題。按鈴木虎雄(1878—1963),字子文,號豹軒,又號藥房。日本著名漢學家,著作宏富,有中國詩論史、支那文學研究等。能漢詩,有豹軒詩鈔。民國七年戊午(1918)春,鈴木由王國維介紹得識沈曾植(參觀沈曾植年譜長編465頁),跋當作於此時。

【附録】

鄙人頃日爲吴越之游,所獲數詩,録呈請教。

越王臺下雨如塵,表裏湖山煙樹春。誰料破家六國地,卻生嘗膽卧薪人。右越王臺

香徑屧廊空委塵,館娃宫廢尚留春。曉來山外湖天碧,不見吴王歌舞人。右館娃宫

豹軒虎頁稿

書近重物庵頑石行詩後

此君取古金化分劑量,竟與考工記合,著有金相學。静庵云。

【案】此據 2021 上海陽明春拍 Lot2671 號拍品沈熲鈔本,原題作"書日人物庵近重真澄頑石行詩後",兹改作此題。近重真澄(1870—1941),號物庵。日本著名化學家。著有東洋煉金術。能漢詩,有安井隱居集等多種。

總集類

明汪刻文選跋二篇

汪氏重覆張伯顔本,寔尤氏再傳嫡裔也。摹印皆精,當爲明刻甲觀,比肩史記。世間傳本,往以掣去篇葉序記,用充元本。此獨未經掣損,汪氏書目一頁,尤爲罕見也。宣統壬子五月得諸滬市,遜叟識。

【案】此據寐叟題跋,末鈐"植"陽文印、"二嶽祠官"陰文印。錢編本脱"宣統"二字。海日樓藏書目載:"文選注六十卷 尚書公跋 明嘉靖汪諒重覆張伯顔本 二十本。"

汪諒重刻宋本文選,前有李廷相序云:"旌德汪諒氏偶得宋本,私自念曰:'吾若重價鬻之,纔足一人而不足溥其傳,莫若舉而鋟諸梓,則吾之獲利也無已,而學士大夫之利之也豈有已哉!'"廷相之言如是,而開卷第一頁明署"奉政大夫同知池州路總管府事張伯顔助率同刊",則諒所得之宋本實元本也,然伯顔寔從宋尤氏本重雕者。今以尤本勘汪本,行款字體,重規疊矩,無一不合。至尤本乙丑重刊之葉,有板心較短、字數較密者,汪本亦靡不相似。然則汪氏雖覆元本,實再覆宋本也。每卷第一頁因增刊伯顔銜名一行之故,次行不免後挪,然不過數行即申縮,以復尤本之舊。如卷一第一頁挪五行,卷二第一頁挪五行,卷三第一頁挪二行,各卷首葉皆然。此明人覆宋習慣,如張登雲所刻吕覽,實翻劉氏本,亦以增刻銜名逐行挪後,但彼挪行過多,不若此四五行後即復舊觀,爲不失繩墨耳。目録後坿刊汪所刻書目録半葉,殊罕見,録之於左。

金臺書鋪汪諒,見居正陽門内西第一巡警更鋪對門。今將所刻古書目録列于左。及家藏今古書籍,不能悉載,願市者覽焉。

翻刻司馬遷正義解注史記一部　　重刻名賢叢話詩林廣記一部
翻刻梁昭明解注文選一部　　重刻韓詩外傳一部韓嬰集
翻刻黄鶴解注杜詩一部全集　　重刻潛夫論漢王符撰一部
翻刻千家注蘇詩一部　　重刻太古遺音大全一部

翻刻解注唐音一部　　　　重刻臞仙神奇秘譜一部
翻刻玉機微義一部係醫書　重刻詩對押韻一部
翻刻武經直解一部劉寅進士注　重刻孝經注疏一册
俱宋元板　　　　　　　　俱古板

嘉靖元年十二月望日金臺汪諒古板校正新刊

按嘉靖元年歲在壬午。明世張伯顔本三經覆刻，唐藩刻於成化，在此前；晋藩刻於嘉靖四年乙酉，在此後；袁氏六臣本更在後矣。唐藩本行款已改。

【案】此據歷史文獻第十六輯海日樓書録。

文選各家詩集跋

蜀中近日刻書甚夥，然頗少持擇，猶不逮粤，江、浙無論也。薄遊羊城，偶思讀文選詩，適見此書，遂購之，聊取輕便、利行篋而已，其書固不足存。春間在廣陵，見江醴陵集，至今念之。

【案】此據寐叟題跋，末鈐“乙盦”陽文印。據“薄遊羊城”，此跋當作於光緒三年(1877)。海日樓藏書目載：“文選各家詩集四卷　江津陳光明輯　尚書公跋　醉經堂刊本　三本　殘存卷一、二、四。”

玉臺新詠跋

此本爲紀容舒考異所詆，故四庫中不收。然提要稱萬曆中張嗣脩本，則疑亦未曾親見此刻者。又云多所增竄，而覈諸提要所云，乃皆與宋本符合，未嘗見增竄之蹟。趙本流傳漸稀，此固不失爲佳刻，非後來各本可比。提要昔人有議其考證疏舛者，疑其言不虚也。

【案】此據寐叟題跋，末鈐“曾植”陽文印、“乙盦”陽文印。海日樓藏書目載：“玉臺新詠　尚書公跋　徐積餘跋　康熙丁亥古吴孟璟據張嗣修鈔本校刊本　十本。”

元刻樂府詩集跋

樂府詩集宋刻本，獨見於毛子晋所藏元本校語中，謂以宋校元，促付手民者也。其本今在常熟瞿氏。而宋本諸家著録不復見，雖殘本亦無所聞。意宋世雖有刻本，當時固不盛行，故流傳尠少耶？而元刻初印，亦自難得。明自嘉、隆七子以後，此書盛行，補板重疊，舊板斷脱，南雍後印者，幾不可復讀。觀愛日精廬所録周慧孫序，闕字至二十餘，汲古閣并無此序，知所據亦非完本矣。此本周序，愛日闕字均存，補板無多，而舊本字畫猶清朗，書習趙體，筆意宛存。檢南雍志樂府詩集板脱者二十四面，存者一千三百一十六面。今除抄配廿二卷外，餘七十八卷。嘉靖三十年補刊僅十七頁，則此爲梅鷟檢點後最初印本矣。

宣統戊午，余年六十有九，内子李夫人年七十，兒子輩欲于二月廿九日余生辰稱觴爲慶，苦禁不可，適書估董以此書來，乃笑曰：“曷以此壽乃翁？百卷之書，百齡兆也。”内子及兒女輩歡喜應之。憶光緒戊寅、己卯間，在廠肆見孫銓伯爲某尚書購此書，價四十金，即前所謂闕脱者。今者書價昔數十倍，余以九十元購此，僅一倍於孫君，而印本乃大勝。麴車流涎五十年，藉介雅以濡饞吻，莞爾一笑。

【案】此據寐叟題跋，末鈐“寐翁”陽文印、“海日樓”陰文印。"宣統戊午",錢編本脱"宣統"。海日樓藏書目載:"樂府詩集一百卷　太原郭茂倩撰　尚書公跋　元刊黑口板　每半頁十一行行二十一字　廿四本。"此書今在浙江省博物館。

元刊本文章正宗題記

戊午四月,寐叟敬觀。

【案】此書今藏上海圖書館(索書號爲800042)。此本爲元刻明修本,現存一卷(卷三),參觀上海圖書館善本題跋真蹟(第十六册141頁)。

宋本新刊諸儒批點古文集成題記

沅叔滬上所得書,曾植得盡覽焉,宋刊宋印,此爲甲觀。壬子三月借觀題記。

【案】此據藏園羣書題記卷十八宋本新刊諸儒批點古文集成跋所附(931頁),此書今藏中國國家圖書館。

王壬秋選八代詩選跋二篇

客中無書,以四百錢置此,譌舛極多,不知其抄集時據何本?湘中無校刊學,近始有爲之者。而後生争言世事,無復好古者承流接響矣,可爲太息也!

【案】此據寐叟題跋,末鈐"曾植"陽文印,"乙盦"陰文印。海日樓藏書目載:"八代詩選二十卷　王闓運撰　尚書公批閱本並跋　章氏經濟堂刊本　四本。"

己亥大雪節後二日,五更微雨,不能成寐,起讀支、謝詩數過,於諸文句頗漸領解。乃知選注之佳,向來諷味,祇得其鱗爪耳。

"老、莊告退,山水方滋。"此亦目一時承流響之士耳。支公模山范水,固已華妙絶倫;謝公卒章,多托玄思,風流祖述,正自一家。挹其鏗諧,則皆平原之雅奏也。陶公自與嵇、阮同流,不入此社。

支、謝皆禪元互證,支喜言玄,謝喜言冥,此二公自得之趣。謝固猶留意遺物,支公恢恢,與道大適矣。

【案】此據寐叟題跋,末鈐"乙盦"陽文印。跋中"玄"字皆缺末筆,"禪元互證"之"元",錢編本改爲"玄"。

汲古閣本河嶽英靈集題記

宣統甲寅三月,用郘亭所藏宋本校。

【案】海日樓藏書目載:"河嶽英靈集　宣統甲寅尚書公手校郘亭所藏宋本　汲古閣本　一本。"此書今藏浙江省博物館。明刻何嶽英靈集跋云"宣統甲寅三月,借傅沅叔新得宋本河嶽英靈集校於毛刻本上"之"毛刻本"即此本。

藏園訂補郘亭知見傳本書目卷十六上:"河岳英靈集二卷。唐殷璠撰。宋刊本,十行十八字,白口,左右雙闌,審其版式似棚本。鈐莫友芝印,即莫目著録之本。余得諸莫棠,袁寒雲堅求相讓,遂以歸之,今又輾轉入粤人潘宗周篋中。"(中華書局2009年,1512頁)可參觀。

明刻河嶽英靈集跋

宣統甲寅三月,借傅沅叔新得宋本河嶽英靈集校於毛刻本上,字句異同頗多,其間亦有毛不必非,宋不必是者。

宋刻誤舛顯然，固不少也。六月中，復得此明本，乃知毛氏分卷，寔祖於此。此前有刻書人小啓，則覆宋本也。文與宋本不同者，往往與宋本所注一作者合，是此祖本尚在傳本之前。以此兩本合校，而後毛氏改竄之處，乃碻然可指。毛氏藏書家，見刻本多於後人，亦有未可輕詆者耳。遜翁。

【案】此據寐叟題跋，末鈐"植"陽文小印。錢編本脱前"宣統"二字。海日樓藏書目載："河嶽英靈集三卷　唐殷璠集　尚書公跋　天一閣藏明板　二本。"此書爲四部叢刊初編所收河岳英靈集之底本，牌記云"上海涵芬樓借嘉興沈氏藏明刊本景印"，書後附河嶽英靈集校文一篇，署"辛酉(1921)五月無錫孫毓修校録"。1949年黄裳購自郭石麒漢學書店，來燕榭書跋著録，略云："河嶽英靈集三卷，唐丹陽進士殷璠集。嘉靖刻，行款同前。前有殷璠序、集論、目録，目前有宋刻原本書坊識語六行。收藏[印]有'駕浮閣'(白方)、'一盦審正'(朱方)、'海日樓'(白方)、'遜齋居士'(朱長)。序後有吴慶燾手書觀款，人數同前。"所謂"行款同前"、"人數同前"，參觀明刻中興間氣集題記案語所録黄跋。

明刻中興間氣集題記

天一閣藏書，甲寅季夏歸於海日樓。寐叟記。

【案】海日樓書目載："中興間氣集二卷[唐]高仲武集　辛酉萬壽節題名　鄭孝胥書　尚書公題字　天一閣藏明板　一本。"

此書爲四部叢刊初編所收中興間氣集之底本，牌記云"上海涵芬樓借嘉興沈氏藏明刊本景印"，書後附中興間氣集校文一篇，題記末署"辛酉(1921)五月無錫孫毓修識"。後爲王綬珊、黄裳遞藏。1949年黄裳購自郭石麒漢學書店，來燕榭書跋著録,略云:"中興間氣集二卷,渤海高仲武集。嘉靖刻,十行十八字,白口,左右雙邊。前有姓氏一葉,次目録。收藏[印]有'寐翁'(朱方)、'梵持'(白方)、'海日樓'(白方)、'遜齋居士'(朱長)、'杭州王氏九峰舊廬藏書之章'(朱方)。卷尾有沈子培手書一行(略)。下鈐'植'字朱文小方印。又鄭孝胥手書五行:'辛酉正月萬壽節,馮煦、王秉恩、沈曾植、鄒嘉來、余肇康、吴慶坻、朱祖謀、鄭孝胥、王乃徵、章梫、楊鍾羲、胡嗣瑗、陳曾壽、沈頲同觀。孝胥書於海日樓。'"按辛酉正月十三日(1921年2月20日)沈曾植與逸社同人宴集於海日楼,祝賀溥儀誕辰,出河岳英靈集、中興間氣集、絶妙好詞諸書賞玩并題觀款(参觀沈曾植年譜長編,499頁)。

吴都文粹題記

王蓮涇校本,每半頁九行,行二十一字,行款與此同,然寔非同源出者,殆即彼本注中所稱之"一本",又頗似即馬寒中本也。

【案】此書今藏臺灣"國家圖書館"(索書號爲403.3 14410)。此題記書於卷首書眉,末鈐"曾植"陽文印,據筆蹟當作於癸丑(1913)。此題記"國立中央"圖書館善本題跋真蹟、標點善本題跋集録未著録。

詞曲類

手校傳鈔本江南圖書館舊藏山谷詞跋五篇

提要集部詞曲類:山谷詞一卷。此别行之本也。宋史藝文志載庭堅詞二卷，書録解題則載山谷詞一卷。蓋宋代傳刻已合併之矣。集中詞如沁園春、望遠行、千秋歲第二首，兩同心第二首、第三首，少年游第一首、第二首，鼓(角)〔笛〕令四首，好事近第三首，皆褻諢不可名狀。至於鼓笛令第三首之用"䠷"字，第四首之用"㞎"字，皆字書所無，尤不可解。又兩同心第二首與第三首，玉樓春第一首與第二首，醉蓬萊第一與第二首，皆改本與初本並存，蓋片字隻字一概收拾者。又念奴嬌"笛"字，放翁謂俗本用蜀中方言改爲"曲"字，此本固未改。

此本念奴嬌居卷首，而"臨風笛"正作"臨風曲"，則即放翁所稱俗本，固猶南宋舊帙也。或以注引草堂詩餘爲疑，則不知草堂選亦出宋人，直齋書録載草堂詩餘二卷。而注或重刻時坿增耳。宣統庚戌臘月從江南圖書館傳鈔，遜齋老人題記。

【案】此書今藏上海圖書館(索書號爲783256)，參觀上海圖書館善本題跋真蹟(第十七册12頁)。此題記以"安徽官紙印刷局石印"箋紙書於卷首。馬興榮、祝振玉校注山谷詞附録二沈曾植題跋(上海古籍出版社2001年版，317—318頁)録此篇，無前一段節録四庫提要部分，缺夾註"直齋書録載草堂詩餘二卷"一句，又脱末"宣統"二字。跋中所録提要語"又念奴嬌'笛'字，放翁謂俗本用蜀中方言改爲'曲'字，此本固未改"，原文作"陸游老學庵筆記辨其念奴嬌詞'老子平生，江南江北，愛聽臨風笛'句，俗本不知其用蜀中方言，改'笛'爲'曲'以叶韻。今考此本仍作'笛'字，則猶舊本之未經竄亂者矣"。

山谷玉章，得之馨甫手中，不敢謂果是文節遺物，而刀法清雅，玉情瑩粹，賞鑑家均定爲宋製，謂爲南樓卧榻，嘗從公於蠻煙瘴雨之交，祇侍"深密伽陁枯戰筆"者，抑何不可。解組歸來，得宋刻文集於金陵、仿宋本遺文於繆太史，抄此於江南圖書館。書到日，適會得印，鈐諸卷尾，記此古緣。宣統二年，龍集上章奄茂臘後五［日］，伽耶老人書。

【案】此跋以朱筆書於卷末空葉，上揭山谷詞附録二沈曾植題跋未載。鈔本卷三末葉鈐"山谷"、"三摩耶地"、"餘興"三陰文印。

吴氏校本，朱筆據宋刻山谷琴趣，卷第、篇次、文句，核與此本一一符合。墨筆所稱張本，並所引草堂亦同。頗疑此即張本，而張本即琴趣，但標題不同耳。

【案】此跋以朱筆書之，據筆蹟蓋作於癸丑(1913)。亦見上揭山谷詞附録二沈曾植題跋。

余既懸定此本與琴趣合，今春之月，菊生自海鹽掃墓歸，得宋本山谷琴趣外編一册於鄉間，是其先世清綺舊藏，與醉翁琴趣同刻者。醉翁六卷，缺前三卷。山谷三卷，完全無缺。刻梓精工，"禎"字缺筆。南宋閩刻善本也。去月，得見傅沅叔所收紹興本山谷外集、宋覆紹興本文集，校勘竟，意趣暢然累日，私慶眼福過前人。今又得見山谷琴趣外編，桑榆暮景，欣此異書，不知梵天法寶西向禮拜者，亦能如願而至乎？否乎？宣統辛酉，寐叟識。

【案】此跋書於卷首，末鈐"菌閣"陽文印。亦見上揭山谷詞附録二沈曾植題跋，惟脱末"宣統"二字。

琴趣刻本當在光甯間，此本以琴趣爲本，而以草堂校增，所云"一作"，多與集本合，蓋宋末刻歟？辛酉歲立夏日。

【案】此書於第三卷末葉。亦見上揭山谷詞附録二沈曾植題跋。

白石道人歌曲跋

宣統庚戌,試用安慶造紙廠新造紙印此書。事林廣記音樂二卷,可與旁注字譜相證明,坿印於後,以資樂家研究。遜齋識。

【案】此跋見范景中藏白石道人歌曲。作於光緒二年庚戌(1910)。

宋刻花間集跋

花間集,汲古所刻甚精,其祖本今在聊城楊氏,四印齋影刻於京師,三百年間與汲古閣後先輝映,不可謂非詞苑盛事也。此本每半頁十行,行十八字,羅紋宋紙,刻印極精。與毛本、楊本相校,行款文字,多有同異。而此本多存唐人集部舊式,宋諱多闕筆。楊本有放翁跋,此有晁謙之跋;楊爲淳熙鄂本,此則紹興建康本。然則海(原)〔源〕閣主所謂花間爲詞家之祖,鄂本又是集祖者,固猶未爲定論耶? 辛丑六月,姚埭老民記於曜貞珉館。

【案】海日樓藏書目載:"花間集十卷　尚書公跋　紹興建康刊　半頁十行行十八字　羅紋宋紙　四本。"此書今藏上海圖書館(索書號爲841422-23)。參觀上海圖書館善本題跋真蹟(第十七册132頁)、寐叟題跋,末鈐"植"陽文印。

碧雞漫志跋

右天一閣抄本，前缺後爛，不可復觸手，爰付陳生脩治。校知不足齋刻本，是正十餘字，甚快意。甲寅冬月記。遜公。

【案】海日樓藏書目載："碧雞漫志五卷　尚書公跋天一閣藏抄本　二本。"此書今藏臺灣"國家圖書館"（索書號爲 407.13 14969），參觀標點善本題跋集録（750 頁）。

海日樓金石題跋

卷一　金跋

盂鼎跋二篇

光緒庚寅，潘文勤公招飲滂喜齋，座客二十餘人，順德侍郎居首，讌罷各贈盂鼎拓本一紙，毛公鼎一紙。華胥夢在，對此憮然。寐叟記。

【案】拓本今藏浙江省博物館，參觀金石書畫第三卷122頁。裱軸上有民国二十八年己卯（1939）秋陳錫鈞應沈頲之囑過録沈曾植舊跋二篇，今據此輯入。“滂喜”之“喜”，陳氏鈔本譌作“熹”。

盂鼎結字，波峭方折處，極有似殷墟文字者，語近酒誥，妹辰近妹土，南公所畮，正其畿内殷民歟？

【案】妹土，見尚書酒誥，亦作“妹邦”，馬融謂即牧野，在今河南淇縣。于省吾雙劍誃尚書新證卷二：“盂鼎云‘女妹辰有大服’，妹指妹邦言。”與沈跋見解相同。盂鼎：“畮正厥民。”畮，陳氏鈔本誤作“畂”。

卷二　碑跋

東漢

三老碑題記

後丙辰之第五年，歲在辛酉三月望日，長水寐叟觀。

【案】此據上海圖書館藏三老碑拓本（索書號爲 J1586），末鈐“曼佗羅室”陰文印。又見西泠印社編三老碑彙考（上海書店出版社 2007 年，11—12 頁）、善本碑帖過眼録續編 17—18 頁。

嵩山三闕銘題記

鐵雲觀督所得寶墨，壬寅秋日乙盦借觀，留齋中十日。

【案】此跋末鈐“子培父”陽文印、“沈曾植印”陰文印。見柏克萊加州大學東亞圖書館編：柏克萊加州大學東亞圖書館藏碑帖，上海古籍出版社 2008 年，23 頁。

景君碑跋

此碑在秋曹寓珠（朝）〔巢〕街時得之。原裝甚精整，一損於老墻根寓之（袪）〔胠〕篋，再毁於皖藩署之蟻劫，姬姜蕉萃，非復昔日容光，可慨息也。甲寅秋，羅子静攜示劉鐵雲帖數十種，中有此碑，是唐鷦安所藏，曾校覃溪藏本，號爲明初拓本者，取以相校，完損略同，而拓功此猶較勝，欲購而值昂不可得，乃録唐跋於此。所校語甚精細，亦録諸眉上。遜翁。

"近見翁學士校顧芸美塔影園本云'此本與塔影園本未許甲乙'，然以翁本比對余此本，則此尚多剥損者廿七字，剔損者五字，記諸眉間，以證是本爲天壤間瑰寶，且翁本鋒穎俱頹，不若此之尚有筆踪可尋也。惜翁學士不及見此等善本耳。己巳七月記。"

【案】此據寐叟題跋，末鈐"植"陽文印、"乙盦"陰文印。據筆蹟當作於甲寅(1914)。唐翰題(1816—1875)，字鷦安。嘉興人。唐跋作於同治八年己巳(1869)。

石門頌跋二篇

此本文句失次，闕字極多，不知本係殘本耶？爲裝池時劣工剪去也？然筆勢圓活，鋒鍛若新，上海沈氏明拓本持以相較，曾無勝劣。第彼是濃拓，墨法尤古厚耳。張少原給諫有一本，亦濃拓，而神觀尪弱，無復可見古人用意處，不及此遠甚，然猶是數十年前物。故知此雖不完，終是精拓舊物，不得以翦損忽視之。乙龕校記。丁亥四月。

【案】此據寐叟題跋，末鈐"禾興沈氏以符"陰文印。

此故友沈君益甫所藏，君歸道山，帖遂留余齋。光緒丙申，爲寫書人盜鬻諸肆，展轉追求，乃復得之。戊春南歸，幸置行笈，免爲劫灰之燼。秋窗檢閲，感喟無已。

【案】此據寐叟題跋。據筆蹟當作於光緒庚子(1900)秋。末鈐“秀水沈氏”陽文印、“育翩翾館金石文字校讀印”陰文印。

禮器碑跋二篇

此覆本出吴下，不知其祖自何氏？嘗見道光前拓，錢唐許文恪公所藏者，氈蠟精美，神采可愛，惜其作僞爲心，不肯著序跋，明其覆刻所自，否亦何憾臨川廟堂乎？光緒己亥，過廣陵，偶以番餅一元得此，視都中金題玉躞，貴人炫爲宋拓者，爲豚蹄而得(溝)〔篝〕車矣。

【案】此據寐叟題跋。據筆蹟當作於光緒庚子(1900)。

余嘗見宋拓婁壽，知碑估覆本，亦未嘗不粗存形質，然終不得與阮氏華山、翁氏石經同爲考證之資，則有來歷無來歷之别也。

【案】此據寐叟題跋，末鈐“苻婁庭”半陰半陽文印、“姚埭老民”陽文印。據筆蹟當作於光緒庚子(1900)。

明拓禮器碑跋

此本得之廠肆澄清閣常賣杜生。杜，冀州人，父子叔姪皆碑估，鑒别碑板，所持皆乾嘉以來舊説也。李三老、王廉生皆喜之。生所得善本，價昂者歸廉生，價廉歸余，知余貧，無鉅力也。此本直白金一流，生固識爲明拓，不欺余。越日而廠肆誼傳杜漏宋拓禮器於余，漏者，廠人市語，謂賤賣也。廉生深咎杜生，生極辨，無以自解。他日廉生就余齋借觀，笑曰：“亦明拓稍先者耳，人言良不可信。”此丁亥、戊子間事也，追思便若前古語。帖爲蟲蝕，今夏付裝，偶憶夢餘，漫書於此。

【案】此據寐叟題跋，據筆蹟當作於丙辰(1916)前後。

“前古語”，錢編本誤作“前世語”。

漢孟廣碑跋

碑於光緒二十七年謝崇基訪得於昭通府南，遂爲滇南石刻中最古者。然碑上截已折，題額不可見，文前又無題目，今據第一行“丙申月建臨卯，嚴道君之冑孫武陽令之子孟廣宗平”，下闕。題爲孟廣碑。或有稱孟琁碑者，以第三行首有“改名曰瑄字孝琚”字也。然“瑄”字細審非“琁”字，或“瑄”或“璇”或“瓊”變體不可知，當覓精拓本再辨之。孟氏與爨氏，當漢、魏間，並爲犍爲屬國，諸夷大姓。常氏華陽國志所謂諸葛亮分青羌羸弱配大姓焦、雍、婁、爨、孟、量、毛、李爲部曲，置五部都尉，號五子，南人號四姓五子者也。亮取爨習、孟琰、孟獲爲官屬，孟琰官至輔漢將軍，獲官至御史中丞。琰名從玉旁，得非瑄之兄弟，亦武陽君子邪？建安二十一年丙申，其時爲先主初克劉璋之日；次後丙申爲晋武帝咸甯二年，則蜀亡後南中内屬，分并州部，夷俗忿恚之時。碑辭但述懷抱之悲，殊無喪亂之感，似非此二期文字。若推上至建安前之丙申，爲漢桓帝永壽二年，正常氏所謂諸郡安甯五十餘年期内，碑文亦絶似東漢，頗疑此丙申是永壽丙申也。武陽君在官而喪其子，其文語氣，似即主簿等所爲。主薄李愔，□記李景，蓋即常氏所稱武陽大姓三楊五李者耶？孟氏在南中，自漢迄至隋、唐，與爨並峙。至開元中，爨歸王襲殺孟騁、孟啓，見樊綽蠻書。爾後孟氏遂不復見。或疑今麗江木氏，乃是其後，未可知矣。孟氏貫朱提，獲又稱建甯，則其郡望也。

【案】此據上海圖書館藏海日樓叢稿。又見文獻 1992 年第 1 期錢仲聯輯録沈曾植海日樓文鈔佚跋(三)、錢仲聯編校海日樓文集 112 頁。

孔彪碑題記

宣統丙辰三月，以此拓[校]萃編一過。灊庸。

【案】此拓本册今藏浙江省博物館，封面有沈氏題籤：“博陵太守孔彪碑　舊拓本　駕浮閣藏　寐叟題記。”鈐“寐叟”橢圓陽文長印。跋末鈐“海日樓”陰文印。参觀金石書畫第三卷 81 頁、沈曾植題海日樓藏碑拓集 3 頁、9 頁。

殘本婁壽碑跋

傳古碑有二法，一者摹刻，一者雙鉤，論者多左袒雙鉤。然余見婁壽原刻，雙鉤本所得，猶不若此覆本所得多也。要之，非親接中郎，不能識虎賁似處。宣統庚戌孺卿記。

雙鉤不廓填，非古法也。唐人雙鉤，固無不廓填者。偶或未填，功未竟耳。此刻至拙，鉤本極工，工者竟無以勝拙，足知古人廓填之有意也。

【案】此據文獻 1993 年第 1 期錢仲聯輯録沈曾植海日樓文鈔佚跋(七)、錢仲聯編校海日樓文集 151 頁。

校官碑跋

余最喜此碑書法，以爲漢季隸篆溝通國山、天發之前河也。顧恨拓本漫漶，嘗集濃澹乾濕數本合裝之，互徵其趣。此本雖舊，而拓不工，以其爲蘇齋物存之。李鄉農。

首行"載"字、"著"字完，"功"、"斯"字存半，勝萃編本。

【案】此據寐叟題跋，末鈐"隨菴"陽文印。

書白石神君碑後

道家之說，本自巫風。此碑務城神君、李女神、磶石神、璧神君諸稱，誕妄不經。而皆輸義錢以助營宇，數皆大萬，與他碑以百計者絶殊，祭酒之富實可知。封禪書："郡縣遠方神祠者，民各自奉祠，不領於天子祝官。"又云："民里社各以私財祠。"祭酒者，民間巫祝之首。民間私財，斯五斗米之造端歟？

自秦、漢之間，巫風極盛，史所記梁巫、晋巫、秦巫、荆巫、九天巫、河巫、南山巫之屬，名數猥多，而皆詼詭。南山巫爲山巫，南山，秦中。皋山君、武夷君，皆山君。神君之稱，亦始漢武時，有長陵神君、上郡神君，神君因巫爲言，上使人受而書之，命之曰書法。碑後主簿程疵，傳白石將軍教，所謂因巫以言者歟？依南山巫例，則程疵白石山巫也。法食亦道家言，當與書法之法同義。

道書自寇謙之、陶宏景以還，造作張施，依情增數。然謙之止于嵩岳，貞白侈列江南，所謂□□名山七十二福地者，遠及交、廣、滇、黔，燕、趙諸山，自常山外，他無所取，九山之名闕焉。如史之九臣、十四臣，不復可知。燕、齊海上迂怪之説，亡不可考久矣。魏書地形志高陽郡高陽有郝神,永甯有班姬神、石澗神,章武郡平舒有城頭神、里城神,文安有廣陵趙君神,鉅鹿郡西經有三女神,北平郡蒲陰有赤泉神。其名稱與此碑相類,河北小鬼神之崖略可見者也。

【案】此據寐叟題跋,末鈐"沈曾植印"陰文印、"寐叟"陽文印。又見文獻1992年第1期錢仲聯輯録沈曾植海日樓文鈔佚跋(三)、錢仲聯編校海日樓文集113頁,錢仲聯按語云:"礝"曝書亭集引作"碑";"各以私財祠",封禪書作"各自財以祠"(此條誤繫於"民各自奉祠"下);"石澗",宋蜀大字本魏書作"石蘭"。

劉熊碑陰殘石跋

上列第八行第一字似"悳"字,下列第三行"位"字上"扌",細辨似"掾"字,第四、五行同列字亦皆"扌"旁。溧陽校官碑陰有署"從掾位"者,此下列首三字,恐竟是"從掾位"也。寐叟。

【案】此拓本今藏上海圖書館(館藏號:S1780-1781),參觀善本碑帖過眼録續編92—93頁。跋末鈐"植"陽文印。

竇應畫像跋

作雙鉤本看,何嘗不佳。於泐痕損蹟之中研尋字畫,讀碑者不可無此耐心。能於此中得少滋味,乃知閬老精專,殆不可及。

【案】此據寐叟題跋,末鈐"灊庯"陽文印。據筆蹟當作於宣統庚戌(1910)。

漢碑跋

隸韻、字源碑目均録此碑，然“䨩”字舍此而録堯廟，則疑兩家亦僅據集古、隸釋録之，未必親見此碑拓本也。歐陽公語，當在集古跋尾佚文中。光緒壬寅孟秋，沈曾植借觀題記。

【案】此跋據沈頲鈔本。按其内容，當是跋某漢碑，俟考。“䨩”爲“靈”之異體字，東漢永康元年(167)孟郁修堯廟碑(見隸釋卷一，集古録跋尾卷二稱爲堯祠祈雨碑)有“靈”字，但不從“虍”，“䨩”見熹平四年(175)帝堯碑(見隸釋卷一，集古録跋尾卷三稱爲堯祠碑)，参觀宋劉球隸韻卷四、宋婁機漢隸字源卷三之十五青韻“靈”字條。此跋“堯廟”當指集古録跋尾之堯祠碑、隸釋之帝堯碑。

三國　魏

上尊號碑跋二篇

較萃編有多字，校楊惺吾、鄭叔問家國初拓本，彌益多字，定爲明拓，爲吾齋第二本。

【案】此據寐叟題跋，末鈐“香上禪居”陰文印。據筆蹟當作於民國戊午(1918)，故置於下篇之前。

此本爲寶應朱文定家舊藏，己酉年歸於禮嶽樓。於今己未，周十幹矣。海上流人，抱殘守闕，餘年何幾，顧影惘然。九月晦前一日，夜半起視，五星聯珠，此同治中興祥也，灑筆記之。餘齋老人。

【案】此據寐叟題跋，末鈐"寐叟"圓形陽文印。

三國　吴

葛祚碑跋

昔有葛府君碑，金陵陳氏獨抱廬物也。響搨殊不精，模擬筆鋒，頗費揣度，既久而得其真相。覆觀此本，乃知良工心苦也。今陳本已失，猶藉此本摩挲，夢想孫吴楷法，是問老惠我也。

【案】此據寐叟題跋，末鈐"植"陽文印。據筆蹟當作於宣統庚戌（1910）。

晉

桓儀長子墓磚跋

光緒丙午，南昌鄉民發土見桓墓磚，歸吴中丞署中。此二紙中丞手拓見贈。

【案】此磚拓本今藏浙江省博物館，見金石書畫第三卷124頁。跋末鈐"寐叟"陽文印、"摩那室"陰文印、"素安"陽文印。據筆跡，當作於宣統二年庚戌（1910）。吴中丞爲吴重熹（1838—1918），光緒三十二年丙午（1906）任江西巡撫，拓本鈐有"仲懌"陽文小印，是其字。

苻秦

鄧太尉祠碑跋

右苻秦鄧太尉碑二紙，皆道光拓本，近百年故物，鼠囓傷損，甚可惋也。薄紙爲碑估拓本，題名首列多漫漶。厚紙則加工拓，用校續編，釋文尚可多得十數字。如續編"始平解虔安字文"，今此本"字"字甚晰，而"文"上有"臣"字。續編脱去第一（例）〔列〕題"孟□□廣"，諦審"廣"上［是］"它"字。"鉗耳□□龍"，諦審"耳"下是"部"字。"范高延恩"，"恩"是"思"字，甚明晰。"雷遠子安"，續本側寫小字，蓋彼本不晰存疑，今本甚明白。"雷川□光"，"□"是"道"字可識，而"川"字乃甚似"桃"，當存疑。第二列"甞陸道□"，審今本似"陵"字。第三列"利非□永遠"，今審"□"是"騰"字，亦明晰，第書作"騰"耳。碑叙鄭能進官次，前者"建威將軍"云云，蓋漢趙故官，後曰"聖世"、"被除"者，則苻氏所授也。解虔安之"奉車都尉"云云亦故官，"聖世水衡令"云云，爲仕於苻氏前官，"被除爲司馬"則見官也。碑文實作"右降爲尚書庫部郎"，"右"字甚明，續編作"左降"，誤。羌氏尚左，故稱"右降"，皆此碑文法特異者。"和戎"、"寍戎"二郡，合而稱之曰"和寍戎"，尤不詞也。所領諸夷曰五郡屠各，曰白羌，曰黑羌，曰高涼西羌，曰盧水、白虜、支胡、粟特、苦水，雜種七千，夷類十二種。所謂"盧水"、"白虜"，蓋即沮渠種人，"支胡"疑是小月支。

馮翊有粟特種人,甚可異,或賈胡之留居中國者歟? 自高涼而上爲羌,盧水以下爲胡,兵争之世,種族之分尤晰也。宣統十一年臘月,餘齋記。

【案】此據寐叟題跋,末鈐"曾植"陽文印。"續編'始平解虔安字文'"之"字",金石續編原文實爲"宇"。"第一列"之"列",原誤書作"例"。"'它'字"前原脱"是"字,據文義補。海日樓藏拓本今在浙江省博物館。

北魏

崔敬邕墓誌跋二篇

此志用筆略近李超,尚不及刁惠公之茂密。惜原本不得見,無以確定之。

【案】此據寐叟題跋,末鈐"餘齋"陰文印。

近江南任氏得李眉生藏本雙鉤一本,刻行細意相校,殊無大異。彼本彌近李超,清潤處復與司馬景和妻相近。然則原刻度當似崔頠,非刁惠公一種也。

【案】此據寐叟題跋,末鈐"曾植"陽文印、"海日樓"陰文印。"崔頠"之"頠",錢編本誤作"顧"。

劉健之本崔敬邕墓誌跋

此書使轉縱横,筆法、墨法皆可從刻法中想像得之。河北無行押書傳世藉此可意測其運用也。健之觀察出此見示,假歸客邸,摩挲一夕,自慶墨緣,輒寄數語。

奇正相生濃淡覆，書人筆髓石人參。百年欲起安吴老，八法重添歷下譚。安吴未見此石。

漢石經齋碑百品，劉郎恣我盡情窺。秋陽在庭疏竹緑，坐憶東華駐馬時。王文敏邸在東華外錫鑞胡同。

宣統庚戌季秋。植。

【案】此跋録自民國珂羅版本崔敬邕墓誌後墨跡影本，首鈐梵字“无”陽文印，末鈐“吴興”陰文印、“遜齋居士”陽文印。“行押”之“押”，原誤書作“狎”。

刁遵墓誌跋

此刁惠公志，海内有名之本。“雍”字及“建平”“建”字可識，舊拓中不可多見者也。韓門先生題記在乾隆丙戌，閱六十年爲道光丙戌，岳鍾甫刻木記於志旁，已泐闕五六十字，今再閱丙戌，存字益少，益漫漶，昔人所稱似顔徐體，疑出中岳先生手者，鋒勢神韻，都不可復見。而石出土在康熙五十年間，距韓門題記幾六十年，金石著録人間，見本無能一字多此者，則前此殘壞固無幾也。風會所趨，金石爲泐，異哉！湘文先生精鑒藏，收蓄多江南故家舊物，碶秋農部借觀此本，轉以相示，留齋中三日，焕然有見於南北關通之緒，信陳海甯、包安吴所論不虚，輒記數言，以質善鑒。光緒己丑季春，嘉興沈曾植。

【案】此跋録自國家圖書館藏刁遵墓誌拓本（浙江人民美術出版社 2006 年版）。

舊拓刁遵墓誌跋八篇

舊拓刁惠公墓誌第四本。廣道義齋藏乾隆拓本。己丑記。

【案】此拓本册今藏浙江省博物館,參觀金石書畫第三卷86—88頁、沈曾植題海日樓藏碑拓集65—105頁。有陶濬宣題籤:"舊拓刁惠公志　光緒壬辰五月　濬宣署。"鈐"陶濬宣"陰文印。封面沙孟海題"刁遵墓誌彝字未泐本"。此爲卷首光緒十五年己丑(1889)沈曾植題名。據筆跡,諸跋亦作於是年。

張叔未云宋拓定武蘭亭筆意與刁遵志絶相似。

此帝僵字與張君清頌"囦"字並爲北碑難字,"囦"舊釋爲淵,音義大略近是。此字則無有釋者,以帝僵無可考見也。愚按帝僵當即帝姜,"僵"則"彊"字之誤。北書多由隸變,而從草書而變者,亦往往有之,如"葩"變爲"花","宋"變爲"家",皆隸變草,草復變楷者,無復形聲事意之可言。而譌闕無形,又不若百念爲恴、言反爲變之可以意測。轉寫無踪,焉烏魯魚,固無從揆度矣。刁本齊姓,系出自姜,風俗通以爲齊大夫豎刁之後。據毛詩"鶉之彊彊",戴記引作"姜姜",則彊、姜同音,古文假借蓋常有之。彊之草體或作"[illegible]"、或作"[illegible]"、或作"[illegible]",其左傍"弓"之草體極似"亻",其右傍"畺"之草體與"量"之草體或作"[illegible]"、或作"[illegible]"者無異。"彊"變爲"僵",職此之由。偶習草書而悟此,熟思似不可易,不啻孫淵如之釋菩薩也。乙葊。

南皮故家藏完本刁志,右下角尚未闕,號千金帖。咸豐間,寇入其舍,他無所取,獨此帖亡矣。此中弢聞諸張相國者，記之以博異聞。

碑陰是後拓補入，紙墨皆異，且校道光間所拓少十餘字，是明證也。大凡舊拓皆無陰。

地形志彰武郡有東州縣，涑州即東州也。

【案】此條有陶濬宣案語曰："濬宣桉，碑本作束，左邊非水，乃石泐也。"鈐"濬宣審定"陰文印。陶説是也。

袁户部云，高氏當亦文公之族。

"南"字上尚有"妻河"二字，裝者失之，"中"字上有"司徒"二字亦失之矣。英即中山壯武王英，舊拓"英"字上"王"字、"壯"字尚約略可見。據北史刁雙傳，元略姊饒安主刁宣妻也。略爲中山王子，則此英是中山王英無疑。英官至尚書僕射，薨贈司徒，傳不言侍中，當以此補之。

金石萃編云，石今在南皮高氏。萃編成書於嘉慶乙酉，蓋是時已由劉氏轉入高氏，多見嘉道間本，無劉跋墨刻，當由高氏去之也。道光丙戌又有岳鍾甫跋，木刻附缺角處，亦罕見。

【附録】

光緒十有八年夏五月，假觀旬日。張叔未云，宋拓定武蘭亭與此志筆意相似。予見宋拓秘閣本十三行，直是張君清頌，聞者當不河漢予言。濬宣。

【案】此册末陶濬宣跋，鈐"濬宣審定"陰文印。

賈使君碑跋

此本在余齋中三十餘年，珍爲明拓，故未嘗有他舊拓相比較也。近日王氏所藏吴讓老題本,號爲明初拓者,即持以相勘,尚在此下。李勤伯所藏,固不若葉眉生家物。宣統甲寅,遜翁記。

【案】此據寐叟題跋,末鈐"曾植"陽文印。"宣統甲寅",錢編本脱"宣統"二字。

魏李璧墓誌跋

魏李璧墓誌,光緒末年出土景州,今在山東金石保存所中。書法峭勁,極似張神囧,而兼有司馬景和之縱逸,習北魏楷法所當肄業及之者也。

璧于魏書無考,而志文詳雅,疏璧歟歷,則皆於史有徵。曰"中軍[大]將軍彭城王,翼陪鑾駕,振旆荆南,召君爲皇子掾"者,孝文紀:太和二十二年,車駕幸新野,大破崔(慧)〔惠〕景、蕭衍,觀兵襄、沔,振旅而還。彭城王勰傳:"從征沔北……除使持節……中軍大將軍、開府。"官氏志太和職令:皇子諮議參軍事從第四品,司空、皇子之開府掾屬從第五品,司空、皇子録事參軍事第六品上階。璧以皇子掾"參算戎旅",其以第五品官兼領第六品上階職歟?"府□除司空掾",官品相當,蓋由王官轉朝官矣。

曰"高陽王……出鎮冀岳……除皇子别駕,兼護清河、勃海、長樂三郡"者,高陽王雍傳:"世宗初,遷使持節都督冀、相、瀛三州諸軍事,征北大將軍、開府、冀州刺史"是其事。官氏志有皇子司馬,無皇子别駕,皇子司馬第四品上階,别駕司馬,資叙相當。或府有司馬者無别駕,有别駕者無司馬。志無别駕,此可補其闕也。兼護三郡,蓋督護三郡軍事。

曰"京兆[王]作藩海服,問鼎冀州"者,指永平元年冀州刺史京兆王愉據州叛,李平討平之事,紀傳皆稱假尚書李平鎮北將軍行冀州事以討愉,此稱鎮東,疑亦史誤也。

曰"妖賊大乘,勢連海右。州牧蕭王,心危懸旆,聞君在邦,人情敬忌,召(拜)〔兼〕撫軍長史,加鎮遠將軍"[者],孝明紀延昌四年"六月,沙門法慶聚衆反於冀州,殺阜城令,自稱大乘。"蕭王者,蕭寶夤也。傳稱"遷撫軍將軍、冀州刺史,大乘賊起,頻爲所破","心危懸旆",情事相符。鎮遠將軍第四品,於璧原資,亦相當也。

曰"太傅清河王外膺上台,内荷遺輔……勢傾朝野,妙簡才賢……召君太尉府諮議參軍"者,清河王懌傳:延昌四年,懌進位太傅,領太尉。"靈太后以懌肅宗懿叔,德先具瞻,委以朝政,事擬周、霍。懌竭力匡輔,以天下力己任。"璧膺府辟,當時蓋極爲榮。然懌爲叉、騰所制,志不得行,卒被其禍,事在正光元年,則璧卒後才一年耳。有希逸廣陵之罪,無元長竟陵之累。璧終身曳裾王門,智足以自全,才足以有立,其人有足多者。史不爲傳,殆其位未顯達故邪?

志最先叙孝文求書南齊事,備見王融傳中。傳言融議"不行",志言"遠服君風,遥深縞紵,啓稱在朝,宜借副書",璧且有境外之交,名聞南朝,而不能邀魏收一簡。金石補史,詎可少哉!

【案】海日樓藏拓本今在浙江省博物館。此據寐叟題跋,末鈐"曾植"陽文印。又見文獻1992年第1期沈曾植海日樓文鈔佚跋(三)、錢仲聯編校海日樓文集114—115頁。魏書彭城王勰傳,“從征沔北”後省“賜帛三千匹”,“除使持節”後省“都督南征諸軍事”。“大乘賊起,頻爲所破”,蕭寶夤傳原文作“及大乘賊起,寶夤遣軍討之,頻爲賊破”。跋引李璧墓誌,“中軍將軍彭城王”,“中軍”後脱“大”字。“京兆作蕃海服,問鼎冀州”,“京兆”後脱“王”字,“州”字墓誌本作“川”,當是“州”之譌字。“召拜撫軍長史”,“拜”字本作“兼”,“軍”下脱“府”字。“内荷遺輔”後省“權寵攸歸”,“妙簡才賢”後省“用華朝望”。“遥深縞紵”,“縞紵”本作“紵縞”。

張猛龍碑跋五篇

昔嘗謂南朝碑碣罕傳,由北碑擬之,則龍藏近右軍,清頌近大令。蓋一則純和蕭遠,運用師中郎,而全泯其蹟,品格在黄庭、樂毅之間;一則頓宕激昂,鋒距出梁鵠,而益飾以文,構法於洛神不異也。近反復此頌,乃覺於樂毅亦非别派。官奴書付,授受初桄。子敬本出樂毅,則學子敬而似樂毅,爲不僅虎賁中郎之肖可知也。

【案】此據寐叟題跋,末鈐“植”陽文印。據筆蹟蓋作於光緒辛卯(1891)。“官奴書付,授受初桄”,錢編本“桄”誤釋作“覺”,標點爲“官奴書付授受,初覺……”,不確。

此碑風力危峭,奄有鍾、梁勝境,而終幅不雜一分筆,與北碑他刻縱意抒寫者不同。書人名氏雖湮,度其下筆之時,固自有斟酌古今意度。此直當爲由分入楷第一鉅製,擬之分家,則中郎石經已。

【案】此據寐叟題跋,末鈐“乙盦”陽文印。

碑字大小略殊,當於大處觀其軒豁,小處識其沉至。

【案】此據寐叟題跋，末鈐“曾植”陽文印。

張君清頌在北朝諸石刻中最先著稱，結體亦特難擬。以包、吴二君之精詣，能摩刁惠公、鄭文公之壘，於此頌未敢措手也。近日張溓亭翁懸腕中鋒，獨標元旨，其構法乃頗有於此頌爲近者。僕嘗以此頌在北碑中正如唐碑之有醴泉銘，翁晚歲深推歐楷，意所見亦有相涉者歟？光緒辛卯清明日，腹疾不出，以校借得南中覆刻本，因題記於後。

【案】此據寐叟題跋，末鈐“癸庭”陽文印。“張溓亭”之“溓”，錢編本徑作“濂”。

同曹楊君虞裳得一舊本，凡校新本損泐者，悉以紅籤記之。計全字半字共得籤八十一，然“清音”二字已亡，“庶揚休烈”之“庶”，“寔國之良”之“寔”，皆不可見。其拓當在乾隆以前。則有此數字，舊以爲明以前拓者，蓋有據也。

【案】此據寐叟題跋，末鈐“乙盦”陽文印。

馬鳴寺根法師碑跋

碑斷自咸同之間，斷後拓本非讓老所見也。印亦不類，而拓本固不惡，姑存觀覽。

【案】此碑拓本册今藏浙江省博物館，參觀金石書畫第三卷 89—91 頁、沈曾植題海日樓藏碑拓集 141 頁。跋末鈐“乙盦”陽文小印。此跋寫於“熙載”陰文小印旁，按吴熙載卒於同治九年（1870），碑斷自咸同間，則吴氏猶及見之，跋語似未確。

高貞碑跋二篇

此碑在北魏書中，字體最爲純正，而分勢篆韻稍稍衰矣。又變而爲等慈寺碑，趙書模範由此開也。

【案】此拓本册今藏浙江省博物館。參觀寐叟題跋研究84頁。

嚴鐵橋云初出土時，“碑文完善，僅蝕十五字”。而余江秬薌小寶晉齋藏本蝕字[亦]多，與今本無大懸[絶]，以此知石刻惟後缺。

【案】此篇殘缺不全。所引嚴可均語，見鐵橋金石跋卷一。江秬薌即江鳳彝，字秬香。錢塘人。嘉慶三年(1798)舉人。

張黑女墓誌跋二篇

上虞羅叔韞影拓□氏舊本，此是真面目，筆意風氣，略與劉玉、皇甫驎相近，溯其淵源，蓋中岳、北岳二靈廟碑之苗裔。海王村本，出自猨叟，蓋以己意少加筆力矣。光緒庚子閏月，持卿識於廣陵耀貞珉館。

【案】海日樓藏拓本今在浙江省博物館。此據寐叟題跋，末鈐“植印”陰文印。“氏”字前原文空闕。

辛丑二月，於汪叔芾觀察處見徐叔鴻所藏楊聾石本，知原石舊拓，世間尚多有之。蝯翁矜奇，一時興到語耳。

【案】此據寐叟題跋，末鈐“曾植”陽文、“海日樓”陰文二印。

太昌造像碑跋

太昌爲孝武第一元號，起壬子四月，盡十二月，爲時無幾，著石刻希見，正續訪碑均無有也。此造像近始拓得。

【案】此據寐叟題跋，末鈐“乙盦”陽文印。此跋字體與高湛墓誌跋絶肖，蓋亦作於光緒己丑(1889)。

東魏

高湛墓誌跋

此志頗多圓轉處，叙畫平近北碑，峻落反收，舊法稍漓矣。大抵北朝書法，亦是因時變易，正光以前爲一種，最古勁；天平以下爲一種，稍平易；齊末爲一種，風格視永徽相上下，古隸相傳之法，無復存矣。關中書體獨樸質，惜宇文一代，傳石無多耳。此志舊拓極清峭，頗亦艱得。此拓極精，然字畫間已稍漫漶矣。光緒己丑長夏，可常法齋題。

【案】此拓本今藏浙江省博物館，參觀金石書畫第三卷92頁、沈曾植題海日樓藏碑拓集163頁。跋又見寐叟題跋，末鈐"植"陽文印。

敬使君碑跋六篇

北碑楷法，當以刁惠公志、張猛龍碑及此銘爲大宗，刁志近大王，張碑近小王，此銘則内擫外拓，藏鋒抽穎，兼用而時出之，中有可證蘭亭定武者，可證黄庭秘閣者，可證淳化所刻山濤、庾亮諸人書者，有開歐法者，有開褚法者。蓋南北會通，隸楷裁制，古今嬗變，胥在於此。而巔崖峻絶，無路可躋，惟安吴正楷，略能仿佛其波發。儀徵以下，莫敢措手。每展此帖，輒爲沉思數日。

【案】此據寐叟題跋，末鈐"曾植"陽文印、"海日樓"陰文印。據筆蹟當作於光緒壬寅(1902)。

此碑運鋒結字,劇有與定武蘭亭可相證發者。東魏書人,始變隸風,漸傳南法,風尚所趨,正與文家温、魏向任、沈集中作賊不異。詩無以北集壓南集者,獨可以北刻壓南刻乎? 此碑不獨可證蘭亭,且可證黄庭。倦游翁楷法,胎源於是。門下諸公,乃竟無敢問津者。得非門庭峻絶,不可輕犯耶?

【案】此據寐叟題跋,首鈐"癸庭"陽文印,末鈐"寐叟"橢圓陽文印、"海日樓"陰文印。據筆蹟當作於甲寅(1914)。

碑陰題名所稱諸寺名,丈八蓋以佛像名,司徒寺、元統軍寺蓋以建者立號。如伽藍記所載,司農寺以籍田署名,長秋寺以劉騰爲長秋令時所建名,胡統寺以胡太后從姑入道爲尼名,秦太上君寺、秦太師公寺皆以胡太后父母名。當時建寺追福,通例如此。

【案】此據寐叟題跋,末鈐"植"陽文印。據筆蹟當作於甲寅(1914)。

筆鋒迅利,碑陰彌勝正碑,固知書者於正碑意取凝重,碑陰且微參行筆也。

【案】此據寐叟題跋,末鈐"餘翁"陰文印。

尋其出入緩急之蹤,乃與定武蘭亭頗資印證。固知江左風流,東魏浸淫最早也。

【案】此據寐叟題跋,末鈐"曾植"陽文印。

月令疑亦諸曹名。

【案】此據錢編本海日樓題跋。

東魏廉富造天宫像碑跋

碑爲洛陽新出土者,顧鼎梅君寄贈,從前未見著録也。

碑畫佛自忉利下降故事，大梵天侍右，帝釋侍左，諸天合掌，次列於大梵、帝釋左右。此像在劫比他國，事具法顯傳、元奘記，今印度石刻，尚有照本。此碑畫法，與照本大致略同，甚有矩則也。

文似緇流之筆，義豐而辭拙。字多别體，如“雙林”之“雙”作“[illegible]”，“雖”字作“[illegible]”，“幻”字作“[illegible]”，“龍”字作“[illegible]”，非草非真，體殊奇詭。而文中仍有雙字、雖字，不知其忽正忽别何意也。第七行“[illegible]禀氣”，“[illegible]”二字，以文義推之，當是“含靈(禀氣)”。據集韻，“靈”字别體或作“[illegible]”，上字頗相似，而下字絶不似含，不可揣議矣。“可謂靈就遷暉”，“靈就”即“靈鷲”，“可”字脱落，作小字添入上下二字之間，此例亦少見。額參隸篆，“月”作“[illegible]”，“日”作“[illegible]”。

【案】此跋録自上海圖書館藏海日樓叢稿，又見澹隱山房藏鈔本。録文見文獻1992年第1期錢仲聯輯録沈曾植海日樓文鈔佚跋(三)、錢仲聯編校海日樓文集115—116頁，錢仲聯録原金校云：“兩異字，擬爲‘含靈’，是上字爲‘含’，下字爲‘靈’，乃云‘上字似靈，下字絶不似含’，未喻其旨。”

北齊

北齊標異鄉義慈惠石柱頌跋

右北齊石柱，額題曰“標異鄉義慈惠石柱頌”、“大齊大寧二年四月十七日省符下標”、“元造義王興國、義主路和仁”。石在定興石柱村，即太平寰宇記易州下所載石柱也。

定興本范陽縣之黄村，金大定中立縣，又割淶水、易州近地屬之。石柱舊在易州東南三十里，今爲定興西北三十里也。按寰宇記引州郡志云："易州義石柱，後魏末杜、葛亂，殺人骸骨狼藉如亂麻。至齊神武起兵，掃除凶醜，拾遺骸骨葬於此，立石柱以記之。"所叙語大都摭取頌首文句，然以爲神武立則非也。據頌文，義葬起亂定之初，義食繼其後。武定二年爲法師别立清館，四年依官道改建新堂。天保十年奏聞，河清二年權立木柱，天統三年改建石柱。創義者王興國、田市貴，助義功德者法師曇遵、居士馮叔平、路和仁，施地者嚴僧安等。先後州郡助義者，幽州都督盧文翼、獨孤使君，范陽太守郭智，大行臺斛律羨，范陽太守劉仙，范陽令劉康買。又有文翼子士朗、孫釋壽繼爲檀越，羨子世達、世遷行過助資。事歷四十餘年，成之者非一輩，其文極詳，覼縷周悉。作州郡志者，蓋見其文而未能竟讀，見有"神武"字，遂以命之。若京畿金石考據寰宇記録此碑，又引方志即定興縣誌之文。云："神武時義士王海立。"誤王興國爲王海，則真閭井之傳言，未嘗一窺柱下者矣。

義事幾與齊一代終始，故頌文所載，多與本紀大事相關。曰"天保螽蟲之歲"者，齊書文宣紀："八年，自夏至九月河北六州大蝗，飛至京師，蔽日若風雨。九年，山東復大蝗，詔稱趙、燕、瀛、定、南營五州螽潦損田，免其租賦。"是其事也。

云"長圍作起之春"者，文宣紀天保五年："帝北巡至達速嶺，覽山川險要，將起長城。六年，發夫[一百]八十萬築長城，自幽州至恒州九百餘里。八年，於長城内作重城四百餘里。”又云:“長城起西河總秦戍,東至於海,三千餘里。”趙郡王叡傳云:“天保六年,詔叡領山東兵數萬,監築長城。先是,徒役罷作,任其自返。丁壯各自先歸。羸弱被棄,加以饑病,多致僵殞。叡與所部俱還。弱强相持,配合州鄉,分有餘,贍不足,賴以全十三四焉。”觀此,則作役之苦,與死爲鄰。自趙郡王所部之外,罷作歸夫,此義所濟,諒不少矣。

云“河清遭澇”者,武成紀河清三年:“山東大水,饑死者不可勝數。詔發賑給,事竟不行。”是其事也。

云“新令普頒,舊文改削”者,武成紀河清三年:“以律令頒下,大赦。”是其事也。

頌中人名於史可征者,斛律羨齊書有傳,頌字豐落,傳文作豐樂,檢獨孤永業傳,正作斛律豐洛,鮮卑語無義同音字,例得通稱。羨以河清三年,轉使持節,都督幽、安、平、南、[北]營、東燕六州諸軍事,幽州刺史。天統中,以北虜屢犯邊,(備預)〔須備〕不虞。自庫堆戍東拒於海,其間二百里中,凡有險要,或斬山築城,或斷谷立障,置立戍邏五十餘所。又稱突厥來寇,羨總率諸將禦之。突厥望見軍容,遂不敢戰。其後朝貢,歲時不絶,羨有力焉。羨又導高梁水北合易京,東合於潞,因以灌田,公私獲利。頌文所云“偏脱立戍,架谷爲城”、“威震六蕃,恩加百姓”,蓋皆紀當時實事。脱者,區脱也。羨以天統四年遷尚書令,武平元年秋進爵荆山郡王,傳皆載之。柱文稱尚書荆山王,當刻于武平元年以後,後一二年,羨即被誅矣。傳載羨五子,世達、世遷、世辨、世酋、伏護。伏護以下,尚有幼者五六人。柱旁題名,稱世達爲令公長息,世遷爲九息,則羨壯子當不止五人。傳稱斛律一門三公主,史惟見光子武都尚公主,今據題名,乃知羨子世遷亦尚公主,世達官安東將軍、使持節岐州軍事、岐州刺史、儀同三司、内備身正都督、臨邑縣開國子,世遷官附馬都尉,皆足補史文之缺也。

大都督盧文翼,附見魏書盧玄傳,稱永安中爲都督,守范陽三城,拒韓婁有功。文翼有三子,士偉、士朗、士嬰。魏書惟見士偉。唐宰相世系表具之,士朗仕至殿中郎,子擇壽,仕開府參軍。頌稱大都督息士朗,不著其官。又曰"無以世務在懷"、"甯將榮禄革意",則士朗蓋有官而不仕者。頌文作"釋壽",表作"擇壽",此唐書譌字,當以石刻正之。盧氏山東巨族,與魏室聯姻,故云"望重寰中,親交帝室",又有"鳳室之(孫)〔雛〕,龍家龍子"之句也。

陽平路氏,魏書路恃慶傳後附見者十餘人,皆仕當魏、齊之世。此路和仁當是其族,而無文可征。恃慶之弟名思略、思令,此路和仁字思穆,北朝士夫,固往往以字行,然未敢决定其必爲恃慶弟兄行否也。

劉康買,□州高柳人。"州"上字舊釋爲"邕"。按地形志,高柳郡屬恒州,泐字字形正方,當是"恒"字。

"緣潒東西"、"范陽潒人","潒"即"涿"之别體。據水經注,涿出涿縣故城西南奇溝,東逕桃仁墟,東北與樂堆泉合。又東北逕涿縣故城西,注于桃水,向東流。岸當南北,不應云"緣潒東西"。道元於注既出是水,又以爲應劭説涿郡南有涿水,今無水以應之。惟西南有是水,世以爲涿水。又云:"濕水東逕廣陽郡,與涿郡分水,當受通稱,事或近而非所安。"是則涿水所在,當時固無定説。此頌所云"緣潒東西”者，乃似指易水爲滱，此又於酈注外别爲異説，可資地理家紬繹者也。

頌稱義之所在，云“左跨明武，右帶長逵，却負(沮)〔清〕洳，面臨觀臺。”施地之記又云：“西至舊官道，東盡明武城瀆。”又云：“東至城門，西届舊官道。”又云：“重施義東城壕城南二段廿畝。”明武城不可考，疑是武陽城之異稱。武陽以天保七年詔書省并，其城蓋不隳。水經注：“易水自寬中歷武夫關東出，是兼武水之稱。”明武、武陽，取義相近。惟檢寰宇記武陽故城所在，按以柱之所在，微爲差西，以此存疑，不能決定。亦或武陽東南，别有明武城，如范陽之别有小范陽者，故記靡詳，莫由證案矣。觀臺者，寰宇記：“石柱在易縣東南三十里。金臺，俗稱東金臺，在縣東南三十里。小金臺、闌馬臺，并在縣東南十五里。”水經注：“濡水經武陽城而北流，分爲二瀆，一水逕故安城西側南注，左右百步，有二釣臺，參差交峙，迢遰相望。其一東注金臺陂，陂側西北有釣臺，高丈餘，方可四十步，陂北十餘步有金臺，北有小金臺，臺北有蘭馬臺，並表高數丈，秀峙相對，翼臺左右，水流逕通。”金臺去易縣里數方向，與石柱正相當。柱臨易水，臺據水經注亦臨易水，然則所謂“却負(沮)〔清〕洳”者，即注所稱“水流逕通”，所謂“面臨觀臺”者，東金臺、小金臺、蘭馬臺、釣臺，必居一於是矣。

齊代諸帝，皆崇佛法。據佛祖統紀，文宣天保元年，詔僧法常入内講經，拜爲國師。二年，詔置昭玄上統，以沙門法上爲大統，令史員置五十餘人。六年，令道士與釋子角法。河清(三)〔二〕年，詔慧藏法師於太極殿講經。然則蕭梁餘習，被及高齊。頌中“國統光師”，空格書之，與“令公”等。國統殆即上統，故尊之如是。其云“有敕請法師”，又云“法師向并仁從衣履，蒙預内齋”，蓋即宫中法會講筵之事。光師蓋齊時尊宿，魏書釋老志魏末沙門知名見重當世者有惠光。統紀有慧光，北齊時居洛陽，著華嚴、涅槃、十地等疏，妙盡權實之旨。僧名“惠”、“慧”多互出，慧光蓋即惠光，與石柱時代相當。又“名盛南州”，與所云居洛陽相應，疑光師即其人矣。

柱極高大，椎拓爲難。自歐、趙以來，未嘗爲金石家著録。光緒丁亥，碑工李雲從覓得之，村人阻搨，廢然而返。鹿編修喬笙聞之，乃自募工往，曉諭村人，經營累月，乃得墨本數十分，以一遺余，此本是也。己丑冬日，喬笙復以録出碑文見示，摩挲累日，爲補釋數十字，并參證史傳可考者紀之如是。

頌中紀事與史文不相應者二。云“武定四年，神武北狩，敕道西移”。考北齊書，是歲首書“神武將西伐，自鄴會兵晋陽”，此之所云，疑指其事。顧西伐不得言北狩，自鄴向晋陽，亦不得經由范陽。據北史武定三年十月，“神武上言，幽、安、定三州，北接奚、蠕蠕，請於險要修立城戍以防之。躬自臨履，莫不嚴肅。”北狩移道，恐在此時。此不必史文之誤，撰文人誤記年月，碑刻往往有之。亦或三年冬北狩，涉四年春還也。

云“天保三年，景烈皇帝駕指湯谷離宫”。此湯谷者，暘谷之異文，淮南天文訓、史記索隱引舊本皆如此作。檢齊書文宣紀天保三年，惟有帝擊庫莫奚於代郡事，代郡不得言湯谷，時帝由晋陽北伐，亦不從范陽經過。惟四年秋，帝北巡冀、定、幽、安，仍北討契丹。從平州至陽師水，歸至營州，登碣石，臨滄海，與頌所云"駕指湯谷"，情事相當，"離宫義所"，當在兹役。此亦當由撰文人誤記，一則差後、一則差前一年也。據後主紀天統元年，有司奏改"高祖文宣皇帝"爲"威宗景烈皇帝"。武平元年冬，復改"威宗景烈皇帝"謚號"顯祖文宣皇帝"，文尚稱"文宣"爲"景烈"，益足證爲元年冬以前撰刻也。或疑"湯谷"指温泉。漁陽固有温泉，然古稱温泉爲"湯谷"者甚少，即張衡温泉賦所云"控湯谷於瀛州，(浴)〔濯〕日月於中營"，亦指日出之陽谷言之，非謂温泉爲"湯谷"也。

【案】此據光緒定興縣誌卷十六。又見文獻 1992 年第 2 期錢仲聯輯録沈曾植海日樓文鈔佚跋(四)、錢仲聯編校海日樓文集 116—121 頁。跋中引史籍文多有節略，而其引碑文，今檢原碑拓本校核，譌誤處括註於後。"發夫八十萬築長城"，北齊書文宣紀實作"發夫一百八十萬築長城"。"新令普頒"之"頒"，原碑作"班"。魏書盧玄傳"拒韓婁有功"，錢輯本譌作"拒韓，屢有功"；"乃似指易水爲遂"之"易水"，錢輯本作"易滱"；"鹿編修喬笙聞之"、"喬笙復以録出碑文見示"之"喬笙"，錢輯本皆作"喬生"。

北周

曹恪碑跋

曹恪碑余有精拓，今亦亡失，不知何往矣。皖署藴濕，蠹㦰甚烈，而此諸帖，居然無恙。紙墨不渝，歲寒相守，閲老精魂，摩挲若接。世間何處，更得此老儒與共冷淡生活？噫！庚戌人日，兑廬書。

【案】此據寐叟題跋，末鈐"寐叟"陰文印。"庚戌"，錢編本誤作"庚申"。

北周碑刻跋

北周碑刻較齊爲少，書法亦不及齊，蜀石猶疏理，不足傳筆勢。此刻雖精拓，未能滿觀者意也。當時惟山東風習與江左相通，秦蜀士流，都成傖鄙。於書於刻，並可驗知。寐叟。

【案】此據寐叟題跋，末鈐"禮岳樓"陽文印。錢編本末脱"寐叟"二字。

新羅

黄草嶺新羅真興王巡狩碑跋

新羅真興王巡狩管境刊石銘記，劉燕廷海東金石苑謂之巡狩碑，趙撝叔訪碑録補謂之定界碑，文中實無定界字，當據咸豐壬子觀察使尹定鉉跋，改題巡狩管境刊石銘記爲是。

碑爲海東貞石之首，而拓本甚希，此爲朝鮮關北總督徐聚齋拓寄伯愚同年者，聚齋書言石在咸興黄草嶺，尹跋亦稱舊在黄草嶺，今移寘中嶺以庇風雨。據朝鮮志，黄草嶺在咸興府屬關北，即咸鏡道。徐氏拓諸管境，審碻可憑。劉氏據趙雲石、金秋史之言，謂在京畿道揚州，蓋聞之未審，訪碑録補系之咸興是也。

劉氏引金趙之説，云始得斸存六十八字，諦審得一百十餘字。尹跋稱存一百八十五字。今并半字計之，實幾及二百字，不應舊拓字少，新拓轉多，疑左下斷石十餘字，金趙時尚未見，翻刻本無此十餘字。亦或石經剔洗，始初茫昧者，後轉顯明。據翻本校之，似有此故事，第未見金趙所拓，無由肊决耳。

新羅，在漢本辰韓。齊永元間，智大路定國名、易王號，其國始大，與百濟、句驪鼎峙。再傳而至真興，滅任那，敗日本，煞百濟王夫餘明禯，一作餘明。攻取高麗平壤、漢城地，通使陳齊，受齊使持節領東夷校尉樂浪郡公新羅王之册。事見册府元龜齊河清四年，正刊石前四年事。

銘記稱“紹太祖之基，纂承王位”，太祖當指謂智大異。云“四方托境，廣獲民土，隣國誓信，和使往來”，則頌真興功業也。史略稱“新羅佛法之盛始自真興，以高句驪僧惠亮爲僧統，置百座講會及八關法。舍新宫爲寺，鑄丈八像。晚歲剃髪被僧衣，自號法雲，妃亦爲尼”。此銘記“隨駕沙門道人法藏慧忍”，敘列在衆官前，其崇重緇徒可想見也。

新羅本漢郡樂浪故地，兼得沃沮、不耐、韓、濊之境，此北史、随書所説。即據當時疆域言之，樂浪西與元菟分界，限以蓋馬大山，在今朝鮮加山郡西北。金世指長白南山爲新羅山，蓋鴨渌南岸諸山漢時統名爲蓋馬，金人統名之新羅也。朝鮮志指江原東南爲新羅故地，其失太狹。世或謂新羅北地踰長白而抵吉林，又失之太廣。此銘記在咸興，新羅西北所至，可據以爲記葕，兩説之誤，不辨而明。此不獨可補中國史書，殆亦朝鮮史書所不能詳載者矣。

文中多稱“喙部”，又有“太阿干”、“匝干”、“沙干”、“及干”、“大舍”、“小舍”、“奈末”等名，考北史新羅“官有十七等，一曰伊罰干，次伊尺干，次迎干，次破弥干，次大阿尺干，次阿尺干，次(一)〔乙〕吉干，次沙咄干，次及伏干，次大奈摩干，〈次奈摩干〉，次奈摩，次大舍，次小舍，次吉士，次大烏，次小烏，次造位。”東國史略云：“多婁王制官品十七，曰伊伐餐，曰伊尺餐，曰迎餐，曰波珎餐，曰大阿餐，曰阿餐，曰一吉餐，曰沙餐，曰級伐餐，曰大奈麻，曰奈麻，曰大舍，曰舍知，曰吉士，曰大烏，曰小烏，曰造位。”自級伐以上，諸“干”字皆作“餐”。三國史記、東國通鑑作“餐”，與史略同，而第三品曰匝餐，第七品曰吉餐。

【案】此據澹隱山房藏沈曾植謄清手稿。用陶濬宣所製箋紙，印有“光緒十八年(1892)正月摹漢黽池五瑞圖爲㠋稷山居士”字樣，據跋文筆跡，亦當作於是年。原稿無標題，據内容擬此題。按新羅真興王巡狩碑，至今發現四塊，分别出土於黄草嶺、北漢山、磨雲嶺、興寧邑(參覾國史編纂委員會韓國古代金石文資料集Ⅱ新羅伽耶篇，韓國時事文化社1995年版)，故題加“黄草嶺”以别。“和使往來”之“往來”，原碑作“交通”。“次奈摩干”，北史新羅傳無，當是衍文。

此跋又有澹隱山房藏初稿殘紙二葉，兹録於下，以供參考。

碑文中多稱“喙部”，又有“太阿干”、“匝干”、“沙干”、

"奈末"、"大舍"、"小舍"等。考北史新羅官十七,有伊罰干、伊尺干、大阿尺干、阿尺干、沙干等,東國史略則諸"干"字皆作"飡"。世或憑朝鮮自記,謂北史音譯參譌,以此碑證之,則當時著之文字者,固作"干",不作"飡"矣。奈末,當即史略"奈麻"、北史"奈摩"。唐書新羅内邑曰喙評,外邑曰邑勒。有喙評六,邑勒五十餘。此"喙部"疑即"喙(平)〔評〕"之異文。東國史略記新羅官制,第一品曰伊伐飡,第二品曰伊尺飡,而他卷多作"伊飡"。第四品曰波珎飡,而他卷或作"波賨飡"。諧聲無義,涉筆異同,約意相當,惜無古書爲證,更當就東人好學者質之。

真興之立,當梁大同六年。立碑歲在戊子,當陳光大二年、齊天統四[年]、周天和(七)〔三〕年。又七載而卒。史略記"新羅佛法之盛,真興王始以高麗僧惠亮爲僧統,置百座講會及八關法。又舍新宫爲寺,鑄丈(六)〔八〕像。末年剃髮被僧衣,自號法雲,妃亦爲尼"。此碑"隨駕沙門道人法藏慧忍",敘列在衆官前,其崇重釋徒可想見也。

真興嘗改元鴻濟,而此不以紀年。新羅國史起真興,石刻亦莫先於真興,文教肇開。厥後金氏,世崇雅化,沿及王李慕華,一變句驪獷俗,柔順文明,不慙箕裔,則皆真興之遺澤已。

碑在黄艸嶺,自朝鮮志以【下缺】

【案】此爲殘稿一葉,正反面皆書。按戊子爲568年,當北周天和三年、後梁天保七年,跋文"周天和七年",蓋誤合二者。

【前缺】[智]大路言之。真興十二年改元開國,三十三年又改鴻(源)〔濟〕。此銘記當其二十九年,不以開國紀歲者,意河清册命之後,敬事中朝,不敢帝制其國乎?

新羅本漢郡樂浪之地,兼有不耐、沃沮、韓、濊,此北史、隋書之説。即據其時疆域言之,金稱長白南山爲新羅山,蓋即漢志蓋馬大山也。朝鮮志以江原東南爲新羅故地,其失太狹。世或謂新羅北地奄有吉林,則靺鞨、勿吉何從位置?其失又太廣。此銘記在咸興,可據以識新羅西北所至,兩説之誤,不辨而明。此不獨可補中國史書,殆亦可補朝鮮史矣。

“四方托境,廣獲民土,隣國誓信,和使往來”,則頌真興功業也。

日本史記、新羅使者屢稱“級餐”,即“級伐飡”。三國史記云“沙餐”,一作“薩餐”。大阿尺干、阿尺干,史略並作“阿飡”。一吉餐,日本史作“吉餐”。沙餐,又作“薩餐”,又作“蘇判”。大奈麻,或作“大那末”。

【案】此爲另一葉殘稿。

隋

隋趙芬碑跋

碑爲薛道衡撰。全文在黎氏刻文館詞林第四百五十二卷中。校此殘碑,略有異同。碑“炳靈特挺”,文作“資靈特挺”,兩字皆通。“金(精)〔星〕火宿”作“金(精)〔星〕大宿”,則以碑爲正。“治夏官府司馬”,文作“領夏官府司馬”,“開皇五年”作“□年”,“乞骸”文作“乞骸骨”,“領”字是,“骨”字衍也。“二月十二日寢疾,薨於京師之太平里

［第］”，作“以十四年薨於京師之太平里”。“府佐杜寬等”作“佐官姓名等”。“斫尋百氏”，文作“研尋百氏”，審碑刻，實是“研”字，萃編誤釋耳。

碑與史不同者，史稱芬父諒，碑稱父修演。修演蓋諒字，周書稱父“諒”者舉其名，隋書稱父“演”者，舉其字而脱“修”字也。碑文叙芬歷官周太祖相府記室，“轉外兵，遷内書舍人，尚書兵部郎。……周受禪，除冬官府司邑大夫，又爲陜州總管府長史。……加儀同三司，仍長史。徵入朝，歷御伯納言，進位開府儀同三司。稍遷内外府掾，吏部、内史、御正三大夫，天官府司會，春官府司宗，領夏官府司馬，封淮安縣開國子。前後任熊、析二州刺史。……東夏平，授相州天官府司會，進爵爲侯。大象元年，置六府於洛陽，除少宗伯，攝夏官府事。二年，拜上開府，進爵爲公。……〈隋〉開皇元年，拜東京尚書左僕射，封淮安郡開國公。東京罷，授京省尚書右僕射。三年，兼内令史，僕射如故。……□年，除蒲州刺史，加金紫光禄大夫。……解職還京，抗表乞骸骨，［聽］，以大將軍淮安公歸第。仍［降璽書，兼］賜几杖衣服被褥板輿等。皇太子遣使致書，賚巾帔等七種。春秋七十有(四)〔七〕，以十四年薨。謚曰定。”校隋書本傳，大致相合，繁簡異耳。此見隋書裁剪之法，魏文貞、顔、孔撰述意旨也。芬爲周太祖霸府記室，又爲宇文護府掾，又白發尉遲迥謀於隋高祖，趨時合勢，反復之尤。碑稱其“方正確然，風塵不染”，諛墓例然。而史僅稱其幹濟，特加數語於其助逆之際，詞微而顯。此當爲文貞精識，慮非顔、孔所及矣。

【案】此據文獻 1992 年第 2 期錢仲聯輯録沈曾植海日樓文鈔佚跋(四)、錢仲聯編校海日樓文集 122—123 頁。"'金精火宿'作'金精大宿'",錢仲聯按云:"王昶金石粹編録碑文作'金星火宿'"。今檢原碑,正作"金星火宿",而文館詞林則作"金星大宿",非"金精大宿",蓋與前文"異文舉之金精太多"牽混耳。"二月十二日寢疾,以十四年薨於京師之太平里",錢仲聯按云"金石萃編'里'下有'第'字",是。"以十四年薨。謚曰定"非碑文内容,乃節引文館詞林,原文爲"以十四年薨於京師之太平里……謚曰定公"。

隋張通妻陶貴墓誌跋

兩京新記:"東城之北慧日寺,開皇六年立。本富商張通宅,捨而立寺。通妻陶氏,常於西市鬻飯,精而價賤,時人呼爲陶寺。寺内有九層浮圖,一百五十尺,貞觀(一)〔三〕年,沙門道[該]所立"云云。陶氏即此陶貴。志文中於慧日寺殷重言之,曰"歸依正覺,供養莊嚴,其慧日寺者乎?"又曰"慧日長照,法炬恒然",通之捨宅,意陶主之,顧不明言造寺,何也?(紀)〔記〕稱通爲"立本富商","立本"二字,不得其解,疑有譌舛。銘稱陶"行重義妻,名高節婦",則陶卒時通已卒矣。

【案】此録自上海圖書館藏海日樓叢稿,據手稿筆跡蓋作於民國七年戊午(1918)。又見文獻 1992 年第 2 期錢仲聯輯録沈曾植海日樓文鈔佚跋(四)、錢仲聯編校海日樓文集 121 頁,"疑有譌舛"下錢仲聯録孫德謙校云:"疑'立'字屬上,'本'字屬下。蓋謂寺於開皇六年立,原本爲富商張通宅也。如此作解,是否?"所言甚是。"貞觀一年,沙門道□所立",校以兩京新記,則"一"爲"三"之譌,"道"字後原稿空闕,今據補。沈氏舊藏此墓誌拓本今在浙江省博物館,參觀沈曾植題海日樓藏碑拓集289—294頁。

甯贙碑跋

碑文"陁緣之海",隋書作"大緣"。

此書有行筆可與寶章集諸家參證,永師、秘監,亦因當時體而自成家者也。

【案】此拓本今藏浙江省博物館,參觀金石書畫第三卷94—96頁、沈曾植題海日樓藏碑拓集194頁。跋又見寐叟題跋。首句下鈐"曼佗羅室"陰文印,末鈐"曾植"陽文印。首句字體與下文不同,非同時所作。據下文字體,蓋作於丙辰(1916)前後。

唐

明拓昭仁寺碑跋二篇

昭仁寺碑,宋人謂之虞書,以爲與廟堂碑似也。今人不冒仞作虞書,以爲廟堂碑不似也。宋人所見廟堂,與今所見廟堂,固當不同。不似王彦超本,安知不似唐石本也?吾不敢附會覃溪之説,甯從宋人。乙盦記。

【案】此拓本今藏浙江省博物館,參觀金石書畫第三卷97—99頁、沈曾植題海日樓藏碑拓集199頁、237頁。跋又見寐叟題跋。據筆跡,蓋作於光緒己丑(1889)。

平生所見昭仁寺碑，無有似此沉寔者。畫中較今拓爲肥，定爲明前拓本，惜不令覃溪見之。寐叟。宣統庚戌静寄東軒記。

【案】此跋又見寐叟題跋，末鈐“菩提坊裏病維摩”陽文印。錢編本脱“宣統”二字。

化度寺邕禪師塔銘跋

邕學禪於稠禪師，稠爲佛陀禪師再傳，卒與齊文宣同歲。邕從授禪法，逮於隨世，夏臘已高，而一見信行，傾心遵奉，可知三堦之學，與稠師禪法苦行之旨，有相合者已。寶刻類編録方琬書化度寺三堦院尊勝陀羅尼石柱，貞元十六年刻。邕之子孫，流傳蓋遠。

續傳信行傳：“於京師置寺五所，即化度、光明、慈門、慧日、宏善是也。”然則化度固三階宗寺。别立三堦院者，傳稱“開皇初，被召入京，僕射高熲邀延住真寂寺，立院處之，撰三階集録”云云。考長安志，化度寺本隨真寂寺，開皇三年，左僕射齊國公高熲捨宅造。然則此寺乃禪師興教寶刻叢編長安縣唐信行禪師興教碑，集古録目云：“於禪師事蹟，無所叙述，但爲讚美之辭而已，謂之興教。”此興教二字所出。之初地，此院乃高熲所立，信行著書之靈址也。據志，光明寺在開明坊；慈門寺在延壽坊，開皇六年刑部尚書萬安公李圓通所立，神龍中改懿德；慧日寺在懷德坊，開皇六年立；惟宏善不見耳。

韋述兩京新記：“化度寺，隨左僕射齊［國］公高熲捨宅爲寺。時有信行自山東來，熲立院以處之，乃撰三階集三十餘卷，大抵以精苦忍辱爲宗，言人有三等，賢愚中庸，今並教之，故以三階爲名。其化頗行，故爲化度寺。寺内有無盡藏院，即信行所立。京城施捨，後漸崇盛。貞觀之後，錢帛金繡積聚，不可勝計。常使名僧監藏，供天下伽藍脩理。燕、涼、蜀、趙，咸來取給。每日所出，亦不勝計。或有舉便，亦不作文約，但任至期還送而已。貞觀中，有裴元智者，戒行脩（理）〔謹〕，入寺灑掃。十數年間，寺内徒衆，以其行無玷缺，使守此藏。後密盜黄金，前後所漸，略不知數，衆莫之知也。後便不還，衆驚覩其（房寢）〔寢房〕，内題詩云：‘將（軍）〔羊〕遣狼（□）〔口〕，放（置）〔骨〕狗前頭。自非阿羅漢，誰能免作偷。’竟不知所之。武太后移此藏於東都福先寺，天下物（□）〔産〕，遂不復集，乃還移舊所。開元元年，勅令毁除，所有錢帛，供京城諸寺修葺，其事遂廢。”此化度故事可紀者。信禪師創五寺於長安，仍創無盡藏以供天下伽藍脩葺，宏願偉力，可法可驚。其召同道之忌，得非以檀施偏盛乎？

【案】此據上海圖書館藏稿本，録文見文獻1992年第3期錢仲聯輯録沈曾植海日樓文鈔佚跋（五）、錢仲聯編校海日樓文集142—143頁。跋引續高僧傳釋信行傳弘善寺，避諱作“宏善”，錢輯本譌作“宏美”。“禪師興教”下注文，稿本無，據錢編本補。兩京新記引文有所省略，“戒行脩理”之“理”，原書作“謹”，據改。“房寢”，原書作“寢房”。“天下物□”，缺字原書作“産”，一作“資”。

太平廣記卷四九三裴玄智（出辨疑志）載化度寺題壁云：“放羊狼頷下，置骨狗前頭；自非阿羅漢，安能免得偷！”據此可推知“將軍遣狼□，放置狗前頭”之“軍”當作“羊”，“□”即

"口"而誤認爲缺字,"放置"蓋"放骨"或"置骨"之訛。

九成宫醴泉銘跋

此爲已加剜鑿之明拓本,究是原石,未鑿諸字,儘有骨血具存、可資研味者。見宋拓後,乃知之。諸摹本能障眼識,不若仍游目於此。他日仍當尋未鑿者以備考。東軒居士。

【案】此據寐叟題跋,末鈐"曾植"陽文印。據筆蹟當作於庚申(1920)之後。

張通墓誌跋

此張通與隨張通同名,志書法亦與陶貴志相近。使非有"夫人薄氏"云云,必有坿會於彼張通者矣。苽州即瓜州,明沙即鳴沙。石出洛陽,今在祥符。

【案】此録自上海圖書館藏海日樓叢稿新出墓誌十種跋。據筆跡當作於庚申(1920)。又見文獻 1992 年第 2 期錢仲聯輯録沈曾植海日樓文鈔佚跋(四)、錢仲聯編校海日樓文集 137 頁。沈氏舊藏此墓誌拓本今在浙江省博物館,參觀沈曾植題海日樓藏碑拓集 297—303 頁。

房玄齡碑跋

芝堦先生爲先司空公視學畿輔所得士。晚歲休官,居南城米市胡同西夾道大第。余以通家誼見,高齋清閟,滿目琳瑯。廠友稱爲李三老,服其精鑒也。此碑發名於甲午、乙未之間,憶與意園、穆琴共觀此碑,斷斷折兩聖教、孟法師、龍門三龕同異。今日對此，曷勝育長過江之感。後辛酉孟夏之月，寐叟沈曾植書。

【案】此跋録自褚遂良倪寬贊（上海書畫出版社 2001 年版），原應在褚遂良房玄齡碑後，爲編輯誤植。末鈐“海日樓”陽文印。

明拓衛景武公碑跋

崑山李小穈學士家藏衛景武公碑，校尋常本多完字百許，都下號爲名帖。余此本校之，所不及才十數字耳。庚寅正月購記。

【案】此碑拓本今藏浙江省博物館，參觀金石書畫第三卷 102 頁、沈曾植題海日樓藏碑拓集 281 頁、284—285 頁。跋末鈐“沈曾植印”陰文印。

【附録】

此“班劍卌人”未闕本，世間亦不多見，拓本當在有明中葉時也。昭陵諸碑每過數十年，土人必斲損數字，期其漸就澌滅，庶免官長之求。曾見何貞老時拓本，并“金石”二字亦剔損矣。光緒丙午七月廿二日銅梁王瓘識，時年八十。

【案】此爲沈頲過録本，有其款曰：“宣統己巳十一月卅日（1929 年 12 月 30 日），慈護沈頲録。”鈐“慈護”陽文印。

此碑世傳第四行“金石”二字未損者，爲在乾隆以前拓本；“黿鼉”、“斷鼇”四字存者，爲明末國初拓本；三十三行“班劍卌人”“卌”字全者，有明中葉拓本也。此本“卌”字固全，較近年拓本多一百九十餘字，其爲明中葉以前拓，亦可無疑矣。甲辰夏得於海上，乙巳重裝褾，四月竣工。鐙下試筆記，積雨初晴也。鐵雲。

【案】此爲沈熲過録本，有其署款：“己巳冬，慈護録。”鈐“熲”陰文印。

聖教序跋

此校“右”字不損本，缺字已多。拓手尚佳，且在未經剜洗以前，猶可觀覽。

【案】此據寐叟題跋，末鈐“乙盦”陰文印。

聖教序跋爲謝復園題

聖教以三“奧”俱全、“故得阿耨多羅”“故”字未損者，爲斷後舊拓本之證。斷在明前，則具此二證者，亦在明前矣。余嘗謂此碑純然唐法，與晋法無關。然學唐賢書，無論何家，不能不從此入手，猶草書之有永師千文也。此本紙墨絶佳，尤足發臨池興會。石欽善學北海，於此固當别有轉法華處。寐叟。

【案】此據寐叟題跋，末鈐“眇摩世界”陽文印，按筆蹟蓋作於戊申(1918)左右。錢編本“無論何家”之“家”誤作“處”，又脱篇末“寐叟”二字。

宋拓聖教序跋

此本與虚舟所謂南宋初斷本者校勘，泐文一絲不異，墨色亦同。寒儒習書，欲參考初唐行法，得此已足。千金之帖，徒爲妖孽，吾無羡焉。遜翁。

【案】此據寐叟題跋，末鈐“遜齋居士”陽文印。據筆蹟當作於光緒丁未（1907）。錢編本脱“遜翁”二字。此本有題籤“宋拓聖教序三奥俱全本踵息軒藏壬寅臘月”。“三奥俱全本”下鈐“建之父”陰文印。

宋翻宋拓壽光本聖教序跋二篇

談鑰吴興金石志碑碣門，稱“唐太宗御製聖教序，僧智永集王右軍書，在墨妙亭”。此條可謂異聞。然元奘歸國之年，歐、虞皆已謝世，不應永師尚在人間。“智永”字爲“懷仁”字誤不疑，第據此知宋翻聖教有墨妙亭本耳。丁巳三月上巳，東軒記。

【案】此本今藏浙江省博物館，參觀金石書畫第三卷106—107頁、沈曾植題海日樓藏刻帖集195—234頁。封面沈曾植題籤“壽光本聖教序宋翻宋刻丙午重裝”，鈐“植”陽文印。跋又見寐叟題跋，末鈐“乙盦”陽文印。原本無此印，蓋影印時所加。

前日狄楚卿持一本來，亦宋翻宋拓，又與此本不同。其轉折微帶方勁，意乃與宋人所摹定武蘭亭相近。愚頗賞之，爲蜀李氏所得。

【案】此據寐叟題跋，末鈐“華亭”陽文印。按筆蹟亦作於丁巳（1917）。

南宋拓本聖教序跋四篇

翁氏蘭亭考云：“‘導羣生於十地’，‘羊’下三層，惟第一横平横而過，其下二横，乃中間讓出雙杈之直筆，將二小横之中間，留作空石，此第二第三之兩横，斷折作前後四截，有是理乎？不解爾日上石時，何以舛謬至此？此在今日，必得北宋精拓本，始能析此曲折。若紙墨昏重者，併此三層相貫，亦莫由見矣。”按此“羣”字，在近代拓本，僅存末脚雙杈，上二層已泐不可見。然王文敏公北宋拓本，上二層亦不見，則用墨過重故也。此本三層具在，足證翁氏之言，至爲難得。又“佛道崇虚”，“宀”中點與“示”中直，似連而實不連，翁據郭允伯本摹入蘭亭考者，正與此同。文敏公本，中點已連下直矣。

【案】此據寐叟題跋，末鈐“耄遜”陽文印、“海日樓”陰文印。據筆蹟當作於丁巳(1917)。

曹秋岳謂碑斷在紹興二年，孫仲墻謂在元天順二年，吾以秋岳之言爲信。

【案】此據上海圖書館藏沈頫鈔葉，又見錢編本海日樓題跋。

宣統庚申五月，以寒泉閣朱氏所收明鄒衣白題宋拓未斷本校一過，方圓肥瘦，無一不合。彼本氈蠟致精，遂覺容華照燭，俯仰若神。故知吴興墨濃淡、紙厚薄、拓淺深之言，寓意爲深遠也。

【案】此據寐叟題跋，末鈐“植”陽文印。錢編本脱“宣統”二字。

聖教宋拓未斷本，收藏家往往有之，所謂北紙北墨者，每以煙墨澶漫，不無霧裏看花之感。如覃溪所辨“導羣生於十地”，“羣”字雙叉直貫第一層，斷後本尚有可尋，而最煊赫之未斷本或無之，令人不無遺憾。此本紙墨獨精，真有容華照燭、俯仰若神之概。僕於此碑不甚措意，於此本乃摩挲不能遽捨，而每行首末諸字，尤有可與定武蘭亭、高紳樂毅互相印證者。唐代刻工之精，惟北宋拓能顯出耳。庚申夏五，餘齋老人題於海日樓中。

跋尾中鄒衣白數行，亦此老用意作字也。

【案】此據錢編本海日樓題跋。北紙北墨、或無之、尤有、北宋拓，錢編本原作"此紙此墨"、"世無之"、"尤多"、"此宋拓"，劉盼遂海日樓札叢批本據王國維手録本校改（百鶴樓校箋批注古籍十七種，遼寧人民出版社、遼海出版社 2019 年，467 頁），兹從之。

舊拓聖教序跋四篇

聖教純然唐法，於右軍殆已絶緣。第唐人書存於今者，楷多行少。學人由宋行以趨晉，固不若從此求之，時代爲較近也。曾見東齊張氏所藏唐搨本，鋒鍛如新，實足與神龍蘭亭相映證。崇語舲本，肉多鋒少，無關書學矣。沈傳師、段季展竟作何狀，令人慨想無已。

【案】此本爲懷仁集王羲之書聖教序，今藏浙江省博物館。參觀金石書畫第三卷 103—105 頁、沈曾植題海日樓藏刻帖集 241—283 頁。跋又見寐叟題跋，末鈐"曾植"陽文、"海日樓"陰文二印。據筆跡當作於甲寅（1914）。

聖教以未斷者爲北宋本，初斷者南宋本，三"奥"俱全者次之，"故"字未損者次之，"右"字不損者又次之。或又以三"奥"俱全爲南宋本，"右"字不損爲國初本。收藏家言如此。余於此帖，性乃不近，不能决擇也。此册"右"字未損，而紙墨不精，姑存一種，以資考辨。光緒壬寅，藴軒識。

己酉在皖署，帖爲蟲損者數十種，此其一也。甲寅重裝，仍録舊跋於此。寐叟。

【案】此跋末鈐"海日樓"陰文印。錢編本脱"寐叟"二字。

長物摩挲晷影遲，未亡人尚立枯枝。七重樹下慈顔在，記我嬰童認字時。

千桑百海韋端己，一念萬年楊次公。秋盡行間尋粉蹟，蠹魚原是可憐蟲。

【案】此跋末鈐"寐叟"陽文印、"海日樓"陰文印。作於甲寅(1914)秋。此二詩又見海日樓詩集。

紫藴舊事，思若隔生。衰病殘年，不惟腕指生疏，知見亦更無新緒。冬齋重展，俛仰泫然！

【案】此跋末鈐"乙盦"陽文。作於甲寅冬間。

萬年宫銘跋

此碑泐損，蓋在唐世。平生雖屢見舊拓，無精拓也。嘗以不得盡其鋒勢爲憾，但可以温泉銘相證發耳。

【案】此據寐叟題跋，末鈐"東軒寓賞"陽文印。按筆蹟當作於己未、庚申間(1919—1920)。

唐故竹夫人妙墓誌跋

廣韻"竹"字下叙竹氏姓譜云："本姜氏，封爲孤竹君。至伯夷之後，以竹爲氏。今遼西孤竹城是。後漢有下邳侯竹曾"云云。鄧名世辨證，獨取竹王裔姓，非也。志稱遼西，與廣韻合。夫人之祖竹弘實，仕周青州録事參軍、相州司馬。父竹懷威，隨幽州薊縣尉，皆可録入姓氏書者。夫人壽六十三卒，志不舉其夫姓子名，疏略甚矣。銘蓋四角刻花，四面刻十二辰生肖。

【案】此録自上海圖書館藏海日樓叢稿新出墓誌十種跋。按筆跡當作於庚申（1920）。又見文獻 1992 年第 2 期錢仲聯輯録沈曾植海日樓文鈔佚跋（四）、錢仲聯編校海日樓文集 137 頁。海日樓藏拓片在浙江省博物館。

康氏墓誌跋

康氏本出康居，廣韻所謂西胡姓也。【下缺】

【案】此録自上海圖書館藏海日樓叢稿新出墓誌十種跋。按筆跡當作於庚申（1920）。此跋書於唐故竹夫人墓誌跋後，原無題，據殘稿擬此題，仍繫於前跋之後。

唐故文林郎爨君墓誌跋

爨君，名字均闕，空格未填，非磨泐也。其籍雁門，徙居洛陽，遠祖蜀將軍習，華陽國志屢稱之，而寶子、龍顔，皆非其後。讀此志，乃知習之子孫，徙入中原久矣。爨肅之後，由河東入甯州。習之後，由甯州復於雁門，亦姓源佳話也。石出河南祥符縣。

【案】此録自上海圖書館藏海日樓叢稿新出墓誌十種跋。按筆跡當作於庚申（1920）。又見文獻 1992 年第 2 期錢仲聯輯録沈曾植海日樓文鈔佚跋（四）、錢仲聯編校海日樓文集 137 頁。此墓誌拓本今在浙江省博物館，有平湖屈起過録此跋，參觀金石書畫第三卷 108 頁。

同州聖教序跋

同州聖教序,余得萬曆間舊本,模糊至不可耐。及退谷以新搨一本遺余,氈蠟既佳,字尤清楚,勝舊本數倍。乃知唐人碑碣,苟得好事者精意氈蠟,皆可十倍舊搨。惟恨陝人以惡煙劣紙,率略搨賣,以爲衣食計,則全汩本來耳。

【案】此本今藏臺北"中研院"歷史語言研究所傅斯年圖書館(參觀傅斯年圖書館古籍善本題跋輯要,臺北"中研院"歷史語言研究所 2008 年版,第三册 467 頁)。又見寐叟題跋,末鈐"子培"陽文小印。按筆蹟當作於光緒中。"退谷"前有一字,原稿圈去,錢編本誤作"謝退谷"。

同州聖教序跋二篇

登善書碑,蓋有壯老之别。孟法師、龍門三龕,皆少作也。體特矜嚴。房元齡碑在晚年,則一往超縱絶蹟,而且無行地矣。同州、雁塔,皆承學者所模。同州意在矜嚴,例以孟法師,則失之於峻。雁塔專趣超縱,例以房元齡,又病其未和。此如蘭亭之岐爲定武、神龍兩派。想像原碑,正當以魏栖梧善才寺碑求之。此如藉殷令名書,以尋廟堂、九成真面也。

【案】此據寐叟題跋,末鈐"植"、"乙盦"二陽文印。按筆蹟當作於光緒庚子(1900)。

庚子孟秋客滬瀆,市上購此。余舊有明拓本,戊戌春仲出都,爲寶瑞臣編修借去,未攜以出。今昆明灰劫,都士流離,余所藏金石文字,殆已不可復問。編修無術脱身,抑不知能自全危地否也？五弟南歸，尚無過汴消息。展玩此册，一息千念。姚埭老民書。

【案】此據寐叟題跋，末鈐“曾植之印”陰陽文印。

王徵君口授銘跋三篇

唐書紹宗本傳：“嘗與人書曰：‘鄙人書無功者，特由水墨之積習耳。常精心率意、虛神静思以取之。吴中陸大夫常以余比虞君，以不臨寫故也。聞虞被中畫腹，與余正同。’虞即世南也。”元宗亦工書，有法師王先生碑，集古、金石類編均載之。張貞居書法從王先生碑出也。

【案】此據寐叟題跋，末鈐“寂灑”陽文印。按筆蹟當作於光緒中。“鄙人書無功者”，新唐書原作“鄙夫書無工者”。

紹宗書格，當時以繼永興，而此銘結體殊有子敬手意，此亦初唐書脈所存，可藉以推淵源體尚者也。

【案】此據寐叟題跋，末鈐“曾植”陽文印。按筆蹟當作於光緒中。

裴中令學歐書，而構法實胎源於此。乙叟。

【案】此據寐叟題跋，末鈐“總持自在”陰文印。按筆蹟當作於光緒庚戌（1910）。錢編本脱“乙叟”二字。

唐薛稷杳冥君銘跋

陳伯玉集有冥漠窅冥君古墳記銘，代張昌宗作。記存銘闕。都元（禮）〔敬〕引以證冥漠、杳冥之義，非謂彼此爲一也。萃編乃謂正指此事。陳文與薛文，曷嘗有一語相涉乎？陳文與謝元暉祭冥漠君文事多相類，亦可指爲一事乎？此拓所謂北紙北墨者，極可愛，或竟是戲鴻堂祖本乎？

【案】此跋私人藏鈔本，有王蘧常手書標題，無“唐”字。又見文獻 1993 年第 1 期錢仲聯輯録沈曾植海日樓文鈔佚跋（七）、錢仲聯編校海日樓文集 158 頁。“冥漢官冥君古墳記銘”下，文獻錢仲聯按語云：“伯玉集此文，題無‘官冥’二字，二字衍文。”“或竟是戲鴻堂祖本乎”下，錢氏按云：“董其昌戲鴻堂帖載此銘。”

按，明刊本陳伯玉文集卷六題作“冥寞官冥君古墳記銘爲張昌寧作”。四庫本無“官冥”二字，“記”作“誌”；全唐文無“冥寞”二字，“銘”下有“序”字（參觀徐鵬校點陳子昂集，上海古籍出版社 2013 年修訂本，158—159 頁）。錢按蓋據四庫本。

“代張昌宗作”之“宗”，文獻作“寧”，海日樓文集作“□”，錢氏小注云：“手稿作寍，則章草‘寧’字也。原鈔本作‘宗’，誤。”按，陳子昂集原作“張昌寧”，與錢説合，然據兩唐書張昌宗傳，此處“寧”字實爲“宗”之譌，余别有考，兹不贅述，仍從鈔本作“宗”。

都穆金薤琳琅卷九唐杳冥君銘條略云：“陳子昂集見其冥寞君墳記……薛稷曰杳冥，此曰冥寞，蓋杳冥、冥寞無二義也。”都穆字元敬，跋文“都元禮”爲“都元敬”之譌。

唐熊津都督帶方郡王扶餘隆墓誌跋

扶餘隆事，具見唐書百濟傳中，誌題“光禄大夫行太常卿熊津都督帶方郡王”，官堦皆合。傳稱“龍朔中，以隆爲熊津都督，俾歸國，平新羅故憾。麟德二年，與新羅王盟於熊津，劉仁軌涖盟”，盟詞中有“立前太子扶餘隆爲熊津都督，守其祭祀”云云。是當時命隆爲都督，未嘗非重立百濟王之漸。銘言“尋奉明詔,修好新羅”,蓋叙此事。而即繼之以“俄沐鴻恩,陪覲東岳”,蓋指隆畏衆離散,復歸京師之事。其詞婉約,固以不能保存宗祀内愧也。傳稱“儀鳳中,進帶方郡王,遣歸藩。時新羅强盛,隆不敢入舊國,寄治高麗”,銘言“屢獻勤誠,得留宿衛”,即指此事。隆寔卒於京師,新傳書“死”字於“寄治高麗”句下,似隆死於高麗者,不若舊傳稱“隆竟不敢還舊國而卒”,與事寔不抵牾也。銘題在末行,他誌罕見。書秀逸而微有傖氣,疑撰書皆百濟遺臣也。

【案】此録自上海圖書館藏海日樓叢稿新出墓誌十種跋。按筆跡當作於庚申(1920)。又見文獻1992年第2期錢仲聯輯録沈曾植海日樓文鈔佚跋(四)、錢仲聯編校海日樓文集136頁。此墓誌拓本今在浙江省博物館,有平湖屈起過録此跋,參觀金石書畫第三卷109頁、沈曾植題海日樓藏碑拓集305—311頁。

阿羅憾墓誌跋

波斯自隋末臣於西突厥,唐破西突厥,而威稜震於西海。顯慶初元,正突厥方喙,大食未張時也。志稱“高宗召波斯大酋阿羅憾授以將軍,差充拂林國諸蕃宣慰大使,并於拂林西界立碑而還”,此唐世西被盛事。而新、舊兩書波斯、拂林兩傳皆失紀,甚可惜也。阿羅憾留中國,又爲則天召諸蕃匠建造天樞,年九十五而卒。其名與老壽,頗似祆教師或摩尼師,未可知也。銘題“大唐故波斯國大酋長右屯衛將軍上柱國金城郡開國公波斯□□之銘”,“□□”不可辨，然決非府君等字，疑有異稱。又列波斯大酋長於唐官之前，亦覺可異。

【案】此録自上海圖書館藏海日樓叢稿新出墓誌十種跋。按筆跡當作於庚申（1920）。又見文獻 1992 年第 2 期錢仲聯輯録沈曾植海日樓文鈔佚跋（四）、錢仲聯編校海日樓文集 137 頁。海日樓藏拓片在浙江省博物館。

姚文獻公懿碑跋二篇

廉生蓄此碑舊拓，筆意實兼中令、蘭臺之長。對此乃如摇落江潭，追想風流可愛時也。

【案】此據寐叟題跋，末鈐“駕浮閣”陰文印。按筆蹟當作於癸丑（1913）前後。

錫蠟胡同第一門，疏簾清簟午花痕。合方散直留車從，玉案餘香對晏温。庭院頓成千古别，圖書誰起九原論？帖平書估徵求事，豈有英光百一存。追懷丁酉七月過廉生齋情事，君論金石書畫多新意，竹素不著，風流頓盡。

【案】此據寐叟題跋，末鈐“寐叟”陽文、“海日樓”陰文二印。按筆蹟當作於庚申（1920）。此詩又見海日樓詩集。

净域寺故大德法藏禪師塔銘跋

唐有三法藏。其一賢首法師，爲華嚴宗第五祖；其二鄜州寶臺寺法藏，見宋高僧傳二十七興福篇；其三此法藏也。賢首道行於則天時，此師亦顯於則天時；賢首寂於先天元年，此師寂於開元二年，相差僅二年；鄜州法藏，似亦盛唐時人，特傳不紀年，無可證耳。

文言"自佛入般涅槃,於今千五百年矣。聖人不見,正法陵夷。即有善華月法師、樂見離車菩薩,愍兹絶紐,並演三階,其教未行,咸遭弑戮。有隨信行法師與在世,造舟爲梁,大開普敬認惡之宗,將藥破病之説,撰成數十餘卷,名曰[三階]集録。禪師靡不探賾索隱,鉤深致遠,守而勿失,作禮奉行。弟子將恐頹其風聲,故掇其景行,記之于石。"按所稱善華月法師、樂見離車菩薩,蓋三階宗之鼻祖,尚在信行法師前。其名字似西土聖賢,遭弑戮當亦西土之事。三階宗稱禪師,道宣續高僧傳,亦列信行於習禪篇也。

【案】此據上海圖書館藏稿本,録文見文獻 1992 年第 3 期錢仲聯輯録沈曾植海日樓文鈔佚跋(五)、錢仲聯編校海日樓文集 143—144 頁。"浄域寺"原誤作"浄業寺",兹據原碑徑改。"自佛入般涅槃",原碑誤作"自佛般入涅槃",沈氏所改是也。"有隨信行法師與在世"之"與"字,文獻誤作"興",文集同誤,又"在世"二字屬下讀,不確。"名曰集録",原碑作"名曰三階集録"。"弟子將恐頹其風聲,故掇其景行",原碑作"是故弟子將恐頹其風聲,乃掇諸景行"。

唐興聖寺尼法澄塔銘跋

序稱"於至相寺康藏師處聽法",康藏師即賢首國師也。文中"探微洞悟,即是善才;調伏堅持,甯殊海意",皆用華嚴事實。康藏師指謂其"住持佛法"者,殆許爲華嚴師。所謂"抄華嚴經疏義三卷",其抄賢首(探)〔搜〕玄記爲之歟?賢首創講新經,上足曰慧苑,正脈付清涼,皆著述彪炳藏中。澄以優婆夷得大師印可,又能演義成書,書雖不傳,述華嚴者不可不紀此賢勝優婆夷也。

又序稱"託事蔣王,求爲離俗"。蔣王者蔣王惲,太宗第七子,當時府官所謂"甯向儋崖振白,不事江滕蔣虢"者也。稱"如意之歲,淫刑肆逞,誣及法師,將扶汝南,謀其義舉"者,史稱惲子煒初王汝南,惲薨嗣王,爲武后所害,是其事也。如意元年,即則天天授二年,煒以舉義死,蓋繼琅琊王沖、越王貞而起者。通鑑書其事於永昌元年,先三年,又不詳煒舉義事,當以此銘所叙補之。法澄蓋蔣王府内人,出家奉道,仍以扶義之嫌得禍,其性行固非尋常女子矣。"菩薩化身,後宫説法",度曌亦無如之何。撰書人嗣彭王志暕,爲霍王元軌之孫,牝朝革命,酷憤同情,其指斥無諱宜也。

【案】此據上海圖書館藏稿本,録文見文獻 1992 年第 2 期錢仲聯輯録沈曾植海日樓文鈔佚跋(四)、錢仲聯編校海日樓文集 138—139 頁。"即是善才","即是"原碑作"同彼"。"菩薩化身,後宫説法",即原碑所謂"昔菩薩化爲女身於王後宫説法"。

宋拓李思訓碑跋

平生所見舊拓以王文敏同年所藏弇州跋本爲第一,不意衰殘復得覩此,焕若神明,頓還舊觀,感喟何如!餘齋老人記。

【案】此本爲南海羅原覺(1891—1965)舊藏,今在香港中文大學文物館。此跋又見宋拓雲麾將軍碑(民國間有正書局珂羅版)、北山汲古:碑帖銘刻拓本(香港中文大學文物館 2015

年版)。跋末鈐"餘黎"陽文印。作於民國十年辛酉三月(1921年4月),參觀宋拓祖石絳帖跋案語。

岳麓寺碑跋

光緒壬寅,於友人處見清儀閣藏本,叔未先生跋數百言,謂爲明初拓本,校余此册,絶無多字。而"林壑肅穆"下"不"字,"未真"上"成"字,"信尚敬"下"田"字,"貝葉"上"納"字之類,彼皆全闕。紙墨之舊,亦此勝於彼。彼本初爲沈□藏,前有繡州虞氏挹芳館題記一行,確係明賢手蹟。故知此碑損泐,定在四百年前,覆刻有明拓,固其宜矣。守平居士記於宣武門西紫藟軒中。

【案】此據寐叟題跋,篇首鈐"郲亭"陽文印,末鈐"積微"陰文印。

支提龕銘跋

銘後述二大德行記,述義紭、妙善、悉曇譯金光明經、薩婆多律、掌珍論等三百餘卷,並詮辭證義,筆授綴文,名播二京。其時僧衆,咸號法師大乘紭矣。

按唐世譯經之制,自主譯人外,參預其事者,其名目有證義,有證文,有筆授,進上時皆列名經首。據記所稱,金光明經、薩婆多律等三百餘卷,以開元録校之,皆義净主譯。然則紭蓋久從義净譯席者。録與僧傳三,列天后、孝和、睿宗時净所譯經目,證文、筆授、證義諸大德復禮、慧表、智積、法寶、法藏、德感、勝莊、神英、仁亮、大儀、慈訓等名字具存,而紭名不見。當係出使乾陁羅,遂離譯席,進經在後,故名不預乎？所謂“迎得三藏鄔帝弟婆”者，即開元録之鄔帝提婆，亦佐義净譯經於大薦福寺者，高僧傳亦不見其名。大抵贊甯蒐采，所闕甚多。凡此諸碑，若有依彭氏五代史例注宋僧傳者，皆不可不收入者也。

【案】此據上海圖書館藏稿本，録文見文獻 1992 年第 3 期錢仲聯輯録沈曾植海日樓文鈔佚跋（五）、錢仲聯編校海日樓文集 140 頁。“慧表”之“表”，錢編本誤作“袁”。

闕特勤碑跋

右闕特勤碑，唐玄宗御製御書。事見唐書突厥傳。傳云：“默啜既爲拔曳固殘卒所殺，骨咄禄子闕特勤合故部攻殺小可汗及宗族略盡，立其兄默棘連，是爲毗伽可汗。默棘連本蕃稱小殺，性仁友，自以立非己功，讓於闕特勤，特勤不敢受，乃嗣位。開元四年，以特勤爲左賢王，專制其兵。開元八年，敗拔悉密兵，又敗涼州都督楊敬述，突厥遂大振。九年，天子東巡，張説議調兵備邊，裴光庭不可，説曰：‘突厥雖請和，難以信結也。其可汗仁而愛人，闕特勤善戰，暾欲谷愈老愈智，李靖、世勣流也。’十九年，闕特勤卒，使金吾將軍張去逸、都官郎中吕向奉璽詔弔祭，帝爲刻辭於碑，仍立廟像，四垣圖戰陣狀，詔高手工六人往，繪寫精肖，其國以爲未嘗有。舊唐書，闕特勤卒於開元二十年，毗伽即於是年被弑。上自爲碑文，刻石爲像。默棘連視之，（必）〔心〕悲哽。未幾，默棘連卒，帝遣宗正李佺爲立廟，詔史官李融文其碑。”不若待闕特勤之優渥矣。

碑在鄂爾昆河側，元之和林路，而遼史太祖本紀所謂古回鶻城之地。耶律鑄雙溪醉隱集取和林詩注云:“和林城,苾伽可汗之故地也。太宗於此起萬安宫。城西北七十里有苾伽可汗宫城遺址。城東北七十里有唐明皇開元壬申御製御書闕特勤碑。唐新舊書,書‘特勤’皆作‘銜勒’之‘勒’,誤也。諸突厥遺俗,猶呼其可汗之子弟爲‘特勤’、‘特謹’字。”按突厥語無可考,而蒙古口語,歷久相沿,“可敦”之爲“哈屯”,“達干”之爲“答爾罕”,“葉護”之爲“詳穩”、爲“桑昆”、爲“想昆”,舊語班班,可相證合。然則古之所謂“特勤”,即元史之“的斤”,亦即今蒙語所謂“台吉”矣。闕特勤樹立毗伽,專其兵柄。開元十年以後,北邊無警,實賴其功,故元宗待之,恩禮優隆,迴踰恒等。全唐文録元宗弔突厥可汗弟闕特勤書,有“追念痛惜,何可爲懷,今申弔賻,并遣致祭”之語,蓋即吕向等所奉璽書。而此碑不傳,獨耶律雙溪一人見之耳。此碑爲考據和林之堅證,得此碑而和林所在,異説紛紛,不待攻而自破矣。

【案】此跋據澹隱山房藏手稿。録文見亞洲學術雜誌第一卷第二期和林三唐碑跋之一闕特勤碑跋,署名“釋持”。又見文獻 1992 年第 2 期錢仲聯輯録沈曾植海日樓文鈔佚跋(四)、錢仲聯編校海日樓文集 127—129 頁,有錢氏按語多條。“事見唐書突厥傳”下,按云:“手稿作‘、’,蓋‘傳’之重文,原鈔、别鈔及大儒沈子培附録,皆誤作‘一’。”(文集後加“今正”二字。)“默棘連視之心”下,按云:“曾植此跋手稿、原鈔、别鈔俱作‘必’。大儒沈子培附録此跋作‘心’。”(文集按云:“手稿作‘必’,原鈔、别鈔仍之。此從大儒沈子培附録。”編案:新唐書作“必”,當爲“心”之譌。)“詔史官李融文其碑”下,按云:“原引新唐書突厥傳止於此，中有節略。”“九年”，據舊唐書、通鑑當作“十三年”。小注“舊唐書”至“刻石爲像”，雜誌無。“爲詳穩”三字手稿無，據雜誌、錢編本補。班班，雜誌作“斑斑”。兩處“元宗”避清諱，錢編本改作“玄宗”。

原稿前有闕特勤碑録文，有沈曾植分行注記及校語，兹以“/”表示分行，并據原碑拓本及和林金石録（李文田撰、羅振玉校定本）補正：

故闕特勤碑　御製御書

彼蒼者天，罔不覆燾。天人相合，寰宇大同。以其氣隔陰陽，是用别爲君長。彼君長者，本□□四/裔也。首自中國，雄飛北荒。來朝甘泉，願保光禄，則恩好之深舊矣。洎我高祖[之]肇興皇業/，太宗之遂荒帝載。文教施於八方，武功成於七德。彼或變故相革，榮號迭稱。終能代澤行化，（□□）□（/）各[/]修邊貢，爰逮朕躬，結爲父子，使寇（患）〔虐〕不作，弓矢載櫜。爾無我虞，我無爾詐。邊鄙（□）〔之〕不□，□（□）〔君〕之/賴歟？君諱闕特勤，骨咄禄可汗之次子，今苾伽可汗[之]令弟也。孝友聞于遠方，威□下半微露“𠮷”形，疑“略”字。攝□□俗/。斯豈由曾祖伊地米馳（施）匐積厚德於上而身克終之，祖骨咄禄頡斤行深仁於下而子□□之/，不然，何以生此賢也？故能承順友愛，輔成規略，北燮眩靁之境，西鄰處月之郊，尊撐犂之□□/，受屠耆之寵任，以親我有唐也。我是用嘉爾誠績，大開恩信。而遥啚不騫，促景俄盡。永言悼惜/，疚于朕心。且特勤，可汗之弟也；可汗，猶朕之子也。父子之義，既在敦崇；兄弟之親，得無連類。俱[/]爲子（/）愛，再感深情。是用故製作豐碑，發揮遐徼，使千古之下，休光日新。詞曰[/]：

沙塞之國，丁零之鄉。雄武鬱起，於爾先□〔王〕。爾君克長,載赫殊方。爾道克順,謀親我唐。孰謂若人/,罔保延長。高碑山立,垂裕無疆。

大唐開元廿年歲次壬申十二月辛丑朔七日丁未書。似“建”字。

闕特勤碑釋文跋

蒙古語與突厥語不同,然名號相沿,舊解固猶有存者。嘗謂“闕特勤”之“闕”,即遼史“闕遏可汗”之“闕遏”,即耶律大石稱爲“葛兒汗”之“葛兒”,即元祕史諸部立札木合爲“局兒汗”之“局兒”。祕史蒙文釋局兒之義曰普,此即闕之釋義。徑切言之,“闕特勤”猶言“總台吉”與?此當就東土耳其人訪之。若西土耳其,慮或不能紀遠矣。光緒丙申十一月壬辰朔二十四日乙卯,嘉興沈曾植敬觀題記。

【案】此據盛昱闕特勤碑釋文,光緒二十二年(1896)日照丁氏移林館刻本。又見文獻1992年第2期錢仲聯輯録沈曾植海日樓文鈔佚跋(四)、錢仲聯編校海日樓文集129—130頁。錢氏按云:“王國維觀堂集林卷二十九姓回鶻可汗碑跋云:‘沈乙庵先生作闕特勤碑等三碑跋復俄使,時志文貞鋭方爲烏里雅蘇台將軍,亦拓闕特勤碑,以遺宗室伯義祭酒盛昱。祭酒跋之,沈先生復書其後。’即此跋也。”

唐代國長公主碑跋

萃編據杜集證鄭潛曜爲公主子。余於南部新書復得一事。毘陵集十七有鄭駙馬孝行記,南部新書所録,即抄記文。云:“駙馬都尉鄭潛曜,睿宗之外孫,尚明皇第十二女臨晋長公主,母即代國長公主也。開元中,母寢疾,曜刺血濡奏章,請以身代。及焚章,獨'神道許'三字不化,翌日,主疾間。"至哉,孝子也。觀公主名子之言,與其子之所以事母,及萬鈞夫婦死生之際相勖之詞,高朗可風,蓋力矯貴禄驕侈之習者。公主所誦華嚴、寶積、大般若、大集,皆唐世新譯大部經。受禪觀於大智,受灌頂於金剛智,而歸心願生兜率。顯密觀行,精進圓滿。録諸善女人傳中,此碑文甚精采也。余常病彭氏善女人傳净土詳而他門皆略,又自梁比邱尼傳後,唐代優婆夷甚多,無繼梁傳者,後代作者,宜致意焉。

【案】此據上海圖書館藏稿本,録文見文獻 1992 年第 2 期錢仲聯輯録沈曾植海日樓文鈔佚跋(四)、錢仲聯編校海日樓文集 138 頁。文獻錢氏按云:"曾植筆記稿輯有善女人數條曰:'晉陵黄氏二女,長名持法,次名慧忍,見佛祖統紀四十一。尼慈和,見金石萃編八十二。尼惠源,誌銘。杭州黄三姑,窮理盡性,見國史補上。高娘妙音姑,見雲南通志。'筆記首葉,書'善女人目'四字,蓋有纂述之意而未果者。"文集按語有小異,末句"筆記首葉"云云在前。而"尼惠源誌銘'杭州黄三姑,窮理盡性',見國史補上",則誤"尼惠源誌銘"屬下讀。

突厥苾伽可汗碑跋

右突厥苾加可汗碑唐開元二十三年勅賜建立,起居舍人李融文。書人無名,而字體與闕特勤碑甚相似。彼爲明皇御書,或疑此碑亦當然。顧御書不應無題識,碑多斷蝕,不能臆决矣。

碑在鄂爾坤河旁,與闕特勤碑相近,土人稱闕特勤爲秋王，稱此碑爲莫紀鄰王陵碑，莫紀鄰即默棘連，亦作默矩。苾伽之名，唐人又謂之小殺，開元詔書初稱爲“突厥煞”，後稱爲“兒可汗”。賢力毗伽公主墓誌謂之三十姓天上得毗伽煞可汗。新、舊唐書暨唐人文字皆作毗伽，惟張曲江文集作苾伽，與耶律鑄雙溪集合。今題爲苾伽可汗者，依雙溪集文也。碑文殘剥特甚，文句難可剏通。所以知爲苾伽碑者，第藉首行撰人銜名及文末“使佺立廟”云云，與唐書“默棘連死，帝爲發哀，使宗正卿李佺弔祭，因立廟，史官李融文其碑”相證合耳。雙溪集言苾伽可汗宫城，言闕特勤碑，獨不言此碑。當時不應不見，或亦以其殘泐不可省視而忽之。計碑壞之時，固在元代以前矣。

突厥盛于周、隋之間，至頡利被擒亡國。唐太宗欲建思摩，纘阿史那統緒，而不克有成。骨啜禄、默啜弟兄，挺身亡虜之中，鳩合散亡，驅率迸逸，北摧葛禄，東服契丹，處木(典)〔昆〕以拓西，回紇避之河右。亘地萬里，幾復舊疆。其材力似鮮卑檀石槐，其剽悍過匈奴赫連屈丐。苾伽繼之，仁惠有聞。始終親唐，靡有異意。明皇結以父子，恩逮存亡，册命旣榮，璽書褒德，凡諸詔令，與碑文詞意大同。摩挲殘石，可以想見當時撫御微權也。苾伽没而諸子不振，自後回紇乃雄據朔陲矣。

碑立在開元廿三年，苾伽之没在廿二年，新舊書並無苾伽卒年，此可補闕者。新書稱苾伽子嗣位者，先伊(難)〔然〕，後登利。唐會要：“開元二十二年，毗伽爲其臣梅録啜毒死，子登利立。”據文末稱“□利可汗，虔承遺訓”，明指登利言之，則與會要相證明，又可糾新書之誤者矣。張曲江集有勅突厥可汗書云:"勅兒登利突厥可汗,天不福善,禍鍾彼國,苾伽可汗頓逝,聞以惻然。又聞可汗繼立,蕃落甯静。可汗先人與朕爲子,可汗即合爲孫。以孫比兒,似疏少許。今欲可汗還且爲兒。"又一勅與登利云:"日月流邁,將逼葬期。朕以父子之義,情與年深。及聞宅兆,良以追悼。所請葬料,事事不違。禮物有加,將答忠孝。今遣從叔金吾大將軍佺持節弔,兼營護葬事。且以爲保忠信者可以示子孫,息兵革者可以訓疆場,故遣立廟建碑,貽範紀功,因命史官正辭,朕亦親爲篆寫"云云。前一勅足證登利之繼苾伽,後一勅則建碑命意具焉。云"親爲篆寫",則竟是開元御書矣。

碑在三音諾顔旗界中,與額爾德尼招相距匪遠。倘有内地良工,精施氊蠟,度所得字當不止此。諸字句可疑者,亦當待精拓定之耳。此碑與闕特勤皆有碑陰,有碑側,皆突厥字形,與唐會要所載羣牧印字略相同。

【案】此跋見澹隱山房藏手稿、上海圖書館藏苾伽可汗碑考證鈔本。録文見亞洲學術雜誌第一卷第二期和林三唐碑跋之二突厥苾伽可汗碑跋(署名"釋持")、文獻 1992 年第 2 期錢仲聯輯録沈曾植海日樓文鈔佚跋(四)、錢仲聯編校海日樓文集 131—132 頁。

跋中"處木典",兩唐書實作"處木昆";苾伽之子"伊難",兩唐書皆作"伊然"。所引張九齡曲江集文有所省改,其中"所請葬料,事事不違",雜誌、錢輯本誤作"所請葬期,料事事不違",兹據曲江集改正。"疆場",手稿、雜誌誤作"疆埸"。"立廟建碑",手稿、雜誌誤作"立碑建廟"。篇末"此碑與闕特勤皆有碑陰”以下部分，手稿作：“此碑與闕特勤皆有碑陰，有碑側，皆畏吾兒字書，即康熙聖諭所謂托忒書，字頭形體頗有與國書相近者，厄魯特人能識之。如使厄魯特辨其字、蒙古人譯其語，陰側可讀，其有裨益考證，當益不淺也。”上圖抄本同手稿，惟“辨其字”下衍“篆”字、“側”上脱“陰”字。雜誌、錢輯本，蓋據後來修訂本，今從之。

無畏不空禪師塔記跋

此記全録釋念常佛祖通載文，前兩段通載記事之文，後一段論則念常論密宗語也。念常爲吾禾沙門，其書成於元順帝至正二年，此石殆明人所刻耳。

【案】此據上海圖書館藏稿本，録文見文獻 1992 年第 2 期錢仲聯輯録沈曾植海日樓文鈔佚跋(五)、錢仲聯編校海日樓文集 141 頁。此塔記錢大昕以爲後人妄托者，見潛研堂金石文跋尾卷六。

唐玉真公主昭應記跋

集古録目唐玉真公主仙居臺碑，唐山人韓休撰，八分書。天寶二年，公主投龍五老山，嘗居此臺。碑以天寶四年立。

唐世帝女多入道，見諸公主傳者十餘人，惟元宗諸妹獨顯，則以陪葬橋陵，鴻文鉅刻，傳在後代也。寶刻叢編引復齋碑録云：唐玉真公主墓誌，唐王縉撰，姪粲行書，肅宗元年建巳月十二日葬萬年甯安里鳳栖原。又引金石録云：公主法號無上，字元元。天寶中更賜號曰持盈。代國、鄎國、涼國、金仙皆卒，開天時皆有碑，獨玉真老壽，至寶應時乃卒。橋陵無碑，賴有此記存其事蹟耳。金仙、玉真同入道在開天間，元帝寵遇殆與岐薛不殊，歸自蜀中，花萼獨玉真猶在，南内迫遷，牽連被斥，讀史者爲之痛心。代宗即位初，自故太子瑛至永王璘，皆爲昭雪，而輔國誅後，南内之事絶不再問，此爲事之不可解者，帝其有慚德耶？表稱玉真薨寶應時，寶應止一年，上皇薨於是，肅宗薨於是，玉真亦薨於是。史氏約言，有餘旨焉。將鼎湖百歲而神通，若淮南八公之避世，形解銷化，仙道難知已。

明河南通志稱："靈都宫在濟源縣西三十里尚書谷，天寶間建，玉真公主昇仙處也。"明懷慶府志："萬華真人，唐睿宗第九女(隆昌)〔昌隆〕公主，修真玉陽山，改封玉真公主，道號萬華真人，後白日飛昇。"方志、山經，遺蹟夥多，道士口耳相傳，乃與碑文符合。文云："則有上公△保、三元△司，皆降飛雲緑軿，虎輦金蓋，然□授口訣，冥感真△，故署仙格曰玉真萬華真人，皆真命自天，理絶同□。甲辰，言功受秩，清晨解散。復有祥飈蓬蓬然，中壇而起，若神官羽駕，歸飛於太空，時聞步虚△△，△△徐轉。公主鳴天鼓，貫斗精，延立久之，返於居室"云云。靈眖奇文，自漢武接覲王母内傳外，殆無其比。唐人侈陳太真，而罕舉玉真。將無孔昇侈惑，足增才士謳思；萬華清修，無助詞人文藻耶？獨怪杜光庭輩，於王奉仙尚亹亹樂道，而於萬華、焦真静，皆闕焉不録。南人聞見單陋，於京洛事多所不悉，惜哉！

萃編於金仙碑下引胡三省説，金仙、玉真二觀所在梅林，蓋據長安志爲言。今案志所載，尚有正平坊安國觀，本太平公主宅，睿宗在藩，公主奉爲觀。開元十年，玉真公主居之，立爲女冠觀。又橋陵有仙臺觀，爲金仙、玉真置。他若紀聞録有東都玉真觀劉若水碑，玉真公主校定經籙於中岳興唐觀。據此碑，則玉真先存真於樓觀，後卜築於王屋，化蹟所至，固不限於一方。

碑文首叙“元元祖帝服龍駕雲表，玉容臨天門”，蓋指田同秀見元元皇帝於丹鳳門通衢事，見史本紀。宋謝守灝混元聖紀，述之尤詳。蓋儒流所鄙，而道家所豔稱。云：“明年三月既望，乃詔上清元都大洞三景法師玉真公主，有事於譙郡御真宫，洎名山列岳，莫不展禮。”考舊紀“天寶二年正月，尊元元皇帝爲大聖祖元元皇帝。三月，親祀元元廟以册尊號，追尊聖祖元帝父因［周］上御史大夫敬曰先天太上皇，母益壽氏曰先天太后，仍於譙郡本鄉立廟。改西京元元廟曰太清宫，東京爲太微宫，天下諸郡爲紫極宫。九月，改譙郡紫極宫爲太清宫。”公主承詔於三月親祀之後，展誠譙郡，蓋若代帝親行，典儀嚴重，事理可思。惜此詔不見於唐大詔令，然準以開元廿七年尊號册文“其應緣五廟五享，宜於宗子及嗣王、郡王中擇有德望者，令攝三公行事，異姓官吏不須令攝”云云，則玉真此行實同彼例，其九月改譙郡紫極宫爲太清宫，比於京輦，或玉真覆命奏請，未可知也。

公主年方十六，受道法籙於葉法善，已有老君降壇以口授義之異，及是閱三十四年，年蓋五十，復受三洞八籙於胡先生，劉若水碑所謂“真官仙格，於兹四紀”者，記文言“及兹五受真籙”。明皇時尊奉道流，若司馬承禎、吴筠、明崇儼、羅公遠、張果之流甚多，中間三受道（録）〔籙〕，當不出諸人之外。

記中所云“息駕太室，捫日闕，步元門，挹上清羽人焦真静於中峰絶頂”，真静即司馬承禎弟子也，見雲笈七籤真系，第此作真静，彼作静真，記文出同時道流名，當不悮。真系稱“承禎門徒，惟李含光、焦静真得道，静真雖禀女質，靈識自然，因(積)〔精〕思閒，有人導至方丈，遇二仙女，謂曰：‘子欲爲真官，可謁東華青童道君，受三皇法。’請名氏，則貞一也。乃歸而(請)〔詣〕，先生亦欣然(受)〔授〕之。”太白集有贈嵩山焦鍊師，序云：“嵩邱有神人焦鍊師者，不知何許婦人也，又云生於齊梁時，年貌可稱五六十，常胎息絶穀，居少室廬，遊行若飛，倏忽萬里，或傳其入東海，登蓬萊，竟不能測其往。余訪道少室，盡登三十六峰，聞風有寄。”其詩云：“潛光隱嵩嶽，鍊魄栖雲幄。霓衣何飄飄，羽駕轉緜邈。願同西王母，下顧東方朔。”是太白所欲見不得者，公主能捫日闕、步元門見之，訪以空同吹萬之始，丹田存一之妙，其訪道可謂至勤，抑冥契别有緣會矣。

建碑道士元丹邱，太白詩屢稱之，又有玉真仙人詞、玉真公主别館苦雨詩。或疑太白入翰林，玉真薦之，證以右丞鬱輪袍事，九公主即玉真，其達賢薦士，非無據也。

撰文之蔡瑋，見墉城集仙録花姑傳，云：“開元九年，花姑昇化，明皇聞而駭之，遣覆其事，使道士蔡瑋編入後仙傳。”後仙傳，唐志不載，開元時人所著，事必有可觀。御覽、廣記兩目亦不見，則其亡已久。

“胡先生”無可考，金石録目“唐紫陽先生碑，李白撰，柳公綽書。又紫陽先生碑陰，李繁撰，柳公綽書，寶曆二年”。注云：“胡先生佚其名，李含光道侶也。”檢太白集無此碑，但有題隨州紫陽先生壁詩耳。李含光爲司馬門人，

"胡先生"或亦司馬門人耶？胡應麟玉壺遐覽:"唐元宗三女,玉真大公主,次公主,幼真一公主,並從胡天師慧超得仙。"注云"見仙鑑"。

【案】海日樓藏拓本今在浙江省博物館。此碑原題作"玉真公主受道靈壇祥應記",唐蔡瑋撰、蕭誠正書、玄宗李隆基隸書碑額,天寶二年(743)刻(參觀北京圖書館藏中國歷代金石拓本匯編,中州古籍出版社1989年,第25册51頁)。

此跋録自上海圖書館藏海日樓劄記鈔本。跋中所謂"元宗"即"玄宗","元元"即"玄元","元門"即"玄門",皆避清諱也。惟夾注引金石録唐玉真公主墓誌,公主字"元元",本作"玄玄"。

多寶塔碑跋爲謝復園題

魯公書源本出殷氏父子,後得筆訣,嗣法河南,所謂厭家雞欣野鶩者耶?然如此碑結體,固不能與裴鏡民碑絶無瓜葛也。此拓精絶,於用筆勁媚處,點畫縈拂,綽綽可尋,絶非剜後禿木者可比。石欽善學古人,他日試臨一本,爲洗筆頭蒸餅降王謬説。宣統庚申天中節前三日,餘齋老人題。

【案】此據寐叟題跋,末鈐"海日樓"陰文印。錢編本脱"宣統"二字。

義琬禪師墓誌跋

義琬不見僧傳、燈録,行履無考。然曰"紹嵩嶽會善大安禪師智印",大安禪師即燈録慧安國師,得法黄梅,則琬固黄梅再傳法嗣也。破竈墮、元珪皆同參,則汾陽奏中所謂“智海舟杭,釋門龍象,心超覺路,遠近歸依”者,當非虚美。當補列入五祖下三世系中。

【案】此據上海圖書館藏稿本,録文見文獻 1992 年第 3 期錢仲聯輯録沈曾植海日樓文鈔佚跋(五)、錢仲聯編校海日樓文集 139—140 頁。

大證禪師碑跋

曇真名不見僧傳,燈録亦無之。傳法於大照普寂,分席於廣德,又繼廣德領衆,有司奏謚,賜號大證,固當時緇流赫赫者。碑言“忍傳大通,大通傳大照,大照傳廣德,廣德傳師。一一授香,一一摩頂,相承如嫡,密付法印”,則大證固大通下第三傳正統也。燈録删略北宗不必論,贊甯傳闕大證,並闕廣德,則疏略太甚矣。

獨孤毗陵集有舒州山谷寺覺叙塔隨故鏡智禪師塔銘,佛祖通載録此文,“覺叙”作“覺寂”,是也。三祖璨塔銘也。其叙化蹟曰:“雙峰大師道信以道傳宏忍,忍公傳慧能、神秀,能公退而老於曹溪,其嗣無聞焉。秀公傳普寂,寂公之門徒萬,升堂者六十三,得自在慧者,一曰宏正,正公之廊廡,龍象又倍焉。或化嵩、洛,或之荆、吴,自是心教之被於世也,與六籍侔盛”云云。此碑廣德,或即彼宏正賜號歟?

【案】此據上海圖書館藏稿本,録文見文獻 1992 年第 3 期錢仲聯輯録沈曾植海日樓文鈔佚跋(五)、錢仲聯編校海日樓文集 141 頁。“廣德傳師”下,錢氏按云:“此碑傳本多闕文,據文苑英華,‘師’上有‘大’字。”海日樓藏此碑拓本今在浙江省博物館。

景昭法師碑跋

此碑蓋屢經洗剔,故鋒穎已頹。從其結構以尋筆意,王秘監之濩落風規、張長史之緊密結字,握管遺筆,祖述可思。寐叟。

【案】此據寐叟題跋,末鈐"曾植"陽文印。錢編本脱"寐叟"二字。按筆跡當作於丁巳(1917)。跋文又見海日樓碑帖題跋(同聲月刊第三卷第十二號,106頁),題作"跋唐華陽三洞景昭大法師碑"。

唐九姓迴鶻愛登里囉汩没密施合毗伽可汗聖文神武碑跋

此碑在喀喇庫魯木城中。喀喇庫魯木即元世之哈喇和林,唐書回鶻傳之回鶻城,會要所謂"常居北山以比長安"者。遼史太宗本紀之古回鶻城,元史巴爾朮阿爾忒的斤傳之别力跛力,皆一地也。

碑文殘闕,文無首尾。亦無年號歲月,不能知爲何時所立。以文中所述諸汗事蹟考之,當在貞元中。此愛登里囉汩没密施合毗伽可汗,當即唐書愛滕里邏羽録没蜜施合胡禄毗伽懷信可汗,碑首所稱"國於北方,都於嗢崑,明智治國,積有歲年"者,總略骨力裴羅以上諸世也。"□□嗣位,天生英斷,萬姓賓服……數年之間,復國革命"者,指骨力裴羅也。回紇自骨力裴羅始奄有北方,居突厥之牙廷,殄滅其遺胤,而收其全土,故有革命之稱。先是薛延陀滅,回紇吐迷度已私稱汗號於同羅水上,盡領磧北諸蕃。暨則天時，突厥默啜復彊，回紇乃與契苾等三部徙避甘涼間，失其故地。至裴羅擊走突厥烏蘇可汗，復襲殺拔悉密頡跌伊施可汗，徙牙烏德鞬山嗢昆河之側，而後復其磧北故地，故有復國之言。裴羅自稱骨咄禄毗伽闕可汗，遼史太祖紀："克回鶻，礲闕遏可汗碑紀功。"闕遏即闕之長言，義與闕特勤、闕俟斤、闕啜同。契丹人不能知回鶻古事，礲碑時，必據碑字名之。此"嗣位"上文字全損，惜無由考其爲作闕可汗抑作闕遏可汗矣。

頡翳德密施毗伽可汗者，唐書之磨延啜也。頡咄登密施合俱録□者，唐書之牟羽可汗也。新書稱牟羽汗號曰"頡啜登里骨啜密施合俱禄英義建功毗伽可汗"，舊書稱牟羽號曰"登里頡啜登密施合俱録英義建功毗伽可汗"，頡啜即頡咄，以碑文證之，則舊書爲是，新書"里"、"骨"二字錯出，蓋沿會要文誤。所謂"幣重言（重）〔甘〕，乞師滅唐"者，即史所載史朝義誅牟羽可汗以"唐薦有喪，社稷無主，請可汗南收府庫，其富不貲"事。

其所謂"可汗憤彼孤恩，親□驍雄，與王師尅復京洛"，則指牟羽與僕固懷恩收復東京事。是時牟羽實爲朝義所誘而南，而碑文若仗義以討朝義者，唐既歸功，因而飾之，文其過舉耳。

其云"□□可汗嗣位，雄才勇略，内外修明"者，頓莫賀殺牟羽而自立，唐册拜爲長壽天親可汗者也。其云"愛登里囉汨密施俱録毗伽可汗"者，頓莫賀之子多邏斯，唐册拜爲愛登里邏（汩）〔汨〕没蜜施俱録毗伽忠貞可汗者也。多邏斯有子曰阿啜，嗣立受册，五年而卒，此略去不書，徑以汨咄禄爲其子。汨咄禄,唐書作骨咄禄,會要稱爲骨啜禄將軍。唐書敘其嗣位事云:"本跌跌氏,少孤,爲大首領所養。辨敏材武,天親時數主兵,諸酋尊畏。阿啜無子,諸酋扶而立之。以藥羅葛氏世有功,不敢自名其族,盡取可汗子孫納之朝廷。"會要云:"懷信不敢言奉誠,從人望也。"然則碑之略去阿啜者,蓋探汨咄禄之隱情而爲之諱避。既直以爲多邏斯子,則疑史所謂"大首領養以爲子"者,即多邏斯養以爲子矣。

碑所言"可汗龍潛之時……都督刺史内外宰相□官等奏"云云,蓋追敍其爲相時事。唐以六都督七州名鐵勒諸部,而回紇官有内宰相六外宰相三。回鶻所統僕固、拔曳古等部爲都督,渾、契苾爲刺史,啒羅勿等九姓爲内外宰相,侈大其辭,與史言諸酋畏服合。其言"葛禄與吐蕃連……□庭半收半圍之次,天可汗親統大軍,討滅元兇,收復城邑"者,當多邏斯世,三葛禄與白服、突厥、沙陀,同附吐蕃,攻陷北庭,大相頡干迦斯捄之,大敗奔還。葛禄又取浮圖川,回鶻震恐。阿啜世,回鶻擊吐蕃、葛禄於北庭,勝之,且來獻俘。史不言取北庭,然唐末磧西之地,西州北庭,仍爲九姓所居,以逮宋初,常通朝貢。元時諸部奠系猶存。是北庭之失於吐蕃無幾時,而汨咄禄即復之。史文不載,可以相補。

碑首行内宰相頡干迦思,即史之大相頡干迦斯也。真珠河見西域傳,云"石國西南有藥殺水,入中國謂之真珠河,亦曰質河"。準其地望,蓋元之霍闌没輦,今之那林河。捄龜兹而兵及那林,蓋兵出今新疆南路,由阿克蘇踰騰格里山之頁古魯克卡而西向敖罕,此爲唐世天山南北相通之孔道。其下云:“追奔逐北,西至拔賀那。”拔賀那,即今敖罕地也。

“黑姓毗伽可汗”者,突騎施之酋。突騎施有黄姓黑姓,皆立可汗,互相攻伐。史言乾元中黑姓可汗阿多裴羅猶能入貢,大曆後浸微,臣服葛禄。據此碑,則貞元末黑姓尚有可汗,與葛禄並峙,國未亡也。

“十箭”爲西突厥之遺民,“三姓”亦突騎施之部落。史稱開元中以都摩支闕頡斤爲三姓葉護,與碑語可相證發。第史本傳惟言娑葛後爲黄姓,蘇禄爲黑姓。西突厥傳:唐平賀魯,以突騎施索葛莫賀部即娑葛。爲嗢鹿都督府,以突騎施阿利施部爲絜山都督府。亦祗二部。其又一姓,蓋不可考矣。

碑文所稱明教,即摩尼教之文言。史稱回鶻可汗與摩尼共國。唐會要:“元和二年,迴紇請於河南府、河東府置摩尼寺。”佛祖統紀:“大曆三年,迴紇請於荆、楊、洪、越置摩尼寺。其徒白衣白冠,相聚淫穢。會昌中,迴紇既亡,詔廢其寺。女末尼皆斬,係回鶻人,流之遠道。”“外宅迴鶻脩功德者,並勒冠帶。”陸游論喫菜事魔事狀云:“江東謂之牟尼教,福建謂之明教。其事神曰明使,白衣烏帽,所在成社。”末尼本出西胡,蓋杜環經行記所謂尋尋法者。開元以後爲大食所驅,乃東徙而入回鶻。法王明使,其教之規模習尚,大略可知。牟羽始尊之,汨咄禄復揚其波焉。作碑者疑即其教人,故詆佛甚力。尊之曰明教,猶大秦碑之言景教。若唐世官私文字,固但有大秦寺、末尼寺,無景教、明教之目也。

碑題姓字上所闕蓋“九”字，舊唐本紀，回鶻册封汗號，皆繫“九姓”於其端，與突厥賢力公主墓誌稱三十姓天上得（突厥）〔毗伽〕煞可汗例同。舊書稱回紇改爲回鶻在元和四年，新書稱在貞元四年，通鑑依新書，考異云：“續會要統紀北荒君長，録鄴侯家傳，並同新書。”

此碑立於汨咄禄世，而字作迴鶻，亦可爲新書作一證也。愛登里囉，猶華言果報。毗伽，華言足意智，譯義見舊書。嗢崑即鄂爾坤河。

【案】此跋見手稿，據筆跡當作於光緒中葉，參觀沈曾植年譜長編166頁。又見亞洲學術雜誌第一卷第二期和林三唐碑跋之三唐□姓迴鶻（受）〔愛〕登里囉汨没密施合毗伽可汗聖文神武碑跋、文獻1992年第2期錢仲聯輯録沈曾植海日樓文鈔佚跋（四）、錢仲聯編校海日樓文集132—136頁，惟文獻漏抄“爲黄姓”至“統紀北荒”間四百餘字。

跋中所録碑文有所省改。“國於北方，都於嗢崑，明智治國，積有歲年”，據和林金石録（李文田撰、羅振玉校定本），作“襲國於北方之隅，建都於嗢崑之野，以明智治國，積有歲年”；“數年之間，復國革命”，作“［阿］史那革命，數歲之間，復我舊國”；“幣重言重，乞師滅唐”，作“幣重言甘，乞師併力，欲滅唐社”；“可汗憤彼孤恩，親□驍雄，與王師尅復京洛”，作“可汗忿彼孤恩，親□驍雄，與王師犄角，合勢前驅，尅復京洛”；“可汗龍潛之時，都督刺史内外宰相□官等奏”，作“可汗當龍潛之時，於諸王中最長，都督刺史内外宰相親□官等奏”。

“愛滕里邏羽録没蜜施合胡禄毗伽懷信可汗”，雜誌作“愛騰里邏羽録没密施合胡禄毗伽懷信可汗”，手稿、錢輯本作“愛騰里邏羽録没滅施合禄胡毗伽懷信可汗”,據新唐書(中華書局點校本)改正。“復襲殺拔悉密頡跌伊施可汗”,雜誌“跌”字譌作“趺”,錢輯本無此句。“闕過可汗”,遼史太祖紀中華書局點校本作“闢過可汗”。“闕俟斤”之“闕”,雜誌譌作“閼”。

“頡啜登里骨啜密施合俱禄英義建功毗伽可汗”,新唐書本作“頡咄登里骨咄蜜施合俱録英義建功毗伽可汗”,“頡啜”雜誌作“頡咄”。“登里頡啜登密施合俱録英義建功可汗”,舊唐書(中華書局點校本)作“登里頡咄登密施含俱録英義建功毗伽可汗”,“合俱録”,雜誌作“合俱禄”。

“頓莫賀殺牟羽”之“殺”,手稿作“煞”。“愛登里邏(汨)〔汩〕没蜜施俱録毗伽忠貞可汗”,手稿、錢輯本作“愛登里汨没密施合俱録毗伽忠貞可汗”,雜誌作“愛登里没密施合俱録毗伽忠貞可汗”,據新唐書改正,惟“汩”突厥文作qut,故當作“汩”。“汩咄禄”之“汩”,諸本皆譌作“汨”。“諱避”,文獻作“避諱”。

“回鶻所統僕固”之“回鶻”,錢輯本作“回紇”。“大相頡干迦斯捄之”,錢輯本脱“迦斯”二字,“捄”諸本作“救”,茲從手稿。“北庭”,諸本皆作“北廷”,據史改。“勝之”,手稿脱“之”。“磧西”之“磧”,與兩唐書合,錢輯本譌作“碣”。“奠系猶存”,雜誌作“猶存奠系”。

跋文檃栝各書,略有小誤。“河東府”,唐會要卷四十九摩尼寺條作“太原府”,又云:“會昌三年敕:……在京外宅修功德回紇,並勒冠帶。”佛祖統紀卷五十四:“大曆三年,勅回紇及荆、揚等州奉末尼各建大雲光明寺。六年,回紇請荆、揚、洪、越等州置摩尼寺。其徒白衣白冠。會昌三年,勅天下末尼寺並廢,京城女末尼七十二人皆死。在回紇者,流之諸道。……梁貞明六年,陳州末尼反,立母乙爲天子。朝廷發兵禽斬之。

其徒以不茹葷飲酒，夜聚淫穢。”陸游渭南文集卷五：“兩浙謂之牟尼教，江東謂之四果，江西謂之金剛禪，福建謂之明教、揭諦齋之類。……其神號爲曰明使……白衣烏帽，所在成社。”可參觀。

“三十姓天上得突厥煞可汗”之“突厥”，賢力毗伽公主墓誌原作“毗伽”。“愛登里囉，猶華言果報”，舊唐書突厥傳上實作“登利者，猶華言果報也”。

龍宫寺碑跋

書多卧筆，已開東坡之先。季海學鍾，公垂與沈傳師學季海，北宋書家淵源所自。今年見傳師羅池廟碑宋拓本，尋又見此，墨海尋源，頗有微悟，恨老人不復能臨寫也。宣統己未餘齋老人呵凍題。

【案】此據寐叟題跋，首鈐“曼佗羅室”陰文印，末鈐“植印”陰文印。錢編本脱“宣統”二字。

濟安侯廟碑跋

此碑訪碑録著其目，萃編不載，續編亦無之。拓本希見，此爲王椒畦藏本，籤題是其手書。裝䌙已百年，氊蠟彌古，殆國初明末本已。柳懷素，字知白，公綽孫，仲郢子，見世系表。書字能守家法，有魏公先廟碑意，亦可喜也。光緒壬寅，持卿書於宣南紫欒書屋。

【案】此據寐叟題跋，末鈐“植”、“乙盦”二陽文印。王學浩（1754—1832），字孟養，號椒畦。昆山人。

大理

大理國淵公塔碑銘跋

元發合思巴，即元史所稱帝師帕思巴，所撰彰所知論，述廣興佛教諸國，曰梵天竺國、迦濕彌羅國、勒、疑疏勒脱“疏”字。龜兹國、捏巴辣國、震旦國、大理國、西夏國等。諸法王衆，各於本國，興隆佛法。叙大理於西夏之前。南詔蒙氏亡於唐昭宗光化五年，段氏得國於後晋天福二年，改號大理，蓋先於趙元昊改元僭號習浮圖法九十餘年也。

南詔近吐蕃，而不崇佛法，見於樊綽書者，僅攻安南城胡僧持咒一事，在世隆時。崇聖寺鐘建極十二年，亦世隆年號。其世代適當吐蕃經教盡廢之時。得非先以拒吐蕃並拒佛法，及是吐蕃既衰，乃納其逋逃而爲之主耶？段氏自第(六)〔八〕世素隆避位爲僧，其後若成爲家法。而高氏父兄子弟，奉法誠至，如諸石刻，可見其上下同風。段氏之興，適當吐蕃葉舍依鄂特喇嘛、隴吉汗兄弟重興佛教之時，昭阿迪沙提唱净戒，抑制密乘，大理密邇吐蕃，密乘遺蹟，不少概見，得非受昭阿迪沙之感應乎？

此銘撰文人趙佑，頗通華嚴宗義，亦多宗門家言，似漸染宋代學風者。獨所稱元凝尊者家譜宗系曰：“自觀音傳於施氏，施氏傳於道悟國師，國師傳於元凝，元凝傳於淵公。”自元凝上溯觀音僅三世，大似西域玄談金剛智之於龍樹者。此元凝之學，必非傳自華僧，而傳自西蕃或西域，蓋可必也。高氏歸依三寶，趙州志："華藏寺，在城西南華藏山，唐高將軍建。遍知寺，在城北儀鳳山，亦唐高將軍建。"而高昇太歸政於前，高太祥殉國於後，忠誠壹德，報答四恩，興寶寺德化銘稱其"君臣之義最高"，良非虛美。淵公爲昇太玄孫，未知於太祥輩行何若。碑立於宋嘉定十三年，下去大理之亡，才三十餘年耳。

新唐藝文志釋氏類："七科義狀一卷，雲南國使段立［之］問，僧悟達(對)〔答〕。"此則段氏之先問法於華僧者。悟達國師知玄，賜號在僖宗幸蜀後，亦唐末事也。

【案】此據上海圖書館藏稿本，録文見文獻 1992 年第 3 期錢仲聯輯録沈曾植海日樓文鈔佚跋(五)、錢仲聯編校海日樓文集 144—145 頁。"第六世素隆"之"六"當作"八"；"其後若成爲家法"，文獻無"若"字；"才三十餘年耳"之"餘年"誤作"年餘"。

大理國淵公塔銘第二跋

此銘雲南通志謂之皎淵碑，而不録銘文，意拓本不易得歟？云"段智祥爲皎淵立"，大理府志言皎淵所立，誤也。字畫中寬而外狹，異於他碑。檢仙釋門，水目四高僧，曰阿標，曰普濟、曰净妙，曰皎淵。獨詳阿標市蔬酪神異，而皎淵無一字稱述，且録諸唐世，亦未見此碑之證也。阿標在淵公後，普濟參崇聖寺道悟得法，開水目山，在淵公前。志謂其曾參馬祖石頭，回滇在唐元和八年。此蓋明人以崇聖道悟仞爲傳燈天皇道悟，影撰禪迹。崇聖寺在大理城北，天皇道悟安得至斯。崇聖道悟一傳爲元凝，二傳爲皎淵，當宋季。天皇法系之傳癡絶、已庵，已至十七八世，而在滇僅兩世，有是理乎？崇聖道悟開心宗於滇南，自是一宗禪伯，不可强附天皇，没其行實。其人約當在南北宋間，亦不可强謂唐人，紊其時代也。

銘中施氏，志作施頭陁，葉榆人，通禪悟，勤禮誦，宗家以爲得觀音圓通心印。其法嗣皆以道行聞，一傳道悟，再傳元凝，又有李成眉、買(得)〔順〕、禪陀子三人事，皆援道悟爲重。獨道悟不見稱述，則妄爲比坿者之過也。

據道悟、元凝爲比勘，釋家中可定爲宋世而非唐世者，得六七人。其他事蹟中無年紀者，殆亦段世居半。蓋有年紀如普濟，尚不足憑，無年紀之事實，更無論也。南詔徑通天竺，路里記在唐書，七師皆西［天］竺人。張子辰習天竺持名之法，南詔七師之一。尹嵯酋、楊法律、董奬疋、蒙閣陂、李畔富、段道超，皆西天竺人。南詔禮致，教其國人，號曰七師，常諷南詔尊唐。贊陀崛多爲國師，摩竭陀人。摩伽陀傳瑜伽教，天竺人。尹嵯酋以咒術敗吐蕃，疑亦傳天竺法或華僧密宗者，非吐蕃系也。惟中傳荷澤宗，蓋遂州圓之衣缽。戒照天寳間於安甯開曹溪寺，皆華僧卓然可紀者。至道悟而大光，蒼山龍象，豈必遂遜荆州。黔南且有會燈録，滇有名僧，豈無以表彰其古德耶？

【案】此據上海圖書館藏稿本，録文見文獻1992年第3期錢仲聯輯録沈曾植海日樓文鈔佚跋(五)、錢仲聯編校海日樓文集145—146頁。“已庵”，文集作“己庵”。夾注爲别紙所記，據錢編本補。“贊陀崛多爲國師，摩竭陀人”，别紙一作“贊陀崛多尊者，西域摩伽國僧，蒙詔稱以國師”；“摩伽陀傳瑜伽教，天竺人”，一作“摩伽陀和尚，天竺人，闡瑜伽之教”；“尹嵯酋以咒術敗吐蕃”，一作“尹嵯酋，異牟尋時持咒勝吐蕃”。“惟中傳荷澤宗”，一作“惟中傳菏澤正宗”。

金

元拓足本金普照寺碑跋

宣統辛酉三月，寐叟借觀於海日樓中。此本不惟全文可讀，而且鋒鍛如新，集書人猶有政宣風習，可玩也。

【案】此本爲佳士得香港有限公司 2012 年秋季拍賣會（二）0892 號拍品，今在嘉樹堂。跋末鈐“曼佗羅室”陰文印。

卷三　帖跋

單帖

薦季直表宣示表跋

蘗庭得之海王邨市，丁未南游，攜以見示，因留寘日長樓中。荏苒二年，久未省視，而蘗庭適粵亦已迎歲矣。山川闊絶，訊使稀疏。老人多病，鬚髪增白，曝書見此，題罷愴然。己酉四月，持卿書於曼陀羅室。

【案】此帖今藏中國美術學院圖書館。録文見寐叟題跋研究91頁。

賈刻本宣示表跋

此宣示極似大觀原石，然末有似道小印，則悦生所摹帖也。廖瑩中爲悦生刻小字帖，此蓋其軼出者。紙墨淳古，殊勝裴、王兩家本。

【案】此帖今藏浙江省博物館，參觀金石書畫第三卷56—57頁。此跋又見寐叟題跋，末鈐“曾植”陽文印。據筆跡，當作於乙卯(1915)。

寶晉舊刻本宣示表跋

風滿樓所藏宋拓大觀帖是榷場本，其中宣示數行最爲精采，荷屋謂以他刻羼入，細審即此刻最先精拓耳。

此數帖是寶晉舊刻。

【案】此據澹隱山房藏沈頲鈔本，題作"宣示帖跋 寶晉舊刻本"今改作此題。録文又見錢編本宣示表跋二篇之二，但無末句。

玉煙堂本宣示表跋

此卷所摹皆石本舊拓也。黄庭、樂毅皆秘閣續帖，畫讚或云舊寶晉。心經蓋從北宋拓聖教摹出，勝王孟津所摹也。

【案】此帖今藏浙江省博物館，參觀金石書畫第三卷58頁。此跋又見寐叟題跋，末鈐"寐叟"橢圓陽文印、"海日樓"陰文印。原題作"玉煙堂帖跋"，今改作此題。

明拓急就章跋四篇

明刻急就章坿鍾張皇雜帖。宣統丙辰裝褙。

【案】此帖今藏上海圖書館(索書號爲3103)。此封面所題，末鈐"寐叟"陽文印。跋又見寐叟題跋。錢編本海日樓題跋作六篇，按以印鑑實當爲四篇，惟跋文間有分段耳。

玉煙鍾書無季直表，而有墓田、丙舍，與此不同。

力命表蓋刻始淳熙秘閣續帖。石刻鋪叙所謂"首卷則鍾繇、王羲之帖"者。王惲玉堂嘉話謂之"議事表"，所謂宋故府藏鍾繇墨蹟,後有"錢文僖公題'尚父嘗寶此帖'"者。續帖從墨蹟摹出也。

【案】此篇書於扉葉一開之左半,末鈐"曼佗羅室"陰文印。據筆蹟蓋作於丙辰(1915)。玉堂嘉話卷二:"鍾太傅墨蹟議事表,後錢惟演、范堯夫、薛道祖題。錢文僖公題'尚父嘗寶此帖。'尚父謂忠懿王鏐也。"可參觀。

余收此以爲玉煙堂刻,常賣楊生以爲非,謂紙墨鐫刻均不類,余亦無以折之。檢前後印記,有"渤海陳氏珍藏"與"此書曾藏玉煙堂"二印,世罕見自刻自藏之例,則此或玉煙祖石元明舊刻,未可知。楊生昔與江建霞、費屺懷游,多見舊物,特不讀書,不能正名耳。

急就章自松江本外,世間遂無第二刻本。松江石在,而拓本亦至艱得,余求之有年,僅得江甯陳氏獨抱廬重刻書册本耳。集帖自玉煙外,亦無摹急就者。思元明書家盛習章草,所資以爲模範者,未必别無傳刻也。况玉煙蒐羅舊刻以成,固明見香光叙文中,無庸疑也。

【案】此篇書於册後,末鈐"乙盦"陽文印。據筆蹟當作於丙辰、丁巳年間(1916—1917)。

細玩此書,筆勢全注波發,而波發純是八分筆勢,但是唐人八分,非漢人八分耳。然據此可知必爲唐人所摹,非宋後所能仿佛也。唐人八分,祖述鍾、蔡,據以上溯征西,虎賁中郎之似,或一遇之。

【案】此篇書於前篇之後,末鈐"寐翁"陽文印。據筆蹟當作於戊午(1918)。

張懷瓘書斷言,獻之嘗白父,古之章草,未能宏逸,頓異真體。是章草體近於真，今世所存章草帖，惟此最近真，惟此最近古矣。

【案】此篇書於扉葉一開之右半，末鈐“植”陽文印、“海日樓”陰文印。據筆蹟當作於己未、庚申年間（1919—1920）。

曹娥碑跋

曹娥體純然八分，與孔宙、孔彪同一體勢。八分波發，蜕爲楷法。排比之原，九宫筆圖，學者不可不究也。

【案】此據澹隱山房藏沈熲鈔本。

初拓墨池堂右軍書像讚跋三篇

此墨池初拓單行本也。章氏、文氏彙刻諸帖，工非一年，蓋隨刻隨拓。及其裒成卷帙之時，而最先之石，已有微見泐損者，且往往有重爲鐫勒者。故停雲小楷，以單行爲貴。第紙墨精者，世間往往誤仞爲宋本耳。墨池初拓，尚有仿宋人氊蠟者。某氏所刻宋本樂毅即墨池本。帖家過信紙墨，不考源流，是一蔽也。此本叙畫清和，入鋒淵静，固在博古本上，學者當以昭仁、廟堂意求之。

【案】此據寐叟題跋，末鈐“乙盦鑒真”陰文印。據筆蹟蓋作於光緒丁未（1907）。

細玩其鐫勒用意之處，波拂提押，的與停雲初拓無二。肉好處，尤二帖獨絶諸刻者。明賢稱停雲不稱墨池，蓋當時固壹視之。至國初兩石皆損，停雲泐而弱，墨池泐而秃，於是得淳古之稱。又停雲補刻大劣，墨池覆刻亦尚可觀，以此聲價章遂掩出文上，皆據後以概前，不能紀遠之論。

書家據以評書，鑑家準以考古，篤信兹言，滋增障耳。章帖秃本，尤與乾隆館閣書派相宜，故在當時書估猶重。後來風氣已變，猶復耳食崇尚，彌可笑也。三攝庵偶筆。

【案】此據寐叟題跋。據筆蹟蓋作於光緒丁未(1907)。"彌可笑也"之"笑"，原稿作"咲"，錢編本誤作"嘆"。

戊申三月，蘗飴自都赴粤，道出皖江，出示新得瞿木夫所藏宋拓像讚、曹娥二妙册。其像讚以校此本，字畫不差累黍，至於蝕泐亦然。木夫稱爲宋刻宋拓，精鑑必無謬許。然則此本固當猶是墨池祖帖耶？寐叟記於曼陀羅室。

【案】此據寐叟題跋，末鈐"吴興"陰文印。

右軍書道德經跋二篇

此本得之泜中，觀此二印，則固玉雨堂舊物也。渭陽零落，長想爽然。

【案】此據寐叟題跋，末鈐"餘翁"陰文印。據筆蹟似作於庚戌、辛亥間(1910—1911)。"泜"，錢編本誤作"汲"。

豐考功書訣晋法帖右軍條下，列道德經，曰石楊休刻。凡豐氏所稱石楊休刻，皆指越州石氏本，即博古堂帖也。博古目具載寶刻叢編中，無道德經，疑考功説誤。然據此可知王道德有宋刻，明内府刻乃翻宋耳。宣統辛酉孟夏乙盦録於海日樓中。

【案】此據寐叟題跋，跋末鈐"寐叟"陽文印。

誓墓文跋

此誓墓文，(於)〔與〕寶晋、戲魚諸刻絶異，與宋刻九歌相近，疑亦北宋御府刻也。

【案】此據寐叟題跋，末鈐“寐叟”橢圓陽文印。據筆蹟蓋作於戊午(1918)。

宋拓秘閣本蘭亭跋

宋拓秘閣本蘭亭敘。東軒所得，甲辰重裝。

【案】此帖今藏上海圖書館(索書號爲2993)。參觀善本碑帖過眼録續編324—325頁，題爲“蘭亭鼎帖斷本”。又見金石書畫第三卷34—35頁，題爲“鼎帖本蘭亭序拓本十一種”。此扉頁題記，鈐“曾植”、“海日樓”印。據字體，“甲辰”當爲“丙辰”之誤，丙辰爲民國五年(1916)。

光緒壬寅，見竹垞所藏宋拓蘭亭於廠肆，有查夏重、魏水邨諸君題字。竹垞自題，稱得之項氏，是南宋御府所刻云云。借置齋中十餘日，以余所蓄秘閣本校之正同。僅十三行裂處，校余本稍狹，“室之内”三字未損，“放浪形骸”四字尚存半體耳。同時有游丞相藏趙孟林原裝之宣城本，並几同觀，覺宣城以古穆勝，而竹垞以豐麗勝，尹、邢同時，兩無愧色。章甓庵同年藏桂未谷所集蘭亭，中有宋拓十餘，均不能望此二本肩背也。終以價昂，不可得而罷，而不能不時時來往於胸中。後見梁芷林家别本趙子固落水蘭亭，則即是此石之未裂者。於是益知朱本之貴，而余所舊蓄，亦因之敝帚自珍，聲價滋重矣。甲寅冬，見此帖於滬上，比竹垞本雖少“室之内”三字，比余舊本則多“放浪形”三字，“骸”右上一點，亦尚可見，因亟收之。平生福力單微，不敢望得人間第一等鴻寶。此在季孟之間，庶可免巧偷豪奪也乎？宣統丁巳清明後三日，海日樓題。寐叟。

【案】首鈐“沈”、“丁巳”陽文印，末鈐“寐叟日利”陽文印。又見寐叟題跋，錢編本脱“宣統”二字。

四言詩王羲之爲序，序行於代，故不録。其詩文多，不可全載，故今各裁其佳句而題之，亦古人斷章之義也。題如左，自王羲之以下十一人兼有五言。衆甫仁兄世講。寐叟。

【案】前鈐“曼佗羅室”陰文印，末鈐“寶華”陽文印。

舊刻秘閣續帖本蘭亭叙跋二篇

南宋覆刻定本，用意精到，往往並石紋泐一一模出，其標賞特重肥本。蓋肥在瘦前，宋季已爲難得矣。

【案】此據寐叟題跋，末鈐“子培”陽文印。據筆蹟蓋作於光緒壬寅(1902)。

邵伯英古緣萃録所載舊拓斷本，即此本也。極稱校以真定武，猶足窺豹一斑。余謂邵未悉鄭清之刻源流，又少見南宋刻本耳。若多見南宋刻，一望便可知時代。

【案】此據寐叟題跋，末鈐“曾植”陽文印。據筆蹟蓋作於光緒壬寅(1902)。

東陽宋拓本蘭亭叙跋

光緒癸卯仲春，得此本於廠肆。適有桂未谷藏本，題爲東陽宋拓者，在案頭，取以相校，紙墨痕泐，並相伯仲。然桂本已爲碑估描損，欲見東陽舊時真面，乃不若此之瑕瑜無掩也。李穀齋書，清蒼有筆，而著語澀不可讀。僕愛其書，故存之。蹍息齋記。

【案】此據寐叟題跋，末鈐“子培父”陽文印。

東陽本蘭亭帖跋四篇

“往孔東塘比部謂余：‘東陽本十八行已前石理細，爲真定武；後十行石理粗，爲贋本。’予以神骨前後一轍駁之。近見珊瑚網‘揚州石塔寺發地得二石，運史何士英截齊合之爲一’，乃知東塘所云本非無見，特以前十八行爲真定武，則尚未確耳。按蔡絛定武跋云：‘熙寧中，孫次公帥定，納石禁中。’則薛師正所取之石，業（以）〔已〕非真，況士英所得耶？第就今日而言，無論後世摹本，即隨唐摹本，如開皇本、神龍本、柯九思本、潁上本、三雅齋本，皆出其下，則雖謂之真定武可耳。”鐵函齋跋。

東塘所言石理粗細，蓋據字畫神理言之，非真嘗摩挲其石也。明賢鑑别多如此。

【案】此帖今藏浙江省博物館，參觀金石書畫第三卷40—41頁、沈曾植題海日樓藏刻帖集42—53頁。跋文又見海日樓碑帖題跋（同聲月刊第三卷第十二號，106—107頁）。

此跋所引見楊賓跋陳秉之東陽蘭亭帖（參觀柯愈春編校鐵函齋書跋卷二，浙江人民美術出版社2012年，27—28頁），有所節略。末句提及“三雅齋本”，實爲又跋東陽蘭亭帖中語（此跋楊霈編刻本題作“魏水部所贈東陽何氏蘭亭”，見同前26、40頁），移至此跋中。跋末鈐“沈曾植印”陰文印、“華亭”陽文印。

格古要論：“宣德四年，何士英得定武蘭亭石刻於揚州,一面肥本,一面瘦本。佐録囚至淮上,士英以數本見貽,瘦肥本均鑱損五字,與衆碑異,佐信其定武原石也。後士英攜石回鄉,正統三年,回禄燬焉。”植案,王功載親與何士英周旋,所記當得實。東陽舊石已燬,後來之石爲何人何時所刻,此亦前賢未盡留意者也。

【案】據筆跡,蓋作於光緒十五年己丑(1889)。所引格古要論文有節略。

余昔藏東陽舊本,前十八行刻法與後十行寔迥不同,東塘之説幾可證成,第與今本校,殆是二石,豈前石已經火燬,今所行乃覆刻耶?

【案】此跋末鈐“沈曾植印”陰文印、“寐翁”陰文印。據筆跡,蓋作於光緒二十八年壬寅(1902)。

昨在闇伯齋中見清芬閣所藏東陽本題記,亦言此爲定武正宗。

【案】此跋末鈐“寐叟”橢圓陽文印、“海日樓”陰文印。據筆跡,蓋作於民國四年乙卯(1915)。

東陽本蘭亭叙跋二篇

此東陽本,爲平生所僅見。裂處縱横若梅枝,將無宋世所稱梅花本耶?李鄉農記。

【案】此據寐叟題跋,末鈐“植”陽文印。跋文又見海日樓碑帖題跋(同聲月刊第三卷第十二號,107頁),題作“跋蘭亭東陽本”,下篇同。

丁巳秋夕,偶臨一過,審其結體長短紓促,的是初唐體性。學者將此仞定,未嘗不可由唐溯晋。若仞爲王法,則十重鐵步障間隔眼識矣。

【案】此據寐叟題跋,末鈐“餘翁”陰文印。

黄氏覆刻東陽本蘭亭敘跋

蘇米齋蘭亭考云:“東陽重刻本無界絲,其斷裂處,皆空石不刻,驗之一白堂本,殊不然。”乃是指此本也。

【案】此帖今藏浙江省博物館。澹隱山房藏沈頻鈔題跋目録題作“跋蘭亭明永康黄一鶚覆刻定武本”。録文見寐叟題跋研究 75 頁。

宋拓絳帖本蘭亭敘跋二篇

成邸所藏宋拓五種,所謂定武正本者,即此刻也。剥損處勘校,纖悉不異。宣統己酉六月記。

【案】此據寐叟題跋,末鈐“植”陽文印。錢編本脱“宣統”二字。

成邸所藏宋拓蘭亭五種,中題定武正本者,即此刻也。剥損處勘校,纖悉不異。覃溪所謂僞絳兩本,與此却不合。宣統己酉六月,浮游翁記。

【案】此據寐叟題跋,末鈐“植”陽文印。錢編本脱末署“宣統己酉六月浮游翁記”十字。

宋拓禊帖九種跋二篇

燉煌新出太宗温泉銘,唐刻唐拓,鋒鍛如新,合永興、錢唐於一鑪,而聖教、蘭亭,亦無何不貫,乃於是證知中岳標尚、褚摹雅意。

【案】此據寐叟題跋,據筆蹟當作於庚戌(1910)。

鐵函齋題跋東陽本蘭亭跋云:"余目中所見,無論宋、元以後摹本,即古今所號爲貴重,若開皇本、神龍本、柯九思本、潁上本、三雅齋本,骨力神理,皆出此下"云云。又跋静海高氏蘭亭云:"高氏本甚有風致,細觀之,與北京報國寺三雅齋相近。"程瑶田云:"三雅齋神龍蘭亭,遠在豐、項諸刻前。"此是宋拓,非三雅也。

【案】此據寐叟題跋,據筆蹟當作於癸丑(1913)。"皆出此下",原文作"皆出此本下"(參觀鐵函齋書跋卷二,浙江人民美術出版社2012年版,26頁)。所引静海高氏蘭亭跋原文作:"高氏新鐫蘭亭,甚有風致,不知其何所本。細觀之,與北京報國寺三雅齋本相近。"(同上,39頁)

舊拓開皇本蘭亭跋

乙酉春日,見周荇農學士所藏傳爲宋拓者,與此纖毫不異,第氊蠟較舊耳。周本末行裂痕,尚無如此之闊,此拓在前之證。此拓本今亦罕見,意石已亡矣,流傳蓋亦不多,莫輕視之。

【案】此據寐叟題跋。

太清開皇本蘭亭叙跋

宋内府百十七本種蘭亭,輟耕録記其目,戊集有太清開皇,意此是耶?

【案】此據寐叟題跋,末鈐"寐翁"陽文印。海日樓藏本今在浙江省博物館。

宋拓鼎帖本蘭亭敘跋

覃溪云，游相所藏有六字雙鉤本。

六字雙鉤本，良常僅見于氏本，不知乃出武陵帖，故知法帖譜系無窮。

【案】此跋見2020年中貿聖佳25周年春拍Lot3455號拍品鼎帖卷七蘭亭敘册頁卷末，據字體約作於民國丙辰(1916)前後。跋末鈐"寐翁"陽文印。卷首有葉爾愷題籤："蘭亭敘宋拓鼎帖本。甲子九秋，爾愷爲慈護題。"

跋後又有沈氏過録明方元焕題跋一則，鈐"寐翁"陽文印、"海日樓"陰文印。兹録於下。

【附録】

賈秋壑家所藏蘭亭，以修城本爲第一，武陵帖本蓋從之出。嘉靖四年七月，方元焕。

鼎帖本蘭亭跋

蘭亭考："武陵本，在第九卷帖中，無'僧'字。"此有"僧"字，其非武陵何疑？但裂處恰當十一、十二、十三行間，乃與桑氏所稱豫章法帖本合，此豈豫章本耶？

【案】此據海日樓碑帖題跋(同聲月刊第三卷第十二號，106頁)。所引武陵本，見桑世昌蘭亭考卷十一傳刻，又同卷"豫章"條略云："一本。在法帖内，第十、十一、十二、十三行有横裂文。"可參觀。

鼎帖覆定武蘭亭跋

此鼎帖覆定武本，與福清鄭氏本同源。宣統戊午得此於南湖。寐叟。

【案】此帖今藏浙江省博物館。録文見寐叟題跋研究 80 頁。戊午三月十二日至二十五日(1918 年 4 月 22 日至 5 月 5 日),沈曾植在嘉興(參觀沈曾植年譜長編 464 頁),此本當得於此時。

舊拓會字不全本蘭亭敘跋

仲弢極愛此帖,謂其圓轉而具足側勢,有六朝法,非明代書家意想所及。墨氣深蔚,定爲宋拓佳本。余笑曰:“六朝法亦非宋人所及也。”仲弢謂:“君太謙屈此帖。”追記此言,不勝悼歎。

【案】此帖今藏浙江省博物館。此據寐叟題跋,末鈐“海日樓”陽文印。據筆跡當作於庚申(1920)前後。跋文又見海日樓碑帖題跋(同聲月刊第三卷第十二號,104 頁),題作“明刻定武肥本或云天門李氏刻”。

舊拓定武蘭亭跋二篇

此前三行乃曾宣靖家本,墨池所出也。四行以下爲神龍,與明代諸刻不同,疑宋元舊刻。

【案】此帖今藏浙江省博物館,參觀沈曾植題海日樓藏刻帖集 71—89 頁。封面謝鳳孫題籤“蘭亭二種信齋”,鈐“鳳孫”陽文印。扉頁有沈頲題曰:“蘭亭二種合册。神龍本,宋元舊刻。文誠公跋。褚臨本,邢氏家祠帖本。海日樓藏。慈護記。”按第一本卷首原刻標題“定武蘭亭”,第二本卷首原刻標題“褚河南禊帖正本”,右下角有“邢侗之印”陽文印。此篇題於第一本首頁邊白處,末鈐“曾植”陽文印。據筆跡蓋作於民國丙辰(1916)。

行情楷骨,極草偃風行之勢。然是唐人行法,與宋人特甚不同,而與柳書蘭亭詩,頗有可互參處。在神龍諸本中,别自一家。刻工亦頗能傳之,殆非天水時代良工不辦也。

【案】此篇跋於第一本後,又見寐叟題跋,末鈐“東軒寓賞”陽文印。據筆跡,蓋作於民國乙卯(1915)。

孫退谷藏定武蘭亭瘦本跋

孫退谷藏定武蘭亭瘦本,模刻精絶,真有字裹金生、行間玉潤之美。余壬寅在京師曾見一本,有柯敬仲及元代諸人題跋,當時仞爲國學宋拓,乃不知即此刻也。然余於此刻亦不能無國學之疑,又因此知明人推重國學,蓋其所謂定武者如此,國學對之,故不僅虎賁中郎而已。又因知上海潘氏蘭亭祖本大致亦當與此同。

【案】此據歷史文獻第十六輯海日樓書録。

橅刻定武瘦本蘭亭叙跋

蘭亭考:“婺女。一本,在倅廳。自第十三行至末横裂而上,又自二十八行後直裂者五行。詢之耆老,云其石碎已百年。王自牧家有未經刓缺時本,庶幾定武典型”云云。此本自十三行起横裂至末,爲禊帖各本所無,而五字皆損,九字損七,爲定本苗裔不疑。原本爲宋刻,然則此其婺女舊拓,後二十八行直處未裂,所謂未經刓缺者耶?婺本在宋極有名,近代藏者絶鮮。留此真影,猶可爲相馬之式。

癯翁書。

【案】此據寐叟題跋，末鈐"苻婁庭"陰陽文相間印。"爲定本苗裔不疑"之"定本"，錢編本誤作"定武"。

國學本定武蘭亭跋三篇

明賢指國學爲定武，誠不免轉輪聖王是如來之譏。然此石雖出明時，而决非明刻，約其筆意，正當在宋、元之際耳。楊可師言嘗見國學蘭亭宋紙宋拓本，蓋未入土以前物也。潁本亦有宋拓，事類正同。

【案】此據寐叟題跋，末鈐"曾植之印"陰陽文相間印。據筆蹟當作於光緒庚子（1900）。

辛丑七月見一宋拓定武本，有王儼齋、徐壇長印記，紙墨純古，的爲六七百年舊物。揭曼碩、吾子行題記俱真。然是國學舊拓之最精者耳。因摹其題記於此。

【案】此據寐叟題跋，末鈐"植"陽文印。

國學元拓極圓潤，而未免輕弱。然刻手極精，纖鋒畢具，頗有秘閣續帖風，宜王良常疑爲薛氏本也。

【案】此據寐叟題跋，據筆蹟當作於辛丑、壬寅間（1901—1902）。

天一閣神龍蘭亭跋

天一閣石至今猶在，而損泐無復神采，殆於公路枯骨，非但如義門所云秋孃遲暮而已。此明世初拓，故自難遘，當以"冬温夏清"之張神囧待之。遜齋居士。

【案】此據寐叟題跋，末鈐"植"陽文印。據筆蹟當作於丙辰(1916)前後。"張神圀"即張猛龍碑,一般以"冬温夏清"四字未損本爲明拓。"清"字,錢編本改作"凊"。按"清"古通"凊",題跋據原碑作"清"不誤。

天一閣神龍蘭亭豐坊臨本跋

此豐人翁所模,筆意在墨池本上。

【案】此拓本册今藏浙江省博物館,參觀金石書畫第三卷50—52頁。跋末鈐"海日樓"陰文印。

玉枕蘭亭跋

玉露清晨白袷衣,千山競秀坐忘歸。昔人興感今何世,正想興公序共揮。其翼。

【案】此據寐叟題跋,末鈐"子培"陽文小印。據筆跡蓋作於丙辰(1916)後。

【附録二篇】

玉枕蘭亭前有右軍坐執書卷小像者,其石亂來在杭州汪姓家,一老婦守之,欲售五百金爲養老資,無購者。亂後不可踪跡矣。舊傳石入内府,蓋因玉本十三行而傳訛,翻刻有五本,海甯蔣生沐、上海徐紫珊兩本,最能亂真。蔣本屬胡依谷刻,其子曰心農,家上海,石尚在胡家。徐本屬吴中詹紫雲刻,後歸雲處製爲小屏,與鍾紹京維摩經殘石同陳几案。蘇城陷,均失之矣。徐本押縫字作"曾",上下有鋼釘紋四,第一行"會"字闕,二行"蘭",三行"羣"字、"地"字,五行"帶"、"右"、"流"三字,九行"盛"字、十行"遊"字,均有小泐痕,十七行"感慨"字斜泐至十八行"陳"字,而

“係”字無損。後有“賈似道印”四字小方印,前有右軍象。紫珊自題云:“玉枕蘭亭,今在杭州,爲閨閣所藏,拓本不易得,因屬詹君肖樵於石。”生沐則從錢太傅家石翻刻者也。雲家舊藏縮本至三十餘種,亂後無一存者。兩罍軒尺牘答錢警石書。

【案】此帖今藏浙江省博物館,參觀金石書畫第三卷 37—38 頁、沈曾植題海日樓藏刻帖集 29—41 頁。跋又見寐叟題跋,篇首鈐“無餘倅”陰文印。此鈔吴雲兩罍軒尺牘中語,附録於此,以資參考。據筆跡當書於丁未至庚戌間(1907—1910)。

汪珂玉云:“玉枕蘭亭帖,一在南京火藥劉家,一在紹興府,今皆不存。”又曰:“玉枕刻,今在福州府庠。此前二本有右軍小像,題曰‘秋壑珍玩’。藏本有王褘跋。

【案】此跋亦見浙江省博物館藏本,又見寐叟題跋。末鈐“曾植”陽文印。據筆跡蓋作於丙辰(1916)後。

明刻褚摸蘭亭領字從山鑿損本跋

蘭亭領字從山本,本出於紹興内府所刻。覃溪謂不知所自,非也。世間常見,不過鬱岡、戲鴻諸本。翁氏作考時,亦未見古刻。此明刻,紙墨黝古,筆意沈雅,頗疑其即從宋内府出也。

【案】此帖今藏浙江省博物館,參觀沈曾植題海日樓藏刻帖集 139—147 頁。卷首沈曾植題籤“明刻褚摸蘭亭領字從山鑿損本”,下鈐“解脱月簃”陽文印。此跋末鈐“曾植”陽文印。

【附録】

蘭亭考:“御府。一本,‘領’字有‘山’字,‘會’字全,無界行,有'紹興'雙印。"

【案】此過録蘭亭考卷十一傳刻門"御府"條。末鈐"乙盦"陽文印。

明拓國學本明刻褚臨本蘭亭敘跋三篇

此石後爲吴平齋所得,庋諸焦山。前後增刻吴氏印記,然亦不能知爲誰氏所刻也。

【案】此據寐叟題跋,末鈐"沈君"陽文印。據筆跡,當作於光緒二十八年壬寅(1902)。

桂未谷云:天師庵宋拓十二行"或"字至十一行"也",無斜裂文,"寄所"二字無泐文。明拓已泐裂。

【案】此拓本册今藏浙江省博物館,參觀金石書畫第三卷46—47頁、沈曾植題海日樓藏刻帖集117—137頁。有沈氏題籤"明拓國學本一明刻褚臨本一 壬寅七月從厰肆尊漢閣購。藒軒識。"末鈐"壹庵長宜"陰文印。此跋見明拓國學本,又見寐叟題跋,末鈐"乙盦"陽文印。據筆跡,當作於光緒二十八年壬寅(1902)。

胡文焕古今碑帖考:"褚臨蘭亭帖,石在蘇州文氏。文氏又有缺角蘭(帖)〔亭〕帖,皆出於停雲集帖外者。"缺角蘭亭,余嘗得之,爲重摹定武本,褚摹則此刻是也。同曹章甓菴所收桂未谷集百種蘭亭内有此種,題曰停雲刻,對勘乃似非一石。彼本後有黄文獻、虞文靖、祝希哲跋各一。而徵仲跋爲十一行,然字形結構,略無少異,不似重書。蘭亭刻桂本較肥,徵仲跋此本較清峭,具筆意。兩本皆明刻,竟無由定其孰先孰後也。

【案】此跋見同上浙博藏明拓褚臨本，又見寐叟題跋，首前“檇李”陽文印，末鈐“持卿”陰文印。據筆跡，當作於光緒二十八年壬寅(1902)。

褚臨本蘭亭跋

此褚臨本，而仲温題爲定武，乍見頗用爲疑，徐思弇州題跋中固有宋人題賜潘貴妃本爲定武本者，則此不足異。蓋南宋初人以山谷言重定武，而山谷固未嘗明言定武爲褚爲歐，當時士大夫得佳本即仞爲定武，所謂聚訟者，争是非不緣肥瘦也。自順伯、堯章諸君考辨出，而後定武與非定武皎然明白，而後歐褚判然兩途。仲温仞此爲定武，蓋沿南宋初人舊説，或即本諸山谷跋語未可知，跋亡而仲温語所從來遂無可尋究矣。然仲温引玉枕爲證，玉枕固亦非定本，而或稱爲定本者也。愚此意頗自謂連環可解，請士元更以説經家法證之。宣統乙卯臘前四日，寐叟。

【案】此據宋仲温藏定武蘭亭肥本(有正書局民國五年十月珂羅版)，又見寐叟題跋，末鈐“海日樓”陰文印。録文又見海日樓碑帖題跋(同聲月刊第三卷第十二號，108頁)，題作“跋蘭亭定武肥本”，文字頗有不同，兹録如下，以便參觀：

此褚臨本，而仲温稱爲定武，乍見頗用爲疑，然弇州題跋固有宋人題潘貴妃本指爲定武本者。南宋初人以山谷言重定武，士大夫往往得佳本即指爲定武，所謂聚訟者，争是非不緣肥瘦。白石考證出，而後定武與非定武皎然明白，而後歐褚判然兩途。仲温仞此爲定武，蓋沿南宋舊説，或本之山谷跋語未可知，跋亡而仲温立説之原遂無可尋矣。然跋中引玉枕爲證，玉枕亦非定本，而或稱爲定本者。輒發此疑，請士元以説經家法證之。

【案】此本民國初爲曾熙所藏，1940 年歸許漢卿，2008 年爲日本商家拍得，今在日本。參觀馬成名海外所見善本碑帖録“宋拓晉王羲之蘭亭序宋仲温藏本一册”（上海書畫出版社 2014 年版，108—115 頁）。

蘭亭敘褚臨本跋

此即快雪所摹本，多柯氏一跋，刻手不如劉雨若，然可以互相參證。

【案】此帖今藏浙江省博物館。録文見寐叟題跋研究 80 頁。

張金界奴本蘭亭跋

蘭亭敘有張金界奴本，最爲沈鬱飛動，乃不顯於宋前。

【案】此拓本册今藏浙江省博物館，參觀金石書畫第三卷 48—49 頁。據筆跡，蓋當作於宣統二年庚戌（1910）。張金界奴上進本爲虞世南臨本，此册有沈曾植題曰“舊拓馮承素本”（鈐“庚戌曝書記”陰文印），不確。

唐模賜本蘭亭跋二篇

桂未谷所集蘭亭中有“會”字全本，其跋云：“此宋翻宋拓開皇本也，其筆勢傳神，遒逸勁挺，悉與定武本不異，故唐文皇見開皇石刻而思定武真蹟也。前輩多以此爲定武

‘騫异僧’押縫本,未深考耳。然其與定武異者,首行‘會’字完善,尚未缺角,‘崇’字‘山’下止有一點,不惟五字未損,即九字亦尚未損,此數者皆與定武不同也。其寔隨開皇石刻古本有滿騫、朱异、王僧虔諸公署名押縫處,而無‘開皇十二年歲次壬子十月勒石高熲監刻’等字,亦無‘開皇十八年二月二十日勒石’等字,有此者皆後人妄增耳。”桂氏之説如此,不知何據。其帖則舊拓,而字畫行款與此本甚相似,故録諸此。

【案】此拓本册今藏浙江省博物館,參觀金石書畫第三卷53頁、沈曾植題海日樓藏刻帖集91—102頁。此跋又見寐叟題跋,末鈐“四鏡齋”陰文印。據筆跡當作於丁未(1907)。“桂氏之説如此”之“此”字,錢編本誤作“何”。

唐模禊帖,傳本雖多,大抵皆神龍支裔,此本獨楷正近定武。不知周憲王所據何本?明楊嘉祚茅氏蘭亭跋,稱仁廟監國時,學士王偁進唐摹蘭亭,睿旨命刻石大本堂,搨以賜群下。豈此刻所祖耶?

【案】此跋又見寐叟題跋,末鈐“寐翁”陰文印。據筆跡當作於丁未(1907)。按楊嘉祚所跋茅元儀止生藏蘭亭,即張金界奴上進本,後又稱虞世南臨本,今藏北京故宫博物院。楊氏跋云:“先文貞輔仁廟監國時,學士王偁進唐摹蘭亭,睿旨命勒石大本堂,以搨本賜焉。予家藏此帖,晉人典刑,遂覺未遠。兹復睹止生藏永興墨跡,所謂‘欲窮千里目,更上一層樓’也。”附録於此,以資參考。

潘貴妃本蘭亭跋二篇

徐壇長記慈谿姜氏蘭亭云:“低一字本,‘崇山’與

‘曾’字皆用雙筆勾下，而尾極長。項氏祖本正同。又鄭所南心史書井本，其落字添處，俱與此絲毫無異，可知‘僧’字之謬。”又曰：“‘因’字、‘痛’字、‘悲夫’之‘夫’、‘斯文’之‘文’用改，‘良可’二字竟用塗，此蘭亭當日之爲藁本無疑。”又曰：“中多聖教字，如‘九’字不勾，‘稧’字禾草，‘賢’旁帶草，‘流’字右首加點，‘不’字三連，又如‘水’、‘宙’、‘所’、‘諸’、‘萬’、‘老’，及‘能’、‘死’、‘世’等，皆作放體行書，爲他本所無。”按所稱各字，此本并同，惟‘良可’是改非塗，爲少異。徐所見與姜本同者，有儀徵項氏宋拓本。姜所見有武塘錢氏重摹元本、高麗揆文庫所藏宋本，王箬林藏有宋拓本。自箬林、壇長諸君以集聖教目之，而潘貴妃之目，近代遂無舉似也者。殊不知近代之慈谿集字本，即明代所傳之賜潘貴妃正本。而姜氏所藏之石，正黄彪重刻之石，其先以借張氏，而其後以歸姜氏也。其别出者，又有曾紳題記薛稷拓定武本、唐集右軍書本，一與此本近，一與姜本近，皆異枝而同條，波瀾莫二者。明昌、紹興，印記斕斑，宋跋元題，炳然滿眼，要皆飛凫眩飾之爲。惟弇州屬之三米、杜氏，庶幾測量家之略近綫耳。

【案】此拓本册今在浙江省博物館，參觀金石書畫第三卷42—43頁、沈曾植題海日樓藏刻帖集55—69頁。此跋又見寐叟題跋，篇首鈐“禮岳樓”陽文印，末鈐“安般”陽文印。據筆跡當作於丁未(1907)。“及‘能’、‘死’、‘世’等”之“死”與“儀徵”之“徵”，錢編本誤作“殊”與“真”。

唐搨本有貞觀黄綾題籤者，今在天府。見詒晋齋集。未知即弇州所藏本否？此本不知何人所摹，豈即黄彪覆本耶？

【案】此據寐叟題跋，末鈐“皖伯”陰文印。據筆蹟當作於丁未(1907)。

【附録】

宋搨蘭亭帖，所謂蘭亭敘正本，賜潘貴妃者，及秘殿圖印，乃是作一小册子於綾面書記耳。是元初人裝，贉池皆零落，後有朱紫陽、柯丹邱題，仲穆諸公跋。末又一老僧作胡語，末云：“付之東屏，永鎮山門。”此爲周氏六觀堂所藏，第細看乃似木本。及取姜堯章偏旁考證之，“仰”字鍼眼，“殊”字蟹爪，“列”字丁形，“云”字微帶肉，頗可據，而其他不能悉合。又中所注“曽”字，乃作一鉤礫，黄長睿謂是押縫“僧”字之誤，今亦不然也。字形視他本差大，而中多行筆，雄逸圓秀，天真爛然。又聖教序古刻，佳字多從此出，吾不知定武何如，復州以下，皆當鴈行矣。海岳書史稱：“泗州杜氏唐刻板本蘭亭，與我家所收俱有鋒勢筆活，回視定武及世妄刻之本異。”又云：“錢唐關景仁收唐石本佳於定武，不及余家板本。”米高自標樹乃爾，即世所謂三米蘭亭者也，理廟題作正本，且所稱“有鋒勢筆活”語，豈三米耶？抑杜氏本耶？節録弇州宋拓蘭亭跋。

又云：“此本自周氏落拾遺人黄熊手。熊嘗借張氏刻石，搨得一紙，作古色，卻割去真帖入舊裝，乞沈尚寶、申學士題尾。質之吾州曹氏，以真帖一本質周金華，後事露，合而歸吾。久之，而吴中有刻本蘭亭敘，文(壽)〔休〕承爲題尾加獎飾，以爲不下定武，細閲之，即張氏石本耳。”

【案】此見同上浙博拓本，又見寐叟題跋，篇首鈐"金石契"陽文印，末鈐"乙盦審正"陽文印。此節録王世貞語（原文可參觀弇州山人題跋卷十二，浙江人民美術出版社2012年版，314—316頁），據筆跡當書於丁未（1907），附録於此，以備參考。

上海顧氏刻本蘭亭敘跋二篇

楊誠齋嘗見元明跋山谷書後云："山谷謫黔，泝峽舟中，日日惟玩石刻一紙，蓋定本蘭亭，故暮年筆法超絶。"

【案】此據寐叟題跋，末鈐"寐叟"橢圓陽文印。據筆蹟當作於己未（1919）。

定武本爲唐石不疑，而續議載蔡天啓説云："貞觀中，詔内供奉摹寫功臣，時褚遂良在定武，再橅諸石。是定武亦褚摹。"此説新異，不爲後人稱道，偶見而記之。

【案】此據寐叟題跋，末鈐"植印"陰文印。據筆蹟當作於己未（1919）。

戲鴻堂法書本蘭亭跋

墨緣匯觀録：張金界奴上進蘭亭，董文敏、陳眉公定爲虞世南臨，未敢以爲信。然世有所謂天曆蘭亭者，即張金界奴本也。

【案】此跋録文見海日樓碑帖題跋（同聲月刊第三卷第十二號，108頁）。墨緣匯觀録卷一"虞世南臨王右軍蘭亭序卷"條略云："宋綾隔水鈐押'天曆之寶'。本帖……左下角書'臣張金界奴上進'。……世稱'天曆蘭亭'是也。……蓋唐模之最佳者,董文敏、陳眉公定爲虞書,則未敢輕許。……戲鴻堂曾刻。”此跋實檃栝該條語。

明翻潁上蘭亭跋

乙酉是萬曆十三年,正國學本出土歲也。宋牧仲作筠廊偶筆,稱潁上石碎已久。而沈氏飛鳧語略稱國學本日就剥泐,韓敬堂初搨本不可復得。計二石精神發越,亦止三四十年耳。

【案】此帖今藏浙江省博物館。有沈跋三篇,僅此跋可辨識,録文見寐叟題跋研究 81 頁。

沈德符飛鳧語略“定武蘭亭”條略云:“乙酉、丙戌間,北雍治地,掘得一石,其行款肥瘦與定武略同,説者以爲真廣運時所棄,即未必然,固亦佳刻。是時吴中韓敬堂宗伯爲祭酒,搨得數百本以貽友朋,今石以敲摹年久,漸就剥蝕,并韓初搨亦不可得矣。”可參觀。

程孟陽本蘭亭跋

此亦程孟陽覆刻,而與歸安吴氏藏石不同,方勁處較近真本。意其所出,拓在孟陽藏本前耳。宣統己酉七月,寐叟。

【案】此帖今藏浙江省博物館。此據寐叟題跋,末鈐“沈曾植”、“踵息軒”陰文二印。錢編本脱“宣統”二字。跋文又見海日樓碑帖題跋(同聲月刊第三卷第十二號,106 頁),惟缺署款八字。

渤海藏真刻蘭亭領字從山本跋六篇

“領”字從“山”本，東書堂帖亦嘗刻之。“在癸丑”五處，“次”字、“當”字、“不”字，其病皆與諸本同，惟周府摸手較粗，筆勢向背不能盡具，故瑕疵轉得少匿。若其〈其〉出之本，則與諸本同，無疑也。

【案】此本今藏浙江省博物館，參觀金石書畫第三卷36—37頁、沈曾植題海日樓藏刻帖集3—27頁。册首題“渤海藏真刻蘭亭領字從山本　宋紹興内府本明陳緝熙刻本鬱岡本知止閣本尤天錫刻本滋蕙堂本”，末鈐“植”、“子培”兩陽文小印。此跋末鈐“曾植”陽文印。

自“盛”至“盛”，失去六行，相傳董香光質于陳氏時掣留者也。以余考之，蓋未必然。此蘭亭裝成矮册，即孫月峰所見管子安藏本也。書畫跋跋於管本敘述至詳，云“内‘觀宇宙’兩幅失去，以墨刻補之，刻搨俱不工”。然則此帖在管氏時本已失去兩行，董氏質陳氏時，僅掣取四行耳。覃溪嘗疑陳董世交，刻石時豈不能借出？不知此本不全之物，董公掣留六行之説亦是飾詞也。即使借出，不成完本，而當時情事，必且有扞格難出者，此可以意揣得之也。

月峰又云“陳本無文正、才翁跋，管本無杜、蘇跋”，此有文正、才翁即王堯臣跋。跋，益足證是管本，非陳本也。陳指陳緝熙。

【案】此跋末鈐“子培”陽文小印。

王弇州藏米跋褚摸蘭亭二。一石刻，前“褚摸禊帖”四字爲張即之書，次馬軾圖褚摸狀，又次元章［跋及］贊。而

“紫金”下無“浮玉”字,“重裝”作“手裝”,與博議[異]。禊帖下僅“紹興”二字御記。一宋[搨,有范文正、王文](惠)〔忠〕手書,[米老]題贊,與前本[異]同幾二十餘字。

【案】此跋末鈐“子培”陽文小印。原紙蛀蝕重裝,字有湮滅錯亂者,兹參考王世貞題宋搨褚摸禊帖(弇州山人題跋卷十二,浙江人民美術出版社 2012 年,317 頁),辨識補足。博議,即桑世昌蘭亭博議。王堯臣卒謚文安,宋神宗時改謚文忠,原文誤作“文惠”。

以博議校此本米老題贊中字句,異同實有二十餘處。然則弇州所藏兩石本,其張即之題首者,蓋即桑澤(民)〔卿〕所見本。而此本墨蹟煊赫於明時,宋時實已先有刻本,此亦足證覃溪謂此本不知所自之非篤論也。陳緝熙名鑑。

【案】此跋末鈐“子培”陽文小印。桑世昌字澤卿,原文誤作“澤民”。

内府刻神龍本後郭天錫跋云:“右蘭亭敘,與米元章購於蘇才翁家,褚河南檢校搨賜本,張、石氏刻,對之更無少異。張即循王家本,石氏不知何人。”輟耕録蘭亭集刻壬集“紹興石氏二”,即博議所謂“石熙明家有二”者。熙明嘗刻定武損本,在博古堂帖中,其一褚本米跋,則自來未有見者,豈弇州所藏之又一本即是耶?神龍本“領”字不從“山”,而米氏跋本從“山”,郭所謂“對之更無少異”者,蓋亦約略之詞。惟弇州本有張即之書首,有馬軾圖褚摹刻狀,此則非博古帖例。單文孤證,覈寔爲難。要之,據郭氏之言,南宋時米跋本有兩刻本無疑也。郭氏所稱“褚河南檢校搨賜”者,即跋中語。

【案】此跋末鈐"子培"陽文小印。

輟耕録蘭亭石刻辛集有"循王家藏"一本,即弇州所藏宋拓張澂刻本也。録載米題跋云:"壬午閏六月九日,大江濟川亭艤寶晉齋艎,對紫金浮玉羣山,迎快風銷暑,重裝。"與此本弇州跋稱有范文正、王文(惠)〔忠〕手書,與此亦合。王似謂陳緝熙本從張本出,而張又重刻劉無言者,豈劉無言本即"領"中從"山"耶?弇州止言帖有"張澂摸勒上石"字,不云摸劉無言本,末數語誤。

三希堂本蘭亭叙跋

原本在裴伯謙家。光緒甲辰在南昌借觀一日,略記其異同於上方,不能盡也。原本較瘦,神骨與東陽相近。持卿記。

【案】此據寐叟題跋,末鈐"總持自在"陰文印。據筆跡當作於庚戌(1910)。跋文又見海日樓碑帖題跋(同聲月刊第三卷第十二號,104頁),題作"題定武稧帖"。

代州馮氏刻宋拓定武蘭亭跋

乾隆中覆刻定武蘭亭,以馮氏、陳氏二本爲最。其祖本皆經覃溪審定,選石命工皆精絶,可與五松園、士禮居翻宋本書相敵。

【案】此帖今藏浙江省博物館。録文見寐叟題跋研究78頁。

舊拓蘭亭叙跋

墨池摹寶晉蘭亭,是五字不損本。此前本,則五字損本,截然不同,嘗用爲疑。

【案】此據寐叟題跋,末鈐"寐翁"陽文印。

舊拓蘭亭跋

此本泐損大略與關中本同,關中所據之祖本是定本,最後五字、九字俱損本。九字損於五字之後。此刻九字損而五字全,則事理之不可解者矣。容甫盡掃衆説,其意固可微辨耳。癯翁題。

【按】此拓本後爲戚叔玉所藏。據筆跡,當作於光緒庚子(1900),跋末鈐"符婁庭"陰陽文印。

蘭亭集珍七種跋四篇

趙子固落水本,今在裴伯謙家。丙午夏,曾得一觀。墨拓黯蝕,號爲肥本,寔不能肥也。而内府摹本固極肥,鉤刻者各以己意取之。政如搨書歐、褚,湯、馮取像各異耳。此祖本既稱瘦本,鋒勢必更遜落水本,而摹刻細潤,乃轉有與國學本相近處,此非定本本來面目,觀者不可不知。東陽秃處,絶似定武,國學遂無一似處。光緒丁未閏月豫章東軒題。

【案】此據寐叟題跋,末鈐"植"陰文印。錢編本脱末署款"光緒丁未閏月豫章東軒題"一行。按丁未(1907)無閏月,且是時沈曾植已赴安徽提學使任,不得作於"豫章東軒",而丙午則有閏四月,故"丁未"當係"丙午"之筆誤,而篇中"丙午夏"蓋爲"乙巳夏"之誤。

大瓢隨筆卷(七)〔六〕:"余鄉董氏昇元帖十卷,乃南唐後主昇元二年刻唐賀知章雙鉤王氏父子書，故（人）〔又〕名澄清堂帖。蟬翅初拓，世間無二本。載入董文敏容臺集中。康熙丁亥，董氏之子孫得八百金，售於松江提督張侯又南，又南死，歸其小侯安公。又南客雲間陸圃玉爲余言，首卷刻蘭亭，次洛神，次屏風碑，後多與十七帖同。余幼時寓董氏，曾一見之。及長，奔走四方，無（緣）〔因〕至故鄉。己卯、庚辰，屬兒子璧往借不得。戊子春，赴黔中，繞道渡塘觀之，則已入侯門久已。此生平第一憾事也。"植案，董氏帖歸張事，亦見倪氏雜記筆法。倪、楊皆善書，而自矜筆法，不輕許可者，心醉昇元如此，可想見帖刻之精美矣。第疑董氏澄清與王百穀、邢子愿、孫北海所藏者名同而實異。蓋董本蘭亭、十三行、屏風碑，皆王、邢、孫本所無，而邢、孫卷記甲乙，董紀一二，體例又不同耳。宋氏官齋澄清名堂者，不一而足，泰州、潼川、三山、益昌皆有之。余嘗論邢本澄清是法帖譜系之利州帖，此與邢異，豈三山刻乎？三山木本，此帖亦似現木理也。丁未天中節後二日，雨窗記此。寐叟。

【案】此據寐叟題跋，篇首鈐"無餘倅"陰文印。

"大瓢隨筆卷七"當作"大瓢偶筆卷六"。所引原文有省改，可參觀浙江古籍出版社 2012 年版楊賓集大瓢偶筆（304—305 頁）及浙江人民美術出版社 2012 年版大瓢偶筆（139 頁），但"又南客雲間陸圃玉爲余言"二書皆誤斷作"又南客雲間，陸圃玉爲余言"。

王良常竹雲題跋所稱海甯陳氏開皇本，字類定武而差肥，合縫處有"騫"、"异"、"僧"，即此本也。第彼不必是澄清刻耳。亡友章甓菴所收桂未谷集百種蘭亭中,有"蹇异僧"開皇本,亦宋刻,而與此不同。

【案】此據寐叟題跋。據筆蹟當作於丁未(1907)。

退谷本今在臨川李氏,甲寅冬得假觀。端穆之中,别饒婉麗。此本摹刻,略得一二,翁刻直用己意潤色矣。

【案】此據寐叟題跋。

明刻蘭亭四種跋

此米臨及定武兩,即吴平齋所得之石也。然此明拓米臨本,尚在文跋未刻之前。余有明拓文跋本,神采不及此也。定武今本亦多泐損。

【案】此帖今藏浙江省博物館。此據寐叟題跋,籤題曰"明刻蘭亭四種海日樓藏",篇末鈐"曾植"陽文印。據筆跡當作於乙卯(1915)。

【附録】

定武河北第一,此刻當爲江南第一,兼濟得之章貢舊家。淳熙戊申趙伯庭過叔、徐思遠同觀。

【案】此據寐叟題跋,末鈐"寐翁"陽文印。按此爲過録宋人題跋,據筆蹟當書於癸丑(1913)。

蘭亭四種合册題記

清閟閣本,博議薛氏摹唐搨本。又有清閟本,後有"紹彭"二字。

元代刻陸繼善本。

烏鎮王氏本,或云項氏天籟閣本,與墨池本同。

此爲定武真影，不知誰氏所刻，要當在明世以前。

【案】此帖合册今藏浙江省博物館。題記四則分别題於四種拓本邊白處，參觀寐叟題跋研究 80 頁。第四則又見文獻 1993 年第 1 期錢仲聯輯録沈曾植海日樓文鈔佚跋（七）、錢仲聯編校海日樓文集 151 頁，題作“跋定武真影蘭亭帖”。

舊拓蘭亭三種跋三篇

蘭亭五字損本，缺角有柯九思墨印者，載在墨緣彙觀，爲國初已來收藏家煊赫有名之本，此其留影也。未知何時何人所刻，而摹勒特精。乍見之，殆將仞爲國學舊拓。疑是知止閣刻本。

【案】此據寐叟題跋，末鈐“恒服”陰文印。據筆蹟當作於丁未（1907），而“疑是知止閣刻本”一句爲後加者，據筆蹟當作於乙卯（1915）。

定武真影，要當以此刻爲正。然舊拓乃竟難得，蓋皆化爲宋拓定本矣。

【案】此據寐叟題跋，末鈐“植”陽文印。據筆蹟當作於甲寅（1914）。

宣統甲寅十月，假臨川李氏所藏孫退谷定武瘦本校一過，果似國學本。

【案】此據寐叟題跋，末鈐“植”陽文印。錢編本脱“宣統”二字。

【附録】

蘭亭衆會獨傷懷，誓墓文成志益哀。顯授何曾較懷祖，扶生或竟損方回。峨眉汶嶺終難到，青李來禽尚可栽。

我亦年今垂耳順，千秋思若坐中來。癸卯仲春録惜抱詩於城南舫齋。

【案】此據寐叟題跋，末鈐"乙盦"陽文印。此篇過録姚鼐詩，即通行本惜抱軒詩集卷九題右軍帖（見惜抱軒詩文集，上海古籍出版社 1992 年版），然文句有不同處，"誓墓文成志益哀"通行本作"先墓歸誠誓更哀"，"何曾"作"何嘗"，"損"作"遜"，"峨眉汶嶺終難到"作"峨眉汶領終難至"。沈氏所録當有所本。

蘭亭三種跋七篇

此本不知何人所刻摹，亦定武本。

【案】此蘭亭三種合册今藏浙江省博物館。寐叟題跋、海日樓碑帖題跋（同聲月刊第三卷第十二號，107 頁）、錢編本無前四則跋記，録文見寐叟題跋研究 75—76 頁。

光緒壬辰於常熟師處得見越中石氏所刻諸帖，其中蘭亭即此本。

此刻本被剥而甚有意，亦是五字損本。而自十三行至廿一行之裂文，乃各定武本所無，或竟是舊石，未可知也。察其後半漫漶石理，亦似搨損，非刻時有意爲之者。

第二行"蘭"，關中未泐，寶晉泐，潘泐。第三行"長"内二短畫，關中未泐，寶晉泐，潘泐。第四行"領"、"頁"下，關中清，寶晉泐，潘泐。第五行"湍"、"而"下，關中未損，寶晉泐，潘泐。第八行"惠風"，關中未損，寶晉泐，潘泐。第十行"騁懷"，關中未損，寶晉泐，潘泐。第十四行"當"下"田"，關中完，寶晉泐，潘泐。第廿五行"悲"，關中未損，寶晉泐，潘泐。

臨河序在今日歐摹諸本，自以東陽爲首，關中次之。國學輕靡，上黨疏弱，遠不逮也。此第三本，蓋關中本差舊者，猶可覽觀，與俗間常行本不同也。

【案】此篇又見寐叟題跋，末鈐"植"陽文印、"乙盦"陰文印。據筆跡當作於光緒中。

第二本即蘭亭考稱程孟陽本也。孟陽本有國朝覆刻，校此大致相同。十四至十九行大裂文，則彼本所無也。孟陽原本拓蓋在先，故覆本清朗，不若此之漫漶。丁未歲夏至後二日校記，寐叟。

【案】此篇又見寐叟題跋，末鈐"夕擘室印"陽文印。

關中本的是舊拓，未谷藏本，似尚略遜。孟陽本是前代舊拓，校以某氏覆本，此爲原石不疑。

【案】此篇又見寐叟題跋，末鈐"寐叟"橢圓陽文印。據筆跡當作於丁未(1907)。

明刻蘭亭十三跋跋四篇

此蘇米齋蘭亭考所稱湖州本十三跋也。覃溪考第一跋是鮮于伯幾語，甚確。第謂十三跋本當以馮氏所刻爲正，恐非藝苑公言耳。明人模趙書，賞會與近時略異，此亦足爲書家考論資者。

【案】此據寐叟題跋，末鈐"癯禪"陰文印。據筆蹟當作於庚子(1900)。

潘刻十六跋，爲吴静心本，無"三衢舟中"一條，益府摹吴静心本則又有之。交柯亂葉，一一尋源，良爲不易。然專己自矜,毁所不見,亦學者所不敢也。

【案】此據寐叟題跋,末鈐"瘣木軒"陰文印。據筆蹟當作於庚子(1900)。

是乾矢橛,是棘栗蓬。墨池雲起,帝網重重。爛醉歸來,竈觚自隳。萬象一源,六經注我。一轉之錯,千劫難回。淆譌公案,尚慎旃哉!

【案】此據寐叟題跋,末鈐"寐翁"陽文印。據筆蹟當作於庚子(1900)。

"羣"脚雙杈,"帶"字四直,"崇"字三點,均與蘇齋説合。蘇齋據定武真蹟趙子固本以爲説。此前蘭亭,是模傳獨孤本也,兩兩相勘,無不吻合。乙莽。

【案】此據寐叟題跋,末鈐"植"陽文印。據筆蹟當作於光緒庚子(1900)。錢編本脱"乙莽"二字,末句作"此前蘭亭,是摹傳獨孤落水兩本,相勘無不吻合也"。按此跋墨蹟經塗改,"落水"二字原文點去,錢編本復將行間文字誤釋誤植。另,錢編本此句後有"吴興十三跋,平生固不止一書。臨子固本,而係以獨孤本跋,固無不可"一句,按墨蹟原已勾去,不當闌入。

此題錢編本原作"明刻蘭亭十三跋跋六篇",兹分出兩篇,見下。

霜松雪柏之軒藏明刻蘭亭十三跋跋二篇

詒晋齋宋拓蘭亭五種中,第二定武肥本,即此刻也。

山菴有一則記虎邱東州、靈隱獨孤事,云"獨孤住湖州天甯",當即此人。

【案】此兩篇據上海圖書館藏沈熲鈔葉,題作"跋明刻蘭亭十三跋霜松雪柏之軒藏本"。錢編本輯入"明刻蘭亭十三跋跋六篇”中，兹别之。“獨孤住湖州天甯”，見明釋無愠山菴雜録卷上。

硃搨快雪堂蘭亭十三跋跋

丙午端陽前一日，乙叟命慈護裝，他日傳守金石，此其發軔之始也。

【案】此據寐叟題跋，籤題曰“硃搨快雪堂蘭亭十三跋”，篇末鈐“寐翁”陽文印。

快雪堂本蘭亭十三跋跋

涿本快雪堂蘭亭十三跋，豐膩絶倫，然較之梅溪所摸，居然有仙凡之别。時代爲之，莫可如何。辛亥殘春，海上寓樓檢記。

【案】此帖今藏浙江省博物館。海日樓碑帖題跋（同聲月刊第三卷第十二號，108頁）著録脱署款十字。参觀寐叟題跋研究77—78頁。

北宋拓樂毅論三篇

趙希鵠洞天清禄集説樂毅論高紳家本語，與王順伯略同。繼乃云：“予嘉熙庚子，自嶺右回至宜春，見元本於一士家，北紙北墨，無一字殘闕，而清致遒勁類蘭亭，字形比今所見重摸本幾小一倍，此蓋齊梁間拓本，真人間希世之寶。”按此小字本樂毅論見於著録之顯證。第所謂元本者，向來讀者恒苦不得其解，乃不知以小一倍者爲齊梁元本與高氏本比耶？抑且以小一倍者爲高氏元本與重摹本比耶？

以賀捷有大小二本，黄庭、畫讚各有别本，行款疏密高下各不同，亦各有自出例之，趙氏所謂元本，自當謂齊梁元本，非高氏未闕元本已。自宋以來，所傳樂毅諸刻，完本出秘閣，海字本出石氏，小字本出戲魚堂。以小字本比海字本，字形幅度，實有三與四之比。而秘閣幅度，更加闊於海字本。昔嘗有疑於"比今世所見重摸本幾小一倍"之言，今以工部尺量之，良信。三與四之比，稍有歉焉，則去二與四比，固無幾耳。且即就海字本度之，停雲與墨池兩本，亦有不同。停雲字差小而行狹，墨池字極大而行闊，其比爲三與四而稍贏。兩本同出高氏，而所差乃爾，得無宋世傳摸既多，轉迻轉大耶？如此則趙氏所謂元本，即作高氏原本解，亦無不可。要之小字本所從來，必自先唐舊石，第驟決定以此爲高氏本本來面目，則與墨池本相去過遠，或未免駭人聽聞耳。宣統八年六月，寐叟記。

【案】此據寐叟題跋，末鈐"曾植"陽文印。"宣統八年"，錢編本擅改作"丙辰"(1916)。

澹隱山房藏初稿本，函封有沈熲題"北宋本樂毅論手稿"，又附一紙沈熲題"宋拓北本樂毅論。明羅良翰硃筆跋。時年七十有八。良翰字仲舉，盧陵人，天順時人。尚書公長跋。太倉陸時化舊藏。"按第二篇謂"此本非北紙北墨"，則篇題當作"北宋拓樂毅論"。

此篇稿本與寐叟題跋文字有異，校記如下：

"顯證"作"始"。"向來讀者恒苦不得其解"，無"讀者恒苦"四字。兩處"小一倍者"，均無"一倍"二字。"與重摹本比耶"，作"與後來重摸殘缺者比耶"。"黄庭、畫讚各有别本，行款疏密高下各不同”，作“黄庭、畫讚各本行款高下疏密各有不同”。“亦各有自出例之”，無“亦”字。“非高氏未闕元本已”，作“非謂高氏未缺元本也”。“自宋以來所傳樂毅諸刻”，作“今世所傳樂毅宋刻”。“更加闊於海字本”，“闊”作“廣”。“今以工部尺量之”，“今”前有“及”字。“稍有歉焉則去二與四比”，作“稍有歉則其去二與四比”。“且即就海字本度之”，作“然即就海字本言”。“停雲與墨池兩本亦有不同”，作“文氏所摹與章氏亦自不同”。“停雲字”，作“文字”。“墨池字”，作“章字”。“而所差乃爾”，稿無此句。“得無宋世傳摸既多轉逐轉大耶”，作“豈宋世重刻既多轉摹轉大耶”。“高氏原本”，“原”作“元”。“先唐舊石”，“舊”作“古”。“第驟決定”，無“驟”字。“相去過遠”，作“大小迥殊”。“或未免”，無“或”字。無“宣統八年六月寐叟記”。

余舊蓄東書堂所刻蘭亭，後坿樂毅二種，一大字，一小字，嘗據趙氏語證其來歷。後乃見戲魚本、鬱岡本、潑墨齋本，官西江得一宋本，陳芰潭縣尉謂爲寶晉舊帖。最後在海上得此〈此〉本，則如孫退谷題内府曹娥碑所謂“親見吕仙，聞吹玉笛，可以稱量天下之書”。又時方六月，天氣蒸雨，閲帖清風習習，亦與退谷風味不異也。此本非北紙北墨，固未敢即以爲趙氏所見，然紹熙【下缺】

【案】據澹隱山房藏手稿，第一篇後有此未完本。孫承澤庚子銷夏記卷五王右軍曹娥碑云：“昔趙文敏謂‘見其墨跡日，如親見吕仙，聽吹玉笛，可以稱量天下之書’詎不信然。六月七日爲初伏，天氣蒸雨，數年來無此奇熱也。閲此帖，殊覺清風習習，不啻赤脚踏層冰也。”可參觀。

羅良翰，字仲舉，見廬陵縣志。明天順間人。又按通志選舉門,建文元年己卯鄉試有羅仲舉,廬陵人,殆即良翰,應舉時以字行耳。自建文元年至天順,甲子已周,仲舉蓋早登第而享高年者。

【案】此據寐叟題跋,末鈐“癸庭”陽文印。據筆跡當作於丙辰(1916)。

澹隱山房藏初稿一葉,兹録於下:

羅良翰,字仲舉,廬陵人。官博士。通志選舉,建文元年己卯鄉試有羅仲舉,廬陵人,殆一人而應舉時以字行耳。

咸淳九年解試有羅大經。廬陵人。咸淳十年王龍澤、楊祝泌。德興人。景定三年方山京榜劉辰翁,廬陵人,除太學博士,不就。淳祐六年解試鄧光薦。咸淳九年解試有劉辰翁,安福人。

晋唐小字卷樂毅論洛神賦跋

樂毅、洛神,校秘閣祖刻,不失鄱陽神骨。細玩初拓乃勝墨池,後拓疲苶,似此二帖,在明代已經另刻矣。

【案】此據寐叟題跋,末鈐“乙盦”陽文印。

餘清齋刻梁模樂毅論跋

此樂毅論,極爲覃溪所呵。然查氏叔姪及姜葦間小楷,固皆從此得筆。論國初書,不得不知。

【案】此據寐叟題跋,末鈐“寐翁”陽文印。

鬱岡齋墨妙本樂毅論跋二篇

小字樂毅論,或以當武平一所謂小函十餘卷,記憶是扇書樂毅論、宣示、告誓、黄庭經者，未可質言，故存一説。此舊拓極罕見，湛園謂樂毅、像贊有極相類處，正指此本言之。湛園又有宋搨宣示帖、褚臨樂毅，書後云："此本宋搨褚書，人間絶少。各帖'無所之施'，褚本作'無施之所'，足備收藏考證。"亦指此本言之。鬱岡本字小於此，然是"無所之施"，與各本同。

【案】此據寐叟題跋，末鈐"寐叟"陽文、"海日樓"陰文二印。據筆蹟當作於乙卯、丙辰間(1915—1916)。

此樂毅第二本，即餘清所謂梁摹本，同源而異出者也。味楊明時跋，似餘清據墨蹟；味王氏此跋，似所據爲墨刻。墨刻或古於墨蹟未可知？其所來從，亦學者所當尋究者也。

【案】此據寐叟題跋，末鈐"寐叟"陰文印。據筆蹟當作於乙卯、丙辰間(1915—1916)。

樂毅論跋

此樂毅論，行密字小，與諸本絶異，豈趙希鵠所謂齊梁間小字本耶？

【案】此帖今藏嘉興吾寐齋，跋末鈐"植"、"子培"陽文二印。跋文又見2021泰和嘉成春拍Lot1086號拍品澹隱山房藏沈潁鈔本。録文又見寐叟題跋研究91頁。

魏泰本十七帖跋

台州抵當庫本十七帖即餘清［齋］摸魏泰本，墨蹟在宋時所刻也。先爲陳簡齋所藏，［語見］餘清所刻宋潛溪跋中。然此諸印,彼皆不具,移潛溪跋於此後,語意乃腤合耳。楊大瓢劇稱餘清,惜其未見此祖刻。

卷首泐痕與餘清不同,亦可資[以]考證者。

【案】此跋録文見海日樓碑帖題跋(同聲月刊第三卷第十二號,109頁),題作"跋十七帖"。此帖爲上海馳翰2018春季藝術品拍賣會(二)Lot727號拍品。跋文有破損字,同聲月刊作"□",今據墨跡本以方括號補出。册首鈐"灊庸"陽文印、"嘉禾姚埭沈氏金石圖史"陽文印,册末鈐"右神館"陰文印、"海日樓"陰文印。跋末鈐"寐叟"圓形陽文印。

馬莊父本十七帖跋

宋拓十七帖,馬莊父刻本,朱子跋。檍盦供職刑部時所得,中間嘗爲人竊去,復求之,而已失兩頁矣,裝褙亦毀損。壬寅入都重裝。

【案】此帖今藏浙江省博物館,參觀沈曾植題海日樓藏刻帖集345頁。跋作於光緒壬寅(1902),末鈐"沈曾植"陰文印。馬子嚴字莊父,號古洲居士。建安人。淳熙二年(1175)進士。

宋拓十七帖跋二篇

此宋拓也。余舊藏本有朱子草書跋,據以知爲馬莊父本。此無朱跋,或在莊父跋前,未可知也。乙巳秋,蘗宧得此於廠肆,郵寄余南昌,倥偬多事,無暇審定。越歲丁未,徙官盛唐,歲初清暇得細觀,然猶未得兩本對校也。

【案】此帖有民國間影印本,録文見寐叟題跋研究92頁。

此卷雖無文公跋,然有"悦生"、"長"字印,又有"曹士冕印”，則爲晚宋勒石，在馬氏刻本後，審矣。然曹氏寶晉齋中自有無釋文本十七帖，豈既刻彼、又刻此，抑傳本出曹氏而鐫勒則他姓者耶？記此待考。

宋拓十七帖跋

十七帖、蘭亭、樂毅皆有先唐石刻，雲林子説之詳已。解如意本傳自唐摹，至紹聖始勒石祕閣。自南宋以來，傳刻輾轉，迄今不知若干本。解本行而先唐石本稀若星鳳，明代弇州、月峰亟稱中州本，而文待詔稱之曰河南本，豈非以其遠有淵源，遒古雄健，有似歐臨王帖，非知微、無言手腕所及耶？諸公知重河南本，而不能言其何時所刻，吾意即陳道人所謂東京刻本，寔北宋時鐫，唐刻嫡子。其與解本之比，正若全本樂毅與“海”字本樂毅也。歲在重光作噩皋月，長水寐叟記。

【案】此帖今藏北京故宫博物院。録文見寐叟題跋研究89—90頁。跋末鈐“植”陽文印、“海日樓”陰文印。“重光作噩皋月”即民國十年辛酉五月（1921年6月）。

潭本十七帖跋二篇

潭本十七帖，即臨江二王帖評釋中所稱長沙本也。近日殊罕觀，此帖於汳中得之，固知北方多未經著録佳品。

【案】此據寐叟題跋，末鈐“巽齋”陽文印。據筆蹟蓋作於己酉、庚戌間（1909—1910）。汳，即“汴”，錢編本誤作“汲”。

曹子念持此帖來，云得之三山街塔景園，以爲至佳。

【案】此據寐叟題跋，末鈐“乙盦”陽文印、“海日樓”陰文印。據筆蹟蓋作於丙辰(1916)前後。“塔景園”之“園”,原文誤書爲“圖”,“塔”字錢編本作“□”。

宋拓修内司本十七帖跋二篇

宋拓脩内司十七帖殘本 共五頁 海石山房藏帖 丙辰重裝。

【案】此帖今藏上海圖書館(索書號爲3009),爲十七帖、宣示表、曹娥碑合册。參觀善本碑帖過眼録續編308—309頁、金石書畫第三卷26—27頁。此題籤末鈐“植”陽文印。

修内司十七帖見欽定閣帖釋文。天府所藏,人間著録,未嘗有也。此殘本雖不足二分之一,要爲奇物。書報蘗庭,河南本二惠競爽矣。宣統丙辰八月秋分日,寐叟。

【案】末鈐“海日樓”陰文印。亦見寐叟題跋,錢編本脱“宣統”二字。

檢玩此帖,忽悟吴興草法全規此出,殆與近日天潢書派不能出詒晋範圍,古今同例也。淳化意象超曠處似太宗,大觀秀美似徽宗,此則沖和流美,純然思陵風習矣。

【案】末鈐“寐翁”陽文印。亦見寐叟題跋,據筆蹟當作於庚申(1920)。“大觀”之“大”,原文作“太”,蓋涉上文“太宗”而誤書,錢編本仍之。

劉聚卿藏宋拓十七帖跋

此即孫月峰所謂中州舊本祖刻也。中州本已難得,何况宋刻宋拓？檢張天錫草韻,結體多相合,金源通行之本,爲汳京故物何疑。宣統辛亥七月遜翁題記。

【案】此據貴池劉世珩聚卿藏宋搨十七帖,民國十四年

(1925)文明書局珂羅版影印本。末鈐"蘗鄉民"陰文印。

寶晉齋帖本十七帖跋

十七帖勑字本幅中闕字,諸本皆同,惟元祐續帖獨完。此本無闕字,蓋源出續帖也。

【案】此據海日樓碑帖題跋(同聲月刊第三卷第十二號,110頁)。

鬱岡齋模太清樓續帖本十七帖跋

此鬱岡齋模太清樓續帖本,即寶刻類編所稱汴本也。隔麻澹拓,神韻清古。所不及祖刻者,獨石理木理之異耳。非親見秘閣帖,不知王氏摹勒之精。猶之非親見博古帖,不知文氏摹勒之精也。壬寅七月朔日。

【案】此據寐叟題跋,末鈐"檍菴"陰文印。

玉泓館本十七帖跋三篇

上海顧氏玉泓館本十七帖。壬寅十月。息齋。

【案】此帖今藏上海圖書館(索書號2979),參觀善本碑帖過眼録續編306—307頁、金石書畫第三卷24—25頁。此題識書於卷首,鈐"壬寅"(陽文)、"沈曾植"(陰文)、"秀州沈氏"(陽文)諸印。

來禽館本與玉泓館本同出一源,第一出唐模硬黄,一據世綵石刻爲異耳。明代所傳唐模墨蹟,往往有轉自石本翻傳者,真與僞難言之。悦生宋本猶較少一層障礙也。

【案】末鈐"植印"陰文印、"乙盦"陽文印。

“黄長睿言十七帖有二本，其一卷尾有‘敕’字者，蓋唐本，最佳。其一賀知章臨、南唐刻、王著重摹者，疏拙而瘦。此帖有‘敕’字及無畏等校，與長睿語合。蓋宋人得唐本，以精工刻之，其鉤拓擫捺，無毫髮遺憾，而紙墨如新，光彩映射，真所謂山陰之嫡嗣也。”右弇州題十七帖語，所稱與此本均合，蓋所得即此祖刻，或即此刻舊拓，未可知耳。三攝菴録。

【案】末鈐“乙盦”陽文印。跋文所引王世貞跋爲節引，原文可參觀弇州山人題跋卷十二題右軍十七帖（浙江人民美術出版社 2012 年版，324 頁）。

鍾紹京記十七帖實二十五帖，一百二十行，一千一百二十四字。今世所有帖本，多寡不同，有二十七則者、二十八則者、三十則者，獨此本二十五帖與鍾記合。據以知悦生祖刻源自先唐正本，此極佳證。王若霖以爲闕十五行，誤也。第并書“青李”四果子名，數之止得百十八行，蓋缺“知有漢時講堂”二行耳。守平居士壬寅八月記。

【案】此跋前有“吴興”陽文印，後鈐“沈道人”陰文印。

玉泓館十七帖跋二篇

玉（弘）〔泓〕館十七帖，摹勒精微，不減所摸閣帖，意出章簡甫諸君手，吴（□□）〔用卿〕不及也。或云此石後來鬱岡齋帖收去，然取二本細校，頗不盡同。仍當兩存，正與閣帖潘顧並峙同例耳。

【案】此據海日樓碑帖題跋（同聲月刊第三卷第十二號，109—110 頁）。“玉泓館”之“泓”，同聲録文譌作“弘”。□□，當是“用卿”或“江邨”二字，即刻餘清齋法帖之吴廷。

據松江府志，顧從義所刻有淳化帖十卷，柳誠懸蘭亭，玉（弘）〔泓〕館蘭亭、十七帖、蘭馨帖。其弟從德刻唐張旭書爲煙條帖。蘭亭，蘖宧弟有之，精絶不亞潘本。柳蘭亭、蘭馨、煙條，則收藏家罕有稱者。

十七帖跋

李西臺跋十七帖云：“鍾紹京記十七帖實二十五帖，一百二十行，今王著家本。驗其本蓋二十七帖，與紹京記異。今本除真書果子名，蓋一百二十七行。”

此本帖數行數，均與西臺之説相符。西臺跋在黄長睿本上，然則此本所自出，其即長睿所謂先唐舊刻耶？櫑窗記。

【案】此據文獻1993年第1期錢仲聯輯録沈曾植海日樓文鈔佚跋（七）、錢仲聯編校海日樓文集151—152頁。

十七帖跋

十七帖在北宋有先唐二刻，南唐二刻，王著一刻，黄雲林言之特詳。南唐本與王著本爲賀監所摹，南渡後不復傳。唐刻一爲勑字本，一爲雲林所藏。南宋刻有雲林手書釋文本，鋒鬱勁絶與勑字本不同，而與此頗相近。所刻亦不能記石之所在，蓋宋世舊刻，流傳久遠，如經史之監本。

【案】此據海日樓碑帖題跋（同聲月刊第三卷第十二號，110頁）。

北宋刻黄庭經跋二篇

葉氏秘閣本爲墨池祖刻，李氏越州本爲停雲祖刻，此則玉煙祖刻也。“肝之爲氣”，“肝”字末筆住處適有泐文，乃知後來諸本“肝”字末趯所由致誤。此一字千金，惜不令蘇齋見之。玉煙從此出，故“肝”字不誤。丙辰八月三日得此。秋暑酷烈，是日北風，病骨稍蘇，檢勘諸本，識此數行。目力益衰，近視仍不免花，奈何！六十七翁寐叟。

【案】此據寐叟題跋，末鈐“植”陽文印。

唐志有王羲之許先生傳一卷，宋崇文總目作許邁傳。右軍既爲長史作傳，於道門宜有源緒，令得見黄庭於興甯前，亦奚不可者。真誥一家之説，於郗、王並有毁詞，善讀者知其意可矣。

【案】此據寐叟題跋，末鈐“寐叟”橢圓陽文印、“海日樓”陰文印。

星鳳樓祖本黄庭經跋

此星鳳祖本也。畫中圓滿，非宋刻不及此。以筆法論，尚在越州石氏本上。吾甚願學者以此與禪静寺同參，因以溯水牛山，不惟南北交融，抑且大小同貫也。

【案】此據寐叟題跋，末鈐“寐叟”橢圓陽文印。據筆蹟蓋作於乙卯(1915)。“因以溯水牛山”之“水牛山”即“水牛山文殊般若碑”，錢編本誤標作“因以溯水牛山”。

寶晋齋舊刻本黄庭經跋

覃溪稱南宋翻秘閣本，四行“兩”字，卅九行“肝”字，四十行“三光”字，足正諸本之誤，此刻正如所説。又（九）〔十〕行“玉”字，一點尚存，亦翁所稱爲難得者。

【案】此本今藏浙江圖書館。封面題籤：“明拓黄庭經　宋翻秘閣本　民國癸未（1943）二月陳錫鈞署首。”参觀沈曾植題海日樓藏刻帖集183—192頁。金石書畫第三卷32—33頁著録爲“停雲館本”。此據寐叟題跋，末鈐“曾植”陽文印。據筆跡當作於癸丑（1913）。“九行‘玉’字”之“九”，錢編本改爲“十”，是。

明拓思古齋黄庭經跋

襄陽無一畫入晋人，此長睿諸君畜諸胸臆，閟不敢言者。不意七百年後，發之此老。如塗毒鼓，聞之者死。然使安吴當日多見唐賢手蹟，恐宗論將不能無小變。又使引申此意，再下一轉，曰率更無一筆入晋人，或曰河南無一筆入晋人，不知先生將何以應之？遜齋學人。

【案】此據寐叟題跋，末鈐“雙梧閣金石記”陽文印。據筆蹟蓋作於宣統庚戌（1910）。

又，上海圖書館藏沈曾植舊藏思古齋黄庭經二册（索書號爲3003-3004），鈐“兑廬”（陽文）、“天柱閣”（陽文）等印，爲沈氏在安徽任期所鈐，然未見此跋。

覆刻潁上本黄庭蘭亭跋十一篇

“思［古齋黄庭爲］黄庭刻本第一，爲褚遂良所臨也，淳熙續帖亦有之。”右畫禪室隨筆文，淳熙續帖恐是元祐續帖。

【案】此本思古齋黄庭經與潁上本蘭亭序合裝，今藏浙江省博物館，參觀金石書畫第三卷44—45頁、沈曾植題海日樓刻帖集149—171頁。硃拓黄庭經卷首沈氏題“［元祐祕］閣續帖黄庭劉公戫家重刻本”，鈐“曾植”、“沈”兩陽文印。硃拓蘭亭序卷首沈氏題“紹興内府本褚摸蘭亭劉氏重覆潁井本”，鈐“乙盦”陽文印。據題跋筆跡，皆作於光緒中葉。附録三篇皆沈氏所録前人題跋與此本有關者。

此跋“元祐續帖”四字原紙殘損，據僅存點畫辨出。

石刻鋪敘：續閣帖十卷，元祐五年刻，建中靖國元年畢工。卷五爲王羲之所書黄庭經、樂毅論、蘭亭敘。何義門曰：今潁本蘭亭似續帖而失真。按太清樓重刻閣帖，所增入者，備載曾氏書中，無黄庭。而續閣帖者，宋元人或稱爲祕閣續帖，或稱爲太清樓續帖，證以何氏目驗之言，則是應氏重勒之太清樓本即續閣帖本也。

右軍小書黄庭、樂毅之類，傳世皆是石本，宋初歐陽所録、黄長睿所論，皆先唐石本，非宋人所刻也。然此［論原］在南宋爲希有，在北宋固未重視之，御府所鐫固當不以人間常見者入録。祕閣蘭亭不(敢)〔取〕定武而取神龍，即其證已。宣和書譜無黄庭，則此刻非從墨迹出者。劉無言所摸祖本，黄長睿大都見之，東觀餘論云：“黄庭世有數本，或響搨或刊刻。……僕頃在洛見承直郎李鵬舉家畜此帖一弖，乃唐褚令摹，單郭未填，筆勢精善，乃錢思公家本，號玉軸黄庭，中有五行爲周越摹换之，今歸御府矣。世間傳本，無出其右。"長睿所見是褚摹,竊疑即此祕閣本之祖也。

應氏所刻之石,大都在浙,無由流傳北方。錢氏説且當存疑,未敢遽爲定論也。

松雪齋所臨黄庭,今在蘇州顧氏,已摸有石本。據後跋第稱黄庭惟祕閣續帖所刻與"霜寒"相連者最精,不言黄庭、蘭亭也。古今齋閣同名,事所恒有。元楊宗道書跡鈐"海岳菴主"印,項子京題作米蹟,吴荷屋始□出之,由此以觀,單文孤證,未可遽爲憑斷。

□□□□家晉唐小楷集册,大抵皆祕閣本,中有黄庭一,與潁本不異。[元]明[清]朝録記公卿家晉賢墨跡,以錢文僖家黄庭與周安惠家洛神並舉,是此二帖在宋初最爲煊赫有名之蹟,文僖即思公後定謚也。

【案】此跋"清"字殘存"氵"旁,"元"字原紙破損,據文意補足。錢惟演(977—1034)卒謚"思",後改謚"文僖"。周起(970—1028)謚安惠,起弟越。

潁本行法較定武爲疏,而紹興内府書畫式所記碑刻横卷定式,所謂"蘭亭闌道高七寸六分、每行闊八分"者,獨潁本近之,定武高相當,而闊不及。翁氏引書畫式以證定武尺度,不若以證潁本爲紹興内府蘭亭之碻也。此以營造尺量之,未知宋内府書畫尺果如何?然以營造尺量取所記樂毅、洛神,數皆相近,則相去當不甚遠也。

【案】跋末鈐"植"、"子培"二陽文小印。此跋又見海日樓碑帖題跋(同聲月刊第三卷第十二號,104頁),題爲"紹興内府本褚摸蘭亭劉氏重覆潁井本"。"洛神數"三字,今已殘損模糊,僅存半字。

博議十一傳刻門:"御府一本,闕'在癸丑'、'稽山陰之蘭亭'、'脩'、'長'、'此'、'林脩竹'、'又有清流激'、'天',共二十一字,有'紹興'雙印。"即此本也。"天"蓋"之"字之誤,其"因"、"向之"、"痛"、"夫"、"文"及"悲夫"上二字并以塗改不摹,不在闕字之列。又卷五臨摹門,汪逵家所藏唐臨四本無跋語,有"蘇氏"朱印,有"墨妙筆精"印,又"紹興"二字御寶,疑即御府刻本原跡。汪氏所藏第一本,蘇太簡家物,亦有"墨妙筆精"印。凡宋代流傳唐人摹本,惟蘇氏三本最有名。其支裔及唐臨別本,與之相近者亦最夥。此與神龍、三米異出同源,要皆唐時官本之遺,即"墨妙筆精",恐亦非蘇氏印也。覃溪謂潁本於古無徵,似未見博議者。即其謂嶺字從山本宋世無徵,而博議明有"御府第四本,領字有山字,會字全"云云,亦似未嘗經目者,此殊可異。

【案】此跋又見海日樓碑帖題跋(同聲月刊第三卷第十二號,104—105頁)。"四本無跋語"之"四本",蘭亭博議卷五原作"第四本"。

□□□領字從山本從此本出,此□□□□□□□□,此則辨析至當不移之論。但彼本亦出宋代,謂之出於潁本則不辭。今第當謂二本均出内府,而完本在闕本後可耳。要之,蘇家本傳摹既多,筆蹟自當小異。彼既然自托於三米蘭亭,今未見杜氏本,亦未以決之,又不知宋世别刻諸蘇本,其諸闕字又何若也。

【案】跋末鈐"植"、"子培"二陽文小印。此跋又見海日樓碑帖題跋(同聲月刊第三卷第十二號,105頁),但缺損字未標明,“不辭”譌作“不碕”。

此帖向來疑爲米臨,僅以筆意擬之耳。周密齊東野語録紹興内府書畫式,出等真蹟法書、次等晉唐真跡并石刻晉唐名帖,並引首上下用“紹興”印;米芾臨晉唐雜書上等,最後用“紹興”印。據博議,内府闕字本有“紹[興]”雙印,不言在後,則所謂雙印者正引首上下之印。當時所刻原本爲真跡,非米臨無疑也。

【案】跋末鈐“曾植”陽文小印。

“墨妙筆精”章原刻“[illegible]”旁“[illegible]”下微有泐文“[illegible]”,覆本譌變,遂不成字。此本在覆刻本寂精,尚復不免此謬,則他固不足恠已。此即鐵函齋題跋所稱劉公𢿱本也。黄庭精妙混茫,視原刻幾無美不備,稍不及者,原石秀肅,此略加腴暢耳。蘭亭則飛騰跌宕之致,去之尚遠。

【案】跋末鈐“曾植”陽文小印。

【附録三篇】

[當]湖錢夢廬天樹跋潁上覆本黄蘭二帖云:“明潁上井中所出石刻右軍黄庭與褚摹絹本禊帖,董思翁定□□□□□輩□□□□之,無敢異辭。余昔曾藏趙松雪所臨黄[庭]經卷,後有元人同時者一十五跋,内應□□□□□□□□□□□□并禊帖,松雪見之愛不釋手,□□重摸二帖入□藏□,舉原本以贈松雪,松雪爲臨此卷,□以□□□□□者。□□□□思古齋朱文印記,始知潁本二帖是元時應氏重摸太清樓本。思翁因見其鐫手精□□故偶書宋刻□。”

【案】此跋原紙殘損嚴重。

費紫蘅云:"初拓用硃砂,爲硃砂本;次用墨拓,爲墨本;墨(積)〔蹟〕久模糊,則以鐵絲剔之,爲剔墨本。"今則原石碎裂,[又有]鎦公甗家繙本。鐵函齋書跋。

【案】此見鐵函齋書跋卷三不全頛上黄庭跋。"又有"二字殘破,據原書補出。

世所傳蘭亭雖衆,其摹搨皆出一手,行筆時有異處,繫當時摹手工拙。惟祕閣墨書,氣象自獨不同,爲前輩所貴,此刻是也。致和元年七月於德甫齋中閲此帖及巨然江山秋霽圖,皆故宋官物。干文傳題。

【案】此録元人干文傳(1276—1353)所作,末鈐"乙盦"陽文印。據筆跡,當書於民國五年丙辰(1916)。

鬱岡齋墨妙本右軍黄庭經跋

不知秘閣續帖定復如何?以所見黄庭、樂毅例之,濠、濮間想,殆亦去人不遠矣。

【案】此據寐叟題跋,末鈐"植印"陰文印。據筆蹟當作於光緒戊申(1908)。

墨池堂本黄庭經跋

此即董香光所謂"七字成文,墨池放光"本也。庚戌上巳後四日,病假檢書,巽齋記。

【案】此據寐叟題跋,末鈐"宛委使者章"陰文印。錢編本題作"黄庭經跋",兹據跋文改題。

覆宋拓本黄庭經跋

此石本不知誰氏所刻，蓋亦覆宋拓者。摹手絶精，名字翳如，可惜也。

【案】此據寐叟題跋，末鈐“寐叟”橢圓陽文印。據筆蹟蓋作於光緒戊申(1908)。

心太平本黄庭經跋

此即世間所稱“心太平”本文字不誤者也。原刻未必能佳，覆刻更無足言，姑存一種備考。

近得同治拓本刻有吴平齋跋者，持用相校，乃知此竟是舊拓。

【案】此帖今藏上海圖書館(索書號 2970)，原爲沈樹鏞舊藏。帖前有沈曾植繪心太平庵圖，署名“愚谷”，鈐“沈曾植印”陰文印、“寐翁”陽文印。参觀善本碑帖過眼録續編 334—335 頁、金石書畫第三卷 28—31 頁。此跋又見寐叟題跋，末鈐“海日樓”陰文印。據筆跡當作於民國乙卯(1915)。

心太平本黄庭經跋

風滿樓本“玉樹”“玉”字之點，比此更爲明晰，且有筆意，乃以此爲勝於彼，何耶？

【案】此跋爲澹隱山房藏，有沈頲題外簽曰“文誠公跋黄庭經手稾”，内簽曰“帖跋　心太平本黄庭經”。跋末鈐“寐叟”橢圓陽文印、“菌閣”陽文印。跋文又見 2021 泰和嘉成春拍 Lot1086 號拍品澹隱山房藏沈頲鈔本。

宋拓黄庭經跋

此即吴氏筠清館所刻本。荷屋題爲北宋刻,南宋拓。吾將以爲無名之樸者也。細校一過,知彼祖本拓猶差後。

光緒三十一歲乙巳,李鳳高爲余作緣歸於依望閣。

【案】此跋手稿見寐叟題跋,末鈐"金石契"陽文印。第二節寐叟題跋無,據澹隱山房藏沈頲鈔本補。李鳳高(1861—1944),字翥林,一字鉅庭,晚號拙翁。湖北漢陽人。畢業於兩湖書院。

黄庭經跋

黄長睿據陶隱居真誥敘録,言黄庭經晉哀帝興甯二年始降于世,王逸少卒於穆帝升平五年,安得預書之? 弇州據隱居與梁武論表有黄庭破之,是已。愚按七籤上清經述,魏賢安於汲郡修武縣山中,遇諸真降授上清經卷。暘谷真人别授黄庭内景,乃在晉惠帝時。西晉初年,黄庭先已降世。真誥所記,特就夫人降楊君時言之耳。魏夫人長子劉璞,先嘗傳靈符於楊;其小息遐,爲會稽時,攜夫人巾箱法衣,並有經書自隨,供養在山陰山中。隱居尋求未獲。亦見翼真檢末。然則夫人所受經訣,人間自有别本。逸少書在山陰,安知非劉遐家本耶?

又按登真隱訣穀仙甘草方後隱居按云:"王君初降真之時,是晉元康九年冬於汲郡修武縣廨内。夫人時應年四十八。及隱景去世之時,年八十三歲也。受此方晉成帝咸和八年甲午歲,則夫人從服藥已來三十五年矣。"此敘夫人年歲詳確。今本七籤上清經述謂晉成帝降真，誤也。

【案】此據澹隱山房藏手稿，據筆跡蓋作於民國丙辰(1916)。録文又見文獻1992年第3期錢仲聯輯録沈曾植海日樓文鈔佚跋(五)、錢仲聯編校海日樓文集147頁。

文選樓宋拓十三行跋二篇

褚法追尋廿載前，丁未歲手拓荆川本，有"褚法適開宋四家"句。記從元宴想荆川。美人遲莫陽林渚，未必神光遜少年。何義門跋荆川本云："越州石氏本，石已稍刓。比之美人遲暮，固當讓此三五少年時。"

永和小楷付官奴，半褎新帬乞得無？泥著北邢南董例，用卿元宴各元珠。吴用卿、孫元晏二事可作匹對。

右復初齋集題宋拓十三行絶句二首，覃溪揚玉本而抑元宴，良是通人之蔽，至以餘清樂毅爲比，噫亦太甚矣。若義(山)〔門〕美人遲莫之言，誠爲善譬，據此以想元宴祖刻，照日出水，儀態萬方，固當有不可思議者存乎？宣統丙辰四月，寐叟。

【案】據寐叟題跋，此本有沈氏題籤："宋拓十三行停雲祖本文選樓故物"，末鈐"香上禪居"陰文印，據筆蹟當作於甲寅(1914)。錢編本原題作"宋拓十三行跋四篇。停雲祖本文選樓古物"，兹改今題。此篇末鈐"植"陽文印。錢編本脱"宣統"二字。

黄長睿曰："自秦易篆爲佐隸，至漢世去古未遠，當時正隸體尚有篆籀意象。厥后魏鍾元常及士季、晋王世將、逸少、子敬作小楷，法皆出於遷就漢隸，運筆結體，既圓勁澹雅，字率匾而勿橢。今傳世者，若鍾書力命表、尚書宣示、世將上晉元帝二表、逸少曹娥帖、大令洛神，雖經摹拓，而古隸典型具在。至江左六朝小楷，若海陵王志開善寺碑，猶有鍾、王遺範。陳、隋結字漸方，歐、虞乃易方爲長，以趨姿媚，而鍾、王楷法遠矣。”長睿此言，説南朝楷法流變，至爲詳確，而亦據此可知北宋人所見洛神，摹拓雖殊，字體皆匾而勿橢。豈得以後出字形不古之玉板論大令，而轉以此匾而勿橢者爲唐法哉！吴用卿之碧箋，乃正堪翁蘿軒緑玉作對耳。

【案】此據寐叟題跋，末鈐“苓隈”陽文印。

曼陀羅室藏宋拓十三行跋五篇

細玩此本，乃知元明人所以有永興臨摸之説。試以敬顯儁筆法推之，子敬元素何必不在兹片石。

【案】此拓本册今藏浙江省博物館，參觀金石書畫第三卷59—60頁、沈曾植題海日樓藏刻帖集285—296頁。沈熲題云：“十三行三本合册　宋拓本，陸時化舊藏，閩梁退庵本校證同，文誠公六跋。此本爲海日樓故物，失而復得，爲丁亥（1947）春日可喜之事。垂暮之年，惟日夜禱祝，凡我失去諸物，倘能一一歸來，是所深望，否則死有憾焉。悔居士題記於滬西之福壽邨中。”鈐“沈熲”、“龍天衆聖同慈護”二陰文印。所謂宋拓，實爲翻刻本。六跋實爲五跋，一爲題籤，見下篇案語。此跋寐叟題跋未收。跋末鈐“植”陽文印。

此書可云勁直，須知曲處故在，當於離紙一寸處尋之，所謂意在筆先者也。

【案】此跋又見寐叟題跋，此本有沈氏題籤“宋拓十三行曼

陀羅室藏　閩梁退庵本校證同”（鈐“乙盦鑒真”陰文印，寐叟題跋無此印），錢編本闌入跋文中，且此跋與以下三篇皆隸於文選樓本宋拓十三行下，兹别之。據筆跡，此跋與以下三跋皆作於光緒戊申（1908）前後。此篇末鈐“海日廔”陰文印，寐叟題跋則爲“乙盦”陽文印。

此十三行，篙痕泐影，大致與緑玉本同。或定此爲翁氏初拓，未敢决也。或者宋刻别本，當博求舊拓校之。

【案】此篇末鈐“檍菴”陰文印。

此本結法端雅，去石氏本未遠。白玉本一味輕俊，則高帝裔孫，隆準不嗣矣。尋摸帖遺傳性推其系統，亦資暇樂事也。

【案】此篇末鈐“蟠室”陰文印。“結法端雅”之“法”，錢編本改作“體”。

白玉本筆意虚和，與緑玉本有剛柔之别，姜西溟云：“緑玉筆法方整，頗類松雪。”楊可師云：“秀勁圓潤，行世小楷，無出其右。”

【案】此跋又見寐叟題跋，篇末鈐“曾植”陽文印，原帖無。

元宴刻本十三行跋

元宴刻本，中畫最爲豐寔，擬其意象，雖文殊般若無以過之。管一虬嘔血經營，匠心正在此耳。此刻惟注重破發，不免與快雪同病。

【案】此據寐叟題跋，末鈐“灊庯”陽文印、“香上禪居”陰文印。據筆蹟蓋作於宣統己酉（1909）。

欺字不全本十三行跋

此即覃溪所得之"欺"字不全本,目爲南宋翻刻石氏本也。實則此與石氏不同源,余别有考。翁本泐處太多,此皆無損。蓋拓時迥在彼前,定爲初拓可也。

【案】此據寐叟題跋,末鈐"癸庭"陽文印。據筆蹟當作於光緒丁未(1907)。

王翦林重摹唐荆川家本十三行跋

亡友鮑少雲得隋元公姬氏志於都門,册後坿此十三行二頁,余視之曰:"此唐荆川家本也。摹在何時?精采乃爾!"少雲遂輟以贈。後知爲喬鶴儕家物,然刻者爲誰,徧訪卒無知者。

【案】此據寐叟題跋,末鈐"植"陽文印。據筆蹟蓋作於光緒己丑(1889)前。

十三行跋二篇

此十三行,源出武陵帖。宋刻宋拓,余屢見之。前輩概以翁蘿軒藏石目之,闊略之論也。玩究書法者,以秘閣黄庭例之,其當有得。乙盦。

【案】此據寐叟題跋,末鈐"吴興"陰文印。錢編本脱"乙盦"二字。據筆蹟蓋作於光緒戊申(1908)。跋文二篇又見2021泰和嘉成春拍Lot1086號拍品澹隱山房藏沈頲鈔本。

戊申臘月,用閩李氏所藏宋本校一過,乃彌見此本之佳。李本舊梁茝林所寶也。

【案】此據寐叟題跋。

十三行跋

丙辰中伏,雨後微涼,以筠清館所藏宋拓玉板十三行比勘一過,纖毫不易。吴本有蔡生甫題語云:"此的是秋壑原刻。近又得葛嶺初出拓,比勘不爽毫髮,然已十年以長矣。原刻不易得,整本尤難得,尚可見半閒堂碧玉規模。"味其語意,似以吴本爲葛嶺原刻者,又一新意。

【案】此據寐叟題跋,末鈐"癸庭"陽文印。

鬱岡齋墨妙蕭子雲書月儀帖跋七篇

二月章"㐅時讚宜"舊釋作"及時",竊疑當釋作"与時",急就"与"字兩見,均作"㐅",省變所由不可識,爲傳刻舛誤無疑。若依此作"㐅",則於八分"与"相近,而後來草家"与"作"㐅",亦可得其所出矣。"㐅"(於)〔與〕"与"亦不相似,又從"㐅"省耳。七月章"與子少舊"可證。

【案】此題寐叟題跋作"鬱岡齋墨妙蕭子雲書月儀帖跋",共九篇,據筆跡皆作於光緒十五年己丑(1889)。錢仲聯編海日樓題跋標題從之,作八篇,蓋未計"蕭子雲書月儀帖,在江西臨江府學。金石林時地考。"文獻 1992 年第 4 期錢仲聯輯録沈曾植海日樓文鈔佚跋(六)、錢仲聯編校海日樓文集將第一至第六篇,加寐叟題跋未印之眉注一篇,合并題作"記鬱岡帖第七卷晉索靖月儀帖後"(文集 149—150 頁);又將第七至第九篇,合并題作"唐無名書月儀帖跋"(文集 152—153 頁)。玆題目仍從寐叟題跋,不分爲兩題,並將第一、二、八篇列入附録。

王篛林不信月儀，謂其文不類六代。然昭明集有十二月錦帶書，其體即月儀類也。征西書語意質古，爲漢、魏間人語無疑。亦或草書家相傳舊文，不必自制也。太平御覽書目有王羲之月儀書。

月儀筆勢頗有足與夏承碑相發者。中如"卞莊"作"卞壯"，"璣運"作"機運"，"信李"［作］"信理"，皆漢隸假借之遺，疑出季漢人手。書詞伉爽，亦其時習尚然也。

鬱岡所刻，多模宋秘閣續帖。寶章集，續帖卷六也。索靖月儀，續帖卷七也。絶交書，續帖卷九也。無名人月儀，續帖卷十也。明季有重刻秘閣帖者，則又據此刻增飾之。續閣目見石刻鋪敍。

【案】此篇末鈐"沈曾植印"陰文印、"乙盦"陽文印。

東觀餘論謂秘閣續帖第十卷文陋字惡，即指此無名氏月儀也。書果平近，無復魏、晉人手意。第當時内府唐人書跡甚多，獨收此書，亦當有意。劉燾、蔡京，皆非不能鑒别者。正當聞疑載疑，不必遽作取去論也。

光緒己丑臘前二日，從張少原給諫處假得長沙徐氏宋拓秘閣續帖殘本，中有此卷。首題歷代續法帖第十，次行標唐無名人書。篆題極清妍，結體用柳，而抽鋒如徽宗瘦金書，極可愛玩。六月後皆闕，而二月書"鱗"字、"桃"字、"会何期"字，五月書"常"字、"歎"字、"斯"字，並完好無泐損，是拓尚在王氏祖本前矣。細意相校，行款高下，筆畫纖穠，摩勒逼真。第原帖從墨蹟體之，筆勢較有輕重之跡，亦甚微。書意略可尋繹耳。書果不佳，無怪爲長睿所詆。以唐人碑刻擬之，正與實際寺碑相似。

【案】此篇末鈐"曾植"陽文印、"乙盦"陰文印。

以第三章"門有縉紳之盛""盛"字校之,此"盛"恰闕中豎。蓋子雲避蕭道成諱,摹本填補未盡者。他處固皆補足矣。或不識此意,釋爲他字,則甚誤也。

【案】文獻 1992 年第 4 期錢仲聯輯録沈曾植海日樓文鈔佚跋(六)錢氏按云:"此爲第二章之眉注,寐叟題跋未印入。""此'盛'恰闕中豎"後,錢氏按云:"此指第二章'朝有二八之盛'之盛字。"

【附録三篇】

蕭子雲書月儀帖,在江西臨江府學。金石林時地考。

山谷文集二十六續法帖跋云:"往在館中,一觀李懷琳臨右軍書絶交書,絶有奇特處。此刻才十得一、二爾。又智永十八行判作右軍書,蕭子雲臨索征西便判作靖書,此等難使鄭彰輩任其責。"

隋僧智永月儀墨蹟,草書黄麻紙本。小楷釋文,經明昌御府所藏,極淳古,惜不全。見墨緣匯觀録。

智永禪師真草千文跋

永師結體,本諸急就者多,删其波發,而易方爲長,此其斟酌自成一家則者。惟永興具體增華,長沙草法,由斯發軔。

【案】此據寐叟題跋,末鈐"曾植"陽文印。據筆跡當作於戊午(1918)之後。此帖爲 2019 年香港蘇富比春拍 Lot2596 號拍品,前有劉大觀、謝鳳孫、陳運彰題籤,後有王寵、曹文埴、陳過跋。

歐陽率更草書千字跋

米南宫書史:"吕夏卿子通直君有歐陽詢草書千文,蔡襄跋爲智永,通直出示余,欲跋,答以必改評乃跋。君欣然,遂於古紙上跋正。通直君失其名字"云云。疑南宫所見即此本。

【案】此據寐叟題跋,末鈐"吴興世守"陽文印。據筆蹟當作於光緒戊戌(1898)。

宋拓褚登善哀册跋

好古堂書畫記:"宋拓晋唐法書十種,陶穀黄庭經、曹娥碑,大令十三行、又洛神賦,索靖出師頌,顔魯公麻姑仙壇、華陽隱居真蹟,歐陽率更虞恭公碑、姚恭公碑,褚河南哀册。"按此十種,不知何時何地所刻,目録家他無所見。此哀册殆即十種中散出者。洛神全文,明章氏嘗覆刻之。余見周式如太守所藏宋本,刻工拓法,與此相類。世傳小字虞恭公、姚恭公,紙墨有絶舊者,據此乃知其出自宋刻,皆帖家佚聞也。

【案】此據寐叟題跋,末鈐"東湖盦主"陽文印。據筆跡當作於光緒丙午、丁未間(1906—1907)。此册爲2017泰和嘉成秋拍Lot2690號拍品。

唐人真蹟卷本書譜跋

"孫過庭書譜,至妙品,惟竇洎評辭少損耳,其結構極得山陰遺意。石刻亦有二種,其一宋時搨本,然再經石矣,故無缺文而有誤筆；其一國初從真蹟摸石者，以故無誤筆而有缺文。”右王弇州説，見藝苑卮言。此刻有缺文，殆真蹟之再石歟？

【案】此據寐叟題跋，末鈐“曾植”陽文印。據筆跡蓋作於光緒丙午、丁未間（1906—1907）。跋文又見海日樓碑帖題跋（同聲月刊第三卷第十二號，109頁），題作“書譜跋唐人真蹟卷本”。

宋拓書譜跋

此本所有闕泐，正與近世所傳太清樓、河東薛氏二本同。

【案】此據寐叟題跋，末鈐“寐翁”陽文印。據筆蹟當作於光緒戊申（1908）。

顧汝和藏宋拓書譜跋

宋元祐祕閣續帖書譜，昔嘗於張少原給諫處見之，不惟筆道奇絶，鐫路亦非南宋後所能仿彿。此顧汝和所藏舊本，疑即弇州所謂北本者。神明敦古，别成格局，波發劇有與於草韻相似者，或是金源遺刻，未可知也。乙盦。

【案】此跋見明顧從義舊藏宋拓書譜，日本昭和十一年（1936）影印本。跋首鈐“守平居士”陽文印。約作於光緒三十三年丁未（1907）。此本原爲端方舊藏，沈跋前後有鄭孝胥、王瓘題跋，附録於下。

【附録二篇】

丁未二月，從匋齋尚書借玩數日，甚有雋味。孝胥。

【案】此跋後鈐“海藏樓”陽文印。鄭孝胥日記光緒丁未二月二十五日(1907 年 4 月 7 日):“夜,午帥邀飯,觀東坡‘汝陽真天人詩’卷、山谷梵志詩卷、米元章向太后輓詞卷、王陽明詩卷、姚惜抱小楷書金剛經、宋拓書譜、薛氏刻書譜、宋拓智永千文,皆使余題之。”可參觀。

匋齋尚書既得安麓邨所刻書譜原石,復收獲宋搨祕閣本及河東薛氏本。今又得此,亦宋拓善本。物聚所好,信不誣也。宣統紀元己酉二月廿七日,銅梁王瓘獲觀謹識。

宋刻書譜跋

張遜先仞此爲秘閣續帖,余以署字非劉無言筆爲疑,未能決也。鬱華謂宋刻書譜亦多,何僅拘一秘閣?

【案】此據寐叟題跋,末鈐“曾植”、“乙盦”陽文印。據筆蹟蓋作於民國乙卯(1915)。跋文又見海日樓碑帖題跋(同聲月刊第三卷第十二號,108—109 頁)。

覆刻安本書譜跋二篇

此本從安本覆刻,而精彩過之,嘉、道之間,廣陵百工藝術極盛時也。余藏書譜數本,惟此册篋衍相隨,舟車無間,蓋廿餘年於兹矣。卒未窺見門閾,撫卷慨然!

【案】此據寐叟題跋,末鈐“郲亭”陽文印、“茗香病叟”陰文印。據筆蹟蓋作於光緒戊申(1908)。“門閾”,錢編本誤作“門閥”。跋文又見海日樓碑帖題跋(同聲月刊第三卷第十二號,109 頁)。

學虔禮書,仍當從永師入。

【案】此據寐叟題跋,末鈐“海日樓”陰文印。此題跋錢編本接在前篇之後,兹别之。

明初拓靈飛經跋三篇

往在京都,錢徐山先生嘗語余:警石老人晚歲評賞石刻,徧覽禾中故家小楷名帖,於靈飛必稱沈家本第一。當時徐山丈、沈維宜、蔣寅舫、張叔未先生家各出所藏以相較,無能頡頏者。帖後先水部公攜至京邸,散葉未裝,拓工精絶,鋒鋩纖麗,不異手書。墨華濡潤如宋拓。余幼時猶見之,記其神采,宛在目前。丁卯、戊辰之間,質米於估家,才朱提三十銖耳!思之痛心。聞錢丈言,彌棘鍼刺臆也。三十年來,遍訪人間,曾無得其仿佛者。甲辰冬,厚珍姪來,攜此見示。行間無泐斷,字口差肥。追憶就事,聊寄虎賁中郎之感,乃以銀圜二十易得之。然黄庭初拓,佳處終難企及也。乙巳正月,乙龠書。

【案】此據寐叟題跋,末鈐"睡翁"陽文印。錢編本脱末署"乙龠書"三字。

靈飛六甲經,玉煙堂刻本較舊於渤海。語見吴氏白華前稿,而世罕知者。竊意吾家舊藏蓋玉煙堂本,憶其刻法,固與蓮花經相仿佛也。晋江曾氏、吴門謝氏,各刻不同,然各有勝處。以此知名蹟不嫌複刻。墨蹟經火殘缺,前數年在吾鄉郭氏。

【案】此據寐叟題跋,末鈐陽文肖形印。據筆蹟當作於丙午、丁未(1906—1907)。

此經初見於分宜書紀,已題作鍾紹京墨蹟,法書表承之,非始香光題目也。多見唐人雜蹟,乃知此書佳處。

【案】此據寐叟題跋，末鈐“餘翁”陰文印。據筆蹟當作於民國丙辰(1916)。

懋勤殿李邕法帖跋

謹案皇朝通志金石略，載御定李邕帖，注云：“聖祖仁皇帝御定李邕帖，一大照禪師碑，一牡丹詩。”此刻人間絶少流傳，宣統庚申得之歙浦。臣沈曾植恭紀。

【案】此據寐叟題跋，末鈐“曾植”陽文印。錢編本脱“宣統”二字。

小字麻姑仙壇記跋

玩其藏鋒運腕，與宋廣平碑異曲同工，微特集帖諸刻所不幾，南城舊刻尚不如其淵懿。唐刻宋拓，習顔體小楷者，不問津於此不可也。韹采閣記。

【案】此據寐叟題跋，末鈐“遜齋居士”陽文印。

九疑山碑袁生帖陰符經三帖跋

弇州續稾跋甲秀堂云：“其人不復翻淳化、大觀，欲與之配，亦壯矣哉。”又云：“所得五卷，石鼓文、泰山銘皆縮小字爲之，秦氏三璽醇古，蔡中郎九疑山碑雖見宣和書譜，而行筆絶類開元孝經，陳思王詩、鷃雀賦亦然。黄長睿辨其爲懷琳，似有據也。餘則蘇明允、才翁、子瞻、蔡君謨、米元章筆札耳。”

此小卷雜帖三，皆有古色，顧無從辨爲何刻？篋衍中幾十年，今日繙弇州續稾，乃知九疑山是甲秀刻，宜其紙墨獨爲濃古也。陰符字畫校停雲略異,亦疑是舊刻。宣統辛酉孟夏,乙盦録於海日樓中。

【案】此拓本今藏浙江省博物館,參觀金石書畫 75 頁。節録王世貞跋甲秀堂帖,參觀弇州山人題跋卷十五(浙江人民美術出版社 2012 年,401—402 頁)。跋又見寐叟題跋,末鈐"寐翁"陽文印、"餘音"陰文印。題中"袁生帖"誤作"袁山帖"。錢編本脱"宣統"二字,"乙盦"作"乙厂"。

叢帖

宋拓閣帖跋二篇

此即涇南司寇所藏宋本。近年吕鏡漁司空以六百金得之,號爲宋拓第一者,同一石也。細檢泐痕,似彼本拓時尚在此後。宣統乙卯祀灶畢記。寐叟。

【案】此帖今藏上海圖書館(索書號爲 3113—3122)。跋在第十册,此篇末鈐"壹庵長宜"陰文印。又見寐叟題跋,錢編本脱"宣統"二字。涇南司寇即張照(1691—1745,號涇南),吕鏡漁即吕海寰(1843—1927,字鏡宇)。

丁巳四月,護兒二十歲生日,檢此賜之。楷法入手從唐碑,行草入手從晋帖,立此以爲定則,而後可以上窺秦、漢,下周近世,有本有文,折衷衆説耳。

【案】此篇末鈐"灊庸"陽文印。

【附録】

閣帖第十卷大令書多縱筆狂草,長睿往往斥爲顛素僞

蹟。若爾,則大令所云【下缺】

【案】此據第十册末殘葉一紙,跋文未完,附録於此。

宋拓閣帖殘本跋三篇

殘本宋拓閣帖第九卷,壬寅秋得諸海王村肆,墨色黝古,刻工精美而質美。顧從義記潘氏祖本第九卷識别云:"思戀帖旁有'第九卷'三小字,'鬱鬱澗底松'旁有'第九卷十四'五小字。"驗此皆合。而字有樸氣,絶與泉本不同,而略近肅本。孫北海、翁覃溪均稱肅本近古,見此乃知其言指意。然樸而實腴,渾淪華美,固非肅本所得擬也。紫藟室識。

【案】此題前兩篇手蹟見寐叟題跋。三篇録文見海日樓碑帖題跋(同聲月刊第三卷第十二號,96—97頁),題作"淳化閣帖跋(宋拓潘氏祖本殘本)"。又見錢仲聯編校海日樓文集155頁,題作"宋拓閣帖殘本跋此爲潘氏祖本"。

此篇首鈐"沈"陽文小圓印。同聲、文集列爲第二篇,文字有所不同:"殘本宋拓閣帖第九卷",同聲、文集作"此殘本第九卷";無"壬寅秋得諸海王村肆";"顧從義記潘氏祖本第九卷識别云"作"顧氏記潘本第九卷";"驗此"作"與此";"而字有樸氣"作"而字畫肥而有樸氣";"絶與泉本不同,而略近肅本"作"又與肅本相近";"均稱"作"皆稱";"所得"作"所可";無"紫藟室識"。

潘氏祖本,國初藏梁蕉林家,後歸陳伯恭。自陳氏出,郭蘭石嘗見之。覃溪與伯恭金石至交,顧平生未見潘帖,亦可怪也。

【案】此篇末鈐“植”陽文小圓印、“綜終始齋”陰文印。同聲、文集列爲第一篇，文字有不同，兹録於下（參觀郭尚先芳堅館題跋卷二閣帖條）：

芳堅館題跋云：“潘氏祖本，國初藏梁蕉林家，後歸陳伯恭。歲甲申，陳氏出以求售，留小齋旬日，直昂不能得，迄今追念。”植案，伯恭與覃溪至稔，家有此刻，而覃溪絶未談及，事之不可解者。

王百穀跋潘氏覆本，頗議顧本傷肥。汪砢玉珊瑚網亦有“潘、顧均以賈似道本重摹，而潘瘦顧肥”之論。今以此本校之，則顧氏刻意圓渾，實有傷於肥重者。而潘氏本風韻雖佳，古意略失。一則鈎勒微溢於畫外，一則鈎摹微抑於畫中。毫釐出入，神觀遂殊，此摹刻家所當知耳。

【案】此篇又見文獻 1993 年第 1 期錢仲聯輯録沈曾植海日樓文鈔佚跋（七）。錢編本脱“畫外”之“畫”，“毫”作“豪”。

殘宋拓本閣帖跋

此殘宋本，紙墨黝古，刻法樸厚，不能定其所出，頗疑是紹興國子監本。若依曹氏題法，正可謂之不知處本耳。丙（申）〔辰〕七月裝就題記。

【案】此據寐叟題跋，末鈐“植”陽文印。據筆蹟當作於丙辰（1916），故“丙申”應爲“丙辰”之誤書。

袁本閣帖跋二篇

袁氏所藏祖本，其後歸上海潘氏，屬吴應祈再鉤入石，始事於萬曆甲申。見高煒跋中。袁永之卒於嘉靖二十六年丁未，是爲元美捷南宫觀政刑部之歲。下距甲申，且四十年。袁帖刻成，又在其前。當時風行海内，搨多石損，潘氏乃起而代之耳。袁、顧、潘均(枼)〔棗〕本嫡系，袁爲長，顧次之，潘爲季矣。然袁、潘兩刻，異同極夥，至周跋行數位數皆不同。往往明繙宋刻，萬曆不若嘉靖拘謹，未敢謂後者是、前者非也。宋本今在仁和王子展家，嘗扶病過余麥根路，攜以見示，欲留一校不可。去不逾月而卒。永之題記儼然，恨未字字比校也。袁肥潘瘦，大摧袁爲逼真。宣統辛酉六月八日，餘齋記。

【案】此據寐叟題跋，末鈐"寐翁"陽文印。錢編本脱"宣統"二字。

劉後村傳汪季路説，於閣帖辨驗甚精。季路之於閣帖，猶絳之單炳文，蘭亭姜堯章也。其説蓋盛行于晚宋，惜今不獲覩其全。就其見於劉氏之文者，曰墨色不同，曰字畫豐穠有神采，曰卷數頁數字相連屬，曰行數字比帖中肥。末一條語不可解，意所謂行數字者，指行間題署字歟？字豐穠有神采，袁、顧兩刻皆有之。袁卷中往往存舊刻卷頁數，如第九卷"鬱鬱澗底松"旁"第九卷十四"五字，確爲卷數頁數相接，如後村説。宋刻半閒堂本如之，蓋賈亦承季路説者。此識别比翁氏之尊重大觀帖宣示表"張仲文"小字，語出宋人，尤爲可信也。潘本傷於瘦，又不摹宋刻卷頁數，幾於貧子衣珠，自迷本性矣。

【案】此據寐叟題跋，末鈐"寐翁"陽文印。據筆蹟當作於辛酉(1921)。

顧氏玉泓館淳化閣帖跋

考異五卷末古法帖下注云："案余新本失末'帖'字，因傳搨已多，不復補完。"此本正闕"帖"字，其爲顧本無疑。顧借潘本模刻，而潘刻較瘦，顧刻較肥，王穉登跋潘氏刻石所謂摹刻傷肥者，蓋即指顧本言之。然以内府摹本衡之，淳化樸厚之風，顧刻猶爲較近。潘本清潤，乃微有太清樓帖、秘閣續帖風韻耳。周公瑾印，潘在帖後，顧在年月上。

顧氏有世綵堂重摹本閣帖，即以所摹潘氏油素裝坿其後。董文敏爲跋，見詒晋齋集。

孫月峯云："章簡甫爲顧氏刻閣帖，其袁生帖從真賞墨跡體出，便覺神彩不凡。"然則此本是章簡甫鎸勒，宜其與墨池氣分相近也。

法帖釋文卷一梁高帝條下注云："潘得袁褧之閣本，顧從義所得蝨損閣本。"標目下有小"二"字。然則顧氏自有宋本閣帖，意蝨損難摹，故假用潘本耳。今顧本標目下無"二"字，而潘本武帝書有"一"字，高帝下有"二"字。

【案】此篇録文見海日樓碑帖題跋（同聲月刊第三卷十二號，95—96頁），又見文獻1993年第1期錢仲聯輯録沈曾植海日樓文鈔佚跋（七）、錢仲聯編校海日樓文集153—154頁。"神彩"，錢編本作"神采"。兩處"蝨"字，文集皆訛作"蟲"。

潘氏本閣帖跋

潘氏此石，至今尚在，而人間無復新拓，且亦無復知明拓之小銀錠本即是此石矣。余得此本於京師廠肆，當時因其有後跋而資考證，故收之。顧止九本，非完帙，從余南北三十年。今歲偶得明拓精本七册，乃扳取其一，重裝配此，一以識相從半世之石交，一使子弟輩知牙籤錦袠墨華腴古之小銀錠，固即此黯澹無華之潘氏本也。所藏尚有一明舊拓，爲何義門藏本，乾嘉舊題，已署作宋拓矣。宣統八年四月朔日，李鄉農書。

【案】此據寐叟題跋，末鈐"子培父"陰文印。"宣統八年"，錢編本改作"丙辰"。

潘允諒本淳化閣帖跋

此本錠痕、補痕與顧氏考異所記潘本並同。九卷思戀帖旁"第九卷"三字，五卷何氏書行間"第五卷十四張範"七字亦相合。惟六卷司州供給帖旁"郭奇"一行、九卷"鬱鬱澗底松"右"第九卷十四"五字不可見。

【案】此篇録文見海日樓碑帖題跋（同聲月刊第三卷十二號，97頁），又見文獻1993年第1期錢仲聯輯録沈曾植海日樓文鈔佚跋（七）、錢仲聯編校海日樓文集153頁。同聲脱"第九卷"之"第"字。

肅府本閣帖跋

右肅府閣帖十册，宣統己酉得之汳中。氈蠟既佳，裝褫亦猶明舊。在乾隆時，覃溪已稱難得，今更可知。然以較初拓殘本，則損闕已多，蓋彼爲萬曆本，而此崇禎本矣。遜齋居士識於曼陀羅室。

【案】此據寐叟題跋，末鈐"植印"陰文印、"子培父"陽文印。"宣統己酉得之汳中",錢編本脱"宣統"二字,"汳中"誤作"汲中"。汳,即汴。

【附録】

肅藩帖石共一百四十一塊,今在府學。破裂十八塊,搨工以革束之,尚可觀。釋文板六十四塊,禮吏收貯。又後跋木刻二十七塊,散在民間,順治時廣陵陳曼仙、濩澤毛春林所補摹也。張祥河關隴偶憶編。

肅藩府今爲陝甘督署,後有拂雲樓,王又於河灘建望河樓,有句云:"河流斜抱郭,驛路險臨關。"又:"津樓憑檻立,佇看遠人還。"同上。

【案】附録兩條據寐叟題跋,末分别鈐"寐叟"陰文印、"乙盦"陽文印。

明拓肅府本閣帖跋

明拓閣帖七册,庫裝濃墨,古色盎然。光緒初得之海王村,約一册銀一星耳。歸而假張少原給諫國初精拓本校之,張本乃出其下。後校他本,又皆出其下。後得覃溪肅本考,乃知未經補刻原本,覃溪時已難得,今無論已。欲補其闕,若無相當者。宣統初,在皖藩署中,有蟲孽,此帖毁焉,糜不可觸,贉題俱盡,敝帚著簪,爽然傷懷,捃置篋衍,積年不忍復視。癸丑之秋,有以殘閣帖來者,視之亦明拓,雖不及此本,而與覃溪所稱明拓相埒,亦爲原本未補者。賤值得之,然比昔十倍矣。帖在余家四十年,及兹佹得補全,因付裝池,焕然一新,而昔時古色不可復覩。撫卷慨然，記其始末。宣統甲(辰)〔寅〕四月既望，寐叟書。

【案】此據寐叟題跋，末鈐"海日樓"陰文印。據筆跡當作於甲寅(1914)。跋文又見海日樓碑帖題跋(同聲月刊第三卷第十二號，97頁)，題爲"跋明拓肅府本閣帖"，錢仲聯輯海日樓題跋收在"閣帖跋二篇"中，兹析出，從同聲本改作此題。"宣統甲辰"，錢編本脱"宣統"二字。跋文前云"癸丑之秋"，則"甲辰"爲"甲寅"之誤書。

淳化閣帖跋

淳化帖賈似道本，末有曲脚"封"字印者，在明世覆刻凡三：一袁氏，一顧氏，一潘氏也。據顧汝和法帖釋文，梁高帝書下注云："潘得袁褧之閣本，顧得蠢損閣本"云云。是潘本即袁本。而顧所得並未言是賈本，顧何以三本同有曲脚印，且同有"齊周密印"，第一卷又同有"賈似道印"、"悦生"葫廬印耶？三本余皆有之，銀錠欜痕，各各不同。且潘、袁同摸周以載跋，字體全同，而行款絶異。袁本以載跋後有謝湖自識兩行，潘本後僅有自跋及王穉登跋，如使潘得自袁，不應印識同而跋文有異。謝湖識語，且又何用刊除之？而張叔未又言所藏顧本後有汝和及周以載、文三橋三刻跋，余所藏顧都無之。信如叔未言，則周以載跋三本皆有之，三本固同出一本耶？此非目驗所謂汝和跋者不能斷。然以考異爲據，則潘、顧不同本，固斠然明白也。宣統元年臘前二日，遜齋。

【案】此據寐叟題跋，篇首前"吴興鈐記"陽文印，末鈐"植"陽文印。跋文又見海日樓碑帖題跋(同聲月刊第三卷第十二號,95 頁),題作"跋淳化閣帖",錢仲聯輯海日樓題跋收在"閣帖跋二篇"中,兹從同聲本改作此題。

閣帖跋

乙卯三月,於李伯生太守見宋拓閣帖右軍三卷,後有淳熙年王淮題記,尚書省三官印。紙墨精絶,開卷幾誤仞爲肅本。蓋此帖行中"六一"、"七一"、"八一"等字,彼皆有之。肅府並摹板數,正同潘本並摹刻工,以爲識别耳。得見祖刻,乃知此刻之精,不僅虎賁中郎,而此重墨本尤肖宋拓,後千百年,必有以此爲祖石者。李本七、八兩卷,亦有數處銀錠紋,以淡墨蒙之,又似櫰與板平也。

【案】此據寐叟題跋,末鈐"植"陽文印。"肅府並摹板數,正同潘本並摹刻工,以爲識别耳",錢編本誤點作"肅府並摹,板數正同。潘本並摹,刻工以爲識别耳"。

閣帖題記

長素送閣帖三册來看,王著模本也,第較余所有本肥,似非一刻。後摹勒三行,上有"淳化五年四月十三日賜呂端"三短行,鈐以"御書之印"。行間小字記板數,起一一至一五,亦余本所無。

【案】此據歷史文獻第十六輯海日樓書録。

宋拓祖石絳帖跋三篇

此二卷爲"東庫本"不疑,微特"報"、"顛"字存,即石刻鋪敘所云"郡齋重刊,不差毫釐,訛闕亦逼真,但神氣微弱"者,亦字字實地證明。而原石遒勁之精神,經比較而益顯,真考帖奇快事也。訛缺處鑱作石花,又以知武岡梅紋之所自。寐叟。

【案】此據民國有正書局珂羅版影印本宋拓祖石絳帖後沈曾植題跋手跡,作於民國十年辛酉三月(1921 年 4 月),末鈐"植"陽文印。

此帖爲南海羅原覺舊藏,鄭孝胥日記辛酉三月十三日(1921 年 4 月 20 日)云:"南海羅惲字原覺者,持子培書來見,以所藏宋拓絳帖四册、宋拓雲麾將軍碑一册、山谷書東坡書馬券後文手卷一來求題。"按,羅原覺(1891—1965),字惲廬、韜元。鄭記不確。徐乃昌日記辛酉三月十六日(4 月 23 日)云:"羅原覺來,出示所藏宋搨雲麾碑、李思訓碑。有"并序"二字,吴荷屋舊藏。殘於宋末元初。祖本絳帖。嶽雪樓孔氏藏第三册六頁,方氏藏第四册十頁,李書樓藏第五、第六零帙八頁,後來第六,凡十一頁。又黄山谷書東坡馬券後贈李方叔真蹟卷。"

石刻鋪敘絳帖條略云:"募工重刊於郡齋,視舊本所差不毫釐,其訛缺處亦逼真,但神氣微弱。"武岡帖條略云:"遇絳刻大訛闕處,鑱爲梅紋。"並可參觀。

北宋摹勒各有風習,王侍書蜀派,有虞風;劉無言江東派,有羊、薄風。雖所摹帖同,而鎸勒時不免各呈本色。潘氏重摹閣帖,大有增損,其鑒别去取,殆亦具元章、長睿眼目者,遒勁於王氏,而莊嚴於劉氏。此則中原舊派,唐世張、徐餘風。潘氏之所用心,當時士大夫重之,或不僅以閣本難得之故。山谷論書多據絳本,有以也。非此祖石,何由見絳之特長? 東庫已不能盡會舜臣手意,況其他乎? 書人標題自係舜臣手書,原本、覆本皆有行草二體,此前人未經指出者。草書沿景度,行法近西臺,其書學固中朝舊範也。

此七卷中具有祖石、東庫二種,據此以權衡諸説,宋人所未能決定者,未必不可於今日決之。南邨開於前,(願)〔原〕覺繼於後,絳帖之學庶幾成就乎?辛酉三月,借觀於海日樓中。摩挲三夕,書此記之。寐叟。

宋拓絳帖跋

潘師旦嘗知秀州,有宅在城中,有園在滮湖濱,其官爲尚書。趙吴興應其二世孫文顯之請,重書園扁,而爲之記。周邠、陸蒙老、沈與求皆有詩,具郡志中。是絳帖與吾禾有緣,而前人乃無拈出者。

【案】此據寐叟題跋,末鈐"沈曾植印"陰文印。據筆蹟當作於乙卯(1915)。

絳帖題記

絳帖既移屋帖第二行"援"字缺,足下既有意帖第十三行"公事時"字缺,十四[行]"吾"字缺。二卷皇象帖四行首"尚"字缺,五行"不"字缺。五卷衛夫人帖第三、四行首各闕三字,第四字闕"弟"字。張旭足下帖第四行首至第一行"疾家"左旁有大斜裂紋。二卷題"歷代名臣法帖第二",與閣帖同。五卷題"諸家古法帖第一",紙與正帖不連,疑經僞造。

【案】此據歷史文獻第十六輯海日樓書録。此文記於李筠庵藏大觀帖跋後,跋略云:"殘絳帖無關考證,卷題人名字皆疏薄，似金元間北方刻書體。卷末年月摹勒，仍摹閣帖，與僞絳潘師旦異，然恐宋摹閣帖殘石無由定爲絳也。二帖皆有徐渭仁題。”此題記絳帖疑即跋中所謂殘絳帖。

嶽雪樓舊藏絳帖跋

絳帖七卷，裝五册，即海山仙館所刻祖本。後歸孔氏嶽雪樓，近爲南海羅願覺所得。七卷，爲法帖三、四、五、六，三册；又有“段眼報願”字二册。羅氏自記云：校潘刻，第一闕失五頁，第三失三頁，第六失四頁。第一、二兩卷，則以閣帖改題者，非絳也。第三、四卷，爲元方一軒所藏、孫退谷所得者，“晋王羲之书”不作“書”。最有精彩，而頓挫處時露芒角，有與杜祁公、蘇氏昆仲風氣相涉處。此可見潘氏用意所在。告姜道帖，輕俊直似秘閣續帖矣。五、六兩卷，殘頁不完者，爲李書樓藏本，次行“晋王羲之书”不作“書”。亦潘氏原本，用校“報願”兩册，極可見原本、覆本之别。覆刻瘦於原本，筆意亦微淺薄，石花宛然，所謂太守補刻者耶？帖次叙與曾氏釋文均合，卷一、卷二之閣帖與余家□本似一刻，與臨川李氏本非一刻也。

【案】此據歷史文獻第十六輯海日樓書録。李書樓藏本主人即李宗孔(1620—1689)，字書雲，號秘園。江都人。□爲原文“本”字前空格。

戲魚堂帖跋四篇

閣十八行，太清樓十四行，此十七行。覃溪以十四行爲正，亦未有堅證。

【案】此跋見2021泰和嘉成春拍Lot1086號拍品澹隱山房藏沈頴鈔本，内容相同者各一頁，凡三分。此篇題戲魚堂帖卷一魏太傅鍾繇書宣示表。

此樂毅論，即豐考功所謂星鳳樓本，次於高氏者也。

【案】此篇題戲魚堂帖卷四樂毅論。豐坊書訣："樂毅論，宋學士高紳所傳石本第一，後有'付官奴'三字，星鳳樓次之，寶晉宋搨又次之。"可參觀。

末行位置泐字均與停雲不同，可知非從祕閣摹出，頗疑此是負暄野録所稱唐大和本雲仍也。

【案】此篇亦題樂毅論。宋陳櫶負暄野録卷上樂毅論條略云："碑有朱异、徐僧權押縫者，乃梁朝摹刻之本。又上有小字云：'太和六年中勒畢。'太和，唐文宗年號，是經唐時再摹刻也。字體比徐氏稍肥，然極有典刑。"可參觀。太和，一作大和。

王氏所印葉雲谷藏楷帖四十種，其中内景即此本。細校王本，拓尚在後。

【案】此篇題戲魚堂帖卷五王右軍書太上黄庭内景玉經。

記宋拓秘閣續帖

太清樓續帖二册，宋拓殘本，長沙徐叔鴻御史所藏，張少原給諫借觀見示。册中次序不倫，以石刻鋪叙考之，蓋雜有一、二、三、四、九、十卷蹟，而卷皆不全，其標目則僅存一、二、九、十卷。内右軍十一帖四十六行中，似雜大令數行，不知是第三卷，第四卷也？一卷首行標題云"歷代續法帖第一"，存者西晋武帝書善消息帖，唐太宗臨晋右將軍王羲之書，後附虞世南答表，唐武后書蚤春夜宴五言，失標題。唐明皇書鶺鴒頌。二卷首題“歷代續法帖第二”，次行題“晋右將軍王羲之書”，全卷當是十七帖，存者止十七日、吾前東、瞻近、龍保、行至吴、積雪凝寒、吾服食七帖而已，龍保不與絲布連，與館本同。九卷首題“歷代續法帖第九”，次行題“唐李懷琳書嵇康絶交書”，“絶交”二字泐，此卷文獨完。十卷題“歷代［續］法帖第十”，次行題“唐無名人書”，此全卷是十二月儀，存者僅至六月季夏止。絶交書、月儀，明王肯堂皆摹入鬱岡帖中，其本多泐蹟，此皆完好，知傳拓尚在鬱岡祖本之先。此二卷字體比鬱岡均略瘦，正與孫石雲言續帖寶章比真賞齋反瘦，絶交比停雲瘦語合。蓋閣帖最敦古，大觀最豐逸，此帖則以清疏瀟灑見標韻，一時鐫勒風尚各殊。世之目論者，妄以厚薄分古今，故或謂此帖不及淳化、大觀也。幅高自七寸六七分以至二三分，不知比大觀真本若何？若通行之大觀、僞絳諸刻，則分寸約略相當。義門謂續帖行最高，第據淳化校之耳。拓墨色不極黑，而淹潤柔膩，神韻彌勝，皆從墨蹟摹入，故筆勢輕重起伏，書意可尋。淳化未足言，正復大觀，恐亦無此生動。獨十七帖清勁而略薄，神致不暢，當是用石本摹入也。

此帖劇爲山谷、長睿所稱，而宋世聲價乃不及淳化、大觀。明以來亦復爾。當緣古厚二字，横據胸中，見此清逸，疑爲秀薄。正與近代鑒家於明世諸刻重墨池輕停雲類也。古書面目性情，非一刻所能盡。若欲見昔人運筆超朗真趣，則捨此刻外，殆無他刻矣。長睿嘗手摹全帖，彼親見秘閣墨蹟，重之若此。後人鑒古，得不由此以窺尋門徑乎？

真賞、停雲，刻法均與此近，墨池用意近淳化，鬱岡用意近大觀，帖家各自有宗法，此亦不可不論者也。

三、四卷右軍諸帖，使轉之妙不可名，集帖中無可擬似者。武后五言，刻法與叡德記相似，鶺鴒頌與金仙公主碑相似，唐人月儀與實際寺碑相似。帖之妙與碑同工，宜劉無言之爲山谷、長睿傾服也。

【案】以上三節皆據寐叟題跋，據筆蹟當作於光緒己丑(1889)。

高麗藏唐僧彦悰所撰琳法師别傳，前有隴西處士李懷琳序，文甚該雅。末云“弟子狄道李懷琳，與琮上人志叶金蘭，義符膠漆”云云。懷琳與琳法師有師資之敬，蓋亦歸依三寶者。此文罕見，可補入續古文苑也。

【案】此據寐叟題跋，末鈐“寐叟”橢圓陽文印。據筆蹟蓋作於乙卯年(1915)前後。

項子京蕉窗九録帖目唐人類中有月儀，注云：“自正月至十二月止，凡二碑，皆章草，石在臨江府學。”按此則續帖以外，尚有單行本。

【案】此據寐叟題跋，末鈐“植”陽文印、“海日樓”陰文印。

北宋拓大觀帖跋

宣統乙卯孟冬，用臨川李氏本校一過，字畫肥瘦正同，特叙次不同。蓋彼是全紙裱，此則翦裱，亂其次也。“度其”旁“臣張長(文)〔吉〕”(八)〔七〕小字，以尺度之，正在翦去處。“張”字左旁，尚隱約可見，非互校不可辨耳。寐叟。

【案】此據寐叟題跋,末鈐“植”陽文印、“海日樓”陰文印。錢編本前脱“宣統”二字,後脱“寐叟”署款。

南宋覆刻大觀帖跋三篇

此卷敘次,與石刻鋪敍一一相符,題目官階,亦無不合者。惟謝萬書題目殘缺,而存一“傅”字,爲可疑耳。此當爲翻刻之證。顧氏釋文所稱大觀摹正各證,亦皆吻合。宋諱缺筆均同。

【案】此據寐叟題跋,末鈐“巽齋”陽文印。據筆跡蓋作於宣統己酉(1909)。跋文又見海日樓碑帖題跋(同聲月刊第三卷第十二號,102 頁),此篇題作“跋南宋覆刻大觀帖第二卷”。

此卷與石刻鋪敘敘次不合者三人,陳逵、蕭思話猶依閣帖舊次,而闕薄紹之也。然官階改題,則與鋪敘無不合者。顧氏所考異同,亦有合有不合。

【案】此篇見海日樓碑帖題跋(同聲月刊第三卷第十二號,102 頁),題作“跋南宋覆刻大觀帖第四卷”。

此卷多缺頁,就其存者校補鋪敘目次,顧氏考證一一朐合。

【案】此篇見海日樓碑帖題跋(同聲月刊第三卷第十二號,102 頁),題作“跋南宋覆刻大觀帖第五卷”。

宋拓盱眙本大觀帖跋三篇

鄒賈攜示一本,首册有香光題字,草草應酬,卻是真跡。其帖墨氣差勝,拓或在前,泐損處皆同,的然一石。彼本有“臣張長吉、張仲文”字，此不容無。蓋適當兩紙接縫處，彼餘紙略多，得存；此餘略少，被翦。第以此知榷場本亦有此七字，故記諸此。

【案】此據寐叟題跋，末鈐“乙盦”陽文印。據筆跡當作於辛酉（1921）。跋文又見海日樓碑帖題跋（同聲月刊第三卷第十二號，101頁），前兩篇題作“跋宋拓盱眙本大觀帖第二”，第三篇作“題宋拓盱眙本大觀帖第二”。

彼本三卷，紀（贍）〔瞻〕題下有紀數，十三卷之“十三”字。甚粗劣。謝發帖“時”字有三“⊙五”字，皆拓工記數之字。此均以濃墨塗去，惟一卷唐太宗帖“不審”上一“⊙四”尚可見耳。

【案】此據寐叟題跋，末鈐“海日樓”陰文印。據筆跡當作於辛酉（1921）。

欲雨不雨鳩勃谿，木蘭花塍玉東西。愁人自慣愁中老，嬾作光公乞飯題。餘齋居士。

【案】此據寐叟題跋，末鈐“曾植”陽文印。據筆跡當作於辛酉（1921）。錢仲聯海日樓詩注卷十1271頁載此詩，題作“題宋拓大觀帖”，編年繫於己未（1919），不確。

李筠庵藏大觀帖跋

李筠庵所藏大觀帖一、二卷，一墨光如漆，一隔紗淡拓，拓皆極精，定爲初拓。卷首題及書人題名尤妍秀。蔡京瘦體似從柳出，而加姿韻耳。鍾宣示有張長（文）〔吉〕小字。謝萬書題名第一字闕，據退庵題跋，梁、嚴本不闕。謂爲原石，則不可解。唐高宗今遣弘帖，第二行“及”字起至五行末有大泐文。第二卷自首行“名”字起至謝萬帖“可”字,隱隱有横紋如㯲,闊工部尺二分許,此則非初拓之證矣。長風帖第二行“處”字上右旁至三行“㬈即”字,有圓石花而字不傷;四行“哀情”字、五行“示友中”,亦在石花中;七行“使”亦有石花。審視實家帖之祖,或翻刻而同出一原者。有徐真木朱筆釋文。

殘絳帖無關考證,卷題人名字皆疏薄,似金元間北方刻書體。卷末年月摹勒,仍摹閣帖,與僞絳潘師旦異,然恐宋摹閣帖殘石無由定爲絳也。二帖皆有徐渭仁題,大觀徐得之貝柳郊,跋云:“謝安山家孫退谷藏本,今在嘉興張小華處。亦有缺佚。貝尚有全帖,得之錢松壺者僞本也。”

【案】此據歷史文獻第十六輯海日樓書録。“張長文”,爲“張長吉”之誤。

李筠庵即李瑞荃,瑞清弟,江西臨川人。徐真木(1623—1671),字士白,號白榆。嘉興人。精篆刻。

甘氏所藏大觀帖跋

長素復示余甘氏所藏大觀帖,成親王所題爲宋拓真本者。以諸本對校,不唯不及李氏本,尚出余所蓄二種下。諸書人姓名字較諸本爲大,乃與寶賢帖等。唐文皇斅庾信詩,大觀第一行半泐,以虚線摹之,是從墨蹟摹出之證。甘本完善如閣帖,寶賢亦然,此不敢輕信者。

【案】此據歷史文獻第十六輯海日樓書録,原書於“長素送閣帖三册”題記之後,故有“復示”之語。

大觀帖跋

宣統乙卯冬月，帖估周生復持大觀第十一卷來，言是常熟相國家物，紙墨純古，宋拓不疑。然各書人名氏暨後題款，字口已泐毛，不如此之精湛矣。鈐有“顔樂堂印”、“柱國世家”、“名世元老之家”、“震澤雲扆”等印，蓋王文恪家藏本。後録法帖譜系。疑延喆筆。

【案】此據寐叟題跋，末鈐“植”陽文印、“海日樓”陰文印。錢編本脱“宣統”二字。王文恪即王鏊（1450—1524）。延喆（1483—1541），鏊長子。

大觀帖跋

宣統庚申二月，汪甘卿自蘇寄示王虚舟跋明拓大觀帖，開卷肥潤，頗似臨川李氏淡拓本。而中多斷缺，石花細泐處，審諦覺眼熟，良久憬悟曰：得非海昌舊拓乎？檢宣示，果有“張長吉”小字。亟翻篋笥，出此與校，果一一合。第彼本烏金拓，氊蠟精緻，頓覺神采奕奕。我向疑李氏本是此石舊拓，見汪本，益信此石固宋刻也。餘齋老人記。

【案】此跋手稿爲 2021 泰和嘉成春拍 Lot1035 號拍品，影本見寐叟題跋，篇首鈐“寐叟”橢圓陽文印，末鈐“馬鳴侍者”陰文印。録文見海日樓碑帖題跋（同聲月刊第三卷第十二號，102—103 頁），末脱“餘齋老人記”五字。錢編本首脱“宣統”二字、末脱“餘齋老人記”五字，“精緻”誤作“精微”。

明拓殘本大觀帖跋

此殘本大觀六卷,即覃溪所謂以寶賢僞充者也。與真本自不可混,然是寶賢明拓佳者,裝褙亦明時之舊,存此以存寶賢真面,以證覃溪之説。宣統壬戌正月初日,寐叟試筆。

【案】此據寐叟題跋,末鈐"植"陽文印。錢編本脱"宣統"二字。跋文又見海日樓碑帖題跋(同聲月刊第三卷第十二號,102 頁),題作"跋明拓殘本大觀帖"。錢編本海日樓題跋題作"大觀帖跋",兹從同聲本改題。

大觀帖跋

唐文皇鶺不佳帖、裹鮓帖皆非大觀固有,翁學士説如是,亦執前人大觀太[清]無翻刻之説耳。其實大觀正自不少,徐壇長述所見有六本,就余所見亦已有五本,而尚未得見梁茝林所謂嚴本、薛本者。因此以思曹之冕所謂大觀太清人間自有二本者,彼固據事寔言之。南宋末已有翻本,此爲明證。明世寶賢堂帖行款一本太清,而第一有【下缺】

【案】此據澹隱山房藏手稿,原書於"康有爲"名刺正反面,裝名刺之紙函上有沈頲手書"遺稿大觀帖跋未完篇"。據筆跡,當作於民國甲寅(1914)。

太清樓帖翻刻本跋五篇

淡墨本不知何許刻,疑是海甯本。考證與顧説皆合,惟宣示表"度其"旁不見"臣張長吉、張仲文"小字。東晉元帝末行下有"臣龍𪊑"三小字。東晉簡文書"莫大"之下,闕"礼天下"三字,"率由"下闕"舊章慰"三字。唐太宗知公所苦帖"可慰"左外有"臣曹輔"三字。卷二王洽不孝帖"筆哽"右旁有"臣龍淵"三字。前後并卷中標目,并秀宕可愛。

【案】此跋録文見海日樓碑帖題跋(同聲月刊第三卷第十二號,100—101頁),又見文獻1993年第1期錢仲聯輯録沈曾植海日樓文鈔佚跋(七)、錢仲聯編校海日樓文集154—155頁。原題作"大觀太清樓帖跋"。據跋文所論,知非大觀時原刻,而爲翻刻本,故改今題。東晉簡文帝書"礼天下"之"礼",原帖寫作"祀",是"禮"之俗體,文集譌作"祀"。

肥本極有神采,紙墨均舊。然終卷無刻工名,而又有鶺不佳帖。索價過昂,以覃溪説恝置之。然刻拓之精,誠爲罕覩,可決其必非寶賢舊拓贋爲者。

【案】恝置,錢編本作"憖置",兩詞義近,兹從同聲。

瘦本有"張長吉、張仲文"小字,拓亦舊,卻似木本。同時見三大觀,亦難得事。徐壇長名帖無不覆刻之信,其信張叔未專據刻工名驗真本,不足憑也。

翁氏謂大觀有裹鮓、鶺不佳兩帖者,皆碑估以寶賢僞作。蓋孟浪之言,未經詳校耳。

肥瘦二本,均有二帖,而字畫與題目,與寶賢均有不同。寶賢絶無泐闕,與梁茝林所記嚴分宜本一一脗合。翁蓋自完大觀無翻刻之論耳。合此三本,顯然三刻。合之梁氏所藏老儒薛氏本,則大觀已有四翻刻矣。

舊拓太清樓帖跋

同時於集雅齋路姓處見二部。一瘦本，有卷數，有刻工名，宣示表行間“［臣］張長吉、張［仲文］”具全，如覃溪所記。然瘦削寡情，刻手遠不若祕閣續帖，且似木板，未敢信爲真本。一本差肥，無卷數、刻工姓名，而刻拓皆精，具見筆意。兩本與顧氏釋文所記皆合，又校寶賢羲獻部，亦一一符合，乃知翁氏所考未必確，而徐壇長名帖無不覆刻之説爲有見也。

【案】此據海日樓碑帖題跋（同聲月刊第三卷第十二號，101 頁）。

泉帖跋二篇

壬寅八月得此帖，以顧氏閣帖釋文、王氏閣帖考正校一過。凡王氏所稱泉本異同皆合，顧所稱多不合，知王所稱泉帖即此本，而顧所據别一本也。

【案】此據寐叟題跋，末鈐“乙盦”陽文印。

閣帖傳本，自潘、顧、肅藩以及北方别本，上至天府三希堂，同出一源，惟泉本别爲一家。雖新舊刻刻各不同，大體要各自相合。度其祖刻分源衍派，必在南渡以前。昔人或疑其出長沙帖，余以諸家所稱長沙異閣本處覈之，固不盡符。宋季泉州海琛所聚，雄盛冠西南，此豈市舶司刻，抑南外宗正司挾二王府本傳之海上耶？

【案】此據寐叟題跋，末鈐“曾植”陽文印、“海日樓”陰文印。據筆蹟亦當作於光緒壬寅（1902）。

宋拓泉帖跋六篇

閑者軒帖考列泉帖於諸帖之末，指爲洪武四年知府常性所刻。此誤讀格古要論也。王功載叙泉帖云："泉帖以淳化法帖翻刻於泉州郡庠，佐生也晚，無以考究模手。洪武四年辛亥，知府常性以劉次莊釋文叙而刻之，仁宗皇帝命取入秘府"云云。是則帖摹淳化在何時，功載不能知，所知者獨洪武中常君叙刻釋文耳。語意甚明白。退谷誤讀，後人沿之，遂無能正其誤者。試舉明人一事證之，弇州書畫跋尾，明載宋搨泉州淳化帖，月峰詳其識别，使爲洪武初刻，功載安得無以考究其模手？王、孫二公何至貿然目以宋搨耶？王穉登法帖釋文序，謂温陵一搨至四十餘家。此帖在明代烜赫如此，顧未有質言爲何時刻者。蓋知爲宋刻，而石刻鋪叙、法帖譜系均不載，遂無能詳述其源流耳。光緒壬寅長夏檢書，偶讀格古要論，得孫氏致誤之原，記之於此。姚埭老民書。

【案】此據寐叟題跋，末鈐"守平居士"陽文印。

此帖得之禾中，紙邊有甲乙石數，裝池時爲工人剪去，可惜。泉帖所見十餘刻，清勁無過此本，腴厚則張紹原給諫所藏最勝，今不知何在矣。

【案】此據寐叟題跋，末鈐"植"陽文印。據筆蹟蓋作於光緒丙午(1906)。

鐵網珊瑚卷六："淳化閣帖一部，是泉州舊帖。家君命工重裝，拆下背紙，乃宋世文移也，體勢與今絶異。"此亦泉帖宋刻之證。

【案】此據寐叟題跋,末鈐“餘齋”陰文印。據筆蹟蓋作於光緒壬寅(1902)。

此刻風神散朗,居然見過江名士風流,與蘇、黄二公之稱長沙帖意象特近。豈兹祖刻本出希白大師耶?光緒戊申長夏,寂照堂題。

【案】此據寐叟題跋,末鈐“鞞瑟胝羅居士”陽文印。案鞞瑟胝羅居士,梵名Vesithila,又稱安住長者。

“淳化閣帖十卷,宋季南狩,遺於泉州,已而石刻湮地中,久之時出光怪,櫪馬驚怖,發之即是帖也。故泉人名其帖曰馬蹄真蹟。余按沈源釋文序云:“是帖納郡庠,歲久剥蝕,其後莊少師復摹以傳。”則今帖非馬蹄真蹟,乃莊氏摹刻也。其石先屬張氏,後以其半質錢於族,秘匿不返,至於涉訟,於是各翻木刻,足以分爲兩部。今所傳者既非宋遺,而莊模亦皆失裂,遞更遞失矣。惟蔡沙塘憲副家所藏七塊,完好不剥。蔡甚寶之,甚爲難得。欲得莊刻之全與蔡之所藏,必求數家而合之,然不易也。又按沈源所云莊少師者,不知何名。考泉郡志有莊夏者,登淳熙八年進士,歷官侍郎,封永春縣開國伯,卒贈少師,有文名。他莊無仕少師者。故知是帖復摹,乃莊夏也。”

右陳懋仁泉南雜誌。曾植案:莊,字子禮,嘗與樓攻媿校勘東觀餘論者也。覆刻既在淳熙,原刻自當屬北宋。

【案】此據寐叟題跋。據筆蹟蓋作於民國己酉(1909)。

月午書屋所藏閣帖宋刻四種:一修内司本,一賈秋壑摹本,一瘦宋本,一即此本。四本肥瘦厚薄各不同,以格韻言,終當推此爲第一。

【案】此據寐叟題跋，末鈐“隨菴”陽文印。據筆蹟蓋作於宣統庚戌(1910)。

星鳳樓帖跋二篇

越州秘閣續帖殘石，明代轉入吴門，世間所行太清樓秘閣帖、絳帖、潭帖，皆一刻而易其標題耳。亦各有異同，有宋、元舊刻，有明世補刻，辨别至難。若霖過信，覃溪過疑，均未盡其真際也。光緒壬寅五月。

【案】此拓本册今藏浙江省博物館，參觀金石書畫第三卷63頁。此跋又見寐叟題跋，末鈐“壹庵长宜”。

此星鳳樓卯集初拓舊本，庶幾所謂用工精緻、清而不穠者。白文公作歐體，尤可愛，風味乃不減裴休。

【案】此跋又見寐叟題跋，末鈐“遜齋居士”。據筆跡，蓋與上篇同時而作。

星鳳樓帖跋

世所傳秘閣續帖、星鳳樓帖、戲魚堂帖、絳帖、鼎帖，同一板刻，而隨時易名。其標題及卷末題字，皆别一板，拓而裝之，敘次亦隨易，翁氏所稱僞絳帖，即此物也。

以余所見，有拓本甚舊，實爲明代故物者，亦頗見二三零種，行款不異，而神采迥殊，昔賢以宋刻宋拓稱之，審視確然不謬者。據沈德符野獲編稱“淳熙續帖，近世亦有翻刻”，則此帖之刻，當在明萬曆季年。沈書自敘在丙午，而紀事迄己未，如此刻在己未以前，則約與王肯堂鬱岡齋帖同時，如在丙午前，則尚在王氏刻帖之辛亥歲前五六年矣。

舊本之精拓者頗有神致，雖不及停雲、墨池、鬱岡，而尚勝餘清、戲鴻。徒以譜系不明，不爲人信，翁氏時稱爲僞絳帖，又往往以翻本元祐秘閣名之，則亦未有定論。

余向以石刻鋪敘證之，其黄庭經後有“臣遂良臨”四字，又有建業文房印，蕭瑀、褚庭誨、孫思邈、狄仁傑、唐明皇批裴耀卿奏，李白、胡英、白居易、李德裕、李商隱諸人書，皆淳熙秘閣續帖所有，而他本絶無，疑其以淳熙續帖重刻。而續閣帖不與閣前帖復，此刻則復者甚多，又其中寶章集、神龍蘭亭、樂毅論、畫像讚、索靖月儀、李懷琳絶交書之類，皆元祐秘閣續帖所收，非淳熙所有。竹林七賢書又汝帖所收，元祐續帖亦無有也。

既久而悟其糅雜之因。蓋元祐、淳熙皆有續帖，皆刻成未久而石亡，名既相混，見其全者蓋尠。曾宏父書，元明人亦罕述之。而宋時會稽有覆刻元祐續帖，又覆汝刻爲蘭亭續帖。寶刻叢編二帖同條，意當時相附而行。由此推之，此刻初出，蓋本名淳熙秘閣續帖，而其祖本，實兼有元祐續帖在其中。其元祐續帖，亦本非太清樓下原石，而乃爲會稽重刻之石，故復羼入蘭亭續帖所收汝帖中之竹林七賢、崔浩諸書也。其祖本非完帙，故不能與鋪敘一一相符。而其本實從宋刻覆雕，故舊本初拓出於明世者，摹勒精工，神彩妍腴，猶可與墨池相上下。今如案曾氏所列之目，重加選擇而排比之，尚可用昔賢收輯逸書之例，存淳熙續帖大半於人間。若復明代舊稱，則即不加選擇，亦可署爲淳熙秘閣續帖。要之，稱名既正，端緒可尋，此刻自有其本真，而一切書賈妄加之題，皆可削去。其中佳帖，如褚臨黄庭、神龍蘭亭，皆足以爲書家考證之資。其品第固亦不遠出顧刻閣帖及鬱岡摹元祐續帖下也。

【案】此據文獻1992年第4期錢仲聯輯録沈曾植海日樓文鈔佚跋（六）、錢仲聯編校海日樓文集156—157頁。“而宋時會稽有覆刻元祐續帖，又覆汝刻爲蘭亭續帖。寶刻叢編二帖同條，意當時相附而行”，按寶刻叢編卷五汝州汝帖條引東觀餘論略云：“頃在洛中，聞汝州新鐫諸帖，謂之汝刻，其名亦匆典矣。……汝州既已石十餘刻之，而越州復傳其本，又刻之。”又卷十三越州，有“秘閣續帖十卷蘭亭續帖六卷　在州學”之語，并可參觀。錢輯本有兩處將“蘭亭續帖”點斷，誤爲“蘭亭”與“續帖”。

宋拓姑孰帖跋二篇

植案，此殘帖乃曾宏父鳳墅續帖之第八卷，卷首猶存“墅”字下半，第三頁末有“辛”字編號，皆鳳墅之證。樊題姑孰帖，誤。

【案】此帖今藏浙江省博物館，參觀金石書畫第三卷15—23頁、沈曾植題海日樓藏刻帖集301—341頁。封面有沈曾植題籤：“宋拓鳳墅帖八頁、姑孰帖七頁。廣道意齋所收，宣統丙辰海日樓重裝。”鈐“海日樓”陰文印。扉頁有沈氏一跋，即第二篇（原誤作“宋拓鳳墅帖跋”），又有一題籤：“姑熟殘拓十頁又六頁宋刻。”下有沈注：“此樊翁所署。”此册樊彬跋云：“姑（熟）〔孰〕帖殘拓，裱存之，偶一披閲，如對古人。飲一勺水，知曹溪味，何必多乎！同治十一年正月廿日。問青識。”末鈐“樊彬藏玩”陽文印，後有沈曾植案語，即此篇，末鈐“曾植”陽文小印。據筆跡，蓋作於光緒二十八年壬寅（1902）。

跋謂"樊題姑孰帖誤",實以不誤爲誤耳。此册沙孟海跋略云:"今按前六頁亦是陸游書,標題當作'姑孰帖卷第八放翁先生帖三',與下'姑孰帖卷第九放翁先生帖四'卷次銜接,惟標題第一行已闕,次行'放翁先生帖三'六字僅存'帖三'兩字,'帖'字上殘存二筆,應是'生'字下半,非'墅'字下半。第三頁'辛'字編號恰符第八卷之序,沈説失之。復按上海圖書館所藏宋刻宋搨鳳墅帖、鳳墅續帖,帖首標名皆篆書,此帖標名作楷書,更可證明非鳳墅。"可參觀。

樊問卿翁北方金石家,有宋芝山、董鏡含風,終日躑躅廠肆,搜剔叢殘,有所得欣然疾步歸。其所費不過京蚨四五千,直松平數星耳,而往往得奇物。其收入在咸豐中,散在光緒初,翁卒蓋在同治末也。其弟子爲孟志青觀詧繼壎,好金石,癖性略如翁,不與他人共賞也。

【案】此跋又見寐叟題跋,末鈐"植"陽文印、"餘齋"陰文印。據筆跡,蓋作於民國四年乙卯(1915)。

博古堂帖三種跋二篇

光緒丙午借鄭觀察所收吴荷屋藏本校一過。彼墨氣較濃,而字畫鋒勢不逮也。

【案】此據寐叟題跋,題籤"博古堂帖三種"下有"靈壽華館鑒藏印記"陽文印,跋末鈐"寐叟"橢圓陽文印。

蘭亭一百十七刻,宋理宗内府所藏,後歸賈平章,其目載輟耕録。巳集有玉枕,又有彭城小字,庚集有秦少游小字。然則玉枕之刻,不始賈氏。而小字蘭亭,宋賢先有爲之者,近人止知子昂,陋矣。宣統丙辰海日樓書,釋持。

【案】此據寐叟題跋,末鈐"寐翁"陽文印、"海日樓"陰文印。錢編本脱"宣統"二字。

寶晋齋法帖跋四篇

岳倦翁寶真齋法書贊四王獻之蘇氏寶帖跋云:"元章無恙時,嘗刻寶晋齋帖於無爲,此帖蓋首出。"校以今本,次叙不同。蓋寶晋齋帖,宋代自有米氏、曹氏兩刻。臨江釋文所稱寶晋齋舊帖,正指米氏所刻言之。大王首"王略",小王首"十二月割至",皆米氏舊次也。壬寅仲秋二十日,持卿書。

【案】此據寐叟題跋,末鈐"世出世間"陽文印。

壬寅冬月望日,永寶齋以梁航雪所藏十卷全帖來售。紙墨黝古,殊勝此册。然取以相校,泐缺處乃更甚於此。且羲、獻諸帖,有此有彼無者,畫讚、重刻十三行,尤失曹氏之真。彼帖有正德跋,已稱舊本,此自迥出其前,殆是紅巾未亂以前拓,不可以紙墨論也。睡翁。

【案】此據寐叟題跋,末鈐"曾植"陽文印。

寶真法書贊卷二十米元章臨謝安帖七行跋:"帖本在淳化閣中,東淮餉府供軍堂破羌帖之次,亦有此帖,本出天上,有紹興三璽,宸翰標目,友仁審定。而帖中'情'字作'内'字,又中間少十二字,末少'奈何'二字,不若此之與閣帖皆同也。……贊曰:八月一帖,無爲寶晋之刻,則其初也。兵燬而後,重取而鐫,遺其精而得其粗也。京口供軍之帖,紹興所傳芾之書也。此帖亦其同時,同出於尚方之儲也。"按倦翁贊詞所稱,是無爲寶晋,在南宋已有新舊兩刻。舊刻在兵燹前，蓋即臨江釋文所謂寶晋舊帖者，應是米氏所刻。新帖得粗遺精，豈即指曹氏所刻，抑曹氏前無爲尚有别本耶？

【案】此據寐叟題跋，末鈐“寐叟”楕圓陽文印。據筆蹟當作於光緒壬寅。

宣統甲寅，帖估周生持一部來，言宋拓也。蟬翼淡墨，古香可愛。以之相校，彼本拓自前，然神采筆畫，濃淡既殊，亦遂各有勝劣。皮相目論當此古厚勝彼，鄙意殊不謂然。蓋紙墨之情，不可不知。又宋世鐫勒極工，士大夫之論書法，著意於骨力氣韻，曷嘗有樸厚之介其胸臆耶？彼本有“武原張氏”印，故校時稱武原本，其第五卷末有一單行：“初爲百姓，萬年道□”，又小字一行云：“此一行補在第五卷第五七張白路之中”十(四)〔六〕字。

【案】此據寐叟題跋，末鈐“寐叟”楕圓陽文印。錢編本脱“宣統”二字。

寶晋齋法帖跋四篇

寶晋在宋世諸帖中最下而獨存，與汝帖齊壽。或以汝可考，元祐續帖存録之，不知寶晋所收續帖多於汝帖也。耕野刻帖，去取蓋皆宗米説。閣前帖米所僞者，大都除去。續帖所取獨多，蓋二、三、四、五、六卷，幾全收入，特敘次稍變耳。其刻法意在清致，亦摹續帖，雖不及海陵，究勝汝刻。今世藉以尋米與劉無言、黄長睿論辨之證，惟此爲近，不可以紙墨色遜而棄之。寐翁。

【案】此本今藏臺北“中研院”歷史語言研究所傅斯年圖書

館，此四篇皆載傅斯年圖書館古籍善本題跋輯要（臺北“中研院”歷史語言研究所2008年版，第三册474—477頁）。

本篇又見寐叟題跋，末鈐“沈”陽文印。據筆蹟當作於丙辰（1916）前後。錢編本脱末署款“寐翁”二字。

十七帖“勑”字本，幅中闕字，諸本皆同，惟元祐續帖獨完。此本無闕字，蓋源出續帖也。巽記。

【案】此又見寐叟題跋，末鈐“植”陽文印。據筆蹟當作於丙辰（1916）前後。

此卷大都出閣前帖，所增者惟乞假、辭尚書二表，及割至、日寒、有人、新埭、東家、南中、送梨七帖。米所僞者，亦皆汰去。

【案】此又見寐叟題跋，末鈐“寐叟”橢圓陽文印、“海日樓”陰文印。據筆蹟當作於丙辰（1916）前後。

此卷自索靖出師頌、王氏寶章數帖取諸續帖，謝安後帖取寶晋舊帖外，餘皆從閣出，而汰去米所僞者。

【案】此跋末鈐“遜齋居士”陽文印，據筆蹟當作於丙辰（1916）前後。

寶晋齋法帖跋

寶瑞臣極愛此帖，每過齋頭，必索觀，常借去，經數月乃還。蘖宧笑之，思巧偷而不能，豪奪而不敢也。舊遊如夢，憶及，偶記之。

【案】此據寐叟題跋，末鈐“壽敝金石如侯王”陰文印。據筆蹟當作於庚申（1920）。

宋拓澄清堂帖跋六篇

澄清堂帖爲宋刻,灼然無疑。王損(齋)〔菴〕譏香光誤記澄心堂爲澄清[堂],仞爲南唐建業文房刻本之謬,辨析極明。然覃溪緣此遂指爲南宋書估刻本,一若澄清堂猶建安余氏之勤有堂、(月)〔日〕新堂者,則大不然。無論此刻精美,非書肆草草射利之比,且“澄清”取“攬轡澄清”古語,亦豈似書肆標署乎?宋世廨舍堂閣,多以清心、清風、中和、澄清名,泰州常平茶鹽司、潼川府憲司、廣州轉運司皆有澄清堂。而當時如汝帖、潭帖、姑(熟)〔孰〕帖、荔枝樓帖,石刻皆在郡齋或帥司書庫。然則此澄清堂帖爲官本無疑,第爲泰州帖、潼川帖、廣州帖,則不可知耳。

【案】此跋手跡見北京翰海拍賣公司 1996 年春拍 Lot0714 號拍品沈曾植題跋手稿卷,又有 2021 泰和嘉成春拍 Lot1086 號拍品澹隱山房藏沈熲鈔本。録文見於海日樓碑帖題跋(同聲月刊第三卷十二號,97—99 頁),又見文獻 1992 年第 3 期錢仲聯輯録沈曾植海日樓文鈔佚跋(五)、錢仲聯編校海日樓文集 147—149 頁。

此篇錢編本“仞”作“認”,“署”作“著”。“月新堂”,錢氏引金兆蕃校云:“月新堂,有誤字否?鄙陋但知劉氏日新堂耳。”按,日新堂爲元代建安劉錦文及建安高氏書坊名,“月”字誤。

此帖豐腴清勁,用意與臨江、星鳳、會稽、群玉、世綵不同。疑其原本非出淳化。泐處皴剥,石蓋不堅。又疑其爲蜀石,或徑是潼川府憲司所刻。而法帖譜系所謂“蜀帖數卷,次序高低,同長沙古帖,亦間有增減”者,豈即此邪?南宋諸家,蜀石搜討頗疏。元代吴、蜀彌爲隔越。名字罕傳,蓋由於此。曹士冕且不敢臆説,今益無由質言耳。

此帖明末有二刻,一來禽館重摹,與十七帖同刻,後有王穉登跋,余齋中有之。十七帖别一本,與此本所刻,次第不同。一新安吴周生楨重刻五卷本,見清儀閣題跋。余有殘本,卷首爲定武蘭亭,刻工筆意,略與來禽相同,來禽石固亦吴所刻也。梁聞山評書帖,謂來禽澄清,瘦健可愛。此正子願用意,香光心賞之處。然持較此册,則如來具三十二相,初地菩薩固不能一一具足矣。本朝復刻二,一耆介春家本,一海山仙館本。耆氏本極清雅,蓋又從吴本出。海山本質木無文,則無可尋味矣。

研尋久之,又得一證。法帖譜系云:"利州帖者,慶元中四川總領權安節,以戲魚堂帖並釋文重刻石於益昌官舍。權,江州德安人,釋文字畫較臨江帖爲稍大。"今按益昌即利州舊時郡名,而輿地紀勝利州路按刑司恰有堂曰澄清,乃知明以來所稱澄清堂帖,即宋人所稱利州帖。三百餘年疑案,一朝决破,爲之快絶。

宋拓澄清堂,邵伯英有二册,姚仲虞亂中得六册,有香光、眉公題識,疑戲鴻祖本。邵有覃溪跋,疑耆刻祖本也。

【案】"邵有覃溪"下,錢氏按云:"此下有奪字,或'跋'字,或'題識'字。"按,同聲有"跋"字。

洞天清禄集、法帖譜系並紀閣帖有三山本。宋世習稱福州爲三山,而福州提刑司有澄清堂,則此帖爲利州、爲福州,蓋未可定。然三山是木刻,而此拓顯呈石理,則仍以屬利州爲長。

宋拓海陵帖跋

珊瑚網二十三載趙子固書法論云："閣帖右軍三卷，僅一半真。施老子印證簡齋、堯章諸公議論，去其間僞帖，如求屏風帖、早乘涼帖等，止開真帖五卷於海陵，當以此爲區處。"

植案：宋世泰州治海陵縣，泰爲新稱，海陵爲自漢以來舊稱。宋人喜稱舊地名，以爲雅言。而海陵鹽利爲淮東之冠，海陵有提舉茶鹽司，司有澄清堂。然則今世所傳澄清堂帖，乃是趙氏所謂海陵帖。選擇既精，宜其鐫刻勒之不苟也。

【案】此據寐叟題跋，末鈐"海日樓"陰文印。

明許靈長模刻澄清堂帖跋二篇

許靈長模刻澄清堂帖，梁聞山極稱道之，以爲能傳古人筆意。然以宋刻原本校之，固不若吴周生本清迥得真也。張叔未極言吴本難得，余所得乃有初拓本二，後拓本一。既考得澄清爲施武子刻，以邢氏本副置施本之旁，麟趾鳳毛，殊足盡兩代賞會之殊情，鐫刻之異勢。繼以此刻，終之以海山仙館潘刻，雖公慚卿，卿慚長，然五世同居，固是一家盛事也。

【案】此拓本册今藏浙江省博物館，參觀金石書畫第三卷64—65頁、沈曾植題海日樓藏刻帖集429—441頁。跋又見寐叟題跋，末鈐"寐叟"陰文印。此本有沈氏題籤"明翻宋刻澄清堂帖海日樓題"（鈐"寐叟"橢圓陽文印）、"澄清堂帖明許靈長模

刻本　前幅缺五十九行"（鈐"寐叟"橢圓陽文印）。明吴廷，字用卿，曾刻餘清齋帖。吴楨，字周生，曾刊清鑒堂帖。許靈長，名光祚。

戲鴻第十六卷，亦摹此刻。香光跋云："澄清堂宋人以爲賀監手摹，南唐李氏所刻。余見五卷皆大王書，採其尤異者爲一卷，以殿戲鴻帖，亦欲使宋、元右軍復出耳。"其重之如此。世間澄清最多者四卷。董見五卷爲最多，不知彼帖後歸何所？

【案】此跋又見寐叟題跋，末鈐"眉君"陽文印。

來禽館模刻澄清堂帖跋二篇

來禽館所摹澂清堂帖，聲價甚重，而傳本絶少。梁聞山極稱其筆意清遠，而張叔未訪求畢生，卒未之遇。説者謂國初兵燹，版本與十七帖同燼，傳世無多，固其宜已。余昔有與十七帖合拓本，惜其紙墨不精。壬寅秋得此佳帖，喜而識之。兹帖源流，余别有説，此不重述。睡翁。

【案】此據寐叟題跋，末鈐"需㝮"陰文印。

頃見楓林黄氏所藏劉子重本，墨色拓工，並與此同。子重題語，極言此刻流傳希少，至爲難得。某翰林嘗得一册，寶之以名其齋云。余平生凡得兩本，一自留，一以贈蘖宧弟。今歲復見劉本，與此帖可謂有緣。

【案】此據寐叟題跋，末鈐"曾植"陽文印、"海日樓"陰文印。據筆蹟當作於丙辰（1916）。劉子重，名銓福。大興人。位坦（1802—1861）子。晚清著名鑒藏家，尤以藏甲戌本石頭記知名。楓林黄氏即黄彭年（1824—1890），劉位坦婿。

宋拓悦生堂石刻跋

宋拓悦生堂石刻二種宣示二頁　曹娥三頁。海石山房藏帖寐叟審定。

【案】此帖今藏上海圖書館(索書號爲3009),爲十七帖、宣示表、曹娥碑合册。參觀善本碑帖過眼録續編308—309頁。又見寐叟題跋。此題記下鈐"幽谷朽生"陰文印。

蘇齋論天一閣神龍蘭亭云:"神龍蘭亭有'神龍書府'印,'容惪乃大'印,有'王景脩、張太寧同觀'一行,又仇伯玉等三人元豐五年四月廿八日二行。而宋人所刻曹娥碑後,亦宛然同此筆法位置印記,豈曹娥碑亦經神龍中太平公主借出耶?吾故曰:神龍蘭亭之目,是宋人好事者爲之也。"愚按,兩帖同一題記,摹者僅刻一帖,亦不能不刻全題記,此於古帖非無他例。第以前跋語證之,知蘇齋曾見此宋刻,而以蘭亭稱神龍例之,曹娥異本極多,此其可稱神龍曹娥也乎?

【案】末鈐"曾植"陽文印、"海日樓"陰文印。

宋拓小楷四種跋

趙子固論書云:"黄庭、賀捷有鍾體,雖微欹側,隱然亦有墻壁。力命表勁利更高。"又云:"力命表固繇精筆,古勁幾不入俗眼,然尊之敬之未能而友之也。黄庭固類繇,欹側不中繩度,未學唐人而事此,徒成畫虎類犬。"愚按,秘閣石氏兩黄庭,皆有墻壁,而無欹側,與力命不相似,無所謂繇體者。徧閲他本亦爾。惟此本發筆遒矯,而結字古勁,可證字固繇體之言，學書者不可不知趙論，讀趙論者不可不觀此帖也。宣統八年六月七日，巽齋老人記。此刻蓋是墨池本所從出。

【案】此跋真跡見2004上海崇源秋拍Lot735號拍品，今歸嘉興吾寐齋。又見寐叟題跋，末鈐"曾植"陽文印、"海日樓"陰文印。"宣統八年"，錢編本改爲"丙辰"。

宋拓二王小楷三種跋

此三種疑是鼎帖，無字號可證耳。又幅度較覃溪所謂鼎帖差狹，然從來所傳鼎帖正確可憑者，獨墨池所摹丙舍，其幅闊乃正相當也。西溟、大瓢於宋刻小楷非石氏者皆屬之舊寶晋，覃溪多目爲鼎帖。愚謂宋世刻本甚多，不知蓋闕可爾。

【案】此據寐叟題跋，末鈐"植"陽文印。據筆蹟當作於丙辰(1916)。此拓本原題籤爲"宋拓二王小楷三種研圖注篆廬收藏　丙午校定題籤"。

明拓寶賢堂集古法帖跋

此寶賢明拓本，覃溪所謂市估多更題僞大觀，不得自申其光氣者也。此幸未遭割剥，而蠹蝕已甚，裝褙復不工，披覽殊令人不快。然余求此三四十年，及今乃得之。新歲將更，明年六十七矣。翰墨之緣，知復餘幾。自今夏來，頗與大觀爲緣，所見凡四本，皆宋拓宋刻。殘臘乃復遘此，亦是大觀眷屬，品次尚在南海風滿樓所藏改題大觀成賢親王、吴荷屋題爲名帖者上。珍此敝帚，後世當有兼金享余者。宣統七年除夕，巽齋居士記。

【案】此據寐叟題跋，末鈐“靄庸”陽文印。錢編本改“宣統七年”爲“乙卯”。

真賞齋法帖跋

寶章集秘閣續帖本，余嘗見之，勝處非宋以後人所能擬也。劉無言嘗奉敕刻寶章集於墨妙亭，見談鑰吴興志，不知世間尚有傳本否？

【案】此據寐叟題跋，末鈐“曾植”陽文印、“海日樓”陰文印。

翻刻本真賞齋帖跋

真賞齋帖所見已多，而文氏三跋特爲希覯，壬辰爲嘉靖十一年，癸丑三十二年也。

此紙墨殊不類明拓，或言華氏石國朝尚在，然歟？宣統庚申寐叟檢閱記。

【案】此帖今藏浙江省博物館，參觀金石書畫第三卷66頁、沈曾植題海日樓藏刻帖集471—479頁。跋末鈐“寐叟”橢圓陽文印。作於民國九年庚申（1920）。

停雲館初拓晋唐小字帖跋四篇

王虚舟閣帖考正坿録言：“停雲館帖先有四卷，帖首標題乃是小字，后更毁去重摹，爲十二卷。余向得二卷於京師，被友人索去。昨於張生義仲手，又見一卷，比之後帖爲較勝也。”植案，後刻標題“晋唐小楷”下增“卷第一”三字，爲七字，初刻止四字耳。

【案】此據寐叟題跋，末鈐"曾植"陽文印。據筆蹟當作於乙卯(1915)。

平生所見停雲小楷拓本，以張少原給諫家所藏爲第一，在世傳諸宋本上。

【案】此據寐叟題跋，末鈐"植"陽文印。

樂毅、洛神，校祕閣祖刻，不失鄱陽神骨。細玩初拓，乃勝墨池。後拓疲茶，似此二帖，在明代已經另刻矣。

【案】此篇及下一篇見2021泰和嘉成春拍Lot1086號拍品澹隱山房藏沈頲鈔本，與前兩篇合在同一題下，鈔本題作"跋停雲館晉唐小字帖"，兹仍從寐叟題跋之題。

按歐臨黄庭，今刻至寶齋中亦僅與停雲刻虞臨本伯仲耳，不足臨諸名跡中。【下缺】

【案】此篇不全，沈頲按云："下多殘字，無從辨認，故未抄。"

停雲館晋唐小字帖卷跋

宣統辛亥八月，王跛以十元爲余購入。售者頗居奇，余則以舊物日希，此猶是萬曆以前拓本，不忍舍之。凡明末國初諸老所稱停雲刻如何如何，當以此準之，乃爲有合。若覃溪所據，似止天、崇以後所拓，抨彈失實，文氏之受誣多矣。乙叟。

【案】此據寐叟題跋，末鈐"蘗鄉民"陰文印。錢編本脱"乙叟"二字。

停雲館翻刻晉唐小字卷跋二篇

明代吴下諸賢好爲小楷，故停雲、墨池所鐫小楷甚夥而工，其源皆本宋越州石氏帖，石氏帖流傳日少，停雲、墨池遂當爲書家筆髓矣。

【案】此帖今藏浙江省博物館，參觀金石書畫第三卷67頁、沈曾植題海日樓藏刻帖集173—181頁。封面署“精選晉唐小楷墨寶　覃溪題籤”，非翁氏真筆。此跋末鈐“植印”陰文印、“乙盦”陽文印。據筆跡，蓋作於光緒中葉。跋文二篇又見2021泰和嘉成春拍Lot1086號拍品澹隱山房藏沈熲鈔本。

覃溪跋葉雲谷所藏鼎帖黄庭，云南宋以後又有從此再翻之本，第四行“蓋兩扉”作“蓋雨扉”，卅九行“肝”訛“肟”，停雲本亦沿作“肟”。四十行“三光”訛“王光”，五十四行“玉英”譌“王英”，諸本皆沿作“王英”。愚以諸本參校上舉四條，惟此悉合，然則翁所謂南宋重翻鼎帖者，其此是歟？丙辰五月梵持記。

【案】此跋後鈐“沈曾植印”陰文印。作於民國五年丙辰（1916）。

覆刻停雲館本晉唐小字帖跋二十一篇

此集帖不知誰氏所刻，紙墨刻鐫，皆明嘉靖以前人手，意或疑是停雲，然停雲風行一世，三百年來僅一張氏覆本，與此不合，他固别無所聞。若以法帖甲之幾云云爲證，則疑博古堂石本固有之，未見其決爲停雲帖目也。二卷以下無此款記，可知非停雲自刻石號矣。此要自覆刻越州本，筆意不及停雲殊遠，而行布結構，有可相參考者，以資校勘别本，不必不如餘清、秀餐也。

【案】此跋前三篇手跡見寐叟題跋，題作“宋拓小楷集帖跋”。據2021泰和嘉成春拍Lot1086號拍品澹隱山房藏沈頴鈔本，此三篇實爲覆刻停雲館本晉唐小字帖之“總跋”，其他篇寐叟題跋皆無，兹合併改作此題。

此篇手跡末鈐“瘦禪”陰文印。據筆跡當作於光緒庚子（1900）。

往在上都，與海寧孫銓伯遇於書肆，顧語曰：“今人見宋刻小字帖，即以越州石氏帖目之，大可笑。歐陽集古録不有小字法帖耶？”余謂銓伯語誤，歐公所集正絳刻書爾。然就諸家所稱石氏帖者參伍考之，實非一刻而强爲一刻者，良不能免。大抵余所見惟常熟相國藏本最精，而唐蕉菴本最劣，如昔人所謂其間相去可容數人者。然謂唐本非宋拓，則固不可也。自秘閣外，若長安范氏、南城曾氏，皆嘗刻諸小字帖。世界無盡，奇物之出亦無盡，今世所不見，安知後世不見之？余不敢隨覃溪後作决定語，姑發此疑，異時容更得佳證。

【案】此篇手跡末鈐“寐叟”橢圓陽文印。據筆跡當作於丙辰（1916）。“絳刻書”之“絳”，錢編本作“□”。“余不敢”之“敢”，錢編本誤釋爲“能”。

“昔人所謂其間相去可容數人”，見黄庭堅跋法帖，原作“去右軍父子間可著數人”。

覃溪分石氏與博古堂爲二，誤不容辨。然其所指南宋坊間覆刻者，則誠哉覆刻，賞鑒固不誤也。南宋自思陵寫經崇楷法，士大夫承流仰風，若畢良史、姜夔、趙孟堅之徒，研求石刻，蘭亭而外，黄庭、樂毅，考辨滋詳。朱門尤多習小楷者。自宋元以迄初明，家塾學程，如鄭（杓）〔杓〕衍極、趙撝謙學範所舉帖名,大都在石氏集帖部内。一方家刻,必不足以應海内之求,例以九成、化度翻刻之多,石氏帖固無不翻之理。而元祐、淳熙兩秘閣中多小楷,亦必皆有翻刻。就今世流傳小楷舊拓觀之,非秘閣,非博古,而的爲宋刻者甚多,亦未必無郤特氏時代摹本,既不能一一正名,孰蘭亭?孰鼎帖?孰星鳳?則統以南宋坊刻幕絡之,未爲不可,特不當以博古爲書坊名耳。如此本既非停雲,亦必不能仞爲博古,然實與博古、停雲爲一家眷屬。推而上之,謂之宋翻可;引而近之,謂之元翻、明初翻亦無不可。獨其清而不穠,雅有元末諸公風尚,可決其必不在嘉靖以後耳。時宣統八年歲在丙辰,巽齋老人記於海日樓中。

【案】此篇手跡末鈐"植"陽文印。"鄭(杓)〔杓〕衍極、趙撝謙學範",錢編本誤作"鄭□衍極、趙撝謙學範"。"時宣統八年歲在丙辰",錢編本改作"歲在丙辰"。

覃溪言南宋重繙石氏本第四行"兩扉"誤作"雨扉",即指此刻言之,拓本固無作"雨"者。

【案】此篇題黄庭經。

此樂毅蓋摸祕閣續帖本,續帖從墨跡出,即宣和書譜所録也。荆公江鄰幾邀觀三館書畫詩:"最奇小楷樂毅論,永和題尾付官奴。"李注引林子中記樂毅論後:"有异、僧權二人名,題云:'永和四年十二月二十四日書,賜官奴。'"此題字亦右軍書,當時摹异等題名,而不摸題字不可能也。

【案】此篇題樂毅論第一本。

"樂毅論舊石刻,斷軼其半者,字瘦勁無俗氣,後有人復刻此斷石文,傳摹失真多矣。"山谷題跋。據此,則"海"字本在北宋已有覆刻矣。至南宋，而毘陵徐氏以舊石模糊，復刻一本，見復齋碑録。乾道己丑，揚志道人以歐公藏本刻之金陵，其失愈多，見益翁題跋。然則此本在宋覆刻，合越州博古計之，蓋不啻四五本矣。

【案】此篇題樂毅論第二本。山谷題跋文見跋翟公巽所藏石刻，“傳摹”原作“摹傳”。

此後失刻三短行。

【案】此亦題樂毅論第二本。

畫贊書序畫蕭疏，而抽鋒孅密，逸情元尚，仿彿行間。過庭所謂“意涉瑰奇”者，居然猶可尋其端緒，當是唐初摹本。以歐褚後經生書比之，知非開天以下所能幾也。盡變太傅之雄厲，而轉有與石門頌、馮君神道相近者，故知今隸與古隸相通，右軍取法良爲宏遠。

【案】此篇題東方畫贊。

快雪所摹較爲妍麗，而神情形質不復相生，用此益知此刻用意之精。

【案】此篇亦題東方畫贊。

曹娥用筆是楷，結體純隸，不獨南朝書人所無，北朝最近古體隸，亦無此種書也。臆測其旨，直似據度尚碑，以楷書依其點畫别録一通者。原石既亡，遂無由復證其跡。後世紛紛題品，總與書道無與。

【案】此篇題曹娥碑。

此瘦本曹娥碑，與唐蕉安、查查浦本正同。

【案】此篇亦題曹娥碑。

書後題字筆勢便具崖略，足知主帖索寞，是刻帖時，欲備八法，又欲絶畦逕，所以致爾。所謂力盡畫中者，書與刻無異理也。

【案】此篇亦題曹娥碑。

此等書雖傳刻多次，形模亦不盡可憑，然固不容無豪髮之存。細審定其序畫、構體，竟有與楷筆不合者，章草之存於今者亦爾，此事可當誤書思之也。

【案】此篇題宣示表。

此書可謂冗散，不知當時選刻何以取之？第以玉本較之，居然尚自閑遠。

【案】此篇題十三行。

其結體疏穉之處，若與爨贇碑之生拙合同思之，或當有妙解。如由唐石經思之，則正解也。

【案】此篇題破邪論。

此於諸刻最具鋒鋩，然神骨仍不免懦怯。立志欲存古人之韻，此至難事，固非手腕間所能致力者，反不若專尚精能，轉得存古人面目約略矣。

【案】此篇題歐陽詢小楷心經。

細玩其偃仰之間，雖極細瘦，然非無意，大抵此刻須多用舊本校之，乃後佳處可索也。

【案】此篇題陰符經。

幷頭兩小啄，各本所無。

舊拓“髮”右下從“犬”，不從“犮”。

張給諫本“髮”右下從“犬”，“松”下有重文，驗其石理，與此竟是兩刻也。

“松”下無重文，所見舊拓亦爾。

【案】此數條題麻姑仙壇記。

宛平劉氏一本,後有乾嘉人題記甚多,詡爲宋拓,不必信然,然寔佳刻也。筆力洞達而豪勁,爲目中所僅見。

【案】此篇亦題麻姑仙壇記。

長沙徐氏本,磊砢多節目,寂是顔書佳境。以云小字亦大字,則此刻猶在其上也。前人多議文氏聽直,應須辨古賢耳。

【案】此篇亦題麻姑仙壇記。

丙戌冬見舊拓,筆畫清古,氊蠟粹穆,定爲明以前物,或博古堂刻也。以此相較,厚薄懸絕,然彼本結體清謹,乃不若此之寬博有遠勢。此雖索寞,據彼本及他刻體其用意,乃殊覺有宋廣平碑筆法。吾嘗謂古人小書,傳刻各别,必集多本校之,庶略窺古法仿佛,於此驗之益信。

【案】此篇亦題麻姑仙壇記。

【附録】

山谷跋武德帖云:"周隋氣息,全學元常。"

【案】此篇題宣示表。黄庭堅跋武德帖原作略云:"武德中省曹符移字畫,猶有鍾元常筆法,蓋承周隋之氣習,全學元常爾。"可參觀。

墨池堂選帖跋

光緒丙午春初,洪都市上購此。價廉於都肆,用單行初拓本相校,確係原石,第拓時已後,又用墨太粗,故神采不發耳。義門謂墨池略存字樣子,此言可味。三攝庵偶筆。

【案】此據寐叟題跋,末鈐"南于"陽文印。

明拓鬱岡齋墨妙跋二篇

虚州先生舊藏也,有印識,惜無題字。光緒戊申,得之舒州市上,已而亡第八一册。蛩蠼所侵,舊裝之圪伯紙,實爲之媒。宣統丙辰夏初,檢理旅寓碑帖,蛀損滿目,爲之愴然。乃盡去圪伯紙面,易以板面,希以絶蟲患於將來,未知其有效否也?而舊面固有係明裝者,毁之殊損古色,復更惘然。寐叟。

【案】此據寐叟題跋,末鈐"植"陽文印。"宣統丙辰夏初",錢編本脱去"宣統"二字。

第八册以他本補入,是初拓也。惜爲屋漏雨濕,亦不無小損矣。

【案】此據寐叟題跋,末鈐"寐叟"橢圓陽文印、"海日樓"陰文印。據筆蹟當作於丙辰(1916)。

【附録】

江南通志:"乾元觀在句容縣大横山下。梁天監中,陶隱居創鬱堈齋。天聖中,改賜今額。有觀妙先生碑,已中斷,按之還合。"

【案】此據寐叟題跋,末鈐"寐叟"橢圓陽文印。據筆蹟亦當作於丙辰(1916)。"按之還合"之"按",錢編本作"□"。

秀餐軒法帖跋十二篇

秀餐小楷多古本,初拓精絶,殆可與文、章方駕,然難得殆過二家也。明翻宋帖比明繙宋板,身價當不在寒山趙氏玉臺新詠下。

【案】此帖爲2003年北京瀚海春拍Lot1122號拍品秀餐軒殘石拓本，今歸嘉興吾寐齋。録文參觀寐叟題跋研究90—91頁。此跋末鈐“寐叟”橢圓陽文印。

校停雲、墨池兩刻，此即高紳本也，完文無闕，賈氏所摹殆是大和初拓耶？勘得此事，爲帖家增一異聞。

【案】此篇跋帖中樂毅論，末鈐“餘翁”陰文印。

豐考功書訣：“洛神賦全文，石揚休刻，無錫華中甫收。”又“洛神賦半篇脩内司刻”。又書訣所録吴興書刻有“臨脩内司洛神[賦]半篇、臨太清樓洛神[賦]全文”。

【案】以下五篇跋洛神賦。此篇末鈐“餘翁”陰文印。參觀書訣“晉法帖”王獻之條、“元人書”趙孟頫條。

庚子銷夏記有二王洛神全文，大令書後有元華蓋叟跋。

【案】此篇末鈐“植印”陰文印。參觀庚子銷夏記卷四二王洛神賦條。

章本與此毫髮不差，微缺字，幾疑爲一石也。二王帖選石由章歸顧氏，由顧歸毛子晉寶晉齋。

【案】此篇末鈐“曾植”陽文印。毛氏齋名爲汲古閣，此涉子晉字而誤。

此賦宋拓本，余嘗見於廠肆，爲周式如太守所得。

章刻多缺字，識之於右。此本不從章本出，是别一本也。明嘉靖戊申吴門章氏刻二王帖選於耕石軒中，有此賦。文壽承跋云“世無别本，舊爲吾吴王氏世藏，元人題識甚多”云。

【案】此篇末鈐“乙盦”陽文印。

豐氏書訣録所見永師書有小楷歸田賦，又有月儀。

【案】此篇跋歸田賦，末鈐“餘翁”陰文印。按書訣“六朝人書”釋智永條略云：“小楷法華經、黄庭經、千文、月儀。中楷歸田賦。”跋文誤書“小楷歸田賦”。

貞觀九年，元奘譯經未出，論者多以此爲疑。然據慈恩傳，奘師在蜀受般若心經於病者，寔在武德年間。則心經之出，固不待弘法院也。奘師在道，“逢諸魔鬼，雖念觀音，不得全去，即誦此經，發聲皆散”。由其持誦得力，故不復譯改舊文，而懷仁於聖教序後堋此經也。

【案】此篇跋歐陽詢心經，末鈐“寐叟”橢圓陽文印。大慈恩寺三藏法師傳卷一略云：“是時顧影唯一，但念觀音菩薩及般若心經。初，法師在蜀，見一病人，身瘡臭穢，衣服破污，愍將向寺施與衣服飲食之直。病者慚愧，乃授法師此經，因常誦習。至沙河間，逢諸惡鬼，奇狀異類，遶人前後。雖念觀音，不得全去，即誦此經，發聲皆散。”（中華書局 1983 年版，16 頁）可參觀。

黄再同編修家明拓本，極淹潤而筆意腴秀生動。觀彼本乃識秀餐真面也。

【案】此篇跋米芾西園雅集圖記，末鈐“曾植”陽文印。

豐考功言，修内司刻洛神半篇，殆即三家所藏之一分，而十三行亦其一也。

【案】以下兩篇跋於帖末，手蹟圖版又見海派代表書法家系列作品集沈曾植（57 頁）。此篇末鈐“曾植”陽文印。

皇宋書録中“錢伯言跋穆父臨大令洛神云：‘子敬洛神賦，分裂在范堯夫、范中濟、王晉卿三家。穆父借摹，遂全一賦，故數自臨寫，至數百過。'又蜀中石刻跋云：'錢公内翰併三家[本]摹之，旦旦臨寫，晚極精妙，筆勢字體，深造大令閫閾。宜春所刻洛神賦，有伯言跋者殊[失]真。而蜀中所刻連草書千文爲一卷，粗見筆法。'"按以良更之言考之，則大令洛神賦在北宋固有全本，且有錢氏所臨全本。章氏所摸，向以其流傳無緒爲疑。以余觀之，謂之穆父摹本可，謂穆父臨本亦無不可。

【案】此篇末鈐"曾植"陽文印、"餘翁"陰文印。又見寐叟題跋，但兩印未印出。"遂全一賦，故數自臨寫，至數百過"，錢編本標點爲"遂全一賦故數，自臨寫至數百過"，不確。"錢公内翰併三家"後原書有"本"字。"深造大令閫閾"之"閾"，錢編本誤作"閥"。"有伯言跋者殊真"，"殊"後原脱"失"字，"言"字錢編本誤作"年"。

潑墨齋法帖跋

潑墨齋尠見著録，不知何人所刻？余此册得諸皖中。頃長素持兩册來，一卷一，一卷十，卷一爲鄧騭、崔瑗、張衡、張芝，雜摹絳、閣諸帖。次鍾太傅力命，尾有"紹興"小長圓璽，與快雪不同，疑摹自淳熙秘閣帖；宣示末有"悦生"印，疑摹世綵；次張樂，與馮本同，而行款略異；次雪寒；次戎路；次魏阮咸、阮籍、向秀，皆摹汝帖；次曹植自書詩、鷂雀賦，模絳帖；次唐模蘭亭；次右軍平安帖，似摹墨池。卷末有篆文兩行："上闕年夏四月金壇上闕墨齋摹勒上石。"又一行篆曰："長洲章懋德鐫。"卷十爲宋蘇洵、蘇軾、蘇轍、范淳仁、王十朋、秦觀、文天祥，元趙孟頫、趙麟、張雨、鮮于樞、倪瓚，内趙十八帖劇佳，蘇書刻亦精美，或皆從真蹟出。

履園叢話揚州江氏有潑墨齋帖，唐氏有秀餐軒帖，則此帖石至雍、乾時尚在也。

【案】此據寐叟題跋，末鈐"曾植"陽文印。據其筆蹟，兩段文字非作於同時，前一段作於甲寅(1914)，後一段則作於丙辰(1916)左右。

墨池玉屑本跋六種

黄庭經知止閣刻本

"黄庭傳世少佳本，褚臨者舊稱第一，然石闕其半。乙酉之春，從市賈得宋裝小册一，展視用筆之妙，宛如手書，其墨色搨工俱絶。上書'御府古石刻'，蓋唐石而宋裝也。爲宋高宗所鑒賞，上有内府圖書印，及'奉華堂印'。奉華爲劉夫人所居，凡有上品書畫，始用其印。此帖誠不世之珍。每晨起坐小窗下，旭光滿室，開卷欣然，蓋十五年於兹矣。"

此亦從墨蹟摹出，鋒穎豐利，真能以刀代筆，原蹟之佳可想。此疑是知止閣刻本，録銷夏記於右方。

黄庭經秘閣帖第九褚遂良臨本

此墨蹟，玉堂嘉話記宋故府書中載之，云昇元三年裝背，硬黄紙。凡嘉話所見墨蹟，大半續帖祖本。歐陽率更度尚帖，孫思邈書二十一字，李太白醉歸墨蹟，白傅偈子六則，李陽冰篆，李商隱書，懷素、顛草，高閑、亞栖、楊凝式、唐無名人帖，其墨蹟秋澗皆見之。

此黄庭經確是淳熙秘閣續帖。然淳熙帖目在石刻鋪敘中，臣遂良臨之。黄庭乃在首卷羲獻部中，固非第九卷，亦未嘗係之褚公也。有此牴牾，自不得認爲原刻。但是舊拓筆意亦甚可玩，是摹本之佳者。

黄庭經玉虹樓張文敏臨本

文敏懸腕中鋒，筆能攝墨，此固非鐫勒所能傳。玉煙得董肉，玉虹得張骨，得失正同。

此玉虹臨本，余丱角時所習。甲子滄桑，萬事都盡，此數葉不意猶在，乃裝諸此册中。

樂毅論褚摹本

據董跋，此所刻蓋褚摹墨蹟。明季唐摹，同時頓有數本，皆前人所未見，其不足信可知。快雪蓋與此同源，實皆寶晋之靡耳。

曹娥碑蔣氏刻本

本朝集帖，曹娥碑以式古堂爲最善。此刻清韻，乃又過之。

覃溪詆文氏目曹娥爲右軍書爲不根。然李處權言"古今書稱右軍爲首，正書見曹娥碑，妙絶超古，與鍾繇抗行，三十年猶及識於王晋玉家，黄庭經、樂毅論若兩手"云云。見蘭亭博議。此紹興以前人語，文氏所祖，固宋人舊説也。

此本不知何人所刻？筆意特清婉，而沵字又與停雲諸本不同，亦可存以備考者。

查查浦有宋拓曹娥碑，字瘦。見鐵函齋書跋。

清儀閣題跋云："查浦本後有'查浦所藏'及'香雨'二印。香雨者，查浦之子開也。"此本是以查本覆刻無疑。以幅末"光煦審定"印推之，或蔣氏刻也。

麻姑仙壇記雲陽姜氏本

此即雲陽姜氏本，傳拓尚在桂馨堂藏本前。

【案】以上墨池玉屑本六種跋皆據上海圖書館藏沈熲鈔件。其中"黄庭經秘閣帖第九褚遂良臨本"第二段跋又見寐叟題跋，末鈐"曾植"陽文印、"海日樓"陰文印，據筆蹟當作於甲寅(1914)。"麻姑仙壇記雲陽姜氏本"跋亦見寐叟題跋，末鈐"植"陽文印，據筆蹟當作於乙卯、丙辰間(1915—1916)。

至寶齋法帖跋七篇

義門小集潘稼堂家宋搨十六種，大都是停雲之祖。曹娥"乍沈""沈"作"沱"，"失聲""失"作"共"，"悼痛"[之]"悼"作"怇"，"引鏡""引"作"弜"，"坐臺""臺"作"堇"，"露屋""屋"作"扂"，"不渝""渝"作"渝"，"乹坤""乹"作"乾"，"昇平"與"江中"並，"王匡"作"王叵"，此本[之]"沱"、"共"、"弜"、"乾"並與何所見同，"悼"末直完，"屋"上無點，當由拓本有明暗，或何誤仞，或此本摹時失之。各本作"臺"，此作"壷"。各本作"渝"，此作"渝"，世間别無通行"渝"旁三點之本。然則義門所記"臺"作"堇"，當是作"壷"；"渝"作"渝"，當是"渝"作"渝"。小集刻本有誤字也。"王叵"、"昇平"此不摹，蓋原本已闕失矣。

【案】此帖今藏浙江省博物館，參觀金石書畫第三卷68頁、沈曾植題海日樓藏刻帖集443—445頁。此篇題孝女曹娥碑。

此帖在汝帖第六卷中。

意巧勢密，官帖中殆無此比，然不能無歐、褚之疑。

【案】此篇題右軍章草帖。第一句末鈐“乙盦”陽文印。第二句，寐叟題跋析出，題爲“右軍章草帖跋”，末鈐“曾植”陽文印。

秀餐刻手近停雲，至寶刻手近墨池，希風勝國，津逮宋、元。據以尋秘閣、越州之仿佛，猶近代佳刻也。

【案】此跋又見寐叟題跋，末鈐“癸庭”陽文印。據筆跡，蓋作於光緒辛卯（1891）。

曹娥、畫讚，並同墨池。然曹娥，墨池闕“其先”二字，而此不闕。畫讚“處儉”，“儉”字墨池上有泐痕，而此無有。則此刻自從原本摹出，非重摹墨池也。曹娥是寶晉齋本，章仲玉自言之。

【案】此跋書於前篇之後。又見寐叟題跋，末鈐“乙盦”陰文印。據筆跡，當作於光緒中葉。

“東方贊善本最難得，往年得宋拓冰裂紋本，亦不當意，爲友人取去。此本似寶晉齋，而脱漏多於寶晉。雖不知［其］所〈自〉出，然挺拔精能，諸本皆不及也。”

“戲魚堂畫讚不知取何本摹？字畫險勁，類擣素賦、道因碑，迥非寶晉、停雲可比。”鐵函齋書跋。

方朔贊冰裂紋本，陳氏秀餐軒帖刻之。

【案】此篇題東方畫贊，據筆跡當作於光緒中葉。所引鐵函齋書跋，第一段即卷三東方畫贊跋、第二段節録卷三跋戲魚堂東方朔畫贊。

岳倦翁寶（晉）〔真〕齋法書贊唐摹右軍畫贊，序廿二行，贊十一行，尾記一行，御府物，在祕閣帖與樂毅論並爲小楷之祖。是則祕閣續帖所刻，與越州本行款異也。停雲所摸爲越州本。此本序廿一行，贊十一行，尾記一行，與法書贊行數同，當即從祕閣出者。惟序文少一行，或聚珍板有誤字耳。

【案】此跋末鈐"乙盦"陽文印。據筆跡，當作於光緒中葉。"寶晉齋"爲"寶真齋"之譌。岳珂寶真齋法書贊卷七右軍東方朔贊帖條，題下注："小楷，序二十二行，讚十一行，尾記一行。"跋略云："右唐人摹王右軍書晉夏侯湛所作漢大中大夫東方朔畫像贊，真蹟一卷。首尾'紹興'印四，'御府'半印一。按是帖在淳化祕閣，與樂毅論並爲真書之祖。"可參觀。

唐模畫贊，乾隆間進入天府，刻三希堂帖中。意度淵雅，略不規模形似，與世傳諸本頗異也。

【案】此篇寐叟題跋析出，題作"東方畫贊跋"。據筆跡，蓋作於光緒壬寅(1902)。

【附録】

曹娥碑，右軍、北海皆曾書。予見查查浦、陸其清家兩宋拓本，查瘦陸肥，不知其果出王李手否也？此本近查，或云真賞齋物。鐵函齋書跋。

【案】此節録鐵函齋書跋卷三跋曹娥碑。末鈐"子培"陽文小印。

快雪堂法書跋八篇

快雪多模名跡，鐫手精美，幾可與章氏爭勝豪釐。

【案】此帖今藏浙江省博物館，參觀金石書畫第三卷69—70頁、沈曾植題海日樓藏刻帖集405—427頁。此篇在扉頁，末鈐"曾植"、"乙盦"二陽文印。

左方諸帖並摹澄清堂本，昔人所謂惟妙惟肖者，帖中精華所在也。

【案】末鈐"乙盦"陽文印。

"頓"從"去"，"劣"多一折，與六書乖謬，此非盡傳模之失。晉宋磚文多別字，是其證也。

【案】末鈐"乙盦"陽文印。

此帖正側互用，超逸而有不盡之趣，最爲可玩，形質與神理相附者也。

【案】末鈐"乙盦"陽文印。

此鍾書二帖，亦向來著稱者。太傅書竟當如何，吾觀其書，輒以文殊般若、曹子建揆測之，不知連比例法何時得與招差、垛積融爲一術也？

【案】末鈐"乙盦"陽文印。

褚本至此，微獨與定武胡越，即神龍亦無復優孟叔敖之肖。其遣筆與結體，理謬意乖，古今法並不可繩之。傳摸要自有本，不知何以乃爾？其不可解處，正與開皇本同也。

【案】末鈐"乙盦"陽文印。

此十三行當與玉本同出一源，世間賤此而貴彼，是一蔽也。

【案】末鈐"乙盦"陽文印。

劉雨若鐫勒之工，章簡甫後，殆無其偶。所不及簡甫者，能爲精麗，不能爲簡古耳。合真賞、鬱岡、快雪觀之，乃知文家停雲之（自）〔有〕獨勝處。

快雪多模名跡，鎸手精美，幾可與章氏争勝豪釐。

【案】此跋又見寐叟題跋，末鈐"戲樂嚴滸"陽文印、"半莘”陽文印。

【附録二篇】

梁茝林退菴題跋云:“嘗聞龍溪黄侍御照言,康熙初,正平黄某官畿輔,以重價得快雪石於馮氏子孫。載石歸閩,以拓本贈某郡守,郡守固亦欲石者,告之制府,制府飛騎索其石。黄賄來使緩數日,疾搨千本獻之。當馮氏以石歸黄時,已鑱損數字,即大令節過帖及十三行數字。自此石入貢天府後,民間佳本益稀。”此跋涿本。

甘泉鄉人稿十一載彭文勤跋云:“快雪堂帖刻於涿州故相馮銓,其後子孫析産分爲二,歸之質庫數十年。易州牧閩人黄可潤,贖而合之以歸。楊樸園督閩時購得之。乾隆庚子、己亥間進入内府。”此跋建本。

【案】此兩篇首鈐“沈”陽文印,末鈐“曾植”、“乙盦”兩陽文印。

按錢泰吉甘泉鄉人稿卷十一跋快雪堂帖附録彭文勤公二跋,第一跋末署:“乾隆己亥七夕,芸楣識在武林使署。”第二跋略云:“明年庚子,南巡行在,賜臣瑞快雪堂帖一部,知已入内府。”第二篇“乾隆庚子己亥間進入内府”一句乃檃栝此意,非原文。彭元瑞(1731—1803),號芸楣,卒謚文勤。

式古堂法書跋三篇

此諸帖皆宋、元舊拓碻寔可憑者,摸刻不精,遂致略無神采,姑存以留古帖之影,資其行款點[畫],以供考證,無關筆法賞會也。光緒辛卯正月厰肆購,乙盦題記。

【案】此帖今藏浙江省博物館,參觀金石書畫71頁、沈曾植題海日樓藏刻帖集481—492頁。跋又見寐叟題跋，末鈐“足我所好翫而老焉乙盦印章”陽文印。

刻法帖與仿刻宋、元舊本書籍同例，當具其源流所自，行款題記，一一存真，則古帖之面目不亡，而後之學者亦可據形跡以追溯神明所自。蓋神明雖妙手不能傳，形跡之傳，非輔以碻據，不能堅後人之信。元祐、淳熙兩續帖，皆刻存圖記，集帖舊法固如是也。墨池刻例最謹嚴，停雲詳墨蹟而略石刻，遂開後來草率之漸。戲鴻以後，無足論矣。此中諸帖，大半皆爲石刻，而一字不言，令人莫知爲何本，此最不可解者。虞跋黄庭，向來不見著録，至此刻始有之，味跋中此卷云云，意者或是墨跡，然模餬影響，不可究知。後來嘉、道之間，世間遂傳有虞陶跋本，張叔未等皆莫能尋其源。愚頗疑黎邱之幻，端自此開，然卒不能據此折之，益恨卞氏之藏形托闇爲無謂也。

【案】此跋末鈐“癸庭”陽文印。

光緒己亥，在禾中得全帙，拓工眎此爲勝，未及審閲，緘置行篋。既而乘汽船適鄂，江行逢胠篋，失書帖數十種，卞氏帖預焉。卒未寓目，可悵也。

【案】此跋末鈐“植”陽文印、“乙盦”陽文印。據筆跡當作於光緒辛丑(1901)。

三希堂法帖跋

光緒壬寅正月，重入都門，過澄雲閣，與杜生話舊，攜此本歸。斜日離離，莫雲四合，矮窗展玩，怊悵移晷。桑榆書畫之緣，意復從此始耶！持卿記。

【案】此據寐叟題跋,末鈐“守平居士”。

玉虹樓法帖張文敏臨古法帖跋二篇

張文敏自言不解草書,然玉虹帖内所臨唐人草聖,頓挫瀏灕,實兼入禿素、顛張之室,書學至此,蓋已超宋入唐,實證實悟,衣鉢遥接矣。倦遊閣論書,於文敏草聖略未拈出,不可謂非失諸眉睫。

【案】此帖今藏浙江省博物館,參觀金石書畫第三卷72頁、沈曾植題海日樓藏刻帖集495—507頁。原題“張文敏公臨古法帖”。錢編本録於書畫跋中,今移至法帖跋中。跋又見寐叟題跋,末鈐“寐叟”橢圓陽文印,“海日廔”陰文印。據筆跡當作於光緒丁未(1907)。

此新步虚詞,韋渠牟作,載樂府詩集。舊謂庾開府,誤也。

【案】此篇末鈐“窈明室”陽文印。

宋四家法帖跋二篇

此卷多從墨跡摹出,鉤填特精,殆欲掩鬱岡,戲鴻不足道也。丁巳冬月晦日寐叟。

【案】此帖今藏浙江省博物館,參觀金石書畫第三卷73—74頁。此跋末鈐“曾植”陽文印、“海日樓”陰文印。作於民國六年丁巳十一月三十日(1918年1月12日)。

玩此二帖,乃知襄陽書評所謂“少年女子,體態嬌嬈,行步緩慢,多飾名花”者,真爲巧於譬況,準擬古人,惟永興汝南公主志具此風流,又前則薄紹之耳。

【案】此跋後鈐“植”、“子培”兩陽文小印。據字體，當作於民國七年戊午（1918）。

趙與時賓退録卷二略云：“梁武帝命袁昂作書評：……‘薄紹之書如龍游在霄，繾綣可愛。’……米元章采隋唐至本朝得一十四家续之：……‘蔡襄如少年女子，體態嬌嬈，行步緩慢，多飾繁華。’”可參觀。

卷四　雜器跋

元梵經石硯拓本跋

畏吾兒文，自唐迄今，通行漠北，近世且謂之蒙古文，達海巴什所據以（制）〔製〕國書者也。回鶻聖德神功碑、金居庸關刻經同用此體。波發略異，時代爲之耳。陶宗儀云：揍字法與帝師所造書同。陶齋拓此見（詒）〔貽〕，以齋中所有書證之如此。光緒乙巳冬月，乙盦記。

【案】此拓本今藏浙江省博物館，參觀金石書畫第三卷125頁。跋又見寐叟題跋，首鈐"癸庭"陽文印、末鈐"沈曾植印"陰文印。此跋錢編本置於書畫跋中，兹移至雜器跋之部。

所謂梵經石硯實以托忒蒙古文殘碑石製成者，文在硯臺背面。其硯面有清徐松題刻："元梵經石，嘉慶己卯(1819)星伯於伊犁哈什河岸山挈之歸，琢爲硯。"硯蓋有宛委山農（即徐松）題刻："松喀巴，聽我祝：賽因緣，額敏福。只兒哈朗，米克哲木。長願伯顏速不台，飛散明安秃滿幅。蒙古石製硯，以蒙古語銘之，猪兒年朵兒别月，宛委山農戲題。"末鈐"曾渡冰山"陰文印。此硯原石爲端方舊藏，今在日本大谷大學博物館。參觀朱玉麒徐松與西域水道記研究第三章第六節"西域梵經石在清代的發現與研究"，北京大學出版社2015年，275—298頁。

此拓本爲端方所贈，有其跋云："光緒乙巳十月，乙厂將如東瀛，拓此爲贈，即求審定。端方記。"鈐"端方私印"陰文印、"陶齋鑑藏"陽文印。

記藏舍利之蠟石壺

發得舍利之地在北緯二十七度二二、東經八十三度九，位屬英領印度。東北五里餘，達釋迦降誕地嵐毗尼園之紀念標，今稱ルミンテイタバー，屬尼波羅。而釋迦之首都迦維羅城在北緯三十七・三七度、東經八十三度八，同屬尼婆羅。

一、文中所用方言同古摩迦語，アリ(r)與エル(l)混，故梵語サリラ(Salila)即シヤリ(一)ラ(Sarira)。

二、二古文偈頌用アム(am)代エ(e)，故ニダーナム(Nidhanam)作ニダーネ(Nidhane)。

三、摩迦語用エ(e)代オ(o)，バガバーテ(Bhagavate)即バガバートー(Bhagavato)。

四、所述文字與近傍之碑文同所謂阿輸迦文字。

五、スキヂ(sukiti)，梵語(善稱)高名人、著聞之士之義，若大聖，(可云)〔亦可〕指佛。

譯文：

藏薄伽梵佛陀遺骨バガバンシヤリラ之聖龕，屬釋迦シヤーキヤ族即大聖スキヂ(名聲高人)之兄弟姊妹之兒子妻室之所有。

蠟石壺蓋上所[刻]阿輸迦時代文字。前二百五十年。

譯音:巴利語,デビッツ氏指定。

【案】此據澹隱山房藏沈頲鈔本,題作"跋藏舍利之蠟石壺",原有目録題作"跋藏舍利之蠟石壺附譯文"。此篇文字,疑從日本書中摘録,兹改"跋"爲"記"。"デビッツ氏"爲英國佛學家、巴利語學者李斯·戴維斯(Thomas William Rhys Davids, 1843—1922),篇中所述五條銘文語言問題及譯文,當即其研究成果。

按此篇所記即1898年英國人威廉·佩沛(William Peppé, 1852—1936)在印度北方邦東北部與尼泊爾邊境密邇之比普羅瓦(Piprahwa)佛塔中發現之有銘佛舍利罈,罈蓋鐫刻阿育王時代古摩揭陀國巴利語銘文:

sukitibhatinaṃsabhagiṇikanaṃsaputadalanaṃ

iyaṃsalila nidhane budhasa bhagavate 〈saki〉yanaṃ

1912年,德國梵學家吕德斯(Heinrich Lüders)譯爲:"此爲釋迦族佛陀世尊之舍利容器,爲須詰提兄弟攜姐妹、兒子與妻子[所奉]。"2013年,德國梵學家哈利·福克(Harry Falk)改譯爲:"此爲釋迦族佛陀世尊之舍利的安放處(nidhāna),[供奉者爲]"有美譽的"(須詰提)釋迦族兄弟,攜其姐妹、兒子和妻子。"(參觀 Harry Falk, "The Ashes of the Buddha," *Bulletin of the Asia Institute*, Vol. 27 (2013): 43-75. 又哈利·福克著,中華原始佛教會譯、葉少勇校審:釋迦佛陀的舍利,臺灣中華原始佛教會2018年版)

舍利鐔

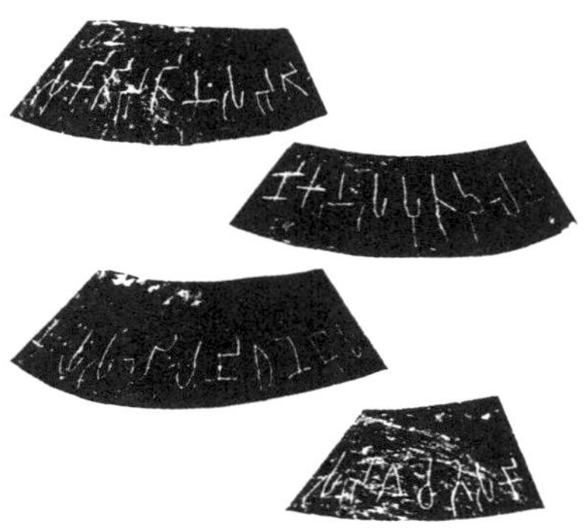

巴利文拓片

海日樓書畫題跋

卷一　書跋

唐

賢首國師致新羅義湘法師書墨蹟跋二篇

狄楚青攜示賢首國師與新羅義湘書墨跡，元時爲寶林寺講主別峰同公所藏，有黄晉卿、葛邏禄迺賢、印文四字："合魯易之。"高明、程文、貢師泰、楊翮、宇文公諒、陳廷言、陳世昌、錢宰、危素題，皆真跡。高則誠詩似吴淵穎、書似張伯雨，尤罕見可愛也。賢首書，硬豪輕用，筆勢迅利，是學文皇書者，轉折皆褚法，人謂似南宫，余謂與汝南公主墓誌極是一家眷屬。昔於陶齋處見荆溪大師墨跡，今乃復得瞻拜賢首墨寶，手臨一紙，以誌法緣。

【案】此據上海圖書館藏手稿，録文見歷史文獻第十六輯海日樓書録。

有賢首國師致海東新羅華嚴師書墨蹟一通。華嚴師名義湘，姓朴氏，雞林府人。求法入唐，與賢首國師同學于終南山至相智儼法師門下，學成而歸，大宣教旨，號爲海東華嚴初祖。事蹟見宋高僧傳。義湘塔銘録之也。義湘入唐，爲唐高宗總章二年，其留唐固當有四五年，書云"一從分别二十餘年”,約其年紀,此書當作於則天神功、聖曆之際。義湘大師講華嚴用舊譯,賢首用新譯,新譯出用永隆以後,度義湘蓋未見之。書中所謂“先師和尚章疏”者,當是至相之搜玄記。“取妙旨勒成義疏”,當指自著之探玄記。則天聖曆二年,詔賢首講新華嚴於佛授記寺,賢首論宗,大抵主在新經無大異於舊經,新義全不殊於舊義。其殷勤求海東詳檢者,實在兹歟! 此書去今〈二〉千(五)〔三〕百年,紙敝墨渝,而鋒穎精神,森然無損,尚在日本所傳空海墨蹟之前,墨寶可谓至尊无上者。憶光緒乙巳,曾於陶齋處見荆溪大師手書。一爲華嚴宗第三祖,一爲天台宗第七祖,今不知尚在其家否? 楚卿爲佛學者,於此二書,固皆當知其寶,又知其所在也。

【案】此跋見佛學半月刊民國二十二年(1933)一月十六日第四十七期。原刊鉛字漫漶,録文或有誤處。原題作“唐賢首國師致新羅義湘書跋”。按,法藏與義湘書真蹟今藏日本天理圖書館,略云:“唐西京崇福寺僧法藏致書於海東新羅大華嚴法師侍者。……特蒙先師授兹奥典……但以和尚章疏,義豐文簡,致令後人多難趣入,是以具録和尚微言妙旨,勒成義記。謹因勝詮法師抄寫還鄉,傳之彼土,請上人詳檢臧否,幸示箴誨。”参觀唐賢首國師墨寶,有正書局民國十一年(1922)珂羅版影印本;中國書法名蹟,每日新聞社1979年;孔廣陶嶽雪樓書畫録卷一唐法藏國師真蹟卷,上海古籍出版社2011年,243—249頁。又荆溪湛然法師,一般認爲天台宗第九祖。

宋

山谷書東坡馬券帖後贈李方叔卷跋

宋人言德壽學黄書，黄書石墨滿人間，德壽書流傳亦不尠，何曾有少分交涉？此語大是書家淆譌公案。今觀此卷，居然見德壽抽鋒所自來，體變而筆固未變也。吾甚病明世以來專以戰掣横放學黄書，遂使山谷與二王隔絶。山谷集有自評元祐閒書一則，善鑒者味之。辛酉上巳後三日寐叟觀記。

【案】此跋見2007北京保利春拍Lot558號拍品黄山谷書蘇東坡馬券帖贈李方叔真蹟卷。此卷曾爲南海羅原覺舊藏，參觀宋拓祖石絳帖跋案語。跋末鈐“海日樓”陰文印、“餘黎”陽文印。作於民國十年辛酉三月六日（1921年4月13日）。

上海博物館藏此跋手稿，字句有不同，“石墨”作“石刻”，“何曾”作“何嘗”，“交涉”作“干涉”，“此語大是書家”作“書家大是”，“抽鋒”作“抽鋒運腕”，“未變”作“未必變，“明世以來”作“明世”，“横放”作“老筆”，“山谷與二王”作“黄與羲獻”，“山谷集”作“山谷集中”，“味之”作“細味之”，末無署款。可參觀。

米元章行書唐人賦得初日照鳳樓大字長卷跋

此書真有墜石驚雷之勢，天門鳳闕之奇。留玩經月，彌覺精神湧出，虎兒無此規模，雲壑無此神力，肉眼人固不敢遽定爲書仙真跡，然非建炎後人所能辨決也。江陰陳氏有北宋十五家尺牘，是歷代名家鑒定真跡。後有見者，其信余言。宣統辛酉八月朔日海日樓書，長水寐翁。

【案】此據同聲月刊第三卷第十一號海日樓書畫題跋續109頁。錢編本海日樓題跋“墜石驚雷”作“驚雷墜石”，末脱“宣統辛酉八月朔日海日樓書”，又有龍松生題記云：“跋中所稱江陰陳氏有北宋十五家尺牘，中有米書與此卷同一機括，頗異常蹊。此先生親爲余言，故有此語也。龍松生附識。”同聲題作“題米南宫書唐人賦得初日照鳳樓詩卷”，兹从錢編本。

明

祝京兆草書秋聲賦卷跋

京兆草法，以竇氏字格擬之，可當所謂“千種風流曰能，百般滋味曰妙，筆墨相副曰豐，體外有餘曰麗”者。其神采出自天然，又竇氏所謂“鴛鴻出水，更好容儀”者也。凡狂縱而筋骨拋露者僞蹟，膏潤不足者敗筆也。昔人嘗謂京兆草法啓南畫，真蹟十不得一，此明代人言。固然。然以余上説驗之，披沙揀金，未嘗無得寶之法，要當從肌理辨之。肌理之美，得之天賦，在宋惟東坡，元爲吴興，明爲京兆，本朝獨李順德侍郎耳。世人評書貴瘦硬，知此者鮮。論京兆書，弇州最詳，鑑亦獨真。節録數則於左：

藝苑卮言曰：“天下法書歸吾吴，而祝京兆爲最，文待詔、王貢士次之。京兆行草，大令、永師、河南、狂素、顛旭、北海、眉山、豫章、襄陽，靡不臨寫工絶，晚節變化，不可端倪，風骨爛漫，天真縱逸，直足上配吴興，他不論也。惟少傳世，閒有局促未化者，又一種行草有俗筆，爲人謅寫亂真，殊可憎耳。待詔少年草師懷素，晚年乃絶不作。王貢士行法大令，巧拙互用，合而成雅，奕奕動人。文以法勝，王以韻勝，不可軒輊。"

月峰書畫跋跋云："秀媚中逸態，是京兆書本色，若作崛强老筆，是故矯其枉者。"又云："京兆書於顛史不近，狂僧稍近，然取姿處多，要非正派。若謂素骨而米姿，庶爲定評。顧又恐許京兆太過耳。""弇州謂'希哲如王謝門中子弟，雖偃蹇縱逸，而不使人憎'。此評最當。"丙辰中秋前二日，寐叟。

【案】此據寐叟題跋，末鈐"沈曾植印"陰文印、"海日廔"陰文印。"庶爲定評"之"評"，錢編本誤作"本"。跋文所引藝苑卮言頗有省改。

澹隱山房藏一手稿，"神采"作"神彩"，"筋骨"作"筋力"，"京兆草法啓南畫"作"啓南畫京兆草書"，"未嘗無得寶之法"後作"政當從其肌理辨之。世俗人喜稱筆力，眼自生魔障，京兆不任咎耳。論京兆書，弇州最詳，鑑亦獨真。節録數則於左"。録藝苑卮言，"局促"作"拘局"，"晚年"作"晚歲"。録孫月峰語，"然取姿處多，要非正派"作"然取姿處要非的派"，"弇州謂"前有"又云"二字。

又有一謄清手稿，與寐叟題跋第一段文字差異較多，作於"丁巳清明後五日"（1917 年 4 月 10 日），兹録於下：

京兆草法，以竇氏述書賦字格擬之，殆可當所謂"千種風流曰能，百般滋味曰妙，筆墨相副曰豐，體外有餘曰麗”者。其神彩出自天然，又竇氏所謂“鴛鴻出水，更好容儀”者也。凡狂縱而筋骨抛露者僞跡，膏潤不足者敗筆也。昔人嘗謂啓南畫京兆草書，真蹟十不得一，固然。然以余上説驗之，披沙揀金，未嘗［無］得寶法也。京兆姿豔出於肌理，此其天賦特殊，同時諸公所爲斂手推服者在此。世俗人喜稱筆力，則自生障礙，京兆受誣多矣。論京兆書，弇州最詳，鑑亦獨真，節録别紙。宣統丁巳清明後五日持卿書。

文待詔書湯碩人六十壽序卷跋

藝苑卮言云：“待詔草師懷素，行仿蘇、黄、米及聖教，晚歲取聖教損益之，加以蒼老，遂自成一家，惟絶不作草耳。”待詔之學聖教，與康、雍間諸公之學聖教，孰爲得之，極成諍論。然須知待詔所見聖教，必優於後二百年人所見聖教，此不可争。我因待詔之學聖教用纖鋒，益信聖教真形是峻利，非圓厚也。

【案】此據寐叟題跋，末鈐“寐叟”楕圓陽文印。

文衡山草書千文卷跋

元季書家作草書者多宗顛、素，沿及有明中葉，允玉、東海猶然，雖京兆亦不能復古。獨衡老專宗永師，履吉繼之，力矯元習，上規唐法。嘗見唐人寫經，有作永師體者，意匠宛然，與二公相近，足知二公沿溯之所臻矣。衡老喜鋭筆尖鋒，亦是以唐法矯趙派末流之弊，非多見唐蹟不知。宣統己未季秋，寐叟記於滬西新閘路之海日樓，漏下四鼓，殘月東升，色如新黄之橘。

【案】此據寐叟題跋。錢編本脱“宣統”二字。

文衡山詩册跋

壬寅冬月，譯署宿直，朝房老蘇拉持此册來，審爲真跡，以四金諧價得之。癸卯中秋日，南昌署齋檢甫田集校一過，雄鵲、建章，昔遊如夢。衡老喜書在朝諸作，固知昔賢於此，政有同情。睡菴老人記。

【案】此據寐叟題跋，末鈐“姚埭老民”陰文印。又見同聲月刊第三卷第十號海日樓書畫題跋 102 頁、錢編本。蘇拉，滿語，爲内廷值勤者。

穴研齋藏王雅宜小楷千文真蹟册後

無錫縣誌：“秦柱，字汝立，秦金之孫。工書，師歐陽率更，草師孫虔禮。以薦授中書舍人。”士禮居藏書記屢稱穴研齋鈔本，而不知其時代前後，觀此乃知汝立印也。

【案】此據寐叟題跋，末鈐“乙盦”陰文印、“沈居士”陽文印。

豐存禮小楷普門品跋

書法謹嚴，刻尤精絶，明代小楷之最可珍者。

【案】此據寐叟題跋，末鈐“雙華王閣”陽文印。據筆蹟當作於宣統庚戌（1910）。

周公瑕幽蘭賦真蹟卷跋

周公瑕壽八十二，卒於萬曆二十三年乙未。作此書時,蓋六十八歲。陸包山、錢叔寶、文門諸子,大都先逝,壽承逝且十年,獨休承在耳。公瑕在諸公齒最後,而誼最篤,書此賦,當不無今昔盛衰之感。

王元美云:"公瑕楷法有二種:一種小變鍾體,一種出入吴興。篆法亦熟,不免率易。"藝苑卮言。又云:"俞仲蔚、周公瑕二君子,自履吉而後,狎主齊盟者也。"

【案】此據寐叟題跋,末鈐"寐叟"橢圓陽文印,篇題作"周公瑕字卷跋",錢編本同。同聲月刊第三卷第十號海日樓書畫題跋114頁題作"題周公瑕幽蘭賦真蹟卷",兹改作此題。

董文敏詩卷跋

辛酉爲天啓元年,是先生自山左學使乞歸後家居時作也。是時當已奉太常之召,而春季尚未北行。是歲先生六十七歲,余今年亦六十七歲,無意中得此卷,檢譜疑年,適然巧合。今日爲穀雨後一日,而詩云"昨日正逢穀雨",尤一奇也。塵世難開笑口,兵警聲中,聊復藉以婆娑永日。宣統八年三月,寐叟記於滬上海日廔中。

【案】此據寐叟題跋,首鈐"曼佗羅室"陰文印,末鈐"沈君"陽文印、"喜王室"陰文印。"宣統八年",錢編本改作"丙辰"。

董文敏楷書誥命卷跋

光緒乙巳,于役上都。得此卷於廠肆,鮮盦嘆羡不置,鄙吝顧不能割愛也。

【案】此據同聲月刊第三卷第十號海日樓書畫題跋112頁。寐叟題跋、錢編本皆未載。

清

陸清獻公隴其家書跋二篇

予嘗觀清獻公楷書千文於都門，序畫清肅，想見先生心靈趣尚。寶玩經時，顧不能終有也。今見此帖，乃有"焕若神明、頓還舊觀"之歎。人家子弟出家塾，而周旋世故，直是人禽關頭。書詞諄復周詳，長久之計，誘掖之序，去之二百年，指示告語，狀況可意測也。芝楣尚書跋説咻字，於公言殆有深契者。三復太息，敬識簡末。時乙卯孟冬，後學沈曾植。

或咻以亡身，或咻以亡家，或咻以亡國，或咻以亡天下。陸、張兩先生竭畢生之力與咻争，自康熙中葉以後，迄同治中興，上德下民，實受其福。世間何時，復有斯人？悲哉！

【案】此據上海圖書館藏陸隴其家書册頁後沈跋墨跡，前篇末鈐"鴛浮閣"陰文印，後篇末鈐"植"陽文印。亦見寐叟題跋，同聲月刊第三卷第十一號海日樓書畫跋續跋末"悲哉"後有"雨夜不寐，復起書此"，上圖册頁未見。

澹隱山房藏手稿二紙，文字稍異，兹録於下：

予嘗觀清獻公楷書千文於海王邨，敘畫清古，寶玩經時，想見先生性情趣尚。藏玩經時，然不能終有也。今見此帖，乃有"焕若神明、頓還舊觀"之歎。人家子弟出家塾，而酬酢世故，直是人禽關頭。觀所諄諄者，長遠之計，誘掖之序，去之二百年，趨庭狀況，可想像也。芝楣尚書跋説咻字，於公言殆有深契者。三復太息，敬書簡末。宣統乙卯孟冬，後學沈曾植。

【案】此紙首鈐"癸庭"陽文印，末鈐"沈曾植印"陽文印、"姚埭老民"陰文印。

或以咻亡身，或以咻亡家，或以咻亡國，或咻亡天下。陸、張兩先生竭畢生之力與咻争，蓋自康熙中葉以後，迄於同治中興，上德下民，寔受其福。世間何日，復見齊傅，雨夜不寐，復起書此。

【案】此紙末鈐"寐翁"陽文印、"海日樓"陰文印。

金冬心自書詩卷跋

衹録詩，藁書耳，而篆法、隸法、分法、章法一一皆從無心逗漏，元不著些子痕跡也。當時領悟者默然徑去，遂使此則公案，至今在黑漆桶中。辛酉伏日。寐叟。

【案】此據2017北京匡時秋拍Lot1992號拍品金農自書詩四首卷。跋末鈐"泠壽光"陽文印、"聊爾戲書"陰文印。作於民國十年辛酉（1921）。

劉文清公行書詩卷跋

光緒癸卯，税駕洪都，飛凫人持此卷來，審爲真蹟，諧價得之。樾仲見之，愛玩不置，謂可與所藏册匹敵。

文清微尚，雅在鍾、索之閒，構法則實從閣帖得之。金鍼自惜，不著言詮，而循本觀之，政自波瀾莫二。余嘗藉公書以證閣帖，謂肥處可以證顧刻，瘦處可以證肅本。世有學者,當不河漢斯言。長至後二日,娛園北齋書。

【案】此據寐叟題跋,末鈐"植"陽文印。

劉文清公小楷心經卷跋

楓林黄氏所藏書畫,中有文清與張文敏小楷合裝一册。張蠅頭工絶,文清書在白摺上,似尚不足敵之。逾月乃見此卷,真足與張中原逐鹿者,惜無由取張册與合裝耳。宣統丙辰九月,寐叟。

【案】此據寐叟題跋,末鈐"沈曾植印"陰文印。錢編本脱末"宣統"二字。

莫氏藏劉石菴翁覃溪小楷合册跋

莫侍郎家書畫,廿年前海王村肆所見甚夥,無不精美者。大半歸意園祭酒、藥農水部,水部身後,收藏雲散。意園葆存於兵燹之餘,圖籍幸存而藐孤沖幼,扃閟不可復見矣。周卿六兄爲侍郎外孫,閒出此册,屬爲題識,緬懷舊賞,如在目前。而翁劉合册咸其經意之作,吾於劉得董張之變,復於翁見文祝之會通。因知前輩轉益多師,殆於無一字無來歷者。末劫智短,不能紀遠,美術不昌,將審美之情先鑠乎? 閣筆一歎。光緒甲辰八月乙盦識於依望閣下。

【案】此據2013年浙江大地拍賣公司春拍Lot327號拍品劉墉翁方綱書法合册。末鈐"沈曾植"陰文印。

王夢樓秋日登文遊臺詩卷跋

延恩堂中藏書五萬卷,而書畫金石特稀。兵燹後,墳屋所存，收拾入粵者，亦僅書籍百一耳。丁丑游粵，省覲叔父，偶見敗簏庋室隅，因與六弟發之，乃得此卷及金輔之手書長卷，黦池腐裂，而首尾不傷，審眡皆兩先生合作也。叔父乃留金卷，而以此卷賜植。藏諸篋衍，迄癸卯乃付裝池，去游粵時二十六年矣。越今丁未，已周三甲。季春之月，瓊花初開，腹疾小極，閉關謝客，偃息需㝔，檢閱卷軸，冥想舊事，悲慨久之。乙翁手記。

【案】此卷爲 2021 朵雲軒春拍 Lot0561 號拍品，有沈曾植書籤條："王夢樓秋日登文殊臺詩延恩堂舊弆。壬寅秋日重裝。"原卷詩題爲"秋日登文遊臺作"，文遊臺在高郵，此詩見夢樓詩集卷十四秋日登文遊臺（題無"作"字，參觀劉奕點校王文治詩文集，人民文學出版社 2014 年，304 頁）。沈籤"文殊"爲"文遊"之誤書，跋文"癸卯乃付裝池"與"壬寅秋日重裝"亦牴牾。同聲月刊第三卷第十號海日樓書畫題跋 106—107 頁題作"題王文治登文殊臺詩卷"，誤作"文殊臺"。寐叟題跋、錢編本題作"王禹卿秋日登文遊臺詩卷跋"，兹改作此題。

跋首鈐"檇李"陽文圓印、"推度盡分銖爲世定時論乙盦"陽文印，末鈐"守平居士"陰文印、"㝥明室"陽文印。"審眡"之"眡"，錢編本誤作"視"。

原卷跋紙又有沈曾植題字"此紙猶是舊裝池故物"二行，下鈐"檇李沈氏世家寶玩"陽文九疊篆印。卷首有"沈維鐈印"（陰文），蓋經沈維鐈、沈宗濟、沈曾植三代遞藏。

元趙文敏三札卷翁覃溪跋跋

覃溪此跋殊不工，余斷爲僞蹟。客曰："子曷以珂羅板本較之？"取以相比，乃亦魯衛。客曰："真則同真，僞且俱僞。”余無以應，援豪記之。然跋書，此實更不及彼。若趙書，則此當先彼二三百年。即曰摹本，一出嘉靖前，一在嘉靖後，不可誣也。宣統丁巳二月二日，寐叟。

【案】此據寐叟題跋，末鈐“植”陽文印、“餘齋”陰文印。錢編本脱末“宣統”二字。篇題寐叟題跋作“趙文敏三札跋”，海日樓書畫題跋115—116頁作“題趙孟頫行書手卷”，此從錢編本。

鄧木齋書册跋

木齋先生書意，尋玩頗與陳六謙太守相近，薌泉固揚舉北宗者。風流尚緒論，濫觴千里意，與山民筆訣同，當亦有所觸發耶？山民以篆筆爲隸草，實亦以南宗心髓開北宗閫奥。去今百餘年，而鄧家書旨，遂無能言其本末者。昔與承侯相對太息，今玩兹册，重有感道州之語，輒記簡末，以諗後來。

【案】此據澹隱山房藏手稿，原無題，據文意擬此題。據筆跡，蓋作於民國戊午（1918）。木齋先生即鄧石如之父。薌泉即陳奕禧（1648—1709），字六謙，號香泉，海寧人。鄧石如（1743—1805），號完白山人，亦作完白山民。承侯爲李慈銘之子。“道州之語”見何紹基東洲草堂文鈔卷十一跋鄧木齋書册爲守之作，略云：“守之兄出示乃祖木齋先生書册，乃知完伯先生實由此擴而大之，研而精之，然其神理骨格，所謂辨其由來，波瀾不二者也。”可參觀。守之即鄧石如之子鄧傳密（1795—1870）。

徐籀莊同柏鐘鼎書楹聯跋

朱硎秋爲余致籀莊先生書蹟六七事,此其一也。上下無題署,蓋非合作。然今日以他幅比之,筆墨利鈍,亦無由測也。

【案】此據寐叟題跋,末鈐“寐翁”陽文印。據筆蹟,蓋作於光緒己亥(1899)。

林文忠公上先司空公手翰册跋

右林文忠公上先司空公書七紙,宣統辛亥從里中常賣人家得之。所稱水師不必設,礮臺不必添,蓋皆琦氏之言。議論謬横至此,而敢以上陳聖聽,非有主之者不至此。此辛亥年硃筆罪狀,穆相所以言之猶有餘痛也。公初受事,已知入坎;既解職,益切葵憂。勞臣藎懷,字字丹赤,百代之下,見此者當無不服公先識。抑先識豈公所樂受哉!悲夫!植識。

【案】此據寐叟題跋,首鈐“曼佗羅室”陰文印,末鈐“曾植”陽文印。“宣統辛亥”,錢編本脱“宣統”二字。

陳官焌隸書册跋

小隸極規矩,極清逸,在道咸間可與閩吕世宜相伯仲。吕游京師久,人多知之。陳君名乃不出鄉里,然固書可傳。宣統己未九月,餘齋老人書。

此亦學禮器者,未可粗心評斷。

【案】此據寐叟題跋,前段末鈐“泠壽光”陽文印。後段末鈐“寐叟”橢圓陽文印。錢編本脱“宣統”二字。

顧文治書先司空公撰陳君家傳册跋

司空公集外逸文,家無存稿。宣統庚戌,曾植自皖歸里,族侄慶貽得之市中,持以見示,亟以善價收之。植記。

“顧文治,號桐君,嘉善諸生,工篆隸,通金石。癸卯夏,來寓天尊閣,崇文篤友,和藹可親。”郭肖雷藝林悼友録

【案】此據寐叟題跋,末鈐“植”陽文印。

洪琴西先生汝奎手札跋

昔嘗聞琴西先生實傳六安吴氏學説,治行清嚴,爲一時諸公所重。顧亦以是爲異趣所忌,千里之駕,躓於蟻垤,論世者不能不爲人才惜也。讀先生辭曾文正書,怵然於仕路險巇,志存退隱,蓋自斷有素者。萬里荷戈,無幾微悲憤之意,其所養蓋深遠矣。幼琴觀察以此屬題,輒書敬仰之忱於簡末。

【案】此據文獻 1992 年第 4 期錢仲聯輯録沈曾植海日樓文鈔佚跋(六)、錢仲聯編校海日樓文集 168—169 頁。

朱强甫遺墨跋

强甫没,今八年矣。平生意氣如雲,交遊遍湖海。一死一生,音沉響歇,獨石欽(手)〔守〕其遺墨,宿草之痛,時久彌悲。嗟夫!强甫詎知其恒榦之不常,而精神之藴僅藉此數番簡牘與後賢相見於異世耶?使强甫任無涯之知與

世角逐至於今日,其卒能葆此强立之精神以自完其初願耶? 燈炧夜闌,與石欽相對黯然。

【案】此跋見2021泰和嘉成春拍Lot1060號拍品沈曾植遺墨。原無題,據文意擬此題。作於宣統元年己酉(1909)。

于次棠公蔭霖書卷跋

宣統庚戌,敬庵自山左歸,出此卷見示。于公不以文名,而此序語純而氣肅,有德者言,有本之文也。方于公在皖時,道揆未移,法守具在,政餘休息之暇,頗延接文儒賢俊,諏度行宜,而諸君子風義操持,各有樹立,以副于公期許,敬庵與馬君遹伯其著者也。篇末述敬庵家庭訓語,所謂吾與汝能守先人之法,後來子孫則不可知云云,愀然怵然,凛若冰霜之披體。道德日衰,人倫將爲天下裂,夫所謂當世偉人者,豈僅潔身獨善,自完天職哉! 于公得敬庵。【下缺】人往風微,世與道喪。敬庵服官齊魯故邦,負人倫道德之資表,涉洙泗、攬龜蒙,循河(齊)[濟]以瞻泰山,攝齊而升堂,駷征而諮謀,退而誦于公之文,繹父兄之彝詁,以詔後生,以質於稷下之老師祭酒。【下缺】

【案】此據同聲月刊第三卷第十一號海日樓書畫題跋續111頁,題作"跋于公書卷",于公即于蔭霖(1838—1904),字次棠。光緒二十一年至二十四年(1895—1898)任安徽布政使,故改此題。此跋寐叟題跋、錢編本皆未載。

劉雲樵先生草書册書後

草書原自古大篆,其變化譌略破觚削繁之意,漆書蟲尾之形象，往往與古金文字𦣞較相通，上且及於龜卜文。其與時代同波流，涉隸而爲章，涉正楷而爲狂草。其點畫形勢，若衛恒所稱“獸跂鳥峙，志在飛移，若珠絶而不離，蝄蟵附枝，若遠厓阻碕，就而察之，一步不可移”者，若索靖所稱“科斗鳥篆，類物象形，睿哲變通，意巧兹生”者，曲喻揣侔，微溯迥籒古，固無由通其術語。宋以後僅從八分小篆求之，淺矣。

草書盛於漢代，漢代乃未有專書。自崔、張、皇象、索靖書急就，其後有月儀，其後有千文，皆以習熟筆道，通變備字體。［唐］代有賀知章書孝經，孫虔禮書文選景福殿賦，自小學浸淫及經子二氏之藏，唐人草書經典蓋多有，儒者希覯焉。

雲樵先生昔以茂宰莅吾鄉，治蹟遍在浰東西，書跡在人間亭壁屏幛間者，蓋往往見之。心識其意度，顧宧游未嘗得接言論。晚識潛樓，問先生起居。見次公稚樵兄弟，器表若一型。因以想先生高致，寢處山澤，若親見之。先生既老，益以草書自娱。積若干年，自孝經、通書、離騷，漢魏晉唐人集若干部若干册。此陶詩全部，其一種也。觀其筆醇而不肆，結字偏旁，皆有依據，淵然篤厚長者之風。潛樓將付石印，植竊願請孝經、通書以益之。於以見劉氏家學淵源，忠孝正性之所自，矜式異世，不亦善乎！宣統己未五月，嘉興沈曾植題記。

【案】此據文獻1992年第4期錢仲聯輯録沈曾植海日樓文鈔佚跋（六）、錢仲聯編校海日樓文集169—170頁。

劉雲樵名喬祺（1842—1920），江西德化人，歷官嘉興知縣、兩浙鹽運使。長子廷琛(1868—1933),字幼雲,號潛樓。次子廷琦,字稚樵。

跋引衛恒語,實爲衛恒四體書勢引崔瑗草書勢中語(參觀晉書卷三十六衛瓘傳附恒傳),有所省改。原文略云:“竦企鳥跱,志在飛移;狡獸暴駭,將奔未馳。或黝黚點黤,狀似連珠,絶而不離……旁點邪附,似蜩螗挶枝。……是故遠而望之,焉若沮岑崩崖;就而察之,一畫不可移。”可參觀。所引索靖語,見晉書卷六十索靖傳引靖草書狀。

題潘若海詩柬

若海逝矣,此一帋遂爲絶筆。如可贖兮,人百其身。痛哉!

【案】此據寐叟題跋,末鈐“寐翁”陽文印。據筆蹟當作於丙辰(1916)。

李梅庵玉梅花盦臨古册跋

李道士有祝希哲之書才,豐存禮之書學,肥炙豐膳,飲啖如吸川,不屑爲山澤癯儒,而論議顧視飄飄,自有淩雲之氣。其於書道,殆坡谷所謂墨戲爾,發於醉飽之餘,引豪濡紙,惟意所適,從而命之曰某家某家,而某家某家之肥瘦平險,一一貢其真形而靡所逃遁。神仙家言,張惡子蓋七十三化,而老子化胡經有十六變詞,意道士有得於斯而示現諸墨戲耶?自記“納碑於帖”,遯翁論旨劇不爾,曰“化碑爲帖”可爾。吾尤喜其題評小字,居然漢代木簡風味。惟其似且不似,不似而似,關捩幾何,請道士作十日思。“其中有信”、“以閲衆甫”，猶龍氏言之矣。甲寅季夏，遜齋居士植題。

【案】此據民國四年(1915)震亞圖書局出版李梅庵先生臨漢魏六朝唐宋元明中學習字帖所附沈跋墨蹟影本。同聲月刊第三卷第十號海日樓書畫題跋105頁題作“題李梅庵臨唐宋元明帖册”，“殆坡谷所謂墨戲爾”之“爾”作“耳”。清道人遺集題詞題作“玉梅花盦臨古跋”(參觀黄山書社2011年版)，然無末署“甲寅季夏，遜齋居士植題”。

蔣厚民遺命卷跋

孫真人言：“終身讓路，不枉百步；終身讓畔，不失一段。”養德養生，一循乎是，是喫虧之説，易謙卦義也。“士之子恒爲士”，“君子思不出其位”，黄魯直云：“人家但不絶讀書種子，後世必有達者。”是安本分義，易恒卦義也。“天地變化，草木蕃，天地閉”，孔子曰“吾得坤乾焉”。守約而施博，奉兹六言以往，制節謹度，資愛敬以守祭祀，言行無怨惡，小宛之君子意若斯乎！蔣君有静氣，其將有會於愚言。戊午秋仲，東軒病翁書。

【案】此跋見2014北京保利秋拍Lot1855號拍品鄭鼎臣敍述先令并感舊詩卷。末鈐“海日樓”陰文印。作於民國七年戊午(1918)。該卷曾熙書引首“清芬世誦”，其後有曾熙隸書“學吃虧安本分”并跋：“此蘇盦先君子遺命也！其師鄭鼎臣作記，以授諸蘇盦，蘇盦復請熙書之册端，蔣氏子孫，其世世永寶之哉！”後有馮煦撰書蔣厚民傳、曾熙書并跋鄭鐘鼎臣撰厚民遺命記并感舊詩、曾熙書并跋蔣國榜蘇盦撰先考厚民府君靈表，又馮煦、李詳、魏家驊、鄭孝胥、程紹伊、沈曾植、馮圻、仇繼恒跋。

蔣長恩(？—1896),字厚民,上元人。長子國榜(1893—1970),字蘇盦。次子國平(1894—1911),字平叔。

傳世又有李叔同代書鄭鐘撰厚民遺命記并感舊詩卷(2011 匡時秋拍 Lot0847 號拍品、2014 匡時秋拍 Lot1225 號拍品、2017 誠軒秋拍 Lot0185 號拍品),鄭記云:“學吃虧安本分。故友厚民臨終以此六字遺孤,受託孤命十年,乃歸其子,并録感舊諸什,即期蘇盦、平叔兩世兄遵守焉。後死友鄭鐘謹述。”可參觀。

“終身讓路,不枉百步;終身讓畔,不失一段。”爲朱仁軌語,見新唐書卷一百十五本傳。赵善瓌自警編卷三:“黄魯直云:‘四民皆當世業。士大夫子弟能知忠信孝友斯可矣,然不可令讀書種子斷絶,有才氣者出,便當名世矣。’”参觀齊東野語卷二十書種文種條。

□□主人書帖跋

鴻都書人,不爲世重。羅趙草書,趙壹非之。及江左而王謝郗庾競以野鶩家雞風尚相尚,鍾索妙墨,衣帶過江,士大夫感寓所寄,豈僅筆研間事哉! 右軍念念舊京,不肯隨時世改體,此其用心與詩人臺笠緇撮何異? 此中甘苦,固非張懷瓘輩所解。吾嘗論南宋諸儒聚訟定武蘭亭,藉寓神州之感,趙王孫知定武美,而不知所以美,傎矣。觀□□主人書,輒抒此論,以質高明。行歸於周,萬民所望。以佛不二,如是我聞。

【案】此篇澹隱山房藏手稿、鈔本各一紙,稿本無題,鈔本沈頲題作“跋鴻都書人書”,不確。按稿鈔本“主人”二字前皆有空缺,因擬此題。據手稿筆跡,作於民國七年戊午(1918)。

書成唯識論跋

略師流沙漢簡意録成唯識論，乃（於）〔與〕北朝寫經少分相應，恨不與山舟同時，一相參證。寐叟。

【案】此跋見2020香港苏富比春拍Lot2711號沈曾植書成扇，節録成唯識論并跋，末鈐“曾植”陰文印。

臨爨龍顔碑跋

仕德碑在宋世，楷法遂多於分法，此中嬗變，極可研尋。

【案】此跋見2012北京保利第18期精品拍賣會Lot4218號拍品沈曾植書成扇，末鈐“曼佗羅室”陰文印。此扇節臨爨龍顔碑：“班彪删定漢記，班固述修道訓。爰暨漢末，采邑於爨，因氏族焉。姻婭媾於公族，振纓蕃乎王室。”

臨劉懷民墓誌跋

劉懷民志，結體於爨碑猶相近，宕逸則下開中嶽。餘齋。

【案】此跋見2017匡時春拍Lot0901號拍品、2021年西泠春拍Lot3881號拍品沈曾植書成扇，末鈐“餘翁”陰文印。作於民國庚申（1920）。此扇原書贈康有爲，有其跋云：“此沈子培尚書寫贈吾扇，吾以贈勁菴弟。康有爲。”末鈐“游存”陽文印。

臨古詩帖跋

此帖相傳爲康樂書，香光辨爲長史，余尚疑出彦脩。

【案】此跋見2019北京保利第48期精品拍賣會Lot3359

號拍品、2020年西泠春拍Lot872號拍品沈曾植書成扇。此扇書臨古詩四帖中第二首:“北闕臨丹水,南宫生絳雲。龍泥印玉簡,大火練真文。上元風雨散,中天哥吹分。虚駕千尋上,空香萬里聞。謝靈運書。”跋後署:“愚直仁兄屬書。寐叟。”末鈐“華亭”陽文印。按此詩爲庾信道士步虚詞之八,原帖後接書“謝靈運王/子晉贊”兩行,沈氏誤從前人釋“王”爲“書”字。據筆跡,此扇當書於民國庚申(1920)。

彦脩爲五代梁乾化中僧人,傳世有草書裴説寄邊衣詩帖刻石,今在西安碑林博物館。北宋李丕緒跋其書曰:“乾化中僧彦修善草書,筆力遒勁,得張旭法。惜哉名不振於時。”董其昌以古詩四帖爲張旭所書,故寐叟有此言。

書少陵夔州詩後

夔州諸作,作鮑庾觀者有之,作張文昌、姚武功觀者有之,作淵明觀者有之。普陁舍利,隨緣現相。

【案】此跋見2004浙江長樂秋拍Lot0271號拍品沈曾植書張震畫山水成扇。沈書杜甫江上、江月、月圓三首并跋,款署:“仲英仁兄大雅。寐叟。”鈐印“寐叟”楕圓陽文印、“海日樓”陰文印。據筆跡,當作於辛酉(1921)。畫款署:“辛酉秋八月橅停雲館大意,録舊句,請仲英仁師兄大雅正謬。野僧張震。”

書杜詩遺王静安跋

晚歲讀草堂蜀中詩,彌益親切。覺其善道人意中事,寄情於景,寫實於虚,正使元白張姚盡其筆力,不能當此老一二語助詞也。質之高明,以爲如何?

【案】此據錢仲聯編海日樓文集158頁,題下注“辛酉”

(1921)。又見袁英光、劉寅生王國維年譜長編(天津人民出版社 1996 版,328 頁),文獻 1993 年第 1 期錢仲聯輯録沈曾植海日樓文鈔佚跋(七),録文有訛脱。

題自書集句聯

西山朝來,致有爽氣,未必拄笏人能解曲水流觴,亦政藉王謝家兒餔歠生色耳。此上句出迦陵,下句出愚山,皆復社舊人,合之乃成笙磬同音耳。

【案】此跋見 2006 廣東保利夏拍 Lot0435 號拍品。題自書集句聯:"醉倚高樓閒拄笏,詩成曲水更傳觴。"署款曰:"鏡波仁兄大雅。寐叟。"鈐"植"陽文印、"海日樓"陰文印。迦陵即陳維崧,愚山即施閏章。據筆跡,此聯應作於辛酉、壬戌之際(1921—1922)。

卷二　畫跋

宋

李成煕煙峰行旅圖跋

廣川畫跋題李咸煕畫，語意殆謂王氏所藏爲摹本，而臨摹之美，可據以推度真蹟也。此幅余據宣和譜定爲煙峰行旅圖，元人摹本，假令香光見此，固當許我知音。

【案】此據同聲月刊第三卷第十一號海日樓書畫題跋續110頁。寐叟題跋、錢編本皆未載。澹隱山房藏沈頲纂鈔海日樓藏書畫目云："李成煙峰行旅圖　紙本。宋。陸友跋。"

高益畫跋

高益，燕人，於遼自拔而歸宋。圖中麋狙觳觫，有光餤奇獸捕食虎豹，得非希望神武救民水火寓意耶？燕人自天福陷契丹，歷女直、蒙兀，四百餘年而後再被漢服。讀此畫，尋益用心，累欷何已。

【案】此據澹隱山房藏手稿，按筆跡當作於民國三年甲寅（1914）。另題有七絶二首，參觀拙編海日樓詩集。

宋畫花卉卷跋

"宋畫院人皆極天下之選,朝廷復優遇之,故其藝精絶,非復世所及。此卷蓋當時畫院人作,而不著氏名,故題者誤以爲黄(荃)〔筌〕。予嘗謂畫當觀其神韻,而不必究其誰何。後之人見畫牛必曰戴嵩,見畫馬必曰韓幹,知世之畫牛馬者固不止於嵩、幹。噫! 此未易言也。"寓意編題宋人畫花竹翎毛。

此卷兼黄(荃)〔筌〕、徐熙兩家筆意,敷色之妙,不減唐人。余所見北宋黄氏父子、趙昌、易元吉,風格精神,大略相近。而竊疑爲南宋畫者,以絹文特細,筆尤秀韻耳。大都花鳥一門,自宣和帝後,彌爲精巧,惟多閱乃知之。草蟲圖惟二徐父子有之,此卷殆徐法也。

【案】此據寐叟題跋,前段末鈐"般室"陽文印,後段末鈐"寐叟"橢圓陽文印。據筆跡,當作於丁未(1907)。

前段所引不見於今本都穆寓意編,而見於孫岳頒佩文齋書畫譜卷九十宋人花竹翎毛條,下注"寓意編",跋蓋引自此書。

李迪長卷跋

余嘗得李迪秋江宿鷺長卷,色静而氣幽,與李晞古趙尚相近,與陳簡齋、朱希真同一機軸。畫家蓋有偏安朝殘山賸水之風,不可與黄、徐、崔國家盛時同論固也。此卷規度興象,猶襲黄、徐舊法,意匠巧麗,而神韻疏澹,此爲迪之心得,亦王降而風,轉移之脈絡也。

蘇、米風流,傳於中州,而衰於江左。董、巨、李、范之法脈,元一統而後教興。美術與國家盛衰强弱相關如此,撫卷太息。

【案】此跋據手稿,沈潁題作"李迪秋江宿露卷跋手稿",定名不確。録文又見文獻1992年第4期錢仲聯輯録沈曾植海日樓文鈔佚跋(六)、錢仲聯編校海日樓文集170頁,題作"李迪□□□□長卷跋",兹刪去空格。文集錢按疑"崔"爲"在"之誤,按"崔"指北宋畫家崔白。手稿"特筆意於工緻"旁書"意匠巧麗",當是替代原句(與下文原稿"湖州龍眠之超逸"旁書"蘇米風流傳於中"同例),兹刪去。文集作"特意匠巧麗,筆意於工緻",錢按疑"於"爲"極"之誤,文獻無"於"字,按手稿確是"於"字。

劉松年香山九老圖卷跋

贛茶有檳榔紋者,紅質紫章,檀心千葉,陸離璀璨,滇、蜀所無,甚異種也。敦牂上巳,薄雲釀春,此花盛開。適有客餉牡丹海棠,羅致窗前,交枝競芳,殊情同豔,楚翹翩來,掩映花閒,現天女身,説生春法。此卷在几,花有神光,畫有神光,麗娥神光,三位一體,當境示現。逸老欣然,命筆記之。妙悟因緣,如是我見。

【案】此據寐叟題跋,末鈐"平等光明月室"陰文印、"楚翹"陽文印,題作"宋劉松年九老圖卷題文"。同聲月刊第三卷第十號海日樓書畫題跋111—112頁題作"題劉松年香山九老圖卷"。錢編本"羅致"誤作"羅列","逸老"之"老"未釋。逸老,即沈夫人李逸静。太歲在午曰敦牂,又據筆蹟,此跋當作於光緒丙午(1906)。

睡翁乙巳歲入都所得畫。

【案】此據寐叟題跋，末鈐“檍菴”陰文印。

劉松年明皇按樂圖跋

閶門畫所見蓋多，收藏家都不能定真僞之判。余特以其筆鋒毫力辨察之，自謂十得七八也。此圖蒼鬱處乃與李、夏沆瀣一氣，定是南宋物，嘉、隆吴兒，詎能夢見？

圖中樂器、用器，頗足爲考古之佐。前一段是花奴羯鼓事，愚於鼓不免有疑，松生歸可詳考之。

【案】此據同聲月刊第三卷第十一號海日樓書畫題跋續 109 頁。寐叟題跋、錢編本皆未載。

元

錢雪川選版築圖卷跋

近歲見錢氏佳蹟屢矣，以濟甯孫氏水村圖爲第一。此卷得於甲戌、乙亥之間，爲寐叟收宋、元畫發軔之始。今年慈護二十初度，檢此賜之。珍秘永存，非所敢企；雲烟過眼，亦復矯情。護兒頗有雅性，其此或爲引發正助一因乎？宣統九年歲在丁巳浴佛後一日，海日樓書。

【案】此據同聲月刊第三卷第十號海日樓書畫題跋 105 頁。寐叟題跋、錢編本皆未載。澹隱山房藏沈頴纂鈔海日樓藏書畫目云：“錢選版築圖卷　絹本。李洞、高寄跋。張紳、丘濬題觀款。尚書公跋。”

趙松雪畫馬長卷跋

南宋書畫,玉牒名家與士夫異尚,蓋德壽雖崇蘇黄,自運專師米、薛,猶宣政舊尚也。子固、子昂,亦力避蘇黄,去米而尊薛,其宗尚乃頗與宋初諸錢相近,山川之因果耶?事業之因果耶?爲同莊題此卷,感想及之。

【案】此據同聲月刊第三卷第十號海日樓書畫題跋 113 頁,自注:“卷藏瑞安林氏。”林氏即林大同同莊。沈氏并有詩題此卷,參觀海日樓詩注卷十(中華書局 2001 年版,1264 頁)。此跋寐叟題跋、錢編本皆未載。

曹雲西知白山水卷跋

珊瑚網曹真素疏林寒色册汪世賢跋云:“雲西山水師馮覲,亦似郭河陽。家富盛而文彩有餘,嘗築臺以銀塗之,名‘瑶臺’,月夜攜客狂飲其上。倪、黄諸名士,時爲下榻,以書畫相賞會。”又,曹真素欒陵溪山圖,梧溪長老題云:“世治多福人,時危多貴人。貴人乃鬼朴,福人(自)〔真〕天民。緬惟曹雲西,生死太平辰。高秋下孤鶴,想見美丰神。菀菀露欅間,幽幽水石濱。槳打甫里船,角墊林宗巾。往訪趙松雪,滿載九峰春。酒名。斯圖作何年,援筆爲慨呻。池廢餘野鴇,井渫摇青蕢”云云。植案,雲西畫不甚顯稱於有明中葉,自經香光提倡而後盛行。汪砢玉所收至多,考述亦最詳。味前兩題,其品格殆與顧阿瑛相類。其卒年當在庚申前,梧溪詩謂“往訪趙松雪”,則其壯遊蓋及至治以前,行輩先於倪、(王)〔黄〕也。此卷巖壑峻拔似河陽,筆鋒超秀則似摩詰。馮覲者,宣和内臣,畫譜稱其善學摩詰者。沿流溯源,一酌知味可矣。宣統八年四月既望,巽齋老人題於滬瀆流寓之東軒。

寫此後,檢歷代名人年譜,曹雲西卒於至正十五年乙未,年八十有四。辛巳爲至正元年,然則作此畫時,雲西年六十九也。

【案】此據寐叟題跋,前篇末鈐"壹庵長宜"陰文印、梵字"卍"陽文印。後篇末鈐"海日廔"陰文印。又見同聲月刊第三卷第十號海日樓書畫題跋119—120頁。"樂陵溪山圖"之"樂",同聲誤作"示"(錢編本作"□");"高秋下孤鶴"之"下"誤作"高";"菀菀露櫸間"之"菀菀"誤作"菀菀";"池廢餘野鵠"之"鵠"誤作"鶴"(錢編本誤同);"善學摩詰者"之"善学"誤作"善求學"。"宣統八年",錢編本改作"丙辰"。跋所引梧溪詩,見王逢梧溪集卷五。

曹知白此卷爲北京海士德國際拍賣有限公司2011年春拍Lot0096號拍品。畫上曹氏自題云:"至正辛巳(1341年)歲六月既望,雲西老人曹知白畫於常清浄齋。"

陳仲美琳金山勝槩圖卷跋

陳仲美世多以爲明初人,蓋畫史彙傳之誤耳。湯采真畫(評)〔鑒〕稱"江南畫工陳琳,字仲美,其先本畫院待詔。琳能師古,山水花竹禽鳥,並臻其妙。見畫臨摹,仿佛古人。子昂相與講[明],多所資益,故其畫不俗。宋南渡二百年,工人無此手也"。珊瑚網宋元名人畫陳趙合作一頁,文敏題云:"陳仲美戲作此畫,人皆不及也。"南陽仇遠題云:"大德五年辛丑秋仲,仲美訪子昂於餘英松雪齋,霜晴溪碧,作此如活。雖崔艾復生,當讓一頭地。修飾潤色,子昂有焉。"詳此兩節,仲美可云元初人,不可云明初也。仲美畫近代流傳頗希,無意得此,檢校書證,遂消一日。時宣統丙辰孟夏既望後二日,禱於陳氏濟公壇,得"記取雞人來絳幘"之句,晚晴夕照,方在屋角也。李鄉農。

湯氏言,古人畫稿謂之粉本,前輩多寶藏之。陳氏善臨摹,此卷疑其粉本也。

【案】此據寐叟題跋,首鈐"散芝密主"陽文印,末鈐"寐叟"陰文印、"般室卧游",題作"陳仲美金山圖卷跋"。同聲月刊第三卷第十號海日樓書畫題跋 110 頁題作"題陳琳金山勝槩圖卷"。"子昂相與講[明]",原文脱"明"字,同聲補作"論",不確。"餘英"之"英"同聲作"華",誤;"詳此兩節"之"兩"作"數";"宣統丙辰孟夏"之"孟"作"首"。錢編本脱"宣統"二字。

劉貫道畫金顯宗西泠探梅圖軸跋

此金世宗世子允恭像也。章宗即位,追謚顯宗,事蹟具世紀補中。允恭撫軍監國有賢聲,其卒也,國人痛悼之甚至,世宗尤悲之。章宗之立,因父故也。史稱允恭少年狀貌雄偉,而此像清癯,乃若病者。考乙巳爲大定廿五年,圖成於二月,至六月而允恭卒。所謂天人報盡,衰相先見者耶? 西泠探梅,猶是海陵立馬吴山故意。劉貫道因嘗以貌海陵得官者也。圖中開禊袍、馬蹄袖,咸與我朝制同。金史詳朝祭服,而不詳常服,據此可以補之。上鈐凝華殿寶。承華爲太子所御正殿,世紀補文屢見。蔡正甫書謹而拙,蓋其晚歲病風,不能自運,假手他人耳。宣統乙卯臈月,得於滬上。寐叟。

【案】此據寐叟題跋,末鈐"寐叟"陰文印。錢編本脱末"宣統"二字。澹隱山房藏沈頴纂鈔海日樓藏書畫目云:"劉貫道畫金顯宗西泠探梅圖軸　紙本。元。蔡珪跋。"蔡正甫即蔡珪。

明

劉完菴珏山水卷跋

嘉、隆以前士大夫,自有一種韻度。王文恪之文,石田詩,完菴畫,李貞伯書,工力自不及後來,而天真自適,轉覺餘味挹之不盡。觀此卷,知石田之先天易,又當知大癡廬山真面不盡於婁東一宗也。宣統庚申三月,寐叟。

【案】此據寐叟題跋,末鈐"右神館"陰文印、"餘黎"陽文印。錢編本誤"完菴"爲"定菴",又脱末"宣統"二字。

姚公綬文飲卷跋

項墨林收藏。姚際恒好古堂書畫記著録,品云:"樹竹蒼鬱,法梅道人,字法趙吴興。甚精。"

【案】此據文獻 1993 年第 1 期錢仲聯輯録沈曾植海日樓文鈔佚跋(七)、錢仲聯編校海日樓文集 157 頁。文飲卷原爲沈曾植舊藏,後歸美國顧洛阜(John M. Crawford,1913—1988),今在紐約大都會藝術博物館(參觀翁萬戈編美國顧洛阜藏中國歷代書畫名跡精選,上海人民美術出版社 2009 年,

183—186 頁)。卷後有光緒丙午(1906)梁鼎芬、陳三立、余肇康應沈曾植之請所題詩篇,但無沈氏此跋。

沈石田山水卷跋

水墨滃鬱,酣恣醇厚。末題:"輞川句子漚波畫,秀絶精神千古逢。幽夢秋來落何處?碧煙芳草白雲峰。弘治丙辰秋八月,有竹居漫筆,長洲沈周。"是歲先生年七十。石田此卷,想其縱筆之時,不復爲作畫,故大勢點染,幾如立就。古人得意處,往往以無意得之。是邪非邪?畫以人重耶?人以畫重耶?展卷應作如是觀。己酉孟冬日雨窗記,踵息子李鄉。

【案】此據文獻1993年第1期錢仲聯輯録沈曾植海日樓文鈔佚跋(七)。"己酉(1909)",原誤作"乙酉(1885)"。

沈石田山水長卷跋

此卷筆力縱横,略與意園所收匏菴送行卷相近,而墨法間有未極渾融處。意紙質太新,或畫成太速,渲染之事未盡故耳。别紙自題云:"隨物賦形,任之於筆硯,其妙在執筆硯者,筆硯豈能事乎?此長卷余所戲作,未必作能事自詑。但寄意江山,在得其曠遠以自適耳,觀者毋以筆法求也。沈周。"又另紙姚跋云:"沈氏累代力學而不求仕,矧其戚屬又饒顯宦,奚難汲引?意其邱壑緣深,仕途興淡,故爾詩畫遂出人頭地,名當世而垂後世,若操券待耳。兹卷雖草草不工處,具有力量,悉從黄鶴山樵變化中來,可爲知者道也。客持此索題,迅筆識之。嘉禾雲東外史綬。"印三:“江南水竹邨”、“紫霞滄洲”、“嘉興姚綬”。枯筆淡墨,草偃風行,而筆勢極其圓足,侍御書合作也。卷長至三丈餘,飛凫人嫌其霸氣。余以微值得之。

【案】此跋據北京翰海拍賣公司1996年春拍Lot0714沈曾植題跋手稿卷,題作“石田長卷”,末有“沈曾植印”、“海日樓”兩陰文印。據筆跡當作於光緒壬寅(1902),印爲後鈐。跋文又見同聲月刊第三卷第十號海日樓書畫題跋116頁,題作“跋沈石田山水卷”。又見文獻1993年第1期錢仲聯輯録沈曾植海日樓文鈔佚跋(七)、錢仲聯編校海日樓文集166—167頁,題作“石田長卷跋”。兹改作此題。

“意園所收”之“收”,錢編本作“致”;“未必作能事自詫”,錢編本無“未必作”;“邱壑緣深”之“深”,稿本、錢編本皆缺,據同聲本補。

唐六如梅谷圖卷跋

唐子畏畫,出入宋、元,離合文、沈,煙墨之表,特存妙寄。吴下收藏家專取其明秀一種,若是則子畏所長,乃僅與實父争勝豪釐耶?唐用筆瘦者近衡山,肥者近石田,而較二公皆加腴。其用墨淡者近衡山,濃者近石田,亦校二公加明麗。要之,近石田者格較高,是衡老所終身心折,而仇生斂手却步,不能措筆者也。余爲此論,略標眼目,固知不能勝吴兒口,然持此以擇唐畫,庶稍免沈裝之欺眩耳。

【案】此據寐叟題跋,末鈐“曾植”陽文印、“海日廔”陰文印。“亦校二公加明麗”之“校”,錢編本改爲“較”。

唐六如江天漁父圖卷跋

唐子畏畫,初從馬夏,晚參吴王,慧業净心,筆花五色,是游心十地,現居士身而説法者。有時散髮抽簪,有時倒冠落佩,而餔啜風流,自是王謝家風,非傖楚所能仿佛,觀者亦當法眼照之。

【案】此據同聲月刊第三卷第十號海日樓書畫題跋111頁。寐叟題跋、錢編本皆未載。

文璧畫九天司命真君像軸跋

丙子爲洪武二十九年,逮今宣統丙辰,實五百二十一年也。文璧人物,至爲罕覯,來者寶諸。巽齋記。

【案】此據同聲月刊第三卷第十號海日樓書畫題跋113頁,寐叟題跋、錢編本皆未載。

此畫及跋文所考皆可疑。文璧,如指文徵明(1470—1559),則當作文壁(參觀周道振、張尊月纂文徵明年譜,百家出版社1998年,6—7頁)。洪武二十九年爲1396年,與文徵明無涉,丙子若爲正德九年(1516)乃合。

文衡山養鶴種松圖卷跋

太倉陸潤之遍閲吴、越圖畫,常以衡山人物爲難得。明代論人物畫,以衡山繼蹟吴興。近代見聞日隘,固無留意及此者。畫學衰絶,祖惲尊王,衹益塵陋耳。此卷爲徵仲八十四歲作,老筆紛疏,略不用意,而規矩神明,自然雅逸。卷尾有王蓮涇印,蓮涇藏書多見之,藏畫罕見,彌難得也。光緒壬寅臘月，得之海王村市。大寒前二日，踵息軒識。城西睡菴老人。

【案】此據寐叟題跋，末鈐"植"陽文印。"踵息軒"之"軒"，錢編本誤作"齋"。

文待詔仿一峰老人山水真蹟卷跋

丙午爲嘉靖二十五年，待詔七十七歲時作也。石田、衡山目中之大癡，與香光、西廬目中之大癡不同，論畫者所當知，學畫者亦不可不知。元美之言曰："子久師董源，晚稍變之，最爲清遠。"此即沈文緒言，蓋黄畫自有兩種，峻拔者特其一面觀耳。

【案】此據寐叟題跋，末鈐"寐叟"橢圓陽文印。又見同聲月刊第三卷第十號海日樓書畫題跋116—117頁，錢編本未載。

文衡山書畫册跋

宋徽宗晴麓横雲直幅，清河書畫舫著録，今在武昌陳氏。余嘗命爲宋世唐畫，其規擬摩詰，精思通微，正使摩詰復生，固當有亂真之歎。曾寄余齋十餘日，去今數年，雲氣時時縈余夢寐也。待詔畫宗摩詰，精詣且不減道君，雖時代限之，而其【下缺】

【案】此據澹隱山房藏沈頴鈔本、同聲月刊第三卷第十一號海日樓書畫題跋續108頁。鈔本題作"殘稿 題文待詔畫"，同聲題作"題文衡山書畫册"，今改爲此題。寐叟題跋、錢編本皆未載。

仇實甫桃源圖卷跋四篇

仇實甫以臨摹唐、宋，擅一代名。其用筆楷正，敷采古厚，寔有闖二李、摩詰、二趙、伯時堂奥而同參共證者。其秀麗可及，嚴整不可及也。此卷極工細，極峻拔，精能之至，入神出天。政恐千里見之，尚有出藍寒冰之愧。錢松壺論青緑著色，尊十洲而薄石谷，有以也夫。

【案】此據寐叟題跋，末鈐"乙盦"陽文印。據筆蹟，當作於光緒壬寅(1902)。

界畫之難，不獨分寸折算而已。郭忠恕用篆筆，李龍眠行筆若鐵綫，自非妙會薪傳、博觀名蹟，此秘固未易窺。衡老細楷，實甫工筆，異曲同工，五百年閒，故推獨絶。世言仇氏子虚上林圖，較千里原本，有若搨書，纖毫不失，然則雖謂二趙精神得實甫更延千載，無不可也。予嘗以此卷衡量仇畫，且亦藉以證世閒所傳二趙之蹟。如皋冒氏藏六觀堂圖，最爲吴中名軸，對案同觀，猶覺彼神明差弱，其他固不論。

【案】此據寐叟題跋，末鈐"癸庭"陽文印。據筆蹟，當作於光緒壬寅(1902)。

休承謂原本在宜興吴氏，衡老跋謂在徐氏，後爲好古者物色以去。意此卷由徐入吴，而所謂好古物色，蓋即隱指鈐山堂耳。衡山跋在甲寅，爲嘉靖三十三年，越十一年乙丑，分宜被籍，休承奉檄至袁州，閲其書畫，則衡老没已五年，不及見矣。睡菴記。

【案】此據寐叟題跋，末鈐"植"陽文圓印。據筆蹟，當作於光緒壬寅(1902)。又見同聲月刊第三卷第十一號海日樓書畫題跋續 107 頁,此篇末署"光緒二十八年太歲在玄黓臘嘉平",無"睡菴記"三字。

卷後文衡山書桃源記,字大如錢,沈著酣暢,極有精采。後跋云:"余昔於徐氏見趙伯驌畫桃源圖,愛其精妙絶倫,真可謂神品,不可多[得],故間一借觀焉。近爲好古者取去,不復再見矣。此卷乃仇實父所臨,有客持以索題。實父得古人筆意,而此卷臨摹尤精,雖神妙不逮,而規模宛然,亦庶似人之喜也。今實父亦已去世矣,宜珍藏之。嘉靖甲寅二月既望,徵明識,時年八十有五。"卷首八分"避秦處"三大字,亦衡老題。

【案】此跋手跡見北京翰海拍賣公司 1996 年春拍 Lot0714 沈曾植題跋手稿卷。録文見文獻 1993 年第 1 期錢仲聯輯録沈曾植海日樓文鈔佚跋(七)、錢仲聯編校海日樓文集 167 頁。

【附録】

文休承嚴氏書畫記:"趙伯驌桃源圖一。伯驌乃伯駒之兄,高宗時嘗奉詔寫天慶觀樣,命吴中依樣造之,今元妙觀是也。其畫世不多見,此圖舊藏宜興吴氏,嘗請仇實父摹之,與真無異。其家酬以五十金,由是人間遂多傳本,然精工不逮仇氏遠矣。"又"伯駒桃源圖一。與伯驌所作不甚相遠,其後亦有高宗親書淵明詩文,蓋當時畫苑中,每一(人)〔圖〕必令諸人互作,皆以御書繫其後耳。"

【案】此據寐叟題跋,末鈐"植"陽文印。據筆蹟,當書於光緒壬寅(1902)。

謝樗仙時臣山水卷跋

謝樗仙與衡山、伯虎同時，以巨幅縱筆名一時，亦以粗豪故，不爲吴人所重。此卷爲其極謹細者，出筆簡樸，而一重一掩，邱壑不窮，巒容山色，霏微隱蔚。假令弇州老人見之，當不免復作戴、沈評語也。雲間派即從此翻進一層，易老筆以秀色，而國初諸家各拈妙諦矣。

秃筆乾皴，張篁邨（竹林）〔瘦竹〕以之標勝藝苑，近世尤重此派，乃不知其發自樗仙也。

【案】此畫今藏美國波士頓美術館，題跋又見寐叟題跋，末鈐"植"陽文印、"持卿鑒定"陰文印。據筆蹟，當作於光緒壬寅（1902）。墨蹟本有"同時見之"四小字補書於"而國初諸家各拈妙諦矣"句下，"謝樗仙與衡山、伯虎"後原標有脱文符號，而"假令弇州老人"文意不完，同聲月刊第三卷第十號海日樓書畫題跋111頁已將"同時"、"見之"分别補於兩處下，至確。錢編本不察，仍將"同時見之"四字以小字注於"妙諦矣"下。張宗蒼（1686—1756），字默存，號篁邨，又號瘦竹，跋文誤作"竹林"。

王西室穀祥花卉卷跋

畫不依時叙，詩又不依畫叙。燠逝涼歸，紀事繫月。兹固鸞篦記注，絶非燕子春秋也。女性特殊，花身絶代，目不見目，春非我春。唐突他心，詮以世諦，取則已遠，大愚不靈已。六微真語，降兆一周，玉唾珠塵，應乎筆哽。語或難解，解者固自不難耳。上元季丁庚辛之日。

【案】此據寐叟題跋，末鈐"楚翹"陽文印、"東疇小隱"陽文印。跋前有詩二十九首，不録。此跋亦見同聲月刊第三卷第十號海日樓書畫題跋117頁，錢編本未載。錢仲聯海日樓詩注卷三題王酉室花卉卷自注亦録此文，“燠逝涼歸”之“逝”誤作“遊”，“降兆一周”之“兆”誤作“垂”。

龍江山人沈碩雲溪圖卷跋

龍江山人畫，細秀超逸，是由元人而津逮北宋者。真蹟傳世不多，可珍也。周公瑕文作晉、宋體，古澹處如出王芥子、邵叔宀手，故知六代風流，嘉、隆閒人會心不淺。光緒丙午臘月，檍盦。

【案】此據寐叟題跋，末鈐“東湖盦主”。

明王子幻題元人畫十六開士相真蹟神品卷跋

王叔承，名光胤，字叔承，以字行。遂更字承甫，其自號曰崑崙山人。又更名曰憨憨，更字曰子幻，而號夢虚道人。弇州爲作崑崙山人傳：其母夏，奉佛有徵。山人晚感曇陽子言，亦皈心西方，於禪喜龐居士藴，於仙吕真人嵓。其所善，胡侍御原荆、范太史伯楨、顧憲副益卿。益卿宦閩，山人因以遊，窮七臺、九鯉、九曲之勝。作荔子編云。米汁字亦見傳中。宣統八年四月，梵持録。

【案】此據同聲月刊第三卷第十號海日樓書畫題跋111頁。寐叟題跋、錢編本皆未載。宣統八年即丙辰(1916)。

孫雪居克弘長林石几圖卷跋二篇

植案，圖繪寶鑒續纂極稱漢陽天質高敏，下筆蒼古，石樹花葉云云。花葉指花卉，石樹固兼山水矣。雪居多藝，篆隸神佛，並非專家，而世間皆有傳蹟。此卷筆意絶類石田，正與平日寫生宗法石田，同是一副筆墨。馬氏所言，非達識也。光緒乙巳九月，紫藟軒題。卷尾玉京小印，吴晋仙以爲卞玉京也。

【案】孫克弘長林石几圖卷今藏美國舊金山亞洲美術館。此據寐叟題跋，首鈐"沈"陽文圓印，末鈐"壹庵長宜"陰文印、"吴興"陽文印。末小注"卷尾玉京小印，吴晋仙以爲卞玉京也"，按筆蹟當作於民國後。

槜李詩繫："石門山人宋旭，字初暘，崇德人。隆、萬間布衣，與雲間莫廷韓、同邑吕心文友善。晚入叒山社，所作偈頌，多透脱生死語"云云。此圖爲雅山先生作，雅山疑即心文也。隆慶壬申，雪居年四十一歲。

卷首有"崇德吕氏大雅山房"、"心文之印"。吕心文名炯，别號雅山。馮開之快雪堂集卷十九有吕先生行狀，叙述甚詳。其弟熯，淮府儀賓，即晚村祖也。宣統己未檢閲記此。

【案】此據寐叟題跋，首鈐"涂壽光"陽文印，末鈐"餘齋"陰文印。據筆蹟，第一段當作於甲寅(1914)。"宋旭"，錢編本誤作"宗旭"。錢編本將第二段以小字注於第一段下，然脱末"宣統"二字。

陸澄湖士仁九老圖卷跋

此陸君畫稿，宋人所謂粉本者也。丹青未布，風骨彌遒。清剛之筆，正如書家大小歐陽，箕裘不二也。宣統八年重陽後六日，寐叟。

【案】此據寐叟題跋，末鈐“平輿”陽文印。“宣統八年”，錢編本改作“丙辰”。

董華亭畫跋

柔和蕭散，墨雋筆圓，是爲董巨之心傳。靈山拈花，惟吴興獨參密諦。元季諸公各標勝境，然絶足奔放，□□[石]頭路滑之風。華[亭]論書薄[吴]興，論畫則意滿[舜]舉不置。蓋其墨法，向來一瓣，寔證吴興室中之秘，不輕示人，獨文度、子居二氏，密契真傳，但存衣鉢名言而默傳心印。目擊道存，存乎其人。太常、烏目之初參，固亦不離乎此，及乎錯綜諸家，文以禮樂，菩薩威儀，殆非復子居、文度四果位人所能頡頏，要其參悟所由，不外曹溪一滴。

【案】此據澹隱山房藏手稿，原無題，姑擬此題。破損缺字，據文義補足。據筆跡，約作於光緒戊申(1908)前後。

董文敏公山水册跋二篇

太傅挹齋周長先生，蓋宜興相國也。宜興加太子太傅在崇禎五年壬申，其罷相在六年癸酉。而先生以四年辛未起故官，屢疏乞休，至七年甲戌而後得請，跋中所謂“請告杜門”也。宜興歸里，道出南都，故云“不獲青門之餞”，先生其年蓋七十九矣。此最晚年作，故是難得。宣統辛亥，乙僧。

【案】此據寐叟題跋，末鈐“貝多羅窟”陰文印。錢編本脱末"宣統"二字。

香光所書元輔周挹齋三載一品考賀序,刻在清華齋藏帖中。

【案】此據寐叟題跋,末鈐"寐翁"陽文印、"海日樓"陰文印。據筆蹟亦作於辛亥(1911)。

董思翁畫册跋

此册曾藏長洲陶氏,載入紅豆[樹]館書畫記中。楊繡亭跋在陶任大名知府時。陶氏評云:"清曠簡遠,極與朱陽館主相近。"是真賞也。

【案】此據寐叟題跋,末鈐"植"陽文印。據筆蹟蓋作於丙辰(1916)前後。錢編本將此篇與前題第二跋誤合爲一篇。此畫册即陶樑紅豆樹館書畫記卷六"明董文敏山水畫册",與前兩跋所指非同一本畫册,篇題從同聲月刊第三卷第十號海日樓書畫題跋102頁。

李檀園流芳雁宕觀瀑圖卷跋

此卷略涉北宗,在檀園爲變格,非是不能爲靈山寫照耳。戊午爲萬曆四十六年,檀園年四十四,尚未罷舉也。庚戌臘四日,李鄉農父記。

【案】此據同聲月刊第三卷第十號海日樓書畫題跋106頁。寐叟題跋、錢編本皆未載。

范文貞公景文溪山風雨圖軸跋

壬午爲崇禎十五年,(忠)〔文〕貞是夏尚在家居,其秋召拜刑部尚書,再轉入閣,致命遂志,爲北都朝臣之首。公之一生,可以無憾。畫中墨氣淋漓,雲煙怫鬱,可想見當時蒿目咨嗟情抱也。

【案】此據寐叟題跋,題作"范忠貞公景文畫山水軸跋",無鈐印。據筆跡,蓋作於癸丑(1913)。又見同聲月刊第三卷第十號海日樓書畫題跋113頁,題作"題范忠貞公山水畫軸溪山風雨圖"。錢編本題作"范忠貞公景文畫山水軸跋"。澹隱山房藏沈頲纂鈔海日樓藏書畫目云:"范景文山水軸　絹本。明。"按,范景文(1587—1644),字夢章,號思仁。卒謚文貞,清賜謚文忠。題、跋皆誤作"忠貞",兹改題從明謚。

明吴肖僊世恩畫羅漢軸跋

減筆畫(仿)〔昉〕始南宋梁楷,所謂梁風子者也。昔嘗見真跡於京師,奇貴不可得,今於此乃彷彿遇之。

【案】此據寐叟題跋,末鈐"駕浮閣"陰文印。同聲月刊第三卷第十號海日樓書畫題跋109頁題作"題吴小仙人物立幅"。

趙文度左倣趙大年山水卷跋二篇

松風餘韻:"趙文度與宋懋晋俱學於宋旭,懋晋揮灑自得,而文度惜墨構思,不輕涉筆。其畫宗董元,兼有黄公望、倪瓚之意,神韻逸發,故爲士林所珍。嘉興陳廉,其弟子也。"又云:"九籥集有趙宋樂府,宋懋澄與趙佐合作也。宋與文度友善,集中姓氏屢見,知佐爲文度無疑。文度名左,蓋又名佐也。論畫井井,知其胸有邱壑。畫中詩,詩中畫,鷗波一脈,儻有代興者耶?"

文度詩罕見，餘韻録二章，今録諸（右）〔左〕。餘韻爲姚弘緒聽巖選，胥浦人。“過橋野色與秋深，殘葉西風度晚林。一路清吟歸未得，也須分付杖藜尋。題畫卷。”“東南天闊靄冥冥，高浪排空洗落星。漁父一生耽浩渺，僧家終日住空青。鶴來水殿巢風急，龍卧春潮帶月腥。不問蓬萊與方丈，應持孤棹老沙汀。秋日泛泖。”光緒癸卯臘月望前二日，洪州東軒録。寒雪打窗，槁梧鳴葉，紞如漏鼓，已涉丁夜，獨坐長懷，紫藟軒風景，憬然在目也。睡菴。

【案】此畫爲2008西泠印社春拍Lot0351號拍品、2014北京保利秋拍Lot3183號拍品。同聲月刊第三卷第十號海日樓書畫題跋108頁題作“題趙文度秋山雪意圖卷”。錢編本題作“趙文度左山水卷跋”。按原畫卷末題記云：“雪意未成雲著地，秋聲不斷雁連天。趙左倣大年畫。”因改作此題。此跋又見寐叟題跋，末鈐“建之父”陰文印、“守平居士”陽文印。

客或語余：“題此卷爲烏目山人聲價當增幾許？”余曰：“世無王煙客、惲壽平，奈何！”曰：“香光境地何若？”曰：“漏泄宗風不少。”終之曰：“知者不言。”

【案】此跋又見寐叟題跋，末鈐“乙盦”陽文印。

沈跋後有章保世跋云：“此沈寐叟舊藏物也，其世兄慈護持以貽余。余亦藏有文度設色山水長卷，與此堪稱伯仲。忽忽十年，爲衣食奔走，凡所藏卷册，泰半零落，泚筆記此，不禁憮然。丙子（1936）春正月晦日大雪，坐斗室中題。適廬。”又有徐迺昭跋略云：“客冬走謁睡庵先生署中，先生出眎此卷，自題甚詳，命續題其後。昭不能畫，何敢妄贊一詞，然平生雅嗜山水，遇名人手筆，輒留連不忍去，况獲覩此老墨跡，如讀未見書耶！既辭不獲，遂不揣姢陋，攜歸讀之兩月，謹綴數語，以誌眼福。光緒乙巳春正月，徐迺昭書於洪都寓次，時霖雨初霽，几研清潤。”

陳老蓮畫册跋

平生所見老蓮畫，無有卓絶如此者，或恐遂爲海内第一。又恐貧家不能久守，此時見取，他年爲愛别苦也。宣統八年穀雨後二日，李鄉寐叟記。

【案】此據寐叟題跋，末鈐“壹庵長宜”陰文印。錢編本將“宣統八年”改作“丙辰”。澹隱山房藏沈頲纂鈔海日樓藏書畫目云：“陳洪綬畫册　絹本八幀。順治。羅振玉跋。”

清

項易菴聖謨花卉册跋

易菴畫由元企宋，特以沈著邃密，標勝晚明。此册乃以粗紙敗筆，信手塗抹，而腕力自殊，天趣洋溢。王謝子弟，餔餟風味，固非寒士不遜者所能解耳。宣統庚戌臘月，遜齋居士題於駕浮閣之東軒。

【案】此據寐叟題跋，末鈐“幽谷朽生”陰文印、“寶唐吁”陽文印。

徐湘蘋燦畫觀音像册跋

秘殿珠林釋氏畫册：

國朝閨秀徐燦畫觀音像一册。次等。元一。素絹本，白描畫。款云:“佛弟子徐燦敬寫。”第一五六七幅識“戊子長夏”,餘俱識“戊子夏日”。計十二幅。

又釋氏畫軸:

國朝閨秀徐燦畫禮佛大士像一軸。次等。洪一。素箋本,白描畫。款云:“徐燦敬寫。”

國朝閨秀徐燦畫瓣蓮大士像一軸。次等。日二。素箋本,白描畫。款云:“佛弟子徐燦敬寫。”

戊子爲順治五年,先於素菴相國序拙政園閏二年。此册題丙子春日,則在崇禎九年,素菴尚未通籍,湘蘋初試筆墨之時也。玉映閨房,豪端想見。“一品夫人”小章,意想是後加者耳。庚戌十月,護德瓶齋識。

【案】此據同聲月刊第三卷第十一號海日樓書畫題跋續107—108頁。寐叟題跋、錢編本皆未載。

程端伯江山卧游圖卷跋

卧遊圖平生凡見三本,皆長卷。惟論古張生一卷,大設色,楓丹栗黄,雲霞蒸蔚,極巖壑雄邃之趣,造境不減麓臺。當時力不能取,屬可莊殿撰收之,因循未果,後不知流歸何處?其境象至今懸諸心目也。此卷則光緒乙巳收諸南昌府署者,黷池零脱,展玩爲難,顧不敢以付豫、皖拙工。庚戌歸里,有裝手言,昔嘗爲蓋臣治畫者,持去匝月,乃潢治竟工,幸未損紙墨精神,爲之劇喜。然此工人,其技固不餬其口也。耻尚失真,苦窳日嚻而良工抑没,甯獨一事爲然。美術不昌,甯得爲社會佳象耶！除夕書此,閣筆歎息。乙叟。

【案】此據寐叟題跋，末鈐“集方贊貝之居”陽文印。

劉叔憲度山水册跋

叔憲在國初，極爲諸名家所推重，惜乎傳蹟太稀，近代畫家有不知其姓氏者。繪事衰微，此亦一證。吴門嚴氏藏高江村所集宋、元繪册，末坿叔憲及藍田叔摹李思訓一葉，題言“八法精微，古今津逮”。味此徽言，攸彰絶詣。後來畫品，勿徇卮言。宣統庚申八月，遜齋老人識於雙木蘭館。

【案】此據寐叟題跋，末鈐“植”陽文印。“惜乎傳蹟太稀”錢編本作“惜夫傳蹟大稀”，又脱末“宣統”二字。

鄒方魯喆歸山圖卷跋

南洙源，字生魯。明崇禎丁丑進士。順治八年任吾浙分巡温處道，梅村爲賦六真圖詩者也。洙源，山東濮州人。

鄒方魯畫極少見。

【案】此據同聲月刊第三卷第十號海日樓書畫題跋107頁。寐叟題跋、錢編本皆未載。

王司農嚴灘釣臺立軸跋

自題：“嚴灘七里釣魚臺，複壁重岡掩復開。行到煙霞最深處，水窮雲起不知回。康熙乙未春日，仿一峰老人。婁東王原祁麓臺。”

司農卒於康熙五十四年乙未，壽七十四，而不知其卒月。陸潤之所見書畫載爲愛翁仿大癡軸，款署乙未七月，陸氏稱爲絶筆，意其説有所受之。此軸色墨【下缺】

【案】此據文獻1993年第1期錢仲聯輯録沈曾植海日樓文鈔佚跋(七)、錢仲聯編校海日樓文集168頁。跋引陸時化潤之所記,見吴越所見書畫録卷六王司農大癡小幅立軸條。

李稔鄉宗渭叱犢歸耕圖卷跋

"騎牛恣所適,不問郭椒與丁櫟。試看圖中人,出郊穩蹈芳草春。春風暖拂堤上柳,柳外青旗定應有,可惜偏提不在手。南鄰朱老儻相尋,勸爾沙頭一壺酒。"録曝書亭集。

此圖有竹垞題詩,據培豐題識,蓋嘗失而復得者。今復失去,延平之合,不知當在何世矣?裝褙淩亂,所失者不止竹垞一詩而已,覩此良不勝故家零落之慨。爲補録之,以存掌故。庚戌臘前四日,遜齋老人。

【案】此據寐叟題跋,首鈐"集方贊貝之居"陽文印,末鈐"宛委使者章"陰文印。

沈曾植補録詩即曝書亭集卷二十重光大荒落(辛巳,1701)題李上舍騎牛圖。"試看圖中人"之"圖",錢編本譌作"園"。據下文可知,此圖即朱彝尊所題之李上舍所繪騎牛圖。考曝書亭集知李上舍名宗渭,生於順治五年戊子(1648)。按,宗渭字秦川,號稔鄉。嘉興人。康熙五十二年(1713)舉人。官永昌知府。有瓦缶集(參觀晚晴簃詩匯卷五十九)。

寐叟題跋、錢編本此跋皆題作"李澹園先生叱犢歸耕圖卷跋",嘉興有李澹園者名光基,與此畫作者非一人,當改正。

張浦山庚繪拔納拔西尊者像跋

瓜田翁能佛畫,且能畫人物,顧吾鄉流傳極少,獨徵諸圖畫精意，識所自言耳。此幅當亦摹古之作，用意高雅，未肯涉近代吴、丁蹊徑也。宣統丙辰六月，姚埭老民識。

【案】此畫爲2021年蘇州四禮堂春拍Lot7771號拍品，今在百一山房。跋文見同聲月刊第三卷第十號海日樓書畫題跋109頁。寐叟題跋、錢編本未載。

张庚(1685—1760)，字浦山，號瓜田逸史，又號彌伽居士。秀水人。此畫左上角題："第十四伐那婆斯尊者。今定爲拔納拔西尊者，位第三。"右上角題："閉目巖中，入無生忍。流水行雲，事理俱泯。聊復爾爾，起心則那。威音賢劫，一瞬而過。"左下署款："彌伽居士張庚敬繪。"右下角鈐"海日樓"陰文印。跋在左下側裱邊，末鈐"東軒"陽文印。

晚翠老人張翀東谷山水真蹟卷跋

此固相城末裔也，力求細謹，無復神明，吴門不競至此，宜雲間太倉代興，不復能抗也。

【案】此據同聲月刊第三卷第十號海日樓書畫題跋110頁。寐叟題跋、錢編本未載。

李穀齋世倬霑岳松岡圖逸品跋

穀齋畫取格於耕煙，取筆於司農，枯穎乾皴，彌覺腴秀。去歲春間，嘗見洛神圖，師法龍眠，白描古雅，惜交臂失之。臘盡收此，察其意象所存，斟酌師法，司農所謂二瞻太生，石谷大熟者，偏正明暗，宗風逗漏。穀齋於此參悟，散僧入聖，獨具隻眼，殆非兩家門下諸君所能及也。光緒癸卯，蹱息軒主題記。

【案】此據寐叟題跋，末鈐“吴興”陽文印。此畫原有題籤曰“李穀齋霑岳松圖逸品巽齋庚戌檢畫記”，下鈐“沈君”陽文印。同聲月刊第三卷第十號海日樓書畫題跋106頁題作“題李穀齋霑岳松岡圖卷”。

空山多雨雪，獨立悟平生。寄謝扶筇叟，松蹊棒喝聲。

【案】此據寐叟題跋，末鈐“乙盦”陽文印。據筆蹟當作於宣統庚戌(1910)。

石星原海山水畫册跋

石海何許人，年來遍檢不得，海王村人亦無知者。畫派固沿司農流派者，丙寅爲乾隆十一年，而人書俱老如是。此人或竟常及見司農，或擩染於金、王、華、温諸子，未可知也。灊皤。

【案】此據寐叟題跋，首鈐“南于”陽文印、“踵息軒”陰文印，末鈐“遽思”陰文印。據筆蹟，當作於宣統庚戌(1910)。

沈雲渡海達摩像跋

沈雲畫渡海達摩，題道光戊申，去今周甲子矣。雲不知何處人，而題詩惡俗不可耐，乃割去重裝，而存其名字於此。

眼光爍破四天下，不共諸師諍王舍。波濤浩湧龍宫遷，世界無盡慈無緣。不瓶不鉢不袈裟，非報非應非曇摩。梁皇殿前一語多，少室十年禪則那。華藏海中我見師，文字契經師可之。宣統庚戌磨祛月，清信弟子釋持讚。

【案】此據同聲月刊第三卷第十號海日樓書畫題跋99頁。

寐叟題跋、錢編本皆未載。詩跋又見海日樓詩注卷三 396—398 頁。

黎二樵山水册跋

光緒丁未季春，蘖畦自上都寄贈。逸懷孤賞，軼出常蹊，以配道古堂册，爲敦習齋中二逸。寐叟。

【案】此據寐叟題跋，末鈐"蘧傳"陰文印、"灊庸"陽文印。又見同聲月刊第三卷第十一號海日樓書畫題跋續 108 頁，錢編本未載。

宋芝山葆淳晴江列岫卷跋三篇

瘦筆腴色，參情悟趣，其契會尚在荆、關、范、郭以前，町畦未成，而風期固已遠矣。譬以唐文爲皮、陸，譬以宋詩則四靈。生乎雍、乾以後，絶不乞靈太倉、虞山一筆，芝山誠有特操者哉！此於畫學極有關，難爲俗人道也。壬寅小除日，踵息軒書。

【案】此據寐叟題跋，末鈐"無餘倅"陰文印、"植"陽文圓印。

野市喧餘更寂，秋山病後凝妝。圖繪胸中度世，蜕元範宋睎唐。

縹緲歸雲岫遠，微茫極浦帆遲。政爾黄農未没，不知魏晋何時。

石矼聽瀑從容，懸崖攬袂相逢。料得竹林遊侣，歸來不信山公。

宣統庚戌三月朔日，孺庵老人檢校畫篋書此。

【案】此據寐叟題跋，末鈐"梵持"陰文印、"褒遺"陽文印。

宣統乙卯仲秋，重閱此卷，適陳仁先侍御以宣和御筆"晴麓歸雲"索題，兩卷合觀，信知芝山必曾見摩詰畫者，余前題語爲不謬，後題遂不堪重讀。噫！

【案】此據寐叟題跋。錢編本脱首"宣統"二字。

張夕庵鋻山水卷跋三篇

夕庵力與文、沈、唐、仇馳逐，此卷乃作王蓬心輩運用，殆所謂杜德機耶？

【案】此據寐叟題跋，末鈐"檍盦"陰文印。

畫學極衰，在乾、嘉之際。南沿石谷，北仿麓臺，模範僅存，神明都盡，方且衣缽自矜，笑古人而忘己拙。余嘗論畫家石谷，正如詩有歸愚，門下宗傳，都成凡鈍。世或不伏斯言，惟鬱華閣主聞之首肯耳。張夕庵父子起自京江，獨沿沈、文以上追宋、元，二潘、蔡、顧和之，譬筝笛耳喧，雲和獨鼓，令人神襟特爲一暢。昔在焦巖，觀夕菴長卷，神鋒雋絶，直逼石田，私歎以爲石谷所未逮。若此卷則猶沿虞山波流者，張氏心印不在此矣。

【案】此據寐叟題跋，末鈐"解脱月簃"陽文印。

淮平陳氏處見夕庵一卷，布置略與此同，微著青赭，風神秀絶。題曰："清谿樓閣，爲晉仙兄作。"後幅有長套數闋，字畫柔麗，詞意宛娩，蓋女郎筆，而鹿車偕隱者也。惜其不書名字，晉仙亦不知何人？傳録左方，以俟考訂：

歸山

［南吕梁州賀新郎］秋江水淺，秋山眉倩，放一葉蘭舠風轉。仙桃玉洞，鶼鶼比翼神仙。一抹地花梢燕雨，柳外魚

霞,春波豔照春人面。胡麻飯熟也,不知年,剛是收帆到者邊。【合】雲水路,風流眷,悄拈花,不避花身現。尋夢妾,故家返。

［又］是記得采香梅館,鎖雲梨苑,漬踏渡石華青遍。平鋪畫板,幂波細蹴風前。恰依舊槿籬東面,已隔斷藥欄西畔。石上三生券。似曾相識也,燕歸年,無賴春風落翠鈿。【合】雲水路,風流眷,悄拈花,默訴花王願。尋夢妾,故人見。

［又］掩文窗粉鏡窺園,倚曲檻香鉤兜淺。忒忒箇春生病熟,日長天遠。可是杏梁宿燕,荷柱眠鴛,藏春塢裏春長滿。壺中晷永也,日如年,醉唱儂家七返丹。【合】雲水路,風流眷,悄拈花,莫被花神見。尋夢妾,故心款。

［又］儘四圍水繞山環,又一霎雨絲風片。者仙人樓閣,紅塵隔斷。遮莫十香詞蒨,十索歌顛,眉兒十樣從郎選。箜篌細字也,記華年,願作鴛鴦不羨仙。【合】雲水路,風流眷,悄拈花,慢數花風轉。尋夢妾,故衣組。

［節節高］春心錦幔搴,小屏山,春人鏡檻。簾鉤畔,遊絲綰,脂盝浣。履箱安羅衣一桁,量長短,羅衾一角知寒暖。【合】可中得江山是也昔人憐。怕聽他,雜花開,陌上行來緩緩。

［又］金尊斗十千,壽郎前,好春長在人長健,長繾綣。幂百裥,襪雙彎,隨郎行坐天花散,隨郎播掿天香盎,【合】可知是江山是也昔人還。一任他雜花飛,陌上歸時緩緩。

［餘文］頭銜勅署雲華院,把十二青峰賜履專,祇候著暮雨朝雲權發遣。

【案】此據寐叟題跋,末鈐"植"陽文印、"餘齋"陰文印。

又見同聲月刊第三卷第十號海日樓書畫跋。套曲中錢編本“恰依舊槿籬東面”之“依”誤作“似”,“隨郎播搭天香盎”之“搭”未釋出作“□”,“可知是江山是也昔人還”之“還”誤作“遝”。

謝退谷觀生山林卷跋三篇

退谷畫沉鬱蒼深,真得石田神骨,其品詣當與夕庵張氏相甲乙。石谷早歲模範相城之作,不是過也。余昔於梁節盦壁間見謝畫,賞其古雅。壬寅還都得此卷,彌得盡其蘊藉。世人知有夕庵,不知有退谷,其知夕庵亦復莽鹵。真賞難覯,畫學將亡,可慨也!光緒癸卯,踵息軒識。

【案】此據寐叟題跋,末鈐“密嚴散侍”陽文印、“踵息盦印”陰文印。

論粵畫者,以羅六湖天池、謝里甫蘭生、張墨池〔如芝〕、黎二樵簡爲四家,黎、謝又齊稱二家。退谷造詣深厚過里甫,名爲兄掩,品固不在兄下,特書蹟稍遜耳。相傳里甫顯達以後,長卷巨幅,多屬退谷代筆。驗其筆綜,斯言殆信。時癸卯七月,南昌官舍曝畫記。

【案】此據寐叟題跋,末鈐“曾植”陽文印。

僕收近代畫,嘗取其存古法者,諸名家皆有之,皆稍斂本家法。鑒家或不喜,甚至聚訟。顧以津逮後人,存微興絶,藝林真脈,乃正在兹。東西棣通,美術大闡,後之君子,有會斯言。丙午臘月,懷甯學署檢閱記。

【案】此據寐叟題跋,末鈐“吴興”陰文印。“乃正在兹”,同聲月刊第三卷第十號海日樓書畫題跋 119 頁作“乃在兹”,

錢編本脱"乃正"二字。

姚石甫瑩談藝圖跋

先生是圖作於道光己亥,明年庚子,禁煙令下,海水群飛。而先生戎馬馳驅,不復得與諸賢從容談藝矣。記末數語,若有前識。叔績三兄出圖見示,留置齋中,瞻儀匝月。於是歲在庚戌,去己亥寔七十有三年,所謂哈里彗星者,嚮晨復見。天道周星,物極則返,吾與叔績尚庶幾有從容談藝之一日耶? 禁煙固已償黄侍郎願已。夏至後五日,乙盦沈曾植。

【案】此畫今藏安徽博物院。原畫未見,兹據劉松年安徽省博物館藏書畫題跋手稿著録(劉氏書爲 2017 德寶夏拍 Lot60 號、2017 博古齋秋拍 Lot259 號、2019 嘉德春拍 Lot2440 號拍品),跋前有七律二首,别見拙編海日樓詩集,兹不録。2021 泰和嘉成春拍 Lot1036 號拍品澹隱山房藏手稿一紙,詩跋分别書於正背面。跋原無題,按姚永概慎宜軒日記宣統二年庚戌二月十八日(1910 年 3 月 28 日)云:"謁沈公,以談藝圖索題。"。五月二十一日(6 月 27 日)云:"謁沈公。沈公爲題先祖談藝圖。"則爲題姚永概之祖姚瑩所繪談藝圖,因擬此題。

跋云"圖作於道光己亥",己亥爲道光十九年(1839),此説不確。按吴汝綸桐城吴先生文集卷二姚公談藝圖記云:"此圖公道光十七年(1837)攝兩淮鹽運使時所作,安化陶文毅公爲題其首,曰談藝圖。"陶文毅公即陶澍(1777—1839)。姚瑩(1785—1853),字石甫,號明叔,晚號展如。桐城人。嘉慶十三年(1808)進士。道光十七年授臺灣兵備道加按察使銜,翌年到任。鴉片戰争爆發後,在臺抗擊英軍。後貶官至四川,嘗出使西藏,著有康輶紀行。哈里彗星,今譯哈雷彗星,1910 年回歸,距作圖之 1837 年正"七十三年"。黄侍郎,即黄爵滋(1793—1853),道光十八年(1838)上禁煙疏,擢禮部侍郎,調刑部。跋末署"夏至後五日"即庚戌五月二十一日,與慎宜軒日記相合。

澹隱山房藏手稿,文字有所不同,兹録於下(詩略):

叔績三兄出此圖相示,留置齋中,謦欬若接。欲摸傳而未遇佳手,不能留真也。於是去先生作圖之歲七十三年,而所謂哈里彗星者,於今春再見周次,數終歲始。先生此圖作於道[光]己亥,其次年庚子,禁煙令下,海水群飛。先生自此戎馬驅馳,不復得談藝爲樂矣。記末數語,若有前識。余於康輶紀行【下缺】

李子健修易山水横幅跋

李子健畫,曩歲在徐忠愍公齋中見之,愛其墨氣深厚。公顧謂余,此君無習氣,非海上諸君所及。謦欬音容,愲然在目,而去公騎箕之歲,先庚後庚,噫逾十載矣!窮臘柴門,圖書遺興,胡君小匊攜此幅來,固遠不及昔年所見,亦猶不緬規矩。因收之,而識其感觸緣起於此。時宣統二年,歲在庚戌,乙盦老人書於姚家埭集方讚唄之廬。

【案】此據寐叟題跋,首鈐"駕浮閣"陰文印、"潛白",末鈐"乙叟"陽文印、"貝多羅龕"陰文印。

李修易,字子健,號乾齋。海鹽人。徐忠愍公即徐用儀(1826—1900),字筱雲,海鹽人。光緒庚子(1900)徐氏以忠諫主和被殺,宣統元年(1909)追謚忠愍,故跋有"先庚後庚"之說。胡小匊(1881—1924),名傳緗,浙江石門人。篆刻名家胡钁(1840—1910,字匊鄰)之子,亦能篆刻。乃父晚年移居嘉興,此畫蓋庚戌卒後出售者。

李乾齋畫跋

圖作於道光壬寅,迄今辛酉,八十年矣。亦橋先生當海宇承平之日,林亭勝賞,佳士周旋,前輩風流,披圖神往。漫題短句,應燦星仁兄之請。燦星於先生爲曾孫。余生庚戌,後於壬寅八年,犬馬之齒,亦幾可步叔未先生後塵矣。噫!寐叟。

【案】此跋手蹟見浙江省博物館藏横披,參觀海派代表書法家系列作品集沈曾植(上海書畫出版社2006年,236頁)。跋前有七律一首,又見海日樓詩注卷十二,題作"題李修易俞椿香圃圖",兹從略。按俞椿字香圃,平湖人,能詩畫。"俞椿香圃圖"疑有誤。横披原無題,姑擬作此題。

海日樓詩注題下有自注(1433頁)即此跋,"亦橋"之"亦",上圖藏一鈔本、金編本、錢編本作"三";上圖兩鈔本皆圈去"仁兄"二字,金編本從之;"犬馬之齒"之"齒",錢編本作"年";諸本皆删"寐叟"二字。

趙疏盦太守于密畫册跋

趙于密太守,心古,須古,談笑古,嗜慾古。予嘗戲語樂庵、伯嚴諸君,此漢壁畫象,陳老蓮人物畫稾。上元甲子,有此人物,曠世未易覯也。于密自刻小印曰"武陵蠻",亦翛然以古民自命。其筆墨落紙便似三四百年前故物,予决定爲海内畫家第一,顧今世無解此語者。于密酬酢瀾浪,顧予所求,乃往往嬾不報命,又若鄭重不肯輕出。共處江右四年,乃僅得一立軸,數扇畫耳。戊申冬,來皖視余,五日而去。瀕行,責其食言,乃盡檢行篋零星畫紙畀予以塞責。裝池覆觀,政使白陽操管,何以逾此。三十年前學者,造詣卓絶,往往如此,後來甯可再得耶?于密老矣,管榷荒江,恐後此且無復知之者,長懷慨息!宣統庚戌,乙庵記。

【案】此據寐叟題跋,末鈐"灊庸"陽文印。又見同聲月刊第三卷第十號海日樓書畫題跋102—103頁。錢編本脱末"宣統"二字。

俞策臣先生功懋畫册跋

右俞策臣先生畫六頁,咸豐辛酉居南横街老屋東廂時作也。先生諱功懋,號幼珊,以優貢知縣,需次上都,適館余家。余時年十二,從先生授小戴禮、唐人詩歌。先生甚愛余也,而未嘗勤勤督課。率禺中出遊,夜漏下乃歸,歸而與戟廷兄縱談朝士見聞,兵事勝敗,闤闠優侏,遊俠戲樂,詼嘲跌宕,窮日夜不倦。兄出即作畫,畫能兼習諸家法,墨法深厚,而青緑色著色尤巧密,錢湘吟侍郎激賞之。居半載,從侍郎適南楚。瀕行,余流涕牽衣不忍别,先生乃留是册以慰余也。後先生令粤東,戊寅、辛巳,余適粤再相見,得盡觀所藏,書畫雜糅,多僞品,乃知先生畫固得自天才,非關學力。是時先生好爲詩,出入温、韋,多才語;而畫不數作,意氣亦非復從前豪蕩矣。甲申、乙酉之閒,罷官歸,未幾而卒。吾鄉近日畫史,殆無有能知先生姓氏者。光緒丁未新正，曾植敬識。

【案】此據寐叟題跋，首鈐"般室卧游"陽文印，末鈐"吴興"陰文印。

胡小玉大令寶仁同年畫梅册跋

氣韻閑雅，用筆設色，邱壑布置，皆是容臺家法，略無海虞習氣，在近代畫史未易得也。造詣至此，名不章當世，異哉！

【案】此據同聲月刊第三卷第十號海日樓書畫題跋113頁。寐叟題跋、錢編本皆未載。澹隱山房藏沈頴鈔題跋目録注"爲林同莊題"。

汪鷗客洛年山水軸跋

漚客畫此幅既成，以爲不佳，棄之。余深喜漚客畫，然於其得意者，往往不知其佳；而於此不佳之作，亦不能知其不佳之何在也。既從乞得，因録簡齋詩其首，用自觀覽。光緒庚子花朝日，鄂州荷婁廷題。

【案】此據寐叟題跋，末鈐"癯禪"陰文印。

潘雅聲摹竹垞圖卷跋

近歲里中諸君脩葺此亭，功且及半。庚戌孟冬，植偕吴晉軒丈遊焉，敬展先生遺像。忻君虞卿屬余記重脩由緒，未及脱稾。越歲兵起，亭工遂已。今年借息澂同年此圖，屬潘雅生精摹一本，金甸臣臨諸家題詠於後，藏諸亭，爲此圖第三本。

【案】此據澹隱山房藏手稿，僅存一頁，前後皆有缺文。"近歲"云云前，有殘文一段，云："【前缺】［諸］度舊基□□墻角小樓之計。越歲兵起，百願皆已。息澂同年出示此圖，因借摹一本，寄藏亭中。"當是所擬另一初稿。原無標題，依跋文擬此。民國丙辰(1916)沈曾植有與金蓉鏡書略云："竹垞圖前途來催，能早成爲盼。"(沈曾植書信集 54—55 頁)。據筆跡，沈跋亦作於丙辰。

按竹垞圖原爲曹岳爲朱彝尊繪，曾爲王秉恩所得，即 2020 年北京保利秋拍 Lot1047 號拍品。沈曾植曼陀羅寱詞有念奴嬌曹秋(嶽)［崖］竹垞圖今藏王息存處出以索題追和元韻，即和畫中朱氏之作。此圖有潘振鏞、汪洛年等臨摹多本。潘氏摹本爲 2001 年香港蘇富比秋拍 Lot0100 號拍品、2016 香港蘇富比春拍 Lot2759 號拍品，有清道人題首"潘雅聲臨曹秋厓竹垞圖卷"，署款："戊午夏四月，雅声潘振鏞摹，时年六十有七。"按潘振鏞(1852—1921)，字承伯，號亞笙，一作雅聲，秀水人。雅聲，跋作"雅生"，清人字號多用同音字，非誤字。

跋文所稱潘氏精摹本原存王店曝書亭，後藏嘉興博物館，有余霖(1873—1941，字楫江，號了翁)跋云："海日樓主人藏潘雅聲所摹竹垞圖屬録原有題詞，惜原圖只匆匆一見，已忘其題款次序，僅得從書本過録而已。梅里余霖記。"參觀梅曉民王店再憶(中國文史出版社 2018 年版)。

吴待秋海日樓圖跋

待秋仁兄爲余作海日廔圖，蔚然深秀，有尊古、篁邨風，余嗟異爲大乘性種。既而知爲伯滔先生之子也，箕實熙嗣，自古有然。先生以奇逸名世，待秋繼之以深穩，假令山静居見之,定當推挹不淺。(庚)〔壬〕戌正月,七十三老人寐叟。

【案】此據澹隱山房藏手稿。"庚戌"爲"壬戌"之譌。"筌實熙嗣",指黄筌及其子黄居實,徐熙及其孫徐崇嗣。山静居,代指方薰,方氏著有山静居畫論等。

郭起庭蘭枝山水評

郭氏三世以畫世其家,其豪翰風流,淵源心法,喻若王謝子弟,然餔啜風味,自異常人。又若三世醫,秘方奇效,皆積世積驗也。起庭兼得介兹之學,抗志越俗,其畫不肯一筆落嘉靖以後。基於是,上躋北宋、先唐,應世而不順世,此余所最心契者。壬戌孟陬,寐叟沈曾植識。

【案】此文見吴受福所擬檇李郭起庭山水潤例(鉛印單頁),原無題,前後又有吴受福、金蓉鏡評語。又見文獻 1993 年第 1 期錢仲聯輯録沈曾植海日樓文鈔佚跋(七)、錢仲聯編校海日樓文集 168 頁,題作"郭起庭山水評"。2021 年上海陽明春拍 Lot2672 號拍品沈熲鈔本題作"郭起庭畫潤序",蓋據潤例而擬,兹仍從錢編本。鈔本"順世"譌作"順也","心契者"作"心契也",無"壬戌孟陬寐叟沈曾植識"十字。

【附録】

天水令甲,立潤筆錢。文人身價,自古有然。起庭郭子,家學嬋嫣。繪事古雅,刀法高騫。成例未布,户限欲穿。爲懸斯格,吴叟晉仙。

起庭郭兄,余畏友也。承其父祖累世之傳,早工六法。自宋元劇跡、文唐巨製,他人見而悚息者,必絶塵追躡,應心契手,波瀾莫二。近居蔣氏密韻樓中,藏弆至富,閎覽博證,擷其英秀,學乃大成。品復矜重,不涉塵坋,真畫苑高矩也。僭附知音,闍筆三歎。滮湖遺老金蓉鏡述。

王藜盦彦威藏畫跋

丙戌春,見此圖於越縵齋中,花影春窗,茶煙禪榻,平第丹青,摩挲移晷,時後四絶猶未題也。今歲藜盦道兄出此索題,因話柳枝舊事,神光離合,聽者移情。越縵韓左之言,良有切比。顧【下缺】

【案】此據同聲月刊第三卷第十一號海日樓書畫題跋續111 頁,原題作"題圖",據文義改擬作此題。寐叟題跋、錢編本皆未載。

山水畫册跋

雲使月運,舟行岸移。辛酉冬日書。

【案】此據 2004 年北京榮寶拍賣有限公司第 47 期藝術精品拍賣會 Lot625 號。鈐"曼佗羅室"陰文印、"寐叟"橢圓陽文印、"海日樓"陰文印。

古之作者如是有,今之作者如此有。説曰:天之生是人也,其生今人也,與昔人無以異也;其生千百萬億年以往之人也,與千百萬億載以前亦渾乎無以異。喜怒哀樂,愛惡情僞。口於味,目於色,耳於聲,支於佚。

【案】末鈐"乙盦"陽文印,據筆蹟亦當作於辛酉(1921)。

聖德太子像跋

光緒丙午,余以提學使者調查學務於東瀛,於書肆得聖德太子憲法讀之，心識夫伊藤諸公譯潤證義之用心、日東立國之本，矜爲秘笈，黎、黄諸［君］所未留意也。辛亥以後，寄心法苑，乃又得讀所著經疏等書，懿夫儒佛之融通，心政之不二，事相之無礙，唐梵知解之互攝，世出世法之非有非無、亦有亦無之執兩而用中。具兩書以觀聖德，聖德之全見。東瀛千有餘年，本固邦甯，治亂錯而和魂不滅者，抑不可謂不兆於此一人矣。天運循環，德刑代嬗，法律窮而道德生，命世之大儒已饑已溺之惻怛悲愍，真積而力久，聖德且復興於來世乎？東亞之福也，抑非獨東亞之福已。宣統十二年十月嘉興沈曾植書。

【案】此據聖德太子像立軸影印本，跋末鈐"寐叟"陽文印、"海日樓"陰文印。"宣統十二年"即庚申（1920）。

澹隱山房藏初稿本，文字稍異，兹録於下：

光緒丙午，余以提學使者調查學務至東瀛，於書肆得聖德太子憲法讀之，詫爲秘笈，矜於人，黎、黄諸君所未見也。辛亥以後，寄心法苑，乃又得讀太子所著經疏，懿夫儒佛之融通，事理之無碍，唐梵知解互攝之雙照，出世法世法之非有非無、亦有亦無之執兩而用中。具兩書以觀聖德，聖德之全見。東洲千餘年本固邦寍之文獻之根極，抑不可謂不兆於此矣。天運密移，德刑相嬗，命世之大儒已飢已溺之惻怛悲愍，真積而力久，聖德且復見於來世乎？東洲之福也，抑非獨東洲之福已。

後　　記

此書在拙編海日樓書目題跋五種之題跋部分基礎上增訂而成。二十年來，得到内子柳岳梅，師友上海圖書館仲威、郭立暄，北京大學李宗焜、朱玉麒，南京大學卞孝萱、金程宇，吉林大學吴振武，復旦大學唐雪康，華東師範大學丁小明，上海大學張長虹，日本京都大學高田時雄，上海印曉峰、黄曙輝、澹隱山房李淵、拾芥草堂向澄、嘉樹堂陳郁，嘉興吾寀齋蘇偉綱等諸位先生鼎力相助，中華書局杜艷茹女士認真負責，感荷無已。

壬寅春節，校勘既盡，率賦俚句，以志因緣云。其詞曰：

春風次第到荒江，美景山陰放眼量。
百煉千錘須臂助，九牛二虎爲公忙。
平生所學期收尾，好事多磨尚掉鞅。
異代蕭條風雅盡，連珠妙語要重光。

廬州許全勝無咎甫謹記於海上念善堂